理想藏书 最佳读本

精美诗歌

明月生 主编

中国华侨出版社

图书在版编目(CIP)数据

精美诗歌 / 明月生主编. — 北京：中国华侨出版社，2013.5

ISBN 978-7-5113-3571-5

Ⅰ. ①精… Ⅱ. ①明… Ⅲ. ①诗集－世界 Ⅳ. ①I12

中国版本图书馆CIP数据核字（2013）第094354号

精美诗歌

主　　编：	明月生
出 版 人：	方　鸣
责任编辑：	茂　素
封面设计：	王明贵
文字编辑：	李　鹏
美术编辑：	吴秀侠
经　　销：	新华书店

开　　本：720mm×1020mm　1/16　印张：27.5　字数：350千字

印　　刷：北京海德伟业印务有限公司

版　　次：2013年8月第1版　2017年5月第3次印刷

书　　号：ISBN 978-7-5113-3571-5

定　　价：68.00元

中国华侨出版社　北京市朝阳区静安里26号通成达大厦三层　邮编：100028

法律顾问：陈鹰律师事务所

发 行 部：(010)65487513　　　　传真：(010)65487513

网　　址：www.oveaschin.com

E-mail：oveaschin@sina.com

如果发现印装质量问题，影响阅读，请与印刷厂联系调换。

前　言

考察一个民族的思想深度，首先要了解它的哲学；考察这个民族的生存意识和存在状态，则需要读它的诗。千百年来，在每个历史时期，诗歌总能最先发出自己的声音。

当下我们所说的诗，一般是指"新诗"。所谓"新诗"，从广义上讲，是上起五四运动，下至当下时段这一百多年来所出现的诗歌作品。新文化运动中所倡导的白话文写作、表达方式和内容的西化，也影响到诗歌创作，因而出现了一种被称为"新体诗"的新形式，它的特点是用白话语言写作，表现科学、民主的新的时代内容，打破旧诗词格律的束缚，形式上灵活自由。

"新诗"产生和发展的先天性使它缺少了古典诗歌精致的格律美，不再被人们从蒙童时代便熟纳于心，随时引用，成就一种出口成章的悠然。然而，走过这沧桑的百年，穿越那参差不齐的诗行，我们还是会为那些幽深的情感和思虑所打动，它们脱去了格律的桎梏，却依然营造着诗意的氛围，展示着诗人们超越现实的情怀。

这不是平静的一百年，正是这不平静，才更能孕育出心系忧患的诗人。在这一百年中，诗歌流派众多，早期的尝试派、人生派、创造社、湖畔诗派、新月派……近期的朦胧诗、第三代……都展现着不同时代的焦虑和躁动，不同时代面对世界的情感与思索。

对于西方来说，19世纪的诗歌是至今仍然强大的浪漫主义、现实主义、象征主义诗风的起点；西方诗歌的"现代性"远溯及宗教改革，对自由、民主、平等的呼唤，它们至今仍然是普世的权力话语，也是诗歌几个世纪的灵魂。

在英伦岛，"湖畔派"诗人华兹华斯、柯勒律治、骚塞的诗作推崇情感的自然流淌，追求与自然融为一体的恬淡自适。拜伦、雪莱、济慈的激情与伤感，是浪漫主义诗歌的另一个侧面，他们的炽情诗作与传奇人生（拜伦、雪莱、济慈皆早夭）使得浪漫主义的荣耀达致了顶峰。德国的诗歌前有歌德，后有海涅，中间经过诺瓦利斯，其阵势不可谓不强。法国的拉马丁、雨果、缪塞情感奔放，诗歌想象奇特，坦诚赤裸，隐秘微妙。而在俄国，诗歌收获的最大硕果是了不起的普希金，当然还有莱蒙托夫。同时，像匈牙利诗人裴多菲也是中欧诸国中的佼佼者。年幼的美国则诞生出惠特曼的壮阔而深情的乡土吟唱……

中外诗歌浩如烟海，一个人想要在短暂的一生中阅读所有诗歌大师的传世佳作，既不现实，也不经济。为了让广大读者在较短的时间内迅速、有效地了解中外诗歌的创作成就，获得最佳的阅读效果，我们在广泛查阅相关资料的基础上，经过反复细致的讨论和斟酌，从琳琅满目的中外诗歌宝库中选出了200余首中外最美的诗歌，辑录成书。所选诗歌囊括了不同时代、不同民族、不同流派的最好作品，代表着中外诗歌创作的最高成就。这些作品或讴歌大自然，或咏叹爱情，或感慨人生，或启迪智慧，不仅为读者提供了一个可供参照、学习、研究中外诗歌的范本，也能使读者领略到诗歌艺术的神奇魅力。同时，对于培养读者的高尚情操、爱国思想、审美情趣、健全人格也起到了潜移默化的作用。

为了增加知识含量，帮助作者提高阅读效率，全书采用图文结合的编排形式。120多幅精美的图片或介绍诗人诗作，或体现诗歌意境，与文字相得益彰。同时，本书还增设"作者简介""作品赏析"。"作者简介"简要介绍了作者的生平经历、创作成就等，使读者对作者有个清晰概括的了解；"作品赏析"以深入浅出的语言对每首诗歌的写作背景、思想内容、语言特色等进行精当的解析，引导读者从不同角度去品味诗歌；这些栏目或纵向深入，或横向延展，帮助读者准确把握诗歌的精髓，体悟其蕴含。此外，书中还选配了一些契合诗意的图片，给读者带来视觉享受的同时，也扩大了其想象空间。值得一提的是，为了尊重作者和译者，保持原文风貌，对一些 20 世纪二三十年代写成或翻译的作品中个别用字和时下现代汉语语法不统一的现象，我们没有做相应的改动，确保了作品的原汁原味。

当我们用目光抚摸这些熟悉或陌生的名字：戴望舒、徐志摩、顾城、海子、拜伦、雪莱……那些涌自于内心的诗句便一一浮现在他们的身后：

戴望舒的深挚柔情：在雨的哀曲里，消了她的颜色，散了她的芬芳。

海子对宁静的渴望：从明天起，做一个幸福的人，喂马，劈柴，周游世界。

拜伦追求自由，去国远行：任凭你送我到天南地北，只莫回我的故乡。

雪莱面对黑暗从不放弃希望：如果冬天来了，春天还会远吗？

……

这些句子，穿越现世的庸常，直达我们久已干涸的心灵，使我们再一次找到童年面对宇宙的新奇和庄严。

人类，之所以与其他众生稍有不同，也许正是因为这种思索与庄严吧？总会有一些我们珍视的东西，要把它们留驻在心灵深处。而诗歌，正是引领我们走向心灵彼岸的桥梁。

目 录

上篇 中国卷

1

下篇 世界卷

中国卷

邮 吻 /刘大白

我不是不能用指头儿撕，
我不是不能用剪刀儿剖，
祇是缓缓地
　　　轻轻地
很仔细地挑开了紫色的信唇；
我知道这信唇里面，
藏着她秘密的一吻。

从她底很郑重的折叠里，
我把那粉红色的信笺，
很郑重地展开了。
我把她很郑重地写的
一字字一行行，
一行行一字字地
很郑重地读了。

我不是爱那一角模糊的邮印，
我不是爱那幅精致的花纹，
祇是缓缓地
　　　轻轻地
很仔细地揭起那绿色的邮花；
我知道这邮花背后，
藏着她秘密的一吻。

·作者简介·

刘大白像

刘大白（1880～1932），浙江绍兴人，曾为清朝优贡生，后留学日本，并加入同盟会。后转赴南洋，1916年回国，曾在浙江省立第一师范执教，1921年担任复旦大学教授，1928年出任浙江省教育厅秘书和浙江大学秘书长，1929年出任南京国民政府教育部常任次长，1931年开始闭门著书。刘大白是新诗的积极倡导者，"五四"运动前就开始写作白话诗，1924年和1926年先后出版了两部新诗集——《旧梦》和《邮吻》。他的新诗还带有从旧诗蜕化而来的痕迹，感情浓烈，语言明快，音节整齐，韵律和谐，具有鲜明的乡土特色，一些描写爱情的诗歌在"五四"时期的诗坛上别具一格，另有一些描写民众疾苦、触及重大社会题材的诗作也影响较大。

作/品/赏/析

在"五四"时期的新诗中，写爱情的诗占有很大的比重，这与新文化运动反礼教、反封建的大背景密切相关。

由于受新思潮的影响，当时的情诗大多表现得直率、坦诚，较少含蓄。这一方面固然是为了冲破旧礼教的束缚，与旧体诗分庭抗礼；另一方面，在诗艺上也就带着初期新诗粗疏、浅白的特点。这首诗当然也不例外，正如刘大白自己说的那样，他的诗"用笔太重，爱说尽，少含蓄"。不过，含蓄也并不一定是诗的唯一尺度，直率有直率的美，尤其是在当时那个崇尚直率的时代。20世纪20年代的诗人刘半农、康白情所写的诗都有此种特点。

这首诗的优点就在于细腻、传神地表达诗人微妙的心理悸动，呈现出一种直率之美。

这首诗选择信笺作为歌咏的信物，而信笺是作为传递信息的媒介和爱情的信物贯穿全诗的。这首诗并没有直接抒写那些甜蜜的窃窃私语，也没有描写见信而起的思念，而是采用侧面描写的手法，不写信的内容，将其留给读者去想象。

诗人着力通过拆信、展信、读信的细节动作以展示诗人的复杂、敏感的情感世界。呈现诗人心态的是一连串的典型动作，而这一连串动作又是通过富有个性的动词加以表现。例如，"撕"和"剖"，对这两个动作的否定，突出了诗人对具有爱情象征之义的信笺的珍惜与爱抚之情。与"撕"和"剖"对应的是一个"挑"的动作。这轻轻的一挑，加倍强化了这种珍惜的情愫。展读信笺的动作，体现的是一种对爱情的郑重与虔诚；而"揭"邮花的动作，又烘托了探求爱的秘密的渴望。

此诗在结构上，诗人利用重叠的章句安排和减缓节奏的处理，来配合情感的发展主线，例如"不是"句的重叠和第一、三节的呼应，都旨在造成情绪的延长以达到强调的目的。又如"缓缓地"、"轻轻地"在音节上构成一种平缓和谐的听觉效果，同时又将其切戒两句，在听觉与视觉上又强化与延长了平缓和谐的感觉效果，以渲染爱的执着与深沉；一连串重叠的"郑重地"和"一字字一行行"的反复回环，则又在表现一种爱的神圣感；另外，像"不是……祇是"、"我知道……"句式的反复运用，对表现心理活动的委婉曲折也很有力。通过这些铺垫，逐次把爱的情感推进到高潮：之所以如此小心、谨慎，是因为这信里"藏着她秘密的一吻"。谜底揭开，令人感动，全诗意境尽出。这首诗虽直率但并不直白，是刘大白的新诗中艺术性较强的一首。

教我如何不想她 / 刘半农

天上飘着些微云，
地上吹着些微风。
啊！
微风吹动了我头发，
教我如何不想她？

月光恋爱着海洋，
海洋恋爱着月光。
啊！
这般蜜也似的银夜，
教我如何不想她？

水面落花慢慢流，
水底鱼儿慢慢游。
啊！
燕子你说些什么话？
教我如何不想她？

枯树在冷风里摇，
野火在暮色中烧。
啊！
西天还有些儿残霞，
教我如何不想她？

·作者简介·

刘半农（1891～1934），江苏江阴人。出身贫苦，上中学时因向往辛亥革命辍学参军，后到上海做编辑工作。1918年和钱玄同合作演双簧戏，争辩关于白话文的问题，有力地推进了白话文运动。另外他还一度参加《新青年》的编辑工作。1920年赴英入伦敦大学学习，1921年转入法国巴黎大学专攻语音学，获法国国家文学博士学位，并被巴黎语言学会推为会员。1925年秋回国，任北京大学国文系教授。1926年主编《世界日报》副刊，并任中法大学国文系主任。同年诗人将自己多年来在诗歌创作上的成果结集出版，分别是《瓦釜集》《扬鞭集》。历任北京大学国文系主任、北平大学女子文学院院长、辅仁大学教务长等职。1934年，诗人英年早逝。

刘半农像

作/品/赏/析

这首诗作于1920年诗人留学欧洲期间。也许是情人不在身边，也许是对祖国的想念，伴着那景色，诗人唱出了心底潜藏的最纯真的爱和热切的思念之情。诗名开始时叫作《情歌》，不久诗人将名字改成《教我如何不想她》。那时的诗人远离祖国故土，心中时时生出对故国的依恋，而那时的中国更是千疮百孔，其时诗人对故国的关心程度是可想而知的。

天空明净，大地宽阔。云儿在天空中飘着，微风轻吹，吹乱了诗人的头发，也唤起了诗人心中思念故土和亲人的感情，接着诗人一声感叹："教我如何不想她？"反问加强了感情和思念的程度。

在夜里，银色的月光照在宽阔的海面上。在这"蜜也似的银夜"，诗人却不能和恋人相伴，不能和心中的恋人在一起。这月光和海洋契合无间、依傍难分的情景在诗人的心中激起了怎样的感情呀！"教我如何不想她"？

水上落花，水底游鱼，燕子飞舞。这花因为燕子可有着"落花有意，流水无情"的担心？这游鱼因为燕子的出现可有着被水抛弃的担心？也许，燕子送来了家乡的信息，让诗人的心里有着更深的触动，更深的思念，"教我如何不想她"？

枯树在冷风中摇动，残霞映红了半边天，如野火在烧。这冷的风和天边的残霞形成了强烈的对比，更加衬出了诗人远离故国的失落和热切的思念之情。思念之余，诗人看到的还是一片冷冷的暮色——残霞。这是一种强烈的反差，在诗人最冷的心灵感受中，暗藏着对祖国深深的爱。

刘半农的诗歌代表了中国新诗早期的风格，他也是早期新诗的作者中创作路子比较宽的一个。他一方面吸收歌谣的散体和外国诗歌的特点，另一方面继承了中国传统诗歌的特点和手法——重视意境的营造、比兴等。如这首诗中，每一段的开头渲染了不同的景色，以引起感情的抒发；每一段都营造了优美的诗歌意境，实感的景色引起人们无穷的想象。同时，诗人采用了西方抒情诗的一些特点，反复吟唱，用生活中的白话来抒发心中强烈的感情。这首诗无论是在意境的营造上，还是在抒情方式的表现技巧上，都是后来中国白话新诗的楷模，对中国的新诗产生了启发式的影响。

天上的街市 / 郭沫若

远远的街灯明了，
好像闪着无数的明星。
天上的明星现了，
好像点着无数的街灯。

我想那缥缈的空中，
定然有美丽的街市。
街市上陈列的一些物品，
定然是世上没有的珍奇。

你看，那浅浅的天河，
定然是不甚宽广。
那隔河的牛郎织女，
定能够骑着牛儿来往。

我想他们此刻，
定然在天街闲游。
不信，请看那朵流星，
那怕是他们提着灯笼在走。

·作者简介·

郭沫若（1892～1978），原名郭开贞，四川乐山人，中国著名浪漫主义诗人、剧作家、历史学家、古文字学家。早年先后在日本冈山高等学校和九州帝国大学学习。在帝国大学，诗人开始从事文学创作。1920年诗人在《时事新报·学灯》上发表了一系列重要作品，1921年出版诗集《女神》。这部诗集是中国现代诗歌史上的里程碑，开创了中国新诗的浪漫主义风格。同年，诗人和郁达夫等人组织成立创造社，创办《创造》季刊。1923年，诗人从帝国大学毕业。1926年，诗人出任广东大学文学院学长。同年7月，诗人随国民革命军北伐。1927年8月，参加南昌起义，加入中国共产党。起义期间，诗人创作了大量历史剧，宣传革命。1928年2月，他开始了在日本的10年流亡生涯。期间诗人潜心研究中国古代文化，奠定了他的史学家、古文字学家的地位。1937年，他秘密回国，积极投身抗日救亡运动，创作了大量有时代气息的历史剧，如《虎符》、《屈原》等。新中国成立后诗人一直主持文化工作，历任中国科学院院长、全国人大常委会副委员长、全国政协副主席等职。

郭沫若像

作/品/赏/析

郭沫若的诗一向以强烈情感宣泄著称，他的《凤凰涅槃》热情雄浑，他的《天狗》带着消灭一切的气势，他的《晨安》、《炉中煤》让我们心跳动不止。但这首诗却恬淡平和，意境优美，清新素朴。诗人作这首诗时正在日本留学，和那时的很多中国留学生一样，他心中有着对祖国的怀念，有对理想、未来的迷茫。诗人要借助大自然来思索这些，经常在海边彷徨。在一个夜晚，诗人走在海边，仰望美丽的天空、闪闪的星光，心情变得开朗起来。诗人似乎找到了自己的理想，于是他在诗中将这种理想写了出来。

诗人将明星比喻成街灯。点点明星散缀在天幕上，那遥远的世界引起人们无限的遐想。街灯则是平常的景象，离我们很近，几乎随处可见。诗人将远远的街灯比喻为天上的明星，又将天上的明星说成是人间的街灯。是诗人的幻觉，还是诗人想把我们引入"那缥缈的空中"？在诗人的心中，人间天上是一体的。

那缥缈的空中有一个街市，繁华美丽的街市。那儿陈列着很多的物品，这些物品都是人间的珍宝。诗人并没有具体写出这些珍奇，留给了我们很大的想象空间，我们可以将它们作为我们需要的东西，带给我们心灵宁静、舒适的东西。

那不仅是一个街市，更是一个生活的场景。那被浅浅的天河分隔的对爱情矢志不渝的牛郎、织女，在过着怎样的生活？还在守着银河只能远远相望吗？"定能够骑着牛儿来往"，诗人这样说。在那美丽的夜里，他们一定在那琳琅满目的街市上闲游。那流星，就是他们手中提着的灯笼。简简单单的几句话，就颠覆了流传千年的神话，化解了那悲剧和人们叹息了千年的相思和哀愁。

这首诗风格恬淡，用自然清新的语言、整齐的短句、和谐优美的韵律，表达了诗人纯真的理想。那意境都是平常的，那节奏也是缓慢的，如细流，如涟漪。但就是这平淡的意境带给了我们丰富的想象，让我们的心灵随着诗歌在遥远的天空中漫游，尽情驰骋美好的梦想。

沙扬娜拉

——赠日本女郎 / 徐志摩

最是那一低头的温柔，
像一朵水莲花不胜凉风的娇羞，
道一声珍重，道一声珍重，
那一声珍重里有蜜甜的忧愁——
沙扬娜拉！

作者简介

　　徐志摩（1897～1931），浙江海宁人，中国现代著名诗人。1915年考入北洋大学预科班，次年入北洋大学，再次年转入北京大学政治学系。1918年，诗人转入美国克拉克大学，第二年转入哥伦比亚大学研究院，一年后获硕士学位。1920年，入伦敦剑桥大学当特别生，开始新诗创作。1922年3月，诗人与前妻张幼仪离婚，10月回到上海。1924年，泰戈尔访华，诗人作为陪同及翻译与泰游历各地，并随泰一同去了日本。同年诗人应胡适之邀任北大英文系教授，不久结识京城社交界名流陆小曼（她已为一名军人的妻子），两人很快坠入爱河。1926年，二人举行了婚礼。此后诗人一方面继续在大学教书，另一方面和胡适、闻一多等人创立了"新月社"，创办《新月》杂志。1931年1月，诗人主编的《诗刊》创刊。同年11月因飞机失事英年早逝。这次飞行旅途事务包括看望病中的妻子和赶场听林徽因的讲座。

作/品/赏/析

《沙扬娜拉十八首》曾编入《志摩的诗》，中华书局 1925 年版。1928 年 8 月新月书店重印时作者删去前 17 首，仅留最末一首，题作《沙扬娜拉一首》(赠日本女郎)。

这是组诗中的最后一首，写于 1924 年作者随印度诗人泰戈尔访日期间。这是一首赠别诗，也是徐志摩抒情诗中的"绝唱"，向来为人们所传诵。

在徐志摩的诗里，这是一首上选之作，甜津津的，倒真有点苏曼殊的味道。

这首小诗韵律和意象都很贴切自然，起句好，结句更有余味。论者常说徐志摩西化，就这首诗来看，却婉转温柔，一声"珍重"三次低回，有小令之感。柔情在这诗里，可说是恰到好处，过此就真的纤弱了。

徐志摩像

这首诗免于西化，不仅在韵味，也在句法。全诗五行，没有主词，没有散文必需的联系词，没有累赘堆砌的形容词，更没有西化句中屡见的代名词：转接无痕的手法是地道的中国传统。

诗人在短短的五行诗句中，表现了对日本女郎依依惜别的深情，并塑造了一位性情温柔、形神毕备的日本女郎的艺术形象。

这首诗以其简练的笔法，给读者留下较大的想象空间。开头一句"最是那一低头的温柔"，表现诗人对日本女郎柔情蜜意的深深眷恋。这位日本女郎在与诗人分别之际，似有不少话想说而又羞于启齿，于是含情脉脉地低头鞠躬。那种欲言又止的举动，正表现了日本女性的贤淑、温存与庄重。同是写离别，日本女郎与诗人告别，毕竟不同于中国女子与情人的告别，对作者自是别有一番情趣，所以诗人感慨系之，对此记忆犹新。

第二句用一个比喻"像一朵水莲花不胜凉风的娇羞"。以水莲花在凉风吹拂下的颤动作比，为了突出其柔媚的风致，进而刻画女郎的娴静与纯美。但要看到，这句诗表面上写这位女郎的体态弱不禁风，其实是衬托女郎在离情别绪的内心痛楚，气氛孤单凄凉。通过这一比喻，读者的想象力即可超出现实的空间，飞翔得更加高远了。

"道一声珍重，道一声珍重"，女郎把内心复杂的情感化作一声声的"珍重"来表达自己对对方难以割舍的爱慕敬仰之意。

通过语句重叠，平凡而韵味实足，正如第四句所写"那一声珍重里有蜜甜的忧愁"。

诗人在品味这一声声"珍重"里所包含的"蜜甜的忧愁"后，以"沙扬娜拉"这一平常然而诚挚的告别词结束，不仅是点题，而且通过这包含着复杂情谊的语调，把女郎声声嘱咐，殷殷叮咛的眷念心情传达出来。这句"沙扬娜拉"是深情的呼唤，也是美好的祝愿。

这首诗十分微妙而逼真地勾勒出送别女郎的形态和内心活动。短短五句，既有语言又有动作，更有缠绵的情意，寥寥数语，而形象呼之欲出，充分显示了诗人传神的艺术功力。

再别康桥 / 徐志摩

轻轻的我走了，
　　正如我轻轻的来；
我轻轻的招手，
　　作别西天的云彩。

那河畔的金柳，
　　是夕阳中的新娘；
波光里的艳影，
　　在我的心头荡漾。

软泥上的青荇，
　　油油的在水底招摇；
在康河的柔波里，
　　我甘心做一条水草！

那榆荫下的一潭，
　　不是清泉，是天上虹
揉碎在浮藻间，
　　沉淀着彩虹似的梦。

寻梦？撑一支长篙，
　　向青草更青处漫溯，
满载一船星辉，
　　在星辉斑斓里放歌。

但我不能放歌，
　　悄悄是别离的笙箫；
夏虫也为我沉默，
　　沉默是今晚的康桥！

悄悄的我走了，
　　正如我悄悄的来；
我挥一挥衣袖，
　　不带走一片云彩。

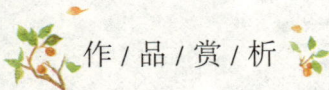

作/品/赏/析

　　这首诗写于1928年诗人第三次漫游欧洲的归途中，写的是那年一个夏日的感想。那是一个明媚的夏日，诗人怀着莫名的激情，瞒着接待他的大哲学家罗素，一个人悄悄地来到康桥（即剑桥大学所在地，今统译剑桥）——诗人曾学习、生活过的地方，想寻找他在那儿的朋友。但是，友人都不在家，诗人就在美丽的校园里徘徊，在那一木一花之中寻觅当年的欢声笑语，那洒落其间的青春年华。这些感想在诗人的心中酝酿了几个月，最后形成了这首诗。

　　诗的开头就弥漫着一种怀旧的情绪和宁静的氛围。诗人的来和走都是轻轻的，没有任何的声响，没有什么烦躁和吵闹；但诗人毕竟要和那华美的云彩告别了，毕竟那段美好的时光已经逝去了。那阳光下柔柔的柳枝，映在轻轻荡漾的波光里，幻出点点的金鳞，照在了诗人的眼中，同样也拨动着诗人的心。当年的友人的音容笑貌、爱人的窃窃私语在诗人的眼前浮现，耳畔回响。那清澈的水中，水草绿油油的，在水底摇曳，那清凉和优美都是诗人所美慕的。

　　诗人的想象不再受控制。在诗人眼中，那潭水就是天上的彩虹，它被揉碎了，最后沉淀在潭底的浮藻间，聚合为诗人的梦。寻梦？诗人随即就有了追忆的沉思。撑一支长篙，向青草的深处追寻，直到星光点点还乐不思归，在美丽的月夜放歌。

　　然而那段美好的时光不会再现了，昔日的好友也杳无踪影。诗人感到无限的惆怅。诗人的怅然情绪也感染了虫子，它们知趣似地沉默着，不再鸣叫。诗人要离去了，悄悄地离去，诗人不想惊动那美丽的场景，那美丽的回忆。

　　这首诗是中国新月诗的代表作。四行一节，每节押韵，诗行的排列错落有致，参差变化中有整齐的韵律。诗的整体有着强烈的音节波动和韵律感；首节和尾节前后呼应，使诗的形式完整。用词上讲究音节的和谐与轻盈，"轻轻"、"悄悄"等叠字的使用更是恰如其分。这些都完美表现了新月派诗歌的特征：完整的形式、和谐优美的旋律、诗句的紧密节奏等。

偶 然 /徐志摩

我是天空里的一片云，
偶尔投影在你的波心——
你不必讶异，
更无须欢喜——
在转瞬间消灭了踪影。

你我相逢在黑夜的海上，
你有你的，我有我的，方向；
你记得也好，
最好你忘掉，
在这交会时互放的光亮！

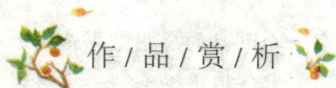

作/品/赏/析

　　《偶然》是一首内涵深远的小诗，诗人将"偶然"这样一个没有实质的虚词形象化来写，充满微妙的情趣和意味深长的哲理，充分显示了诗人细腻的内心情感世界和敏感的现实生活捕捉能力。

　　生活里偶然的瞬间非常之多，对此我们都有着许多不同的体验，但是有一种美好的使我们浮想联翩的瞬间却有着其共同的特征，诗人是这样表述的："我是天空里的一片云，/ 偶尔投影在你的波心——/ 你不必讶异，/ 更无须欢喜——/ 在转瞬间消灭了踪影。"这短短的几句诗里，既有对这种偶然之美的充分感受，又有着对这种瞬间事物的理智心态，而这种理智的心所感觉到的让人产生的一丝遗憾，更增加了一些对人生缺憾的惆怅。

　　不仅如此，诗人更深入地分析了这种偶然的背景所在，"你我相逢在黑夜的海上"，这是注定了"偶然"之所以成为"偶然"的强大客观依据所在，正因为如此，诗人认为"你有你的，我有我的，方向"，在这里，诗人理智地看到，偶然不能成为彼此的"方向"的障碍，这种"偶然"因为它特殊的存在方式而美好，所以"你记得也好，/ 最好你忘掉，/ 在这交会时互放的光亮"。当然，我们不能把它简单地理解为一种男女之间不经意的邂逅，尽管这种色彩在诗中更浓一些。

我不知道风是
在那一个方向吹 / 徐志摩

我不知道风
是在那一个方向吹
——我是在梦中，
甜美是梦里的光辉。

我不知道风
是在那一个方向吹
——我是在梦中，
她的负心，我的伤悲。

我不知道风
是在那一个方向吹
——我是在梦中，
在梦的悲哀里心碎！

我不知道风
是在那一个方向吹
——我是在梦中，
黯淡是梦里的光辉！

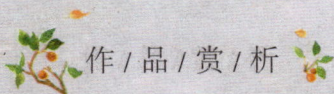

作/品/赏/析

　　《我不知道风是在那一个方向吹》是徐志摩最为广泛流传的一首诗作，具有十分严整的格律和章法，音调和谐优美，情感真挚婉约，典型地体现了新月派的艺术追求。"我不知道风 / 是在那一个方向吹"，含蓄地流露出诗人心中迷惘的情绪，而"我是在梦中"，更是给这种情绪蒙上一层怅惘和空幻的色彩。诗歌的前半部分表现的情感状态是甜美和迷醉，后半部分却是黯淡和心碎，表面上倾吐的是爱情的失意，透露出个人命运的彳亍迷惘，也间接地传达出那一时代人们所普遍怀有的彷徨情绪。

流云小诗 / 宗白华

《宇宙的灵魂》

宇宙的灵魂
我知道你了,
昨夜蓝空的星梦,
今朝眼底的万花。

《题歌德像》

你的一双大眼睛,
笼罩了全世界。
但也隐隐地透出了
你婴孩的心。

《月落时》

月落时
我的心花谢了,
一瓣一瓣的清香
化成她梦中的蝴蝶。

《系住》

那含羞伏案时回眸的一瞥,
永远地系住了我横流四海的放心。

《我的心》

我的心
是深谷中的泉:
他只映着了
蓝天的星光。
他只流出了
月华的残照。
有时阳春信至,
他也幽咽着
相思的歌调。

·作者简介·

宗白华（1897～1986），原名之櫆，字伯华。1897年生于安徽省安庆市小南门方宅，原籍江苏常熟，1905年随父母迁居南京，就读思益小学，15岁考入南京金陵中学。1914年，同表妹虞芝秀恋爱，开始创作旧体诗《游东山寺》、《别东山》等四首。1916年毕业于同济医工学堂中学部，秋，升入同济大学医预科同济医工学堂。1918年夏，从同济医工专门学校毕业，6月与同仁发起"少年中国学会"。1919年被"少年中国学会"选为评议员，并成为《少年中国》月刊的主要撰稿人，积极投身于新文化运动。1919年8月受聘上海《时事新报》副刊《学灯》，任编辑、主编。

1980年宗白华教授在书斋

1920～1925年留学德国，先后在法兰克福大学、柏林大学学习哲学、美学等课程。1922年6月在《学灯》上发表新诗《流云》八首，7月《流云》（第二组）在《学灯》上发表。1925年回国后在南京东南大学哲学院任教，之后数十年始终置身教育。新中国成立后，先后担任南京大学、北京大学教授。1986年12月20日在北京逝世，享年90岁。

作/品/赏/析

1921年冬天，正在柏林求学的宗白华，因着一种特殊感动，苏醒了心中深藏已久的诗歌创作欲望。正是从这个时候起，宗白华进入了他一生中诗歌创作的最旺盛期，连续写了40多首格调清新雅丽、意味深隽启人的小诗。

1924年1月，上海亚东图书馆将宗白华发表在《时事新报·学灯》上的部分诗作及其他一些未曾发表的作品，共49首（大都无题），辑成《流云》，正式出版。1928年9月，《流云》经宗白华重新编过，为每首诗加了标题，改名《流云小诗》，由东亚图书馆再版印行。

宗白华的小诗，风格独标，意趣深远，以一种玲珑别透的哲学般的宁静，有别于当时一般新诗中的反抗与破坏色彩，因此在这一时期的新诗运动中占有很重要的地位。宗白华在新诗创作方面，就如他的那些理论文字一样，常常用一些非常俭省的笔墨，创造出耐人寻味的优美意境，使人能够经常地反复咀嚼、回味。《宇宙的灵魂》寥寥四行，在意象转换之间，呈现出了廓大灵致、大化流行的宇宙气象，将诗人对自然生命的感悟、对于宇宙万象的体会，鲜活地呈现于目前。《题歌德像》诗中既有理智的清醒与深邃，又有情绪的纯真与感动。在诗里，写出了诗人自己对人生究竟的探询渴望，传达了诗人自己的人生立场与情怀。

宗白华对诗歌意象的独特构造以及对诗歌意境的特殊把握，为中国新诗运动吹入了一丝悠远明丽的新鲜气息。在宗白华的《流云小诗》里，大多是吟颂个人对于人生、自然、爱情等真情感受、内心体悟的作品。星空、明月、流云、朝霞、细雨、森林、大海、暮霭……在诗中，宗白华把自己对生命的关爱、对生活的热情、对宇宙万象的含情关照，浸润于一个个客观具体的自然物象之中，在心与物的交融互渗之中，使自然物象呈现为富个人情调的艺术意象。

赠友 / 朱自清

你的手像火把，
你的眼像波涛，
你的言语如石头，
怎能使我忘记呢？

你飞渡洞庭湖，
你飞渡扬子江；
你要建红色的天国在地上！
地上是荆棘呀，
地上是狐兔呀，
地上是行尸呀；

你将为一把快刀，
披荆斩棘的快刀！
你将为一声狮子吼，
狐兔们披靡奔走！
你将为春雷一震，
让行尸们惊醒！

我爱看你的骑马，
在尘土里驰骋——
一会儿，不见踪影！
我爱看你的手杖，
那铁的铁的手杖；
它有颜色，有斤两，
有铮铮的声响！
我想你是一阵飞沙走石的狂风，
要吹倒那不能摇撼的黄金的王宫！
那黄金的王宫！
呜——吹呀！

去年一个夏天大早我见着你：
你何其憔悴呢？
你的眼还涩着，
你的发太长了！
但你的血的热加倍地熏灼着！

在灰泥里辗转的我，
仿佛被焙炙着一般！——
你如郁烈的雪茄烟，
你如酽酽的白兰地，
你如通红通红的辣椒，
我怎能忘记你呢？

作者简介

朱自清（1898～1948），原名自华，字佩弦，号实秋，是中国著名的诗人和杰出的散文家。他早年倡导写作新诗，1923年发表近300行的抒情长诗《毁灭》。之后创作的《桨声灯影里的秦淮河》被誉为"白话美术文的模范"。朱自清早期的散文集有《背影》、《踪迹》等。1946年，朱自清到北京任清华大学中文系主任。1948年，朱自清拒领美援面粉，在胃病中辞世。

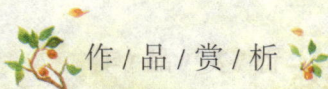

作/品/赏/析

朱自清很少写诗，但是这首诗很特别，它显得粗糙朴实而情感炽烈，显示着一种真实而笨拙的热情，诗歌最显著的特征是诗人形象而贴切地运用了大量的比喻和排比，从不同的角度歌颂了友人追求和掌握革命真理，引导人民前进的无畏精神。"你的手像火把，你的眼睛像波涛，你的言语如石头"，这三个比喻给我们勾勒了一个革命者的粗线条的形象。"你飞渡洞庭湖，你飞渡扬子江；你要建红色的天国在地上"！这三句写出了友人的革命行动和志向。在诗人的笔下，这位革命的友人所要打碎的世界是一个荆棘遍地、狐兔横行、行尸走肉的社会，在诗人看来，友人的革命是"快刀"、"狮吼"和"春雷"，反抗着黑暗显示，冲击着残暴、腐朽和愚昧，诗人给这种反抗精神以热情的赞扬。诗人想象和期待着友人"是一阵飞沙走石的狂风，要吹倒那不能摇撼的黄金的王宫！那黄金的王宫！"值得注意的是诗人写道："去年一个夏天大早我见着你：你何其憔悴呢？你的眼还涩着，你的头发太长了！"这是一个与前面的描写有着巨大差异的形象，这种转变是作者歌颂革命和反抗的一个有力而别致的角度，即使如此的一个形象里，诗人看到的依然是："你的血的热加倍地熏灼着！"而"在灰泥里转辗转的我，仿佛被焙炙一般"。这又是一个对比的角度，在这个对比中，友人"如郁烈的雪茄烟"，"如酽酽的白兰地"，"如通红的红辣椒"，使诗人不能忘记。

光 明 /朱自清

　　风雨沉沉的也夜里，
　　前面一片荒郊。
　　走尽荒郊，
　　便是人们的道。
　　呀！黑暗里歧路万千，
　　叫我怎样走好？
　　"上帝！快给我些光明罢，
　　让我好向前跑！"
　　上帝慌着说，"光明？
　　我没处给你找！
　　你要光明，
　　你自己去造！"

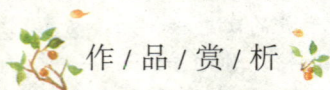

作/品/赏/析

　　这首诗构造了一个象征性的情节，简明地表达了这样一个哲理，人必要走过迷惘，穿越黑暗，通过艰苦的努力才能够寻获光明的所在，而这寻求的过程，只能由人自己来完成，决不可向别处去祈求，也不可能祈求得到——"上帝慌着说，'光明？我没处给你找！你要光明，你自己去造！'""从来就没有什么救世主，也不靠神仙皇帝。要创造人类的幸福，全靠我们自己！"《国际歌》中的句子，表达的与此正是同样的含义。

我是少年 / 郑振铎

一

我是少年！我是少年！
我有如炬的眼，
我有思想召唤泉。
我有牺牲的精神，
我有自由不可捐。
我过不惯偶像似的流年，
我看不惯奴隶的苟安。
我起！我起！
我欲打破一切的威权。

二

我是少年！我是少年！
我有愤腾的热血和活泼进取的气象。
我欲进前！进前！进前！
我有同胞的情感，
我有博爱的心田。
我看见前面的光明，
我欲驶破浪的大船，
满载可怜的同胞，
进前！进前！进前！
不管它浊浪排空，狂飙肆虐，
我只向光明的所在，
进前！进前！进前！

· 作者简介 ·

郑振铎（1898～1958），现代作家、文学评论家、文学史家、考古学家。笔名西谛、CT、郭源新等。原籍福建长乐，生于浙江永嘉。1917年入北京铁路管理学校学习，五四运动爆发后，曾作为学生代表参加社会活动，并和瞿秋白等人创办《新社会》杂志。1920年11月，与沉雁冰、叶绍钧等人发起成立文学研究会，并主编文学研究会机关刊物《文学周刊》，编辑出版了《文学研究会丛书》。1923年1月，接替沉雁冰主编《小说月报》，倡导写实主义的"为人生"的文学，提出"血与泪"的文学主张。大革命失败后，旅居巴黎。1929年回国。曾在生活书店主编《世界文库》。抗战爆发后，参与发起了"上海文化界救亡协会"，创办《救亡日报》。和许广平等人组织"复社"，出版了《鲁迅全集》《联共党史》《列宁文选》等。抗战胜利后，参与发起组织"中国民主促进会"，创办《民主周刊》，鼓动全国人民为争取民主、和平而斗争。1949年以后，历任文物局局长、考古研究所所长、文学研究所所长、文化部副部长、中国民间研究会副主席等职。1958年10月18日，在率中国文化代表团出国访问途中，因飞机失事殉难。

作/品/赏/析

《我是少年》是郑振铎早期的一首慷慨激昂，充满激情和活力的诗，像一部进行曲。虽然说作为一首诗歌他显得过于直白，形势上比较粗糙，没有巧妙的构思和多么华丽的修饰，但它的价值恰好在这粗糙的气势上，充满了一往无前，青春进取的热烈精神。可以看出来，这首诗所突出和强调的，就是这一种精神气势和铿锵明快的节奏。在诗的第一节，诗人非常简明直白地说出少年的特征："我有如炬的眼，我有思想召唤泉。我有牺牲的精神，我有自由不可捐。我过不惯偶像似的流年，我看不惯奴隶的苟安。"正因为这些青春鲜活，热血沸腾的气质，所以："我起！我起！我欲打破一切的威权。"在第二节中，诗人主要强调了一种进取前进的意志："我有沸腾的热血和活泼进取的气象。我欲进前！进前！进前！"当然，这种进前是抱负着对祖国的爱和对同胞的同情，抱负着追求光明新生活的信念。"我有同胞的情感，我有博爱的心田。我看见前面的光明，我欲驶破浪的大船，满载可怜的同胞，进前！进前！进前！"全诗显示了一代觉醒了的新人蓬勃的朝气，融入了当时的民族最强音。

红 烛 /闻一多

红烛啊！
这样红的烛！
诗人啊！
吐出你的心来比比，
可是一般颜色？

红烛啊！
是谁制的蜡——给你躯体？
是谁点的火——点着灵魂？
为何更须烧蜡成灰，
然后才放光出？
一误再误；
矛盾！冲突！
红烛啊！
不误，不误！
原是要"烧"出你的光来——
这正是自然底方法。

红烛啊！
既制了，便烧着！
烧罢！烧罢！
烧破世人底梦，
烧沸世人底血——
也救出他们的灵魂，
也捣破他们的监狱！

红烛啊！
你心火发光之期，
正是泪流开始之日。

红烛啊！
匠人造了你，
原是为烧的。
既已烧着，
又何苦伤心流泪？

哦！我知道了！
是残风来侵你的光芒，
你烧得不稳时，
才着急得流泪！

红烛啊！
流罢！你怎能不流呢？
请将你的脂膏，
不息地流向人间，
培出慰藉底花儿，
结成快乐底果子！

红烛啊！
你流一滴泪，灰一分心。
灰心流泪你的果，
创造光明你的因。

红烛啊！
"莫问收获，但问耕耘。"

·作者简介·

闻一多（1899～1946），原名闻家骅，湖北浠水人，中国现代诗人、思想家。1912年考入清华学校。1922年赴美留学，先后入芝加哥美术学院、科罗拉多大学美术系学习，同时创作了大量爱国思乡的诗歌。1924年，闻一多的诗集《红烛》出版，奠定了他在中国现代诗歌史上的地位。1925年闻一多回国，任北京艺术专科学校教务长，曾参与创办《大江》杂志，同时与徐志摩等在北京《晨报》上开设副刊《诗镌》。1927年去武汉国民革命军政治部工作，同年任南京国立中山大学外文系主任。1928年参与创建"新月社"，和徐志摩等创办《新月》杂志，同年出版诗集《死水》。此后闻一多放弃诗歌创作，埋头钻研学术，先后任武汉大学、青岛大学文学院院长，清华大学中文系教授。抗战期间，闻一多带领最后从北京离开的学生徒步前往云南，任西南联合大学中文系教授。1944年加入民盟。1946年7月15日，闻一多抗议国民党暗杀民盟党员李公仆，在李的追悼会上演说著名的《最后一次演讲》，回家途中遭国民党特务枪杀。

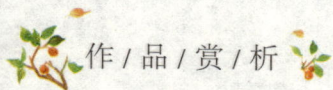

作/品/赏/析

这首诗写于1923年。诗人准备出版自己的第一部诗集，在回顾自己数年来的理想探索历程和诗作成就时，就写下了这首名诗《红烛》，将它作为同名诗集《红烛》的序诗。

诗的开始就突出红烛的意象，红红的，如同赤子的心。闻一多要问诗人们，你们的心可有这样的赤诚和热情，你们可有勇气吐出你的真心和这红烛相比。一个"吐"字，生动形象，将诗人的奉献精神和赤诚表现得一览无余。

诗人接着问红烛，问它的身躯从何处来，问它的灵魂从何处来。这样的身躯、这样的灵魂为何要燃烧，要在火光中毁灭自己的身躯？诗人迷茫了，如同在生活中的迷茫，找不到方向和思考不透很多问题。矛盾！冲突！在曾有的矛盾冲突中诗人坚定了自己的信念。因为，诗人坚定地说："不误！不误"。诗人已经找到了生活的方向，准备朝着理想中的光明之路迈进，即使自己被烧成灰也在所不惜。

诗歌从第四节开始，一直歌颂红烛，写出了红烛的责任和生活中的困顿、失望。红烛要烧，烧破世人的空想，烧掉残酷的监狱，靠自己的燃烧救出一个个活着但不自由的灵魂。红烛的燃烧受到风的阻挠，它流着泪也要燃烧。那泪，是红烛的心在着急，为不能最快实现自己的理想而着急，流泪。诗人要歌颂这红烛，歌颂这奉献的精神，歌颂这来之不易的光明。在这样的歌颂中，诗人和红烛在交流。诗人在红烛身上找到了生活方向：实干，探索，坚毅地为自己的理想努力，不计较结果。诗人说："莫问收获，但问耕耘。"

这首诗有浓重的浪漫主义和唯美主义色彩。诗歌在表现手法上重幻想和主观情绪的渲染，大量使用了抒情的感叹词，以优美的语言强烈地表达了心中的情感。在诗歌形式上，诗人极力注意诗歌的形式美和诗歌的节奏，以和诗中要表达的情感相一致，如：重复句的使用、一定程度上采用中国传统诗歌的押韵形式、前后照应和每节中诗句相对的齐整等。诗人所倡导的中国新诗的格律化、音乐性的主张在这首诗中有一定的体现。可以说，闻一多融汇古今、化和中外的诗歌形式，以强烈的情感表达和追求精神开辟了中国一代诗风，激励着一代代的中国诗人去耕耘和探索。

孤山听雨 / 俞平伯

云依依的在我们头上，
小桦儿却早懒懒散散地傍着岸了。
小青哟，和靖哟，
且不要萦住游客们的凭吊；
上那放鹤亭边，
看葛岭底晨妆去罢。

苍苍可滴的姿容，
少一个初阳些微晕她。
让我们都去默着，
幽甜到不可说了呢。
晓色更沉沉了；
看云生远山，
听雨来远天，
飒飒的三两点雨，
先打上了荷叶，
一切都从静默中叫醒来。

皱面的湖纹，
半蹙着眉尖样的，
偶然间添了——
花喇喇银珠儿那番迸跳。
是繁弦？是急鼓？
比碎玉声多几分清悄？
凉随着雨生了，
闷因着雷破了，
翠叠的屏风烟雾似的朦胧了。
有湿风到我们底衣襟上，
点点滴滴的哨呀！

来时的桦子横在渡头。
好个风风雨雨。
清冷冷的湖面。
看他一领蓑衣，
把没篷子的打鱼船，
闲闲的划到藕花外去。

雷声殷殷的送着，
雨丝断了，近山绿了；
只留恋的莽苍云气，
正盘旋的西泠以外，
极目的几点螺黛里。

· 作者简介 ·

俞平伯（1900～1990），浙江德清人，名铭衡，字平伯，清代朴学大师俞樾曾孙，早年积极参加新文化运动，是新潮社、文学研究会和语丝社成员，1919 年毕业于北京大学文科，而后赴日本考察教育，回国后曾执教于杭州第一师范学校，其后在上海大学、燕京大学、清华大学、北京大学等多所学校任教，新中国成立后担任北京大学教授、中国社会科学院文学研究所研究员、九三学社中央委员等职。1922 年，俞平伯与朱自清、刘延陵、叶圣陶等一起创办了中国最早的新诗刊物《诗》月刊，并创作有《冬夜》《西还》《忆》等诗集，后来转向散文创作和古典文学研究，著有《〈红楼梦〉研究》，散文集《杂拌儿》《燕知草》等，其中《桨声灯影里的秦淮河》是历来为人传诵的名篇。

作/品/赏/析

孤山位于杭州西湖中，诗中所描绘的画面正在清晓时分，"云依依的在我们头上，小桦儿却早懒懒散散地傍着岸了。"一片悠然闲适的情氛，带给人一种诗情画意的感受。"小青哟，和靖哟，且不要萦住游客们的凭吊"——西湖边的冯小青墓与林和靖墓，牵系着那或凄美，或俊逸的风流人物和历史故事，载寓着人们的幽绵的思怀，给西湖注入了具有深蕴的文化情味。"苍苍可滴的姿容，少一个初阳些微晕她。"如此美妍可人的景致，真的是令所往的游人"都去默着，幽甜到不可说了呢"。那"幽甜"二字，最饶诗意，情境合一，极醉人心。"看云生远山，听雨来远天"，这两句很好地显示出诗歌语言所蕴含的相当凝练的古典词曲的韵味。"皱面的湖纹，/半蹙着眉尖样，/偶然间添了——/花喇喇银珠儿那番迸跳。"诗人对湖水做了拟人化的描摹，将微风吹临湖面的情形极为传神地表现出来，而那"迸跳"的形容又将雨打湖面的情景写得非常具有动感。"是繁弦？是急鼓？比碎玉声多几分清悄？"诗人又在诗中融入了听觉性的描写，使这雨的情态更加丰满。"凉随着雨生了，闷因着雷破了"，一个"生"字，一个"破"字，运用得极为巧妙，至为简洁，却又极富感受性。"雨丝断了，近山绿了"，景气陡然一变，对听雨的过程做了很好的收束。"只留恋的莽苍天气，正盘旋在西泠以外，极目的几点螺黛里。"一片悠远的境界，给人留下一种思邈无垠的韵味。

暮 /俞平伯

敲罢了三声晚钟，
把银的波底容，
黛的山底色，
都销融得黯淡了，
在这冷冷的清梵音中。

暗云层叠，
明霞剩有一缕；
但湖光已染上金色了。
一缕的霞，可爱哪！
更可爱的，只这一缕哪！

太阳倦了，
自有暮云遮着；
山倦了，
自有暮烟凝着；
人倦了呢？
我倦了呢？

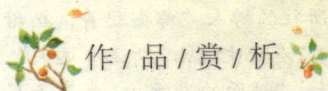

作/品/赏/析

　　日本文学传统中有着浓重的"物哀"精神，所谓"物哀"，大约就是指人在接触外物的时候情感受到激发，情景互融，由着心底流出的细腻伤感的情绪，而使外物也着上了人的情感所赋予的那种哀婉而凄美的色彩。其实，这种"物哀"精神并非日本文学所独具，在他国的文学作品中也是普泛的存在的，至少在中国古典诗词中是有着很为普遍的表现的。俞平伯的这首《暮》，虽为新诗，却饶具古典的感伤韵味，诗人由钟声、山色的感染而勾起内心的幽绪，由那低低的轻问，流露出人生的哀愁和忧伤、清冷与孤独，也表现出诗人心底对人生中那份充满温暖的相互关爱的真情挚谊的热切呼唤。

水 声 / 穆木天

水声歌唱在山间
水声歌唱在石隙
水声歌唱在墨柳的荫里
水声歌唱在流藻的梢上

妹妹你知道不
哪里是水的故乡

月亮的银针跳跃在灰色的桧梢
月亮的银针与鹅茸般的涟漪相照
看啊宿鱼儿急急的逃走了
那里荡漾着我们的灰影与纤纤的小桥

来 拾起我们的腐朽的棹杆
去荡那只方舟到灰色的芦苇中间
我们听着水声明月的唱和
我们遥望着那澹淡的渔灯点点

我们要找水声到渔人的网眼
我们要找水声到山间的泉源
我们要找水声到海口的沙滩
我们要找水声到那里的江湾

我们要找水声在稻田的沟里
我们要找水声到修竹的薮间
来 拾起我们那朽腐的棹杆
我们共荡在夜暮里我们那孤独的小船

妹妹 水声是否歌唱在你的眼尖
妹妹 水声是否歌唱在你的胸膛
妹妹 水声是否歌唱在你的发梢
妹妹 水声是否歌唱在你的鬓旁

妹妹你知道不
哪里是水的故乡

来 拾起我们那腐朽的棹杆
趁着这月色朦胧天光轻淡
我们在河上轻轻的荡漾我们的小舟
捋着空间的白色小花直找到水乡的尽处

·作者简介·

穆木天（1900～1971），吉林伊通人，原名敬熙。1918年毕业于南开中学，而后赴日本东京第一高等预科学校学习。1920年开始创作新诗，1921年加入创造社。1923年考入东京帝国大学，攻读法国文学，1926年毕业回国，先后在中山大学、孔德学校、中国学院、吉林省立大学任教。1931年到上海，加入左翼作家联盟，同年与蒲风等组织中国诗歌会，抗战爆发后去武汉主编《时调》和《五月》。1939年后在中山大学、桂林师范学院、同济大学任教，并在暨南大学、复旦大学担任兼职教授，新中国成立后在东北师范大学、北京师范大学任教。

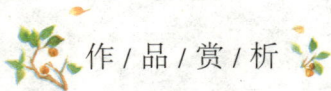

作/品/赏/析

穆木天在诗歌创作中强调唯美的品质，同时要求诗歌具有很好的音乐性，这在诗作《水声》中有着很好的体现。诗的开篇一段描写水声的歌唱，为诗歌的展开建构了一个大的背景，也自然引出了下面的问话——"妹妹你知道不／哪里是水的故乡"。这就将诗歌的主人表现出来，而又引起接下来的对水之故乡的寻觅过程，在这寻觅过程中描绘了一路上的各种自然景致，实际上是在写"我们"在水上泛舟畅游的情景。"我们共荡在夜幕里我们那孤独的小船"，点出了恋人之间同舟共渡、泛游水上的甜美时光。而后，诗人将这种寻觅转移到"妹妹"的身上，更是展现了这份爱情的柔蜜。最后，诗歌以"我们在河上轻轻的荡漾我们的小舟／捋着空间的白色小花直找到水乡的尽处"来结束，取得了行程的完美，也实现了篇章的完整。通观全篇，前后呼应，层次分明，格式整齐，音韵严谨，语言优美，格调清朗，展现了非凡的艺术性。

记取我们简单的故事 / 李金发

记取我们简单的故事：
秋水长天，
人儿卧着，
草儿碍了簪儿
蚂蚁缘到臂上，
张惶了，
听！指儿一弹，
顿销失此小生命，
在宇宙里。

记取我们简单的故事：
月亮照满村庄，
——星儿哪敢出来望望，——
另一块更射上我们的面。
谈着笑着，
犬儿吠了，
汽车发生神秘的闹声，
坟田的木架交叉
如魔鬼张着手。

记取我们简单的故事：
你臂儿偶露着，
我说这是雕塑的珍品，
你羞赧着遮住了
给我一个斜视，
我答你一个抱歉的微笑，
空间静寂了好久。
若不是我们两个，
故事必不如此简单。

· 作者简介 ·

李金发(1900～1976),原名李淑良,广东梅县人。1919年赴法勤工俭学,在法国象征派诗歌的影响下,开始创作格调怪异的诗歌,在中国新诗坛上被称为"诗怪",成为我国第一个象征主义诗人。1925年初,应上海美专校长刘海粟邀请,李金发回国执教,并为《小说月报》《新女性》撰稿。1928年创办《美育》杂志。在抗战期间,李金发曾被国民党外交部派往越南工作,不久在广东主编《中山日报》副刊,1941年任《文坛》月刊主编。1944年,任中国驻伊朗大使馆代理大使,1946年夏又调任驻伊拉克代理公使。1951年,李金发举家从黎巴嫩乘船去美国,在离纽约不远处的一个叫"林湖"的小城旅居,此后一直居住在那里。李金发出版的诗集有《微雨》《为幸福而歌》《食客与凶年》等。

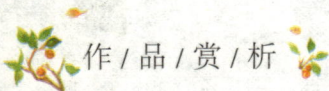

作/品/赏/析

这首诗是象征主义诗人李金发少有的透着清纯气息的诗歌作品,诗人选取了三个简单的情人约会的片断,抒写了年轻恋人们纯洁美好的情感世界。这些片断确实是"简单的故事",与那些海枯石烂、生死缠绵、荡气回肠的爱情故事相比,简直有些过于平淡了,但是,在日常生活中,这恰恰是最真实最现实可信的情感的写照。第一个片断是两个人在秋天的野外,"秋水长天,人儿卧着,草儿碍了鬓儿/蚂蚁缘到臂上,"这是一幅懒洋洋的放松的惬意,充满了风轻云淡的幸福感;第二个片断是月下的静静的村庄,"月亮照满村庄,——星儿哪敢出来望望——/另一块更射上我们的面。谈着笑着,犬儿吠了,汽车发出神秘的闹声,坟田的木架交叉/如魔鬼张着手。"这是月下甜蜜的约会,只有两个人的世界,一切都充满着诗意的幸福。这一节里的部分描写具有李金发的一贯风格。第三个片断可谓有声有色,诗人写到了两个人对话的情景,充满着恋人间彼此的陶醉幸福:"你臂儿偶露着,我说这是雕塑的珍品,你羞赧着遮住了/给我一个斜视。我答你一个抱歉的微笑,空间寂静了好久。"结尾一句,诗人竟然进一步阐发了他的"简单":"若不是我们两个,故事必不如此简单。

繁 星（节选）/冰心

一

繁星闪烁着——
深蓝的太空，
何曾听得见他们对语？
　　沉默中
　　微光里
他们深深的互相颂赞了。

一三一

大海呵！
　　哪一颗星没有光？
　　哪一朵花没有香？
　　哪一次我的思潮里
没有你波涛的清响？

·作者简介·

冰心（1900～1999），原名谢婉莹，福建长乐人，中国著名女诗人、作家。出生在一个清末军官家庭。1918年进北京协和女子大学（后并入燕京大学）学医，后改学文学。同年开始发表小说，登上文坛。1920年起发表短篇小说《斯人独憔悴》，开启文坛"问题小说"的讨论；同年诗人的小诗创作也获得文坛的认可，在报纸杂志上时有发表。1921年参加文学研究会，是其成立时唯一的女性。1923年，诗人的诗集《繁星》《春水》出版。同年赴美威尔斯利女子大学学习英国文学，期间写成《寄小读者》等系列散文。1926年回国后在燕京大学、清华大学、北京女子文理学院任教。抗战胜利后，诗人东渡日本。1951年秋回国。1960年后曾任中国作协书记处书记。在20世纪90年代，又写下了《再寄小读者》等著名作品。1999年在北京病逝。

已过古稀之年的冰心深情地凝视着"小橘灯"，沉湎在对往事的回忆中。

作/品/赏/析

中国的新诗，在经过早期的过分散文化探索之后，开始回归诗的本身。东方的诗歌进入了中国诗人的视野，那就是郑振铎翻译的泰戈尔的《飞鸟集》和周作人翻译的日本的俳句。冰心的新诗于1922年在报纸上连载，1923年结集出版的诗集《繁星》《春水》就是她那个时期的创作实绩。

在冰心的人生历程中，有两点对诗人的思想产生了决定性的影响。一是诗人的童年是在山东烟台度过的。在这个海边城市中，诗人整日面对着变幻不息的海面，整日在天水之间体味那份空阔和悠远。二是冰心早年就读于一所教会学校。基督教的泛爱思想深深影响了诗人的"爱"的哲学。这样的思想伴着诗人敏感的心灵，在诗人的笔下，在诗人的诗中飞翔了。这一定程度上也是《繁星》《春水》的主题和内容。

第一首诗，表现了人类应互敬互爱的"爱"的哲学思想。在夜里，天空高远而深邃，透着深深的蓝色；繁星在闪烁着，很是灵动，显示着生命的迹象。诗人面对着这样的星空，展开了极为丰富的想象。那繁星似乎是在互相默默地对语，似乎在这样的夜里彼此心心相印了。它们又是如何在对语呢？在默契中，在微光里，"他们深深的互相颂赞了"。那是一个和谐、充满爱的世界，更何况人的世界呢？

第二首诗，是冰心对大海的感受，是对大海的颂歌，也是诗人心灵的颂歌。诗人由波澜壮阔的大海想到了浩瀚的宇宙，点点群星；想到了繁华的世界，香气四溢的花朵。诗人再由这繁华而广阔的自然想到了诗人自己的胸怀，想到人类的博大和宽广。诗采用了排比句，用连续的反问加强了抒情的效果，深化了诗歌的意境。

冰心的小诗形体短小，思想纯真，含有丰富的诗意。如这两首诗，三言五语就塑造出一个生动的意境，用典型的情景表达了诗人内心深处的诗意感兴，启人深思。诗人的一刹那的思考就足以让我们领悟世间的哲理。诗的语言修辞的运用也特色独具，排比、反问、比喻是贴切和意味丰富的，拟人的使用更是融情入景，生动而情趣并具。另外，一定程度的口语化，使她的诗凝练而不失自然流利，清新怡人。

春 水（节选）/冰心

三

青年人！
你不能像风般飞扬，
便应当像山般静止。

浮云似的
无力的生涯，
只做了诗人的资料呵！

一八

冰雪里的梅花呵！
你占了春的先了。
看遍地的小花
随着你零星开放。

三三

墙角的花！
你孤芳自赏时，
天地便小了。

五三

春从微绿的小草里
对青年说：
"我的光照临着你了，
从枯冷的环境中
创造你有生命的人格罢！"

一七四

青年人，
珍重的描写罢，
时间正翻着书页，
请你着笔！

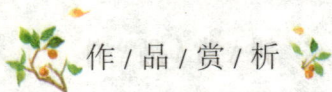

作/品/赏/析

《春水》写于1922年，出版于1923年。作者自己说："我自己写《繁星》和《春水》的时候，并不是在写诗，只是受了泰戈尔《飞鸟集》的影响，把自己许多'零碎的思想'，收集在一个集子里而已。"

冰心是一个倡导博爱的人，她有着东方女性温和、娴静和善良的性格，她的文字都在一种冷静和细腻的情感中表达着对人生问题的探讨，对人类的爱，尤其是对女性和儿童的关爱，冰心诗歌的风格在中国现代新诗中是独特的。《春水》里大都是充满哲理的小诗，意象清晰，语言简单明快，思想纯洁朴实，结构形式非常简单，但又内涵丰富深邃，有的甚至充满神秘主义色彩，体现了女性敏感细腻的特征，并且充分融入了中国传统文化的情感色彩和东方的哲学和智慧。

《春水·三》是一首精彩的哲理诗。诗人劝勉青年要稳重踏实，脚踏实地，光有理论，喜欢吹嘘，缺乏实践是不可取的。

《春水·一八》表现了冰心对于新生事物的珍爱。在描绘自然之美时，表现出了诗人独特的审美情趣。

《春水·三三》描写了墙角孤芳自赏的花，通过这样的一朵花来比喻一种人的人生，指出造成"天地便小了"以致人生渺小的最重要的、也是主观的原因在于它的孤芳自赏，从而揭示了这样一个道理：一个人内心的固步自封往往是导致其境界狭小的最致命的原因。

《春水·五三》中，诗人以拟人的手法，告诉人们胜利的曙光已经来临，每个人都应该热情地去迎接美好的生活，创立自己辉煌的人生。

《春水·一七四》是一首励志的小诗。诗人通过寥寥数语，来提醒我们珍惜青春的美好时光，将精力投入现实的行动中来实现自己的人生理想，创造出属于自己的美好生活。

纸 船 /冰心

我从不肯妄弃了一张纸，
总是留着——留着，
叠成一只一只很小的船儿，
从舟上抛下在海里。

有的被天风吹卷到舟中的窗里，
有的被海浪打湿，沾在船头上。
我仍是不灰心地每天叠着，
总希望有一只能流到我要他到的地方去。

母亲，倘若你梦中看到一只很小的白船儿，
不要惊讶他无端入梦，
这是你至爱的女儿含着泪叠的，
万水千山，求他载着她的爱和悲哀归去。

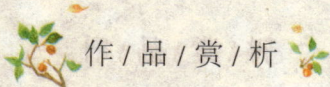

作/品/赏/析

　　这首诗作于 1923 年 8 月，其时冰心正在去往美国留学的轮船上。别离家乡，远渡重洋，这惹起了冰心对母亲深挚绵永的思念，于是有了诗人心底默默的倾诉，有了这首婉约的小诗。诗中传达这种情感的方式极为特别，诗人令那一只一只小小的纸船儿载寓着自己的思念，漂过大洋，到达母亲的身边，尽管这是一种美丽而虚幻的构想，但是诗人期盼母亲在梦中能够见到这样的一只很小的白船儿的那份热烈的情感却是无比真挚的。"这是你至爱的女儿含着泪叠的，/万水千山，求他载着她的爱和悲哀归去。"读来至为感人。

妹妹你是水 / 应修人

妹妹你是水——
你是清溪里的水。
　　无愁的镇日流，
　　率真地长是笑，
　　自然地引我忘了归路了。

妹妹你是水——
你是温泉里的水。
　　我底心儿他尽是爱游泳，
　　我想捞回来，
　　烫得我手心痛。

妹妹你是水——
你是荷塘里的水。
　　借荷叶做船儿，
　　借荷梗做篙儿，
　　妹妹我要到荷花深处来！

· 作者简介 ·

应修人（1900～1933），浙江慈溪人。作为"五四"运动后新文学勃兴时期"最早露出头角的青年诗人之一"。由他倡议成立的湖畔诗社，由他编辑并自费出版的《湖畔》和《春的歌集》，成了当时生气勃勃的新诗运动中一支突起的新军，在中国诗歌史上成为一个卓越的存在。到1924年，在沈雁冰、革命党人瞿秋白影响下，应修人的诗风大变，他的作品从空想转变到现实中来，如《灰黑的手帕》、《陨星》等。

应修人从事新诗创作的时间只有短短的5年。26岁起，他投身于中国人民解放事业，成为职业革命家。在极端艰险的白色恐怖环境下担任着江苏省委宣传部长，最终英勇牺牲。他用自己33岁年轻的生命写下了最壮丽的诗篇，不但在现代文学史上，而且在现代革命史上留下了不可磨灭的足迹。其主要作品有诗集《湖畔》（与冯雪峰、潘漠华、汪静之合著）、《春的歌集》（与潘漠华合著）等。

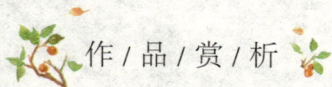

作/品/赏/析

1923年中秋，应修人和朋友游吴淞，结识了爱读他的诗歌并已经通过信的两位女友，其中一位湘芩姑娘后来给应修人写信，令他觉得"这样满是诗情的信，是第一回接到。伊称我修姐姐，自居为'小妹妹'"。应修人对她极为倾心，但自觉"尘污于心"，似未与她进一步发展感情；几天后，他就答应了为家乡桃仙姑娘来说媒的姨妈，而和桃仙"敲定"了。我们虽不能断言这个小妹妹就是《妹妹你是水》里的"妹妹"，但可以肯定，此时应修人的大胆至多是停留在感情生活上的，行动上仍然是"发乎情，止乎礼"，不会"从心所欲"。这样《妹妹你是水》里的"妹妹"，与其把她看作是实有其人，不如把她看作是一个理想寄托。

《妹妹你是水》这首诗，风格由拘谨、持重发展到奔放大胆，历来为人称道。它无所顾忌地表达对那个无忧无虑如清溪、热情奔涌如温泉、温馨清新如荷塘的姑娘的爱慕与追求。但是所谓的"我要到荷塘深处来"，只能是精神性追求的充满诗意的象征。

这首诗共三节，每一节都运用暗喻，将自己深深恋爱着的姑娘比喻成水，层层深入地抒写自己对美好爱情的陶醉之情。第一节将姑娘比作清溪里的水，象征了她的纯洁活泼、天真快乐。诗人又将清溪拟人化，写她"率真地长是笑"，更突出了姑娘的无忧无虑、活泼乐观。最后写自己被姑娘吸引，忘了归路。不说自己爱上了姑娘，而说姑娘"自然地引我忘了归路了"，意思含蓄，耐人寻味。第二节进了一层，将姑娘比作温泉里的水。温泉里的水，给人以温暖。既然姑娘是温泉里的水，则将自己爱上了姑娘说成"我底心儿他尽是爱游泳"，贴切而又自然。"我想捞回来，/烫得我手心痛"，写自己的心态，强调自己对姑娘爱得深沉热烈。第三节转换视角，将姑娘比作荷塘里的水。提到荷塘，自然会想到荷花，再想到莲子，而"莲"与"恋"谐音，因而又自然会想到男女青年的恋情。诗人将姑娘比作荷塘里的水，读者自然容易由水而想到荷花，因此也含有赞美姑娘纯洁崇高的意思。诗人由爱慕姑娘而想亲近姑娘，而荷塘里的水被密密的荷叶、荷花遮住，象征着姑娘性格庄重，感情含而不露，因此诗人想"借荷叶做船儿"，"借荷梗做篙儿"，到荷花深处去接近水，达到亲近热恋中的姑娘的目的。

诗人在三节诗中分别将姑娘比作清溪里、温泉里、荷塘里的水，既赞美了姑娘的天真纯洁、活泼欢乐，又创造了富于诗情的意境。语言自然朴素、清新淡雅。

蕙的风 / 汪静之

是哪里吹来
这蕙花的风——
温馨的蕙花的风?
蕙花深锁在园里,
伊满怀着幽怨。
伊底幽香潜出园外,
去招伊所爱的蝶儿。
雅洁的蝶儿,
薰在蕙风里:
他陶醉了;
想去寻着伊呢。
他怎寻得到被禁锢的伊呢?
他只迷在伊底风里,
隐忍着这悲惨而甜蜜的伤心,
醺醺地翩翩地飞着。

·作者简介·

汪静之（1902～1996），安徽绩溪人。中国现代著名的作家、诗人。1921年入浙江省第一师范学校求学，随后与冯雪峰、柔石、朱自清、叶圣陶等成立"晨光文学社"。1922年与潘漠华、应修人、冯雪峰等又组织了中国现代文学史上最早的新诗团"湖畔诗社"。汪静之曾在《新潮》《小说月报》《新青年》等刊上发表诗作并影响深远，1922年出版了诗集《蕙的风》，以后陆续出版的诗集、小说有《寂寞的国》《翠英及其夫的故事》等。新中国成立后在复旦大学、人民文学出版社等处工作。

作/品/赏/析

汪静之的爱情诗中多次出现对恋人容貌体态和恋爱中行为的描写，与当时大多数新诗人相比，显得更为大胆。这一问题以其触及封建礼教的禁区为人们所触目；而正是在冲破封建道德的樊篱上，汪静之建立起他爱情诗的第三个特色：以对爱情的审美态度展示恋爱对象健康的亲昵关系。

青年男女不得相见，情人因与"我"的恋情而受到禁锢。这种郁闷的情绪怎样表达呢？作者选取了一个特殊的角度——飘来的蕙花的香气，连结起了两人的心思。

诗句一开始先写知情的风来作桥，把"伊"被深锁园中的苦闷带出："蕙花深锁在园里，／伊满怀着幽怨"，伊满怀幽怨又能怎样呢？"伊底幽香潜出园外，／去招伊所爱的蝶儿。"伊的大胆可见一斑；通过风来与情人幽会。

诗再从对方着笔，那有情的蝴蝶，被花香吸引，想去寻找蕙花，才发现蕙花已被深锁园中，难以见面，只能"隐忍着这悲惨而甜蜜的伤心"，"醺醺地翩翩地飞着"。这首诗写了两个相爱的男女，因着种种世俗的羁绊，被强行阻隔，不得相见而产生的痛苦。这种难言的苦楚本来就难以表达，诗人借花、风、蝴蝶等寻常意象，以及这三者之间的关系表达恋爱中的男女双方郁闷而无奈的心境。这种笔法，很是传神，有意境、有悬念，还有形象。

通篇没有出现恋爱双方形象的描写，却形神兼备，通过花香被风带出，去招引有情的蝶儿，蝶儿有意欲来亲吻花香而不能，这样一连串情节，营造出浓浓的氛围，含蓄、深沉、委婉，别有一番韵味。

此诗用词传神。比如"幽怨"、"幽香"、"深锁"，不仅用语准确，而且营造出意境，这意境令人回味不已。

时间是一把剪刀 / 汪静之

时间是一把剪刀，
生命是一匹锦绮；
一节一节地剪去，
等到剪完的时候，
把一堆破布付之一炬！

时间是一根铁鞭，
生命是一树繁花；
一朵一朵地击落，
等到击完的时候，
把满地残红踏入泥沙！

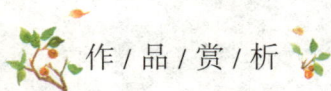

作 / 品 / 赏 / 析

　　这是一首关于时间的哲理诗，诗人采用形象的手法写出了自己对时间的独特深刻的理解，指出了生命无情流逝，生活被时间无情消灭的这一残酷事实。在诗中，关于时间和生命，诗人各有两个比喻，"时间是一把剪刀，/生命是一匹锦绮"；"时间是一根铁鞭，/生命是一树繁花"；这里的暗喻表明，时间永远是毁灭生命的敌人，对于生命而言，它所要做的唯一的事情就是将锦绮"一节一节地剪去，/等到剪完的时候，/把一堆破布付之一炬"！或者说，将"一树繁花""一朵一朵地击落，/等到击完的时候，/把满地残红踏入泥沙"！诗人对时间与生命的关系的理解是令人寒心的，但是却阐述了我们不得不承认的事实。诗人笔下的生命毕竟是美好的，在无情的时间面前，作为生命主体的我们应该如何把握自己，的确值得深思。从艺术上来讲，这首诗是通俗而优美的，即使是在表达一种哲理，诗人也很重视在形象的选择上体现出一种诗歌应有的美感。

离 家 /潘漠华

我底衫袖破了
我母亲坐着替我补缀
伊针针引着纱线
却将伊底悲苦也缝了进去

我底头发太散乱了
姊姊说这样出外去不太好看
也要惹人家底讨厌
伊拿了头梳来替我梳理
后来却也将伊底悲苦梳了进去

我们离家上了旅路
走到夕阳傍山红的时候
哥哥说我走得太迟迟了
将要走不尽预定的行程
他伸手牵头我走
但他的悲苦
又从他微微颤跳的手掌心传给了我

现在就是碧草红云的现在啊
离家已有六百多里路
母亲底悲苦，从衣缝里出来
姊姊底悲苦，从头发里出来
哥哥底悲苦，从手掌心里出来
他们结成一个缜密的悲苦的网
将我整个网着在那儿了

· 作者简介 ·

潘漠华（1902～1934），浙江宣平人（今属武义），原名训，又名恺尧，1920年参加文学团体晨光社，1922年与应修人、汪静之、冯雪峰成立湖畔诗社，合作出版了诗集《湖畔》和《春的歌集》。1924年考入北京大学文科，1926年加入中国共产党，同年到武汉参加北伐革命军。1927年7月到杭州，在中共浙江省委从事秘密工作，9月被捕，得老师许宝驹等营救出狱，而后领导宣平农民起义，起义失败后于厦门、开封、沧州、北平等地以执教为掩护从事革命工作。1932年出任中共天津市委常委兼宣传部长。1933年1月赴张家口参加察哈尔民众抗日同盟军，10月回天津，12月被捕，为抗议残酷的迫害和虐待，1934年12月绝食牺牲于天津狱中。潘漠华的诗歌着重描写家乡的自然风光和劳动人民的淳朴生活，凝聚着浓重的乡土气息，体现着一颗深情眷眷的赤子之心。

作/品/赏/析

潘漠华家境贫寒，据冯雪峰回忆，他幼年时即失去父亲，母亲身体羸弱，姊姊和哥哥也曾遭受人们的歧视和凌辱。可以说，潘漠华的家庭生活是十分不幸的，但是这无妨于家人之间眷挚的亲情，这首诗歌展现了诗人离家之际与母亲、姊姊和哥哥依依不舍相互慰怀的感人情景。诗中没有情感直接的倾吐，而那种深切的情意全在几个细节性的事件中彰显出来。有道是，最苦是离情，"母亲底悲苦，从衣缝里出来／姊姊底悲苦，从头发里出来／哥哥底悲苦，从手掌心里出来"，亲人的悲苦，牵系着诗人的心，"他们结成一个缜密的悲苦的网／将我整个网着在那儿了"！语调平实，却蕴含着那说不尽的默默愁苦、道不完的款款深情。

采莲曲 / 朱湘

小船呀轻飘，
杨柳呀风里颠摇；
荷叶呀翠盖，
荷花呀人样娇娆。
日落，
微波，
金丝闪动过小河。
左行
右撑，
莲舟上扬起歌声。

菡萏呀半开，
蜂蝶呀不许轻来，
绿水呀相伴，
清净呀不染尘埃。
溪间，
采莲，
水珠滑走过荷钱。
拍紧
拍轻，
桨声应答着歌声。

藕心呀丝长，
羞涩呀水底深藏；
不见呀蚕茧，
丝多呀蛹裹中央？
溪头，
采藕，
女郎要采又夷犹。
波沉
波升，
波上抑扬着歌声。

莲蓬呀子多：
两岸呀榴树婆娑，
喜鹊呀喧噪，

榴花呀落上新罗。
溪中，
采莲，
耳鬓边晕着微红。
风定
风生，
风飔荡漾着歌声。

升了呀月钩，
明了呀织女牵牛；
薄雾呀拂水，
凉风呀飘去莲舟。
花芳，
衣香，
消溶入一片苍茫；
时静
时闻，
虚空里袅着歌音。

·作者简介·

朱湘（1904～1933），字子沅，生于湖南沅陵县。1919 年秋，考上清华学校（旧制），插入中等科四年级。1921 年开始创作新诗，初期作品收入诗集《夏天》。1924 年，加入文学研究会。1925 年在南京同刘霓君结婚。1926 年，徐志摩创办了《晨报副刊·诗镌》，朱湘参加编撰，是新月派重要诗人之一。1927 年诗人出版了第二个集子《草莽集》，被沈从文称为"明丽而不纤细"。同年 8 月赴美，选修拉丁文和英文，并译诗。1929 年回国，在安徽大学任外国文学系主任。后因学校改组，他没有接到聘书，自此，南北奔波，辗转于北平、上海、长沙等地，一直没有稳定职业。终因生活困顿、愤懑绝望，1933 年 12 月 4 日，在去南京的邮轮上饮酒自沉于采石矶。

死后出版的诗集《石门集》所收 70 余首十四行诗，被柳无忌称为"最有价值的一部分"。1986 年湖南出版的《朱湘译诗集》收集了他的全部译诗。朱湘还著有散文集《中书集》，评论集《文学闲谈》与《朱湘书信集》，翻译《英国近代小说集》等。

作/品/赏/析

《采莲曲》是朱湘的得意之作，无论在形象、风格，还是在形式、技巧上，都可以算是朱湘的代表作。

把新月派"理性节制感情"的美学原则加以认真贯彻的朱湘，在他的大多数诗篇中着意表现一种宁静的风格。那种"东方的静的美丽"差不多成了朱湘所崇拜的至上的诗境。在这种超越了时空的美学风格的制约下，诗中的形象也成了富有古典意味的形象，美得出奇，也静得出奇。《采莲曲》是采莲少女们唱的歌调，宛如古曲"采莲南塘秋，莲花过人头"的风致，采莲少女也与世事变迁绝无干系，荡漾着典雅的古风。在诗中，娇娆的人与人样娇娆的荷花交相辉映，桨声与歌声互相应答，花芳与衣香在风中交融，采莲女的娇羞又与天上人间的欢乐美景叠印在了一起，好一幅和平宁静安详的景象。诗写得十分细腻，典型的东方少女，近乎富丽的古典意味的色彩，又与那恍如全诗中荡漾着的悠远雅致的乐声歌声交融在同一番意境中，散发着奇彩。

朱湘对中国古典诗词传统的大胆继承以及与之在精神气质上达到的共鸣，可以说是影响他诗的风格的一个重要因素。《采莲曲》的章节、字句、音节、节奏如此的谐美和宛转，如此的精致和考究，难怪有人说这首诗的格律是"词曲式的格律"。内容上缺乏时代气息，这是朱湘大多数诗作的共同特点，也是一种通病。但形式上的刻意经营以及所达到的不一般的效果，却是朱湘的心血所在，与我们前面提到的东方气息紧紧相连。

《采莲曲》在形式上又有许多独到之处。朱湘的大多数诗作各诗行整齐划一，章节与章节之间保持对称的形式。在《采莲曲》中却有些不同，章节与章节之间固然保持了十分严格的对称，各诗行却不是那么整齐划一；相反，诗人是通过那种参差不齐、错落有致的诗行，传达出了一种难得的节奏感。在这首诗中，音韵是活动的、流畅的，是随着诗歌情绪摇曳变幻的。像"藕心呀丝长，/羞涩呀水底深藏"这样的音韵搭配，无疑是富于生气的。另外，像"左行/右撑"、"拍紧/拍轻"、"波沉/波升"这样的短语，更是朱湘的得意创造，他自己说这是"以先重后轻的韵表现出采莲舟过路时随波上下的一种感觉"。朱湘在诗歌艺术形式尤其是格律上的这种探索，对后来者是很有启发的。

你是人间的四月天 / 林徽因

我说你是人间的四月天；
笑响点亮了四面风；轻灵
在春的光艳中交舞着变。

你是四月早天里的云烟，
黄昏吹着风的软，星子在
无意中闪，细雨点洒在花前。

那轻，那娉婷，你是，鲜妍。
百花的冠冕你戴着，你是
天真，庄严，你是夜夜的月圆。

雪化后那片鹅黄，你像；新鲜
初放芽的绿，你是；柔嫩喜悦
水光浮动着你梦期待中白莲。

你是一树一树的花开，是燕
在梁间呢喃，——你是爱，是暖，
是希望，你是人间的四月天！

作者简介

林徽因（1904～1955），中国著名作家、建筑学家。生于浙江杭州的一个书香世家。1920年随父赴英读中学，后考入伦敦圣玛利学院。1921年与徐志摩相识并结为挚友。1924年和梁思成同往美国留学，习建筑学。1927年转入耶鲁大学戏剧学院学舞美。1928年与梁思成在加拿大结婚，后回国任东北大学建筑系教授。1931年到北京香山双清别墅养病，期间写下了大量的诗歌，不久到中国营造学社供职，经常随丈夫赴外地考察古建筑。1933年与闻一多等创办《学文》月刊。1937年任朱光潜主编的《文学杂志》编委。抗战期间辗转昆明、重庆等地。新中国成立后参与国徽和人民英雄纪念碑的设计工作，先后任清华大学建筑系教授、北京市都市计划委员会委员兼工程师、建筑学会理事。1955年4月病逝于北京。

作/品/赏/析

这首诗发表于1934年的《学文》，具体的写作时间不详。关于这首诗，有两种说法：一说是为悼念徐志摩而作，借以表示对挚友的怀念；一说是为儿子梁从诫的出生而作，以表达心中对儿子的希望和儿子出生带来的喜悦。

四月，一年中的春天，是春天中的盛季。在这样的季节里，诗人要写下心中的爱，写下一季的心情。诗人要将这样的春景比作心中的"你"。这样的季节有着什么样的春景呢？

世界带着点点的笑意，那轻轻的风声是它的倾诉、它的神韵。它是轻灵的，舞动着光艳的春天，千姿百态。在万物复苏的天地间，一切都在跃跃欲试地生长，浮动着氤氲的气息。在迷茫的天地间，云烟是复苏的景象。黄昏来临后，温凉的夜趁着这样的时机展示自己的妩媚。三两点星光有意无意地闪着，和花园里微微舞动的花朵对语，一如微风细雨中的景象：轻盈而柔美，多姿而带着鲜艳。圆月升起，天真而庄重地说着"你"的郑重和纯净。

林徽因像

这样的四月，该如苏东坡笔下的江南春景："竹外桃花三两枝，春江水暖鸭先知。蒌蒿满地芦芽短，正是河豚欲上时。"那鹅黄，是初放的生命；那绿色，蕴含着无限的生机。那柔嫩的生命，新鲜的景色，在这样的季节里泛着神圣的光。这神圣和佛前的圣水一样，明净、澄澈；和佛心中的白莲花一样，美丽、带着爱的光辉。这样的季节里，"你"已经超越了这样的季节："你"是一树一树的花开，是伴春飞翔的燕子，美丽轻灵的，带着爱、温暖和希望。

这首诗的魅力和优秀并不仅仅在于意境的优美和内容的纯净，还在于形式的纯熟和语言的华美。诗中采用重重叠叠的比喻，意象美丽而丝毫无雕饰之嫌，反而愈加衬出诗中的意境和纯净——在华美的修饰中更见清新自然的感情流露。在形式上，诗歌采用新月诗派的诗美原则：讲求格律的和谐、语言的雕塑美和音律的乐感。这首诗可以说是这一原则的完美体现，词语的跳跃和韵律的和谐几乎达到了极致。

别丢掉 / 林徽因

别丢掉
这一把过往的热情，
现在流水似的，
轻轻
在幽冷的山泉底，
在黑夜，在松林，
叹息似的渺茫，
你仍要保存着那真！
一样是月明，
一样是隔山灯火，
满天的星，
只使人不见，
梦似的挂起，
你问黑夜要回
那一句话——你仍得相信
山谷中留着
有那回音！

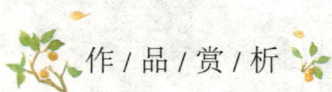

作/品/赏/析

　　《别丢掉》写于徐志摩去世以后的 1932 年，发表于 1936 年 3 月 15 日《大公报·文艺》。这是一首追忆和缅怀逝去的人与情的抒情诗。诗的总体情感基调清冷哀怨，在表达一种深入内心的情感的同时，表现出诗人对这份情感的特殊理解与珍视，其中有诗人自己特殊的情感经历的影子，同时也传达出一种无奈的伤感与痛苦。

　　在诗中，诗人主要是用一系列的隐喻将这些情感外化，"别丢掉 / 这一把过往的热情，/ 现在流水似的，/ 轻轻 / 在幽冷的山泉底，/ 在黑夜，在松林，/ 叹息似的渺茫"，这样的手法是将一种内在的抽象的情感具体化，使人在同样的意象中产生类似的共鸣。从而达到了再现和升华诗歌艺术美的双重功能。"一样是月明，/ 一样是隔山灯火，/ 满天的星，/ 只使人不见，/ 梦似的挂起，/ 你问黑夜要回 / 那一句话——你仍得相信 / 山谷中留着 / 有那回音！"应该说，从诗歌意象的选择上，这首诗吸收了中国古典诗歌的艺术营养，但是表现手法却完全是现代主义的，这是新诗成熟的一个重要表现。

雨 巷 / 戴望舒

撑着油纸伞，独自
彷徨在悠长，悠长
又寂寥的雨巷，
我希望逢着
一个丁香一样的
结着愁怨的姑娘。

她是有
丁香一样的颜色，
丁香一样的芬芳，
丁香一样的忧愁，
在雨中哀怨，
哀怨又彷徨；

她彷徨在这寂寥的雨巷
撑着油纸伞
像我一样，
像我一样地
默默彳亍着，
冷漠，凄清，又惆怅。

她默默地走近
走近，又投出
太息一般的眼光，
她飘过
像梦一般地，
像梦一般地凄婉迷茫。

像梦中飘过
一枝丁香地，
我身旁飘过这女郎；
她静默地远了，远了，
到了颓圮的篱墙，
走尽这雨巷。

在雨的哀曲里，
消了她的颜色，
散了她的芬芳，
消散了，甚至她的
太息般的眼光，
丁香般的惆怅。

撑着油纸伞，独自
彷徨在悠长，悠长
又寂寥的雨巷，
我希望飘过
一个丁香一样地
结着愁怨的姑娘。

·作者简介·

戴望舒（1905～1950），原名戴丞，浙江杭州人，中国现代派象征主义诗人。幼年患有天花，容貌因此被毁。1928 年发表诗歌《雨巷》震动文坛，获得"雨巷诗人"美誉。但这并没有使诗人得到他苦恋的意中人——施蛰存的妹妹施绛年的心。几经辗转，施绛年虽同意和他订婚，但也提出了条件：戴望舒必须留学回来才能结婚。1932 年诗人去法国，1935 年回国，此时施绛年已嫁作他人妇。诗人痛苦之下，找到施绛年，以一个巴掌结束了自己长达 8 年的苦恋。1936 年戴望舒与穆时英的妹妹相识并结婚。抗战爆发后不久，诗人全家去了香港，诗人一边做抗日宣传工作，一边主编文学杂志。1941 年被捕入狱，因此致病。1950 年于北京逝世。有诗集《我的记忆》、《望舒草》、《灾难的岁月》及译著等留世。

戴望舒坐像

作/品/赏/析

在中国文学史上，诗人戴望舒无疑是一个独特的存在。他创作的诗数量不多（不过百余首），却在诗坛中占有重要位置；他没有系统的诗论，但他的《论诗零札》和他友人杜衡整理的《望舒诗论》却备受重视；他在诗坛以现代派象征派的面孔出现，可在他生命的终端却写出了《我用残损的手掌》这样浸透了血泪的现实篇章。

在新诗史上，戴望舒自有他一席地位，不过这地位并不很高。他的产量小，格局小，题材不广，变化不多。他的诗，在深度和知性上，都嫌不足。他在感性上颇下工夫，但是往往迷于细节，耽于情调，未能逼近现实。他兼受古典和西洋的熏陶，却未能充分消化，加以调和。他的语言病于欧化，未能充分发挥中文的力量。他的诗境，初则流留光景，囿于自己狭隘而感伤的世界，继则面对抗战的现实，未能充分开放自己，把握时代。如果戴望舒不逝于盛年，或许会有较高的成就。

"五四"前后，科学与民主的洪流震醒了一代又一代的知识分子。美好的理想与黑暗的现实的激烈矛盾，笼罩了他们敏感的心灵。"知其不可为而为之"的社会使命感笼罩了一个庞大的"烦忧"群。戴望舒就是这样一位由现实世界转到诗的世界中最忠实的烦忧者之一。

《雨巷》写于1927年的夏天，是戴望舒的成名作，也是他的代表作。其时革命失败的阴云笼罩着中国大地，诗人只能在惶惶之中看着理想和现实的极端背离；另一方面，诗人居住在好友施蛰存的家中，他深爱着施的妹妹，却得不到对方任何的回应。压抑的外部环境和沉郁的内部心境的交互影响，使诗人唱出了中国现代诗歌的绝唱。

巷子大多在江南，长长的、曲折的，有说不尽的风情，不尽的缠绵。江南的雨更美，柔柔的、迷蒙的，或带着淡漠的愁绪，或含有浓浓的温情。诗人在这样的雨巷中走着，独自"撑着油纸伞"，品味这雨、巷子和寂静带来的愁绪与感伤。诗人彷徨着：

我希望逢着

一个丁香一样的

结着愁怨的姑娘。

姑娘来了，带着丁香般的颜色、丁香般的芬芳和丁香般的忧愁。姑娘和诗人共同走在这寂寥的雨巷，都撑着油纸伞，在彷徨，都带着说不出的愁怨，说不出的冷漠、凄清和惆怅。姑娘近了，投来一声莫名的叹息，又渐行渐远了。

这一切都如同梦一样，凄清迷茫。姑娘离去了，离开这可能产生爱情、产生温暖的雨巷。雨仍在下，巷子仍是悠长寂寥的雨巷。丁香也逝去了，太息也消散了，连惆怅也变成冰冷、枯寂的惆怅了。

诗人仍在撑着油纸伞，在独自彷徨。过去的一幕，是梦还是诗人的情绪，是诗人的想象还是诗人心中的祈愿？在诗的结尾，诗人没有用"希望逢着"，而是用了"希望飘过"。那飘过的一瞬在诗人的心中升华了，成为一种境界：美。

这首诗将象征的手法发挥到了极致，诗的意象浓而不结、繁而不乱，可谓环环相扣、丝丝在理：雨的凄清愁怨和巷子的幽微动人、丁香和姑娘、姑娘的惆怅和诗人的彷徨相得益彰。这些共同奏出了低沉而优美的调子，唱出了诗人浓重的失望和彷徨的心绪。可以说，《雨巷》是中国诗歌史上的一个标志，标志中国现代派诗歌的成熟；是一个成功的实验，既很好地吸收了西方诗歌中成功把握和表达现代社会的手法技巧，又很巧妙地融入了中国古典的诗情画意。

烦 忧 /戴望舒

说是寂寞的秋的清愁，
说是辽远的海的相思。
假如有人问我的烦忧，
我不敢说出你的名字。

我不敢说出你的名字，
假如有人问我的烦忧。
说是辽远的海的相思，
说是寂寞的秋的清愁。

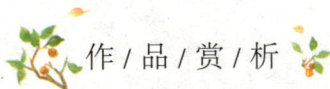

作/品/赏/析

　　这首诗出自戴望舒的诗集《望舒草》。作为20世纪30年代中国诗坛的重要派别——"现代"派——的重要诗人，戴望舒的诗歌集中描绘了现代人的生命感悟与情感体验的心灵轨迹。在人生的旅程中，有阳光灿烂般的欣悦激动，也有阴雨绵绵似的苦恼烦忧，那么，此刻郁结在诗人心中的烦忧是什么呢？诗人没有直接表露。

　　清秋是一个怀人的季节，大海寄寓着无尽的相思，读来已是使人伤怀，加上"寂寞"，加上"辽远"，便把诗人落寞无奈与欲罢不能的相思之情展示得更为深刻细致，一种"断肠人在天涯"的感觉便油然而生。然而在这愁肠百结，落寞孤寂中，作者却突发奇想：身边有人来问起你的烦恼，你的忧愁，这时你会如何回答？是和盘托出，把一腔愁绪全本细相地告诉对方，还是讳莫如深，紧紧瞒住？自己虽有选择的自由，但面对关爱你的朋友的询问，你能装聋作哑吗？那么，这种欲言又止的心理又如何表达呢？"我不敢说出你的名字。"这"不敢"二字实在是确切地表达了作者的矛盾心态，且把读者引向无穷的遐想之中。上面四句，短短三十六个字，活画出了作者深刻的怀念，激烈的斗争，那种"欲说还休"的滋味，那种刻骨铭心的相思，既意味深长，又强烈迫切。

　　下面四句，将上面四句作逆向排列，粗粗看似回文诗，细想又不是简单的重复，更不是花拳绣腿般的故弄玄虚，而是作者那种络绎不绝、日益汹涌的思念之情在放纵宣泄。首句既像反复，又似顶真，联络照应密不透风。尽管是激烈而又矛盾的"不敢说出"。但想要尽情倾吐的希望又是那么迫切，在这里，作者为我们提供了一个广阔的想象空间，有心人不妨在那里作一次感性的神游。全诗以"清愁"作结，却正好表达了成熟的思想者以"却道天凉好个秋"式的常语来表达自己复杂心态的不同寻常。

　　全诗八句两组，呈轴对称排列，形式整齐，音节和谐，这是作者深受中国传统文化格律诗影响的结果，前四句的压韵为后四句的复唱设置了先机，故读来十分上口，给人留下齿颊生香的愉悦之感。

我是一条小河 / 冯至

我是一条小河，
我无心由你的身边绕过——
你无心把你彩霞般的影儿
投入了我软软的柔波。

我流过一座森林，
柔波便荡荡地
把那些碧翠的叶影儿
裁剪成你的裙裳。

我流过一座花丛，
柔波便粼粼地
把那些凄艳的花影儿
编织成你的花冠。

无奈呀，我终于流入了，
流入那无情的大海——
海上的风又厉，浪又狂，
吹折了花冠，击碎了裙裳！

我也随了海潮漂漾，
漂漾到无边的地方——
你那彩霞般的影儿
也和幻散了的彩霞一样！

作者简介

冯至（1905～1993），诗人，翻译家，原名冯承植，河北涿县人。1921年考入北京大学，1923年后受到新文化运动的影响开始发表新诗。1930年赴德国留学，其间受到德语诗人里尔克的影响。5年后获得哲学博士学位，返回战时偏安的昆明，任教于西南联大，任外语系教授。主要诗作有《昨日之歌》、《十四行集》等。

作/品/赏/析

这是著名诗人冯至的一首爱情诗，语言质朴优美，意象美好生动，比喻形象贴切，将青年恋人的感受非常准确细腻地表现出来了。诗的第一节说："我是一条小河，/我无心由你的身边绕过——/你无心把你彩霞般的影儿/投入了我软软的柔波。"这样形象地描绘爱情的发生是真实的，一个人爱上了对方，恰恰是在"无心"这样的无意识中。作者将自己比作一条小河，将使自己无意识地产生爱意的对方比做"彩霞般的影儿"，是很能打动人的。这样美妙的爱情产生以后，"我"这样一条流着的小河"流过一座森林，/柔波便荡荡地/把那些碧翠的叶影儿/裁剪成你的裙裳"；"流过一座花丛，/柔波便粼粼地/把那些凄艳的花影儿/编织成你的花冠"。

一旦有了爱情，这颗心里就时刻地装着她。以至于世界中美好的事物投入"我"的"柔波"里，都幻化成了赠予对方的美好的礼物。但是，诗人笔下的爱情并不一直这样美好，这样

冯至像

在平静的生活中产生的没有经过磨炼和考验的爱情毕竟无法更好地把握，所以"无奈呀，我终于流入了，/流入那无情的大海——/海上的风又厉，浪又狂，/吹折了花冠，击碎了裙裳！"这些虽然美妙但是脆弱的东西丝毫经不起大风大浪的吹打，很快地就变化了样子："我也随了海潮漂漾，/漂漾到无边的地方——/你那彩霞般的影儿/也和幻散了的彩霞一样！"从这个意义上来讲，这首爱情诗应该是比较别致的，诗人一方面写出了爱情的美好，但同时也对这样的爱情有着充分理性的认识。

我们天天走着一条小路 /冯至

我们天天走着一条熟路
回到我们居住的地方；
但是在这林里面还隐藏
许多小路，又深邃、又生疏。

走一条生的，便有些心慌，
怕越走越远，走入迷途，
但不知不觉从村疏处
忽然望见我们住的地方

像座新的岛屿呈在天边。
我们的身边有多少事物
向我们要求新的发现：
不要觉得一切都已熟悉，

到死时抚摸自己的发肤
生了疑问：这是谁的身体？

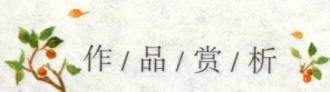

作/品/赏/析

　　这是冯至的一首十四行诗。这种诗歌一般只有十四行，第一、二、三节各四行，第四节两行，有严格的韵脚，是形式相对固定的一种体式。中国最早写作十四行诗的诗人是冯至，他将这种诗体成功地运用在白话诗歌的创作中，为中国现代白话诗歌发展作出了独特的贡献。

　　《我们天天走着一条小路》抒写了诗人对生活的独特发现。每天最为熟悉的事物有时候突然向我们展示出新的角度，使我们感到陌生，进而产生恐惧和不安，"走一条生的，便有些心慌，/怕越走越远，走入迷途"，这种感受和体验相信大多数人都有过。一条熟悉的路，白天走和晚上走感觉不一样，晴天和阴天走时的感觉又不一样，这就是人对生活的最微妙的反应。所以，诗人说："我们的身边有多少事物 / 向我们要求新的发现：/ 不要觉得一切已经熟悉，/ 到死时抚摸自己的发肤 / 生了疑问：这是谁的身体？"有了一颗丰富的、善于发现的心，生命的体验也会因此而精彩多样。

我们准备着 /冯至

我们准备着深深地领受
那些意想不到的奇迹，
在漫长的岁月里忽然有
彗星的出现，狂风乍起：

我们的生命在这一瞬间，
仿佛在第一次的拥抱里
过去的悲欢忽然在眼前
凝结成屹然不动的形体。

我们赞颂那些小昆虫，
它们经过了一次交媾
或是抵御了一次危险，
便结束它们美妙的一生。
我们整个的生命在承受
狂风乍起，彗星的出现。

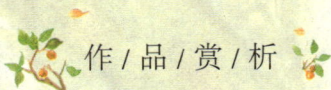

作/品/赏/析

这是一首抒写生命感悟的小诗，格式依然是十四行体的。诗人从一只昆虫的生命过程感悟到生命的风险、无常和对生命价值主动追求的必要性。生命必然经历生老病死和不期而遇的灾难或者惊喜，在未知的不可抗拒的威胁或幸福面前，人应当泰然；对待生命中的每一天每一时刻，都应当是严肃的、自觉的，但是并不能因为对死亡和危险的畏惧而放弃了对生命中辉煌奇迹的追求。"我们准备着深深地领受 / 那些意想不到的奇迹，在漫长的岁月里忽然有 / 彗星的出现，狂风乍起。"这些忽然的奇迹或许是生命无法承受的灾难，或许是一种梦寐以求的以生命为代价的超越："我们的生命在这一瞬间，仿佛在第一次的拥抱里 / 过去的悲欢忽然在眼前 / 凝结成屹然不动的形体。"这种"屹然不动的形体"作为生命呈现出的一种非同寻常的状态，应该是生命主体通过自觉严肃的追求而创造出来的。这种创造也许要经历死亡的考验，但是也值得为之付出："我们赞颂那些小昆虫，它们经过了一次交媾 / 或是抵御了一次危险，便结束了它们美妙的一生。我们整个的生命在承受 / 狂风乍起，彗星的出现。"在诗人看来，小昆虫作为一个生命个体，主动地去承受生命的危险境遇或者追求生命瞬间的辉煌，都是值得赞叹的。

桥 洞 / 施蛰存

小小的乌蓬船，
穿过了秋晨的薄雾，
要驶进古风的桥洞了。

桥洞是神秘的东西哪
经过了它，谁知道呢，
我们将看见些什么？

风波险恶的大江吗？
纯朴肃穆的小镇市吗？
还是美丽而荒芜的平原？

我们看见殷红的乌柏子了，
我们看见白雪的芦花了，
我们看见绿玉的翠鸟了，
感谢天，我们底旅程，
是在同样平静的水道中。

但是，当我们还在微笑的时候，
穿过了秋晨的薄雾，
幻异地在庞大起来的，
一个新的神秘的桥洞显现了，
于是，我们又给忧郁病侵入了。

·作者简介·

施蛰存（1905～2003），浙江杭州人，原名青萍，幼年居苏州，1913年随家迁居江苏松江（今属上海）。1922年考入杭州之江大学，1923年进入上海大学，1925年转入大同大学，1926年再转入震旦大学。1927年回松江任中学教员，1928年到上海担任编辑，同时进行创作。1932年主编大型文学月刊《现代》，成为中国现代派诗歌的代表诗人之一。20世纪三四十年代，先后执教于云南大学、厦门大学、暨南大学和光华大学，1952年后在华东师范大学中文系任教授，后来转向古典文学和碑版文物研究。施蛰存著有短篇小说集《上元灯》、《将军的头》、《李师师》、《梅雨之夕》、《善女人行品》等，另外创作有很多散文和学术著作，并且有大量的翻译作品。

作/品/赏/析

"桥洞是神秘的东西哪"这一句，可以说是本诗的题眼，"桥洞"象征着一个人生阶段的入口，而入口里面的风景，在进入之前是未知的——"经过了它，谁知道呢，我们将看见些什么？"下面，诗人试着进行了想象："是风波险恶的大江吗？／纯朴肃穆的小镇市吗？／还是美丽而荒芜的草原？"接连的三个问号，显示着那种琢磨不定、忐忑不安的心理。桥洞过后，呈现在眼前的是"殷红的乌桕子"、"白雪的芦花"和"绿玉的翠鸟"，诗人这才放下心来——"感谢天，我们底旅程，是在同样平静的水道中。"然而，紧接着，"一个新的神秘的桥洞显现了"，"于是，我们又给忧郁病侵入了"。人在一生的旅途中，要走过一个又一个的关口，面临着不断的未知，关口过后，有时令人欣慰，有时令人惊异，而渡过了这一个关口，并不就是终结，关口后面还有关口，在这一次又一次的穿越中，人需要面对一次又一次不可预期的结果，这总是令人心存疑虑的，也就是诗中所说的"忧郁病"吧。

秋的味 /李广田

谁曾嗅到了秋的味，
坐在破幔子的窗下，
从远方的池沼里，
水滨腐了的落叶的——
从深深的森林里，
枯枝上熟了的木莓的——
被凉风送来了
秋的气息？
这气息
把我的旧梦醺醒了，
梦是这样迷离的，
像此刻的秋云似——
从窗上望出，
被西风吹来，
又被风吹去。

· 作者简介 ·

李广田（1906～1968），山东邹平人，本姓王，幼时过继给舅父，改姓李，原名锡爵，号洗岑，1923年进入济南山东第一师范学校，曾因宣传进步文学而被捕入狱。1930年，李广田进入北京大学外语系学习，攻读英语、日语和法语，同时开始文学创作。1935年毕业后赴济南，在山东省立第一中学任教。1936年与卞之琳、何其芳共同出版新诗集《汉园集》，并且先后创作了散文《画廊集》、《银狐集》和《雀蓑集》，抗战期间又以流亡生活为题材创作了散文《西行记》。1941年，李广田至昆明西南联合大学执教，抗战胜利后任教于南开大学，后来转到清华大学。1948年加入中国共产党，1949年后担任清华大学中文系主任和副教务长，1957年出任云南大学校长及党组书记，并曾担任云南省作家协会副主席、中国科学院云南分院文学研究所所长等职。

作/品/赏/析

李广田的诗歌，飘荡着质朴的气息和泥土的芬芳，诗风朴素、恬淡，浅声微吟中含着一种感伤的韵味，同时又不乏醇厚的品质。在这首以秋为题材的诗中，诗人并未像其他诗作那样多以视觉形象来描摹秋色，而是以一种特别的角度来捕捉这"秋的味"。"腐了的落叶"，"熟了的木莓"，一个"腐"字，一个"熟"字，便将这秋的气味渲染得足够。"这气息／把我的旧梦醺醒了"，这点染出诗人此时所怀有的那种落寞伤惶的情绪，梦虽醒来，而旧痕仍在，惹得诗人的心底一片的怅惘。"梦是这样迷离的"，"被西风吹来，又被风吹去"，这将诗人那种无所适从的迷茫的心境比喻得极为形象，令读者也受到那一种淡淡的迷蒙的情绪感染。

我们为什么不歌唱 /力扬

当黑夜将要退却，
而黎明已在遥远的天边
唱起红色的凯歌
——我们为什么不歌唱！

当严冬将要完尽，
而人类的想望的春天
被封锁在冰霜的下面
——我们为什么不歌唱！

当链镣还锁住
我们的手足，鲜血在淋流；
而自由已在窗外向我们招手
——我们为什么不歌唱！

当悲哀的昨日将要死去，
欢笑的明天已向我们走来，
而人们说："你们只应该哭泣！"
——我们为什么不歌唱！

· 作者简介 ·

　　力扬（1908～1964），浙江青田人。1929年进入国立西湖艺术专门学校学习。1948年加入中国共产党。新中国成立后担任中国科学院文学研究所秘书主任和研究员等。

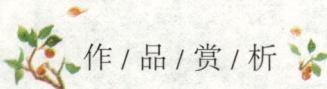

作/品/赏/析

　　皖南事变发生后，许多人对国家的前途、民族的命运感到迷茫和失望，而敏感的诗人则看到黑暗背后将要到来的曙光，并发出了"我们为什么不歌唱"的激昂歌声，抒写了对自由的热爱、对光明的渴望，发出了乐观的号召、胜利的预言，极大地鼓舞了解放区和国统区正在为正义事业而奋斗的人们。在诗里，"锁链"后是"自由"；"悲哀"后有"欢笑"，在人人看来应该沉默的时候，却发出了纵情的歌唱，吹响反抗的号角，和对自由明天的礼赞。

大堰河——我的保姆 / 艾青

大堰河，是我的保姆。
她的名字就是生她的村庄的名字，
她是童养媳，
大堰河，是我的保姆。

我是地主的儿子，
也是吃了大堰河的奶而长大了的
大堰河的儿子。
大堰河以养育我而养育她的家，
而我，是吃了你的奶而被养育了的，
大堰河啊，我的保姆。

大堰河，今天我看到雪使我想起了你：
你的被雪压着的草盖的坟墓，
你的关闭了的故居檐头的枯死的瓦扉，
你的被典押了的一丈平方的园地，
你的门前的长了青苔的石椅，
大堰河，今天我看到雪使我想起了你。
你用你厚大的手掌把我抱在怀里，抚摸我，
在你搭好了灶火之后，
在你拍去了围裙上的炭灰之后，
在你尝到饭已煮熟了之后，
在你把乌黑的酱碗放到乌黑的桌子上之后，
在你补好了儿子们的，为山腰的荆棘扯破的衣服之后，
在你把小儿被柴刀砍伤了的手包好之后，
在你把夫儿们的衬衣上的虱子一颗颗的掐死之后，
在你拿起了今天的第一颗鸡蛋之后，
你用你厚大的手掌把我抱在怀里，抚摸我。

我是地主的儿子，
在我吃光了你大堰河的奶之后，
我被生我的父母领回到自己的家里。
啊，大堰河，你为什么要哭？
我做了生我的父母家里的新客了！
我摸着红漆雕花的家具，
我摸着父母的睡床上金色的花纹，

我呆呆地看着檐头的写着我不认得的"天伦叙乐"的匾，
我摸着新换上的衣服的丝的和贝壳的钮扣，
我看着母亲怀里的不熟识的妹妹，
我坐着油漆过的安了火钵的炕凳，
我吃着碾了三番的白米的饭，
但，我是这般忸怩不安！因为我
我做了生我的父母家里的新客了。

大堰河，为了生活，
在她流尽了她的乳液之后，
她就开始用抱过我的两臂劳动了；
她含着笑，洗着我们的衣服，
她含着笑，提着菜篮到村边的结冰的池塘去，
她含着笑，切着冰屑悉索的萝卜，
她含着笑，用手掏着猪吃的麦糟，
她含着笑，扇着炖肉的炉子的火，
她含着笑，背着团箕到广场上去晒好那些大豆和小麦，
大堰河，为了生活，
在她流尽了她的乳液之后，
她就开始用抱过我的两臂，劳动了。

大堰河，深爱着她的乳儿，
在年节里，为了他，忙着切那冬米的糖，
为了他，常悄悄地走到村边的她的家里去，
为了他，走到她的身边叫一声"妈"，
大堰河，把他画的大红大绿的关云长贴在灶边的墙上，
大堰河，会对她的邻居夸口赞美她的乳儿；
大堰河曾做了一个不能对人说的梦：
在梦里，她吃着她的乳儿的婚酒，
坐在辉煌的结彩的堂上，
而她的娇美的媳妇亲切地叫她"婆婆"
　　……

大堰河，深爱她的乳儿！
大堰河，在她的梦没有做醒的时候已死了。
她死时，乳儿不在她的旁侧，
她死时，平时打骂她的丈夫也为她流泪，
五个儿子，个个哭得很悲，
她死时，轻轻地呼着她的乳儿的名字，
大堰河，已死了，
她死时，乳儿不在她的旁侧。

大堰河，含泪的去了！
同着四十几年的人世生活的凌侮，
同着数不尽的奴隶的凄苦，
同着四块钱的棺材和几束稻草，
同着几尺长方的埋棺材的土地，
同着一手把的纸钱的灰，
大堰河，她含泪的去了。

这是大堰河所不知道的：
她的醉酒的丈夫已死去，
大儿做了土匪，
第二个死在炮火的烟里，
第三，第四，第五
在师傅和地主的叱骂声里过着日子。
而我，我是在写着给予这不公道的世界的咒语。
当我经了长长的漂泊回到故土时，
在山腰里，田野上，
兄弟们碰见时，是比六七年前更要亲密！
这，这是为你，静静的睡着的大堰河
所不知道的啊！

大堰河，今天，你的乳儿是在狱里，
写着一首呈给你的赞美诗，
呈给你黄土下紫色的灵魂，
呈给你拥抱过我的直伸着的手，
呈给你吻过我的唇，
呈给你泥黑的温柔的脸颜，
呈给你养育了我的乳房，
呈给你的儿子们，我的兄弟们，
呈给大地上一切的，
我的大堰河般的保姆和她们的儿子，
呈给爱我如爱她自己的儿子般的大堰河。

大堰河，
我是吃了你的奶而长大了的
你的儿子，
我敬你
爱你！

·作者简介·

艾青(1910～1996),原名蒋海澄,浙江金华人,中国20世纪著名诗人。出生在一个地主家庭,因算命先生推算说其"命相"不好,家中将他送到贫困农妇"大叶荷"(即大堰河)家中抚养。大堰河对诗人疼爱备至,她的纯朴和忧郁深深感染了诗人,对诗人的创作产生了极大的影响。5岁时,诗人回到自己的家中,入私塾学习。1928年考入杭州国立西湖艺术院绘画系,次年在林风眠的鼓励下到法国学习,1932年初回国。不久诗人因加入左翼美术家联盟被捕,以"宣传与三民主义不相容主义"罪被判入狱6年。在狱中他写下了著名的《大堰河——我的保姆》一诗。1935年,诗人出狱。1941年到达延安,历任鲁迅艺术文学院教师、华北联合大学文艺学院副院长等职务。新中国成立后历任《人民文学》副主编、中国作协副主席等职。1980年出版诗集《归来的歌》。1996年诗人病逝于北京。

青年时代的艾青
成年后的艾青,成了封建家庭的叛逆者。他的思想散发着人道主义的光芒,血管里流着人民的血液,他将自己的一生奉献给了他深爱着的人民大众。

作/品/赏/析

这首诗写于1932年的冬日。当时的诗人因参加左翼美术家联盟被国民党逮捕,被关押在看守所中。据诗人自述,写这首诗时是在一个早晨,一个狭小的看守所窗口、一片茫茫的雪景触发了诗人对保姆的怀念,诗人激情澎湃地写下了这首诗。诗几经辗转,于1934年发表。诗人第一次使用了"艾青"这个笔名,并且一跃成为中国诗坛上的明星。

诗中的大堰河确有其人,其故事也都是真实的。也就是说,诗人完全按照事实,写出了诗人心中对保姆的真切感情。然而,这首诗又不是在写大堰河:她成了一个象征,大地的象征,一个中国土地上辛勤劳动者的象征,一个伟大母亲的象征。大堰河并没有名字,大堰河只是一个地名,是生她的地方。大堰河是普通的。她的生活中都是些平常普通的小事,那是她苦难生活的剪影。她的生活空间是有"枯死的瓦扉"的故居,是"被典押了的一丈平方的园地",死后也只是"草盖的坟墓"。她的生活是"乌黑的酱碗",是为儿子缝补被"荆棘扯破的衣服",是在冰冷的河里洗菜、切菜。她的儿子、丈夫都在她的照料下过着相对安稳的生活。在她死后,他们就失去了这些,他们在炮火中,在地主的臭骂声中活着。她的形象,同时也是那些和土地连在一起的劳动人民的形象。他们都植根在大地上,都有着劳动者的伟大品质。

全诗不押韵,各段的句数也不尽相同,但每段首尾呼应,各段之间有着强烈的内在联系;诗歌不追求诗的韵脚和行数,但排比的恰当运用,使诸多意象繁而不乱,统一和谐。这些使得诗歌流畅浅易,并且蕴蓄着丰富的内容。诗人善于从平凡的生活中提炼出典型的意象,以散文似的诗句谱写出强烈的节奏。诗歌具有一种奔放的气势,优美流畅的节奏,表达了诗人来不可遏、去不可止的感情,完美体现了艾青的自由诗体风格。

我爱这土地 /艾青

假如我是一只鸟
我也应该用嘶哑的喉咙歌唱：
这被暴风雨所打击着的土地，
这永远汹涌着我们的悲愤的河流，
这无止息地吹刮着的激怒的风，
和那来自林间的无比温柔的黎明……
——然后我死了，
连羽毛也腐烂在土地里面。
为什么我的眼里常含泪水？
因为我对这土地爱得深沉……

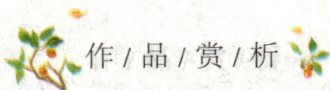

作/品/赏/析

　　《我爱这土地》写于 1938 年 11 月，即抗日战争爆发后的第二年，是艾青诗歌中的名篇之一，也是现代白话诗中的经典名作。在这首诗中，艾青表达了最深挚的爱国情感，同时又具有非常高的艺术驾驭能力，使这样一种强烈的情感因为有效的节制而更加深沉。

　　诗人以一个假设开篇，"假如我是一只鸟 / 我也应该用嘶哑的喉咙歌唱"。这是诗人将情感外化为诗意的一个巧妙手法，诗人给出的这个抒情主体本身就预示着抒情的节制：一只鸟只能歌唱，而且因为长久地歌唱而使喉咙"嘶哑"。因为这个抒情主体的限制，使得可能泛滥的情感语言得以限制，从而转入一种无语而有情的深刻。这只鸟歌唱的对象是"这被暴风雨所打击着的土地，/ 这永远汹涌着我们的悲愤的河流，/ 这无止息地吹刮着的激怒的风"。诗人选用这些具体的意象，其表达的深意是非常鲜明的。当时抗战已经开始一年多，中华的大片土地都浸满了日本侵略者铁蹄下的血泪，抗日的烽火已经燃遍了这古老的山河大地。可以说，在中国人民的内心情感中所涌动的只有"悲愤"和"激怒"。所以诗人用河流和风来承载这些情感，是非常恰当和具有现实意义的。在这样一个风云激荡的年代，鸟儿对这片土地的歌唱也包含着对胜利的期望——"那来自林间的无比温柔的黎明……"在这个血泪的抗争迎来的黎明，一切都静了，这土地又迎来了属于自己的宁静和祥和。在情绪的刹那静止里，诗人将情感开始推向另一个高潮："——然后我死了 / 连羽毛也腐烂在土地里面。"这里的情绪上的突然静止转换非常具有艺术感染力，体现了诗人非凡的艺术功力。之后的两句虽然是直白的说明，但是这样理性的表达却更加确定了抒情的本质内容。

断 章 /卞之琳

你站在桥上看风景，
看风景人在楼上看你。
明月装饰了你的窗子，
你装饰了别人的梦。

· 作者简介 ·

卞之琳（1910～2000），祖籍江苏溧水，生于江苏海门。1933年毕业于北京大学英文系，曾任北京大学西语系教授、中国社科院文学研究所研究员（二级），享受终身制待遇。曾任国务院学位委员会第一、二届外国文学评议组成员，中国莎士比亚研究会副会长，中国作家协会理事等。曾做客英国牛津。抗日战争初年曾访问延安，从事临时性教学工作，回西南大后方后在昆明西南联大任讲师、副教授、定级教授，1946复员至天津南开大学任职一年。新中国成立后多次协助农村工作。2000年，病逝于北京。

主要著译作品有《十年诗草1930～1939》、《人与诗：忆旧说新》、《山山水水》、《小说片断》、《莎士比亚悲剧论痕》、《莎士比亚悲剧四种》等。

作/品/赏/析

这首诗选自《鱼目集》，写于1935年10月。据诗人自己说，这首诗起先只是一首诗中的四句，因只有这四句诗人感到满意才保留下来，自成一篇。不料这首诗竟成了诗人流传最广、最有代表性的一首诗。

诗只有四句，每个字、词，每句话都通俗易懂，但细细品味便觉意味悠长，耐人寻味。诗中用几个简单的意象、词语，营造了两个优美的意境，同时带着深深的伤感。

第一个意境的中心是桥。"你"站在桥上，看桥下流水淙淙，想那光洁的石或绿油油的青苔；闻吟吟风声，想那深深的林中清脆的鸟鸣。一切都那样的自然，那样的明净、悠扬而和谐。透过这宁静的自然，是一个小楼，里面住着一个人；在鸟声的背后是一双眼睛。"你"一下就成了别人的风景。

第二个意境的中心是夜。"你"怀着淡淡的哀愁，在寂静无人的夜里打量着世界，也许是想在人世间的美中找点慰藉。明月当空，皎洁的月光使夜蒙上了一种浅白的色调，若有若无，如梦如幻。"你"获得了美丽的满足吗？也许。然而，诗人要告诉"你"：此刻的"你"正作了他人的梦境，正被人设计在哀愁的、惹人怜的形象上，满足了别人的想象。

这首诗有着明显的中国现代派诗歌风格，一方面吸收了西方象征主义诗歌的手法，同时又广泛运用了中国传统诗歌的手法：着重于意境的营造。诗歌意境空灵优美，为人们带来了无尽的遐想；言有尽而意无穷，明白的话中有着启人深思的哲理和触动人心的落寞感情。

一朵野花 /陈梦家

一朵野花在荒原里开了又落了，
不想到这小生命，向着太阳发笑，
上帝给他的聪明他自己知道，
他的欢喜，他的诗，在风前轻摇。

一朵野花在荒原里开了又落了，
他看见青天，看不见自己的藐小，
听惯风的温柔，听惯风的怒号，
就连他自己的梦也容易忘掉。

· 作者简介 ·

陈梦家（1911～1966），曾使用笔名陈慢哉，现代著名古文字学家、考古学家、诗人。他自幼喜读古诗，尤其是唐诗。1927年，他考入南京国立第四中山大学法律系，开始诗歌创作，并结识了闻一多与徐志摩，以后的创作与生活深受这二人影响。1931年，陈梦家的第一部诗集《梦家诗集》由新月书店出版，同年9月任《诗刊》主编。1934年，其诗集《铁马集》出版。1966年逝世。

作/品/赏/析

《一朵野花》是一首清新流畅的咏物抒情短诗。诗人陈梦家在一朵野花的世界里发现了生命的自然、自在、自信的纯美，并以优美的笔调歌咏它。

生命在大自然中的呈现，因为其自然而显得亲切美好。诗人发现这种美好的事物，并将自己的体悟赋予它，从而唱出诗人自己的人生赞歌。"一朵野花在荒原里开了又落了"，这是最朴素的生命呈现，随意而又永恒，自在而无矫饰，但是它有着本能的追求和快乐，"不想到这小生命，向着太阳发笑，上帝给他的聪明他自己知道，他的欢喜，他的诗，在风前轻摇。"野花所展示出的生命意识对诗人产生了强烈的触动，从而引发他对生命本真的思索，"他看见青天，看不见自己的藐小，听惯风的温柔，听惯风的怒号，就连他自己的梦也容易忘掉。"野花在广阔的荒原上自在地享受着生命，无欲无求，有的只是对生命积极乐观的渴望和展示，尽管它所在的天地很大，但是它由此拓展着自己生命感触的范围，"他看见青天"，吸收着广阔世界的精华，并且因此而从容自信："他的诗，在风前轻摇。"在自然中经受风雨的洗礼并且自然成长，野花因此不是局限于自我。"看不见自己的藐小"，这是一种生命的超越，野花正因为达到了这样的超越，才能在"开了又落了"的短暂生命中绽放自己的美丽。

我为少男少女们歌唱 / 何其芳

我为少男少女们歌唱。
我歌唱早晨，
我歌唱希望，
我歌唱那些属于未来的事物
我歌唱正在生长的力量。

我的歌呵，
你飞吧，
飞到年轻人的心中
去找你停留的地方。

所有使我像草一样颤抖过的
快乐或者好的思想，
都变成声音飞到四方八面去吧，
不管它像一阵微风
或者一片阳光。

轻轻地从我琴弦上
失掉了成年的忧伤，
我重新变得年轻了，
我的血流得很快，
对于生活我又充满了梦想，充满了渴望。

·作者简介·

何其芳（1912～1977），原名何永芳，四川万县人，中国诗人、散文家、文学研究家。1929 年入上海中国公学预科学习。1931 年后就读于北京大学哲学系，课余沉浸于文学书籍之中，发表了不少诗歌和散文。1936 年，他与卞之琳、李广田的诗歌合集《汉园集》出版，受到文坛注意。他的散文集《画梦录》出版后，曾获《大公报》文艺奖金。1938 年赴延安，任鲁迅艺术学院文学系主任。新的生活使何其芳写出了《我歌唱延安》等散文和《生活是多么广阔》等诗篇，讴歌革命，礼赞光明，传诵一时。1944 年以后被派往重庆工作，任《新华日报》社副社长等职。1948 年年底开始在马列学院（即高级党校）任教。新中国成立后诗人曾任文学研究所副所长和所长、《文学评论》主编、中国作家协会书记处书记等职。其作品除上面提到的外，还有诗集《预言》、《夜歌》（后改名《夜歌和白天的歌》），散文集《还乡杂记》、《星火集》及其续编等。

作/品/赏/析

《我为少男少女们歌唱》是一首抒情诗，诗人表明是献给少男少女们的，赞美他们美好的青春，并给他们以美好的祝福。这首诗简洁明快，抒情语言直白。诗人在结尾说明，因为为少男少女们歌唱，连他自己也变得年轻了。诗人开篇即说："我为少男少女们歌唱。／我歌唱早晨，／我歌唱希望，／我歌唱那些属于未来的事物／我歌唱正在生长的力量。"诗人用这几句直接明了的话，歌唱着所有这些新生的力量、蓬勃向上的生命、使人欣喜的新的生活和气象。接着诗人说："我的歌呵，／你飞吧，／飞到年轻人的心中／去找你停留的地方。"诗人希望自己的歌声能让年轻的心听见，并且因此而更加快乐，诗人的思绪也因此而更加开阔明朗，"所有使我像草一样颤抖过的／快乐或者好的思想，／都变成声音飞到四面八方去吧，／不管它像一阵微风／或者一片阳光。"在这样的一种诗性的歌唱中，诗人的身心也变得轻盈和自由起来，这是一种被青春的力量感染的情形。"轻轻地从我的琴弦上／失掉了成年的忧伤，／我重新变得年轻了，／我的血流得很快，／对于生活我又充满了梦想，充满了渴望。"从整个创作的情绪发展来看，在对少男少女进行由衷的赞美的过程中，诗人自己的生命也似乎经历了一次洗礼，笔下的诗歌不仅感染着别人，也感染着自己。这样纯净明亮的诗句，照亮了别人的心，同时也照亮了诗人自己的心。

欢 乐 /何其芳

告诉我，欢乐是什么颜色？
像白鸽的羽翅？鹦鹉的红嘴？
欢乐是什么声音？像一声芦笛？
还是从稷稷的松声到潺潺的流水？

是不是可握住的，如温情的手？
可看见的，如亮着爱怜的眼光？
会不会使心灵微微地颤抖，
而且静静地流泪，如同悲伤？

欢乐是怎样来的？从什么地方？
萤火虫一样飞在朦胧的树阴？
香气一样散自蔷薇的花瓣上？
它来时脚上响不响着铃声？

对于欢乐，我的心是盲人的目，
但它是不是可爱的，如我的忧郁？

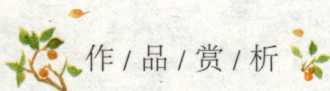

作/品/赏/析

何其芳的这首《欢乐》写于20世纪30年代，在那个年代，大革命失败所造成的幻灭感依然深深地影响着青年知识分子的内心，在黑暗的社会现实面前，诗人长久地处于一种苦闷的精神状态，内心情绪的压抑无法释放，所谓的欢乐，也自然就成了一种梦想。

诗歌的通篇以设问来状写那种无以具体言说的欢乐，在提出"告诉我，欢乐是什么颜色？"之后，诗人使用"白鸽子的羽翅"、"燕子的红嘴"、"一声芦笛"以及"从稷稷的松声到潺潺的流水"来使他所认为的"欢乐"形象化，这些事物都是美好的，诗人试图通过它们来写出"欢乐"的颜色和声音。在诗的第二节，诗人通过人的情感感受和体验来描述"欢乐"，"是不是可握住的，如温情的手？可看见的，如亮着爱怜的眼光？会不会使心灵微微的颤抖，或者静静地流泪，如同悲伤？"这种转入内在情感体验的描述，使我们感到这里的"欢乐"其实就是一种忧郁的悲伤。在第三节，诗人从另一个角度来发问："欢乐是怎样来的，从什么地方？"诗人用了很多巧妙的比喻，"萤火虫一样飞在朦胧的树阴？香气一样散自蔷薇的花瓣上？它来时脚上响不响着铃声？"传神地写出了"欢乐"的缥缈和难以把握，这也正是诗歌表达事物的微妙所在。诗人在诗的结尾说："对于欢乐，我的心是盲人的目，但它是不是可爱的，如我的忧郁？"至此，我们可以发现，诗人所要表达的，其实是内心的苦闷。

预言 / 何其芳

这一个心跳的日子终于来临！
呵，你夜的叹息似的渐近的足音，
我听得清不是林叶和夜风私语，
麋鹿驰过苔径的细碎的蹄声！
告诉我，用你银铃的歌声告诉我，
你是不是预言中的年轻的神？

你一定来自那温郁的南方！
告诉我那里的月色，那里的日光！
告诉我春风是怎样吹开百花，
燕子是怎样痴恋着绿杨！
我将合眼睡在你如梦的歌声里，
那温暖我似乎记得，又似乎遗忘。

请停下你疲劳的奔波，
进来，这里有虎皮的褥你坐！
让我烧起每一个秋天拾来的落叶，
听我低低地唱起我自己的歌！
那歌声像火光一样沉郁又高扬，
火光一样将我的一生诉说。

不要前行！前面是无边的森林：
古老的树现着野兽身上的斑纹，

半生半死的藤蟒一样交缠着，
密叶里漏不下一颗星星。
你将怯怯地不敢放下第二步，
当你听见了第一步空寥的回声。

一定要走吗？请等我和你同行！
我的脚步知道每一条熟悉的路径，
我可以不停地唱着忘倦的歌，
再给你，再给你手的温存！
当夜的浓墨遮断了我们，
你可以不转眼地望着我的眼睛！

我激动的歌声你竟不听，
你的脚竟不为我的颤抖暂停！
像静穆的微风飘过这黄昏里，
消失了，消失了你骄傲的足音！
呵，你终于如预言中所说的无语而来，
无语而去了吗，年轻的神？

作/品/赏/析

　　全诗共分 6 节，以"年轻的神"的踪迹为线索来抒写，剖白式地倾诉了诗人每一刻的痴情。诗人心中的爱神形象是光彩动人的，诗人深深地眷恋着她，充满柔情地想象着它的到来，热情赞美它的美丽，同时也倾诉失去它的惆怅。想见时，"年轻的神"那"夜的叹息似的"足音，轻柔、飘忽，而诗人却凭着自己细腻的感触，将它从"林叶和夜风的私语"和"麋鹿驰过苔径的细碎的蹄声"中辨认出来，诗人盼望"年轻的神"的心情是何等的热切。相见后，诗人热烈赞美"年轻的神"所生活过的光明、温暖和多情的世界，表达了自己由衷的倾慕之情。诗人祈求"年轻的神"不要离开自己，"前行"到那阴森恐怖、黑暗和空寂的地方去。可是"年轻的神"似乎并不了解诗人的心情，她执意要走。尽管如此，诗人也愿意为她引路，要在阴森黑暗的路途中给她抚慰、温暖和力量。最后，"年轻的神"终于走了，那脚步声竟"像静穆的微风飘过这黄昏里"悄悄地消失了，"年轻的神"从那美丽、温郁的南方而来，却走向了恐怖死寂的森林中去，从光明到黑暗，并不美满。它的轻飘而来使诗人激动得"心跳"，而它的无语而去却给诗人留了凄清的哀怨。

　　何其芳喜欢在回忆和梦幻中寻找美。他的诗总是在淡淡的哀怨中透出一些欢快的色彩。诗中没有着意刻画"年轻的神"的形象，作者捕捉的是"一些在刹那间闪出金光的"心灵的语言，"省略去那些从意象到意象之间的链锁"，给读者留下了丰富的想象的天地，使诗有一种宁静、柔婉的朦胧美。

　　这首诗的语言富于音乐性，六行大体押韵，每行的节顿又大体相等，读起来使人产生平和愉快的感觉。诗句本身的节奏又和情绪的抑扬顿挫相协调，从而产生了拨动心弦的音乐效果。正因为如此，这首诗发表后，在读者中间产生了广泛的影响，深受广大青年读者的喜爱，许多人将它背得滚瓜烂熟，时常吟诵。直到今天，这首诗仍然散发着动人的魅力。

航 / 辛笛

帆起了
帆向落日的去处
明净与古老
风帆吻着暗色的水
有如黑蝶与白蝶

明月照在当头
青色的蛇
弄着银色的明珠
桅上的人语
风吹过来
水手问起雨和星辰

从日到夜
从夜到日
我们航不出这圆圈
后一个圆
前一个圆
一个永恒
而无涯涘的圆圈

将生命的茫茫
脱卸与茫茫的烟水

·作者简介·

辛笛（1912～2004），祖籍江苏淮安，生于天津市。早年在清华大学任文艺编辑，并在北平艺文中学、贝满女子中学任教。后赴英国爱丁堡大学研习英语，回国后曾任上海光华大学、暨南大学教授。从学生时代起，诗人即开始在天津《文学季刊》、《北京晨报》、上海《新诗》等报刊上发表诗文和译作。1935年，他的第一本新诗集《珠贝集》在北京出版。抗日战争胜利后，诗人当选为中华全国文协候补理事兼秘书，并为诗歌音乐工作者协会上海分会负责人之一。1947年，诗人的新诗集《手掌集》出版。1949年7月参加中华全国第一次文代会，为中国作家协会会员和作协上海分会理事。新中国成立后诗人历任上海工业局秘书科科长、中央轻工业部华东办事处办公室副主任，还兼任民盟上海市委委员、外国文学会会员、上海市政协特约编译等职。

作/品/赏/析

《航》是辛笛的成名作。写于1934年8月。那时的辛笛是清华大学外文系三年级学生。在假期里他坐船出海旅行。第一次航海令他激动不已。他久久地站在甲板上：大海是那样的辽阔，又是那样的深沉。诗人年轻的心充满了新鲜的印象，也泛起"不识愁滋味"的一丝惆怅。他边观看海上景色，边轻轻吟哦，即刻挥毫写下了《航》一诗。诗发表在当时《大公报》的《文艺副刊》上，1935年收入辛笛和其弟辛谷合出的第一本诗集《珠贝集》内。

在一个晚霞满天的黄昏，一艘帆船升起了帆，向远方的落日处驶去。这帆船，如同一位行走在人生征程上的行者；这航程，好似那漫无际涯的人生路程。送帆远行、与帆作伴的是海水，那"明净而古老"的海水。帆也深知，只有与海水紧密相依，才能沉稳、平安地驶向目的地。这也寓意着：一个人如果耽于幻想，脱离了他所生存的土地、社会现实，他的人生之舟将会搁浅，寸步难行。

一轮玉盘似的月亮升起来了，皎洁的月光洒在桅上、帆上、船上、人身上，这夜色是多么美好。然而漫漫航程有风平浪静的时刻，也有风雨飘摇的日子，"风吹过来，水手问起雨和星辰"。这漫漫航程与人生征途是何等相似，从白天到黑夜，从黑夜到白天，人们在圈圈似的旅途上跋涉着，一个圆连着一个圆，没有尽头，茫无边际。面对茫茫人生，诗人不禁感叹了：将自己茫茫的生命，"脱卸于茫茫的烟水"，与海水融合在一起，获得永恒的憩息与生存。

全诗借助比喻、拟人、象征手法，营造了一个生动透明的意象，在此基础上将客观的物象描述与主观的情感抒发紧密结合起来，语言简练，节奏紧凑，朴实的诗风中蕴含着深刻的人生哲理，颇具表现力。《航》发表后获得了广大读者的喜爱和好评。爱诗的青年人竞相传阅转抄，更没想到的是千里姻缘一诗牵，一对男女青年因为都喜欢这首诗而相爱起来。旅美诗人叶维廉将此诗译成了英文，加拿大诗人联盟主席亨利·拜塞尔教授也曾将此诗翻译成英文，加以发表，于是它又在海外诗歌爱好者中间先后流传开来。

冬 夜 /辛笛

安坐在红火的炉前，
木器的光泽诳我说一个娇羞的脸；
抚摩着褪了色的花缎，
黑猫低微地呼唤。

百叶窗放进夜气的清新，
长廊柱下星近；
想念温暖外的风尘，
今夜的更声打着了多少行人。

作/品/赏/析

　　一首诗歌所具有的美的气韵，是诗人的心灵深处散发出的馥郁的芳菲。诗人辛笛在艺术实践中自觉地将中国传统的古典主义与西方现代主义结合起来，在诗歌作品中向读者彰示了艺术创作中最为可贵的独创性与超前性，他注重个体的生命和情感体验，追求感觉的知性化，在精致的诗句中展现出智性的光辉，令诗歌深蕴独特的审美特质。这首《冬夜》展现的是一幅气韵清隽的生活画面，语言清新、纯净、隽永、婉约，诗情细腻而飘逸、轻灵而柔润，有着余音袅袅、含蕴不尽的艺术特色。

雨 雪 /金克木

我喜欢下雨下雪，
因为雨雪是你的名字。

我喜欢雨和雨中的小花伞，
我们可以把脸在伞下藏着；
我可以仔细地比比雨丝和你的头发，
我可以大胆一点偷看你的眼睛。

我喜欢有一阵微风迎面走来，
于是你笑了笑把伞转向前面；
我喜欢假装数伞上的花纹，
却偷看伞的红光映上你的脸；
于是我们把脚步放得更慢，更慢，
慢慢地听迎面来的细语的雨点。

我喜欢春天的江南，江南的春天；
我喜欢微雨的黄昏，黄昏的微雨；
我喜欢微雨中小小的红花纸伞；
我喜欢下雨，因为我喜欢你。
但我更喜欢晶莹的白雪，
愿意作雪下柔软的泥。

作者简介

金克木（1912～2000），安徽寿县人。1928年任小学教员，1930年到北平求学，开始发表诗文。1935年在北京大学图书馆当职员，半年后离职。1938年曾到香港，为《立报》编辑；次年又到湖南教书。1941年到印度加尔各答，任《印度日报》（中文版）编辑。1946年回国后，任武汉大学哲学系教授，1948年任北京大学东语系教授。在20世纪30年代与戴望舒相交论诗，曾于1936年出版诗集《蝙蝠集》；到20世纪80年代，还写了《寄所思二章——纪念戴望舒逝世三十周年作》。他作诗不多，致力于古印度诗歌翻译与研究工作，主要译作有《伐致呵利三百咏》、迦利陀沙的《云使》、《印度古诗选》、巴勒斯坦诗歌《控诉》、泰戈尔《我的童年》以及《古代印度文艺理论摘译》等。并有专著《梵语文学史》、《中印人民友谊史话》等。

金克木像

作/品/赏/析

读《雨雪》很容易让人想起戴望舒的《雨巷》。《雨巷》写春雨中的油纸伞，写在雨巷的徘徊和期待、惆怅和愁怨，风格抑郁低沉。金克木是戴望舒当年的诗友，金克木的《雨雪》也写春雨，也写油纸伞，然而明丽清新，欢快活泼，稚气可掬，在这里没有一丝愁绪，心无纤尘，玲珑剔透。这在20世纪30年代象征主义诗风兴起的潮流中，是很少有的。

我们看到的金克木的这首诗，与象征主义的忧郁毫无关涉。《雨雪》一诗明丽得如同五四时期汪静之等湖畔诗人的情诗，这首诗唤起了人们对少年时代天真美好的记忆，这也许是诗人已经从忧郁里走出来了，也许是诗人读透了叔本华与柏格森，因此能够洒脱地回到少年时代的自我。因此这首诗在当时的诗坛上，是属于别一种境界，别有一番情趣的。

青年时代，情窦初开，正好是临近初恋而又情意朦胧的时节，在这个时期，朦胧的初恋既神秘又美好。每个细微的动作，每一个无意的眼神都带来无穷的遐想与意味。本诗中写在伞的遮盖下，看你的秀发，看你纯净的眼神，看你的微笑，看你脸上青春的红晕，看你摆弄小花伞，放慢脚步谛听雨打纸伞的轻快絮语。这一系列的动作与细节，惟妙惟肖地写尽了青少年纯洁无瑕的心态与纯真的情感。

诗的构思精巧而又自然。诗从喜欢下雨下雪破题——"因为雨雪是你的名字"——很自然地进入了情境。接下来，以小花伞作为中心意象，以两节文字作为铺垫，充分地抒写伞下的情趣。第四节前四句把诗境开阔了一些，把镜头拉开了一些，仿佛要作结尾的样子。等读到最后二句，我们才记起诗题里那个"雪"字，于是，一个突兀的转折，诗意深化了：雨是我所喜欢的，因为在雨中我喜欢上了你，但我更喜欢雪，喜欢你向我作更深入的感情渗透，我渴望是雪下的泥，把你的晶莹一滴滴地全部渗透进我的温柔里。

本诗主情以诗人"我"的形象出现，从"我"的感官、"我"的视野，来描写对对方的好感和爱恋，而且多次用"我喜欢"、"我们可以"、"我可以"等词语，强调主观的感情。这种看似不成熟的笔法特别适合表达少年时代纯真的初恋。

你的名字 / 纪弦

用了世界上最轻最轻的声音，
轻轻地唤你的名字每夜每夜。

写你的名字，
画你的名字。
而梦见的是你发光的名字：

如日，如星，你的名字。
如灯，如钻石，你的名字。
如缤纷的火花，如闪电，你的名字。
如原始森林的燃烧，你的名字。

刻你的名字！
刻你的名字在树上。
刻你的名字在不凋的生命树上。
当这棵树长成了参天古树时，
啊啊，多好，多好。
你的名字也大起来。

大起来了，你的名字。
亮起来了，你的名字。
于是，轻轻轻轻轻轻轻地唤你的名字。

·作者简介·

纪弦，原名路逾，1913 年生于河北省清苑县，祖籍陕西。小时家在北平。1921 年离开北平，乘火车去武汉。1922 年去上海，1924 年定居扬州，1928 年小学毕业，考上县立初中。1929 年开始写诗，同年秋考上武昌美专。1931 年 12 月出版诗集《易士集》，笔名路易士。1935 年 12 月出版诗集《行过之生命》。1936 年与戴望舒、徐迟三人合作创办《新诗》月刊。1938 年去香港，1939 年出版《爱云的奇人》《烦哀的日子》《不朽的肖像》三个作品集。1945 年诗集《夏天》《三十前集》出版。1948 年离沪去台湾，执教于台北市立成功学校。1953 年独资创办《现代诗》季刊。1954 年《纪弦论诗》诗论集出版。1958 年发起组织"现代派"，提出"新诗乃横的移植，而非纵的继承"等六大信条。后出版自选诗集《槟榔树甲集》《槟榔树乙集》《槟榔树丙集》《槟榔树丁集》《槟榔树戊集》；散文集《终南山下》《园丁之歌》等。1976 年移居美国。

作/品/赏/析

《你的名字》是赠人之作，全诗一连用了十多个"你的名字"来表达对对方的感情，并不显得冗长啰唆，反而自然紧凑，充满深情。

在这首充满意象与旋律之美的诗篇中，纪弦创造性地以恋人的"名字"作为全诗的中心意象，并以色彩缤纷令人目不暇接的比喻，围绕中心完成全诗的意象结构。抒情主人公形象于诗的一开始就出现了，他用第一人称的呼告语呼唤恋人的名字。诗人并没有把"你的名字"具体化，而是用抽象的"你的名字"的泛指，将个人的感情经历提升到普遍性的层次，引起读者对自己阅读经验中不同名字的美的联想，从而引起共鸣。

在第一、二两节中，"呼唤"有声，是听觉意象，"写画"有形，是视觉意象。日有所思，夜有所梦，"梦见"则应是"梦觉"意象了。随后诗人以一系列比喻来比拟恋人"发光"的名字（连用 7 个比喻），虽然都是"如"字构成明喻，但却无单调之感，"日"、"星"、"灯"、"钻石"、"缤纷的火花"、"闪电"以及"原始森林的燃烧"等同为"发光"，但光亮的程度各异，将它们并置在一起，可以看到同中有异的变化，形成复沓的情感节奏。第三节也颇为精彩，"刻你的名字！/刻你的名字在树上。/刻你的名字在不凋的生命树上"。至死不渝的恋情，在这里获得了具体而形象的表现。第二节写"发光"之"亮"，第三节写"长成"之"大"，角度虽各有不同，但像箭矢都射向一个靶心，诗人多角度的赞美都是缘于一个芳菲的名字。

这首小诗虽然不讲究脚韵，但它却追求旋律的优美，宛如一曲悦耳清心的轻音乐。它的旋律美的形成，一是由于"复沓"。第一节的"最轻最轻"和"轻轻地"乃至"每夜每夜"，形成反复语词复沓；在十八行的诗句中"你的名字"和"发光的名字"类语反复十四次；"刻你的名字"，是短语复沓；结尾一节七个"轻"字的连用，是同一词语在句中的复沓。如果取消了复沓，此诗即失去动人的旋律。另一个重要因素就是"回环"，第一节和全诗最后一句的"于是，轻轻轻轻轻轻地唤你的名字"，构成了首尾的重复与呼应，即整篇美学结构的大回环；诗的第二、三节构成近距离节与节的回环；最后一节首句"大起来了，你的名字"，与上一节末句"你的名字也大起来"，构成连锁式回环，第二行"亮起来了，你的名字"，则与第三节构成遥应式回环。有了这种变化而统一的复沓与回环，我们读这首诗"每夜每夜"，和每句后面反复的"你的名字"不仅不感到重复，反而有音乐的旋律美。

泥 土 /鲁藜

老是把自己当作珍珠
就时时怕被埋没的痛苦

把自己当作泥土吧
让众人把你踩成一条道路

·作者简介·

　　鲁藜（1914～1999），原名鲁徒弟，1914年生，福建同安人。"七月诗派"的代表人物。幼年时随父母侨居越南，少年失学，曾当过小工、小贩等。1932年回国，1936年参加左联，1938年奔赴延安。《希望》、《七月》等杂志都发表过他的诗作。1955年后，鲁藜历任天津文联副主席、天津作家协会副主席。鲁藜出版的诗集有8种，其中《醒来的时候》是最具代表性的一本诗集。

作/品/赏/析

　　这是一首哲理诗，因其语言的通俗和所表达内容的说服力，曾经广为流传，并被许多青年人抄录背诵，作为人生的座右铭。这首诗讨论的是人对自己的社会价值定位问题，传达出一种具有强烈时代性和深刻性的价值观。诗的第一段说："老是把自己当作珍珠／就时时怕被埋没的痛苦"，对于刚刚步入社会、对社会人生缺乏了解的青年人来说，这是一种广泛的现象。年轻人由于对自己的认识和社会现实之间有着较大的错位，往往"自视甚高"，但是现实生活中，这种良好的感觉往往不能得到社会的认可，于是常常抱有怀才不遇的内心痛苦。诗人针对这样的情况，写下具有深刻反思和警示作用的诗句，对年轻人是一个非常好的忠告。在内心的价值定位上，以普通人的眼光来看待自己，"把自己当成泥土吧／让众人把你踩成一条道路"，也就是说，把自己当成大地上的一粒尘土，这样就会拥有一颗平常心去面对生活和工作，面对社会。读这首诗，对其中的观点应该有正确客观的理解。这首诗的着眼点是鼓励人们以健康正确的心态去面对社会生活，实现自己的人生价值。正确地处理个人与集体、个人与社会的关系，并不是要人放弃自我、否定自我的价值、抹杀人的个性，既不是完全的个人主义，又不是做一个平庸无为、毫无独立价值的人。正确的理解应该是，将自己融入社会中，作为其中的一员生活，但是要努力向上，充分地挖掘自己的价值。

窗 /陈敬容

一

你的窗
开向太阳，
开向四月的蓝天；
为何以重帘遮住，
让春风溜过如烟？

我将怎样寻找
那些寂寞的足迹，
在你静静的窗前；
我将怎样寻找
我失落的叹息？

让静夜星空
带给你我的怀想吧，
也带给你无忧的睡眠；
而我，如一个陌生客，
默默地走过你窗前。

二

空漠锁住了你的窗，
锁住了我的阳光，
重帘遮断了凝望；
留下晚风如故人，
幽咽在屋上。

远去了，你带着
照澈我阴影的
你的明灯；
我独自迷失于
无尽的黄昏。

我有不安的睡梦
与严寒的隆冬；
而我的窗
开向黑夜
开向无言的星空。

·作者简介·

　　陈敬容（1917～1989），原籍四川乐山。1932年春读初中时开始学习写诗。1934年年底只身离家前往北京，自学中外文学，并在北京大学和清华大学中文系旁听。这一时期开始发表诗歌和散文。第一首诗《十月》作于1935年春。1938年在成都参加中华全国文艺界抗敌协会。1946年出版第一本散文集《星雨集》，并到上海专门从事创作和翻译工作。1948年参与创办《中国新诗》月刊，任编委。1949年在华北大学学习，同年底开始从事政法工作。1956年任《世界文学》编辑，1973年退休。1978年起，重新执笔创作，10余年发表诗作近200首，散文和散文诗数十篇，并有新的译著问世。1981～1984年曾为《诗刊》编外国诗专栏。诗集《老去的是时间》获1986年全国优秀新诗集奖。

作/品/赏/析

　　《窗》是一首哀怨委婉的抒情诗，表达了一种失落的悲伤情感。
　　诗人选取"窗"这样一种具有象征意味的意象，通过对窗的细腻描写，展示出女性特有的一种温和婉转的爱与愁。面对失落的爱情，诗人发问："你的窗／开向太阳，／开向四月的蓝天；／为何以重帘遮住，／让春风溜过如烟？"这里诗人发问的对象从表面上看是一个具体的物象——窗，但暗喻的是封闭起来的、拒绝着爱情召唤的心灵，这样的咀嚼使"我"感到无限失落和悲伤："我将怎样寻找／那些寂寞的足迹，／在你静静的窗前；／我将怎样寻找／我失落的叹息？"面对被拒绝的爱情，诗人只能在无奈中独自叹息，独自承受着内心的痛苦，"默默地走过你窗前"。
　　在第二部分中，诗人将内心的痛苦升华，诗人不再对"窗"发问，而是转入对自己内心的描述："空漠锁住了你的窗，／锁住了我的阳光，／重帘遮断了凝望；／留下晚风如故人，／幽咽在屋上。"这些都是被拒绝的爱情带给诗人的内心痛苦，长久不能遣散，"远去了，你带着／照澈我阴影的／你的明灯；／我独自迷失于／无尽的黄昏"。诗人使用这一系列平淡的事物，形象准确地传达出爱的创伤留下的无尽愁怨，作为甜蜜爱情的反面，作为被爱情中伤的心灵，"我有不安的睡梦／与严寒的隆冬；／而我的窗／开向黑夜／开向无言的星空。"与诗的开头照应，应该说，做到了布局上的完整和情感上的有因有果。

假如你走来 / 陈敬容

假如你走来，
在一个微温的夜晚，
轻轻地走来，
叩我寂寥的门窗；

假如你走来，
不说一句话，
将你战栗的肩膀，
依靠白色的墙。

我将从沉思的坐椅中
静静地立起
在书页中寻出来
一朵萎去的花
插在你的衣襟上。

我也将给你一个缄默，
一个最深的凝望；
而当你又踽踽地走去，
我将哭泣——
是因为幸福，
不是悲伤。

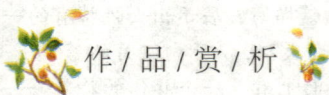

🌿 作 / 品 / 赏 / 析

　　《假如你走来》是一首诉说爱情的诗篇。"假如你走来，/ 在一个微温的夜晚，/ 轻轻地走来，/ 叩我寂寥的门窗"；微温、轻轻和寂寥，描画出诗人那温婉而寂寞的心境，展现出一种绰约而朦胧的情感氛围。"我也将给你一个缄默，/ 一个最深的凝望；/ 而当你又踽踽地走去，/ 我将哭泣——/ 是因为幸福，/ 不是悲伤。"那缄默中的最深的凝望，蕴含着最深挚而又最苦痛的爱情，那哭泣，不是悲伤，是幸福，可是其中蕴蓄的苦楚却远胜过一切的悲伤。

赞 美 / 穆旦

走不尽的山峦和起伏，河流和草原，
数不尽的密密的村庄，鸡鸣和狗吠，
接连在原是荒凉的亚洲的土地上，
在野草的茫茫中呼啸着干燥的风，
在低压的暗云下唱着单调的东流的水，
在忧郁的森林里有无数埋藏的年代。
它们静静地和我拥抱：
说不尽的故事是说不尽的灾难，沉默的
是爱情，是在天空飞翔的鹰群，
是干枯的眼睛期待着泉涌的热泪，
当不移的灰色的行列在遥远的天际爬行；
我有太多的话语，太悠久的感情，
我要以荒凉的沙漠，坎坷的小路，骡子车，
我要以槽子船，漫山的野花，阴雨的天气，
我要以一切拥抱你，你，
我到处看见的人民呵，
在耻辱里生活的人民，佝偻的人民，
我要以带血的手和你们一一拥抱。
因为一个民族已经起来。

一个农夫，他粗糙的身躯移动在田野中，
他是一个女人的孩子，许多孩子的父亲，
多少朝代在他的身边升起又降落了
而把希望和失望压在他身上，
而他永远无言地跟在犁后旋转，
翻起同样的泥土溶解过他祖先的，
是同样的受难的形象凝固在路旁。
在大路上多少次愉快的歌声流过去了，
多少次跟来的是临到他的忧患；
在大路上人们演说，叫嚣，欢快，
然而他没有，他只放下了古代的锄头，
再一次相信名词，溶进了大众的爱，
坚定地，他看着自己溶进死亡里，
而这样的路是无限的悠长的
而他是不能够流泪的，
他没有流泪，因为一个民族已经起来。

在群山的包围里，在蔚蓝的天空下，
在春天和秋天经过他家园的时候，
在幽深的谷里隐着最含蓄的悲哀：
一个老妇期待着孩子，许多孩子期待着
饥饿，而又在饥饿里忍耐，
在路旁仍是那聚集着黑暗的茅屋，
一样的是不可知的恐惧，一样的是
大自然中那侵蚀着生活的泥土，
而他走去了从不回头诅咒。
为了他我要拥抱每一个人，
为了他我失去了拥抱的安慰，
因为他，我们是不能给以幸福的，
痛哭吧，让我们在他的身上痛哭吧，
因为一个民族已经起来。

一样的是这悠久的年代的风，
一样的是从这倾圯的屋檐下散开的
无尽的呻吟和寒冷，
它歌唱在一片枯槁的树顶上，
它吹过了荒芜的沼泽，芦苇和虫鸣，
一样的是这飞过的乌鸦的声音。
当我走过，站在路上踟蹰，
我踟蹰着为了多年耻辱的历史
仍在这广大的山河中等待，
等待着，我们无言的痛苦是太多了，
然而一个民族已经起来，
然而一个民族已经起来。

·作者简介·

穆旦（1918～1977），浙江海宁人，生于天津，原名查良铮，"穆旦"这一笔名为将"查"姓上下拆分，"木"与"穆"同音，得"穆旦"之名。九叶诗派的代表诗人，许多现代文学专家推其为"现代"诗歌第一人。1929年进入南开中学读书，1935年考入清华大学地质系，半年后转入外文系。抗日战争爆发后，随校南迁长沙，转徙昆明，1940年毕业，留校担任助教。1942年参加中国入缅远征军，任中校翻译官，亲历滇缅大撤退和震惊中外的野人山战役。1945年9月，根据入缅作战的经历，创作了中国现代主义诗歌史上著名诗篇——《森林之魅——祭胡康河上的白骨》。1945年在沈阳创立《新报》，并任主编，1947年开始参加"中国新诗派"的创作活动，1948年在联合国世界粮农组织救济署和美国新闻处工作。1977年逝于心脏病。

穆旦像

作/品/赏/析

目睹苦难的中国大地和生活在这片大地上苦难的人民，一辈心怀热血的爱国诗人共同咏唱出一章章光彩永驻的不朽诗篇。身为这水深火热的一代，身为这力起抗争的民族诗人的一员，穆旦以自己坚贞的爱国情怀和精湛的艺术才能，为着祖国和人民唱出了这样一首"赞美"的歌——"走不尽的山峦和起伏，河流和草原……"茫茫中华，遍诵悲歌——"我到处看见的人民呵，在耻辱里生活的人民，佝偻的人民，我要以带血的手和你们一一拥抱。"诗人以自己最深的情感与最真的思想呼喊出了一个时代的最强音——"因为一个民族已经起来。"在这雄浑的"赞美"的歌声中，蕴蓄着中华民族的希望和新生。

月之故乡 / 彭邦桢

天上一个月亮
水里一个月亮
天上的月亮在水里
水里的月亮在天上
低头看水里
抬头看天上
看月亮
思故乡
一个在水里
一个在天上

作者简介

　　彭邦桢（1919～2003），湖北黄陂人。1938年入陆军学校学习，毕业后任国民党军职，并于1949年去了台湾。1953年，彭邦桢发表诗作《载着歌的船》，在诗坛引起了强烈反响，后来任《中国诗选》编辑，且创作日丰。1969年退役后，与诗友创办"诗宗社"，与纪弦、覃子豪、钟鼎文、方思等一起被称为台湾早期现代派的代表诗人。1975年与美国女诗人梅音·戴若结婚，夫妇共任世界诗人资料中心主席。此外，彭邦桢还获世界桂冠诗人奖。

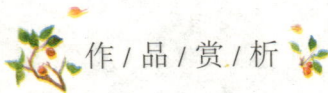 作 / 品 / 赏 / 析

　　《月之故乡》是台湾著名诗人彭邦桢广为人知的一首乡愁诗。这首诗的语言非常简洁明朗，可以说是纯到没有一点晦涩的杂质，使人想起李白的《静夜思》。非常难得的是用这样浅显晓畅的语言，诗人表达出的却是一种深深的浓郁的伤愁，而且不着痕迹。事实上，这首诗在艺术上非常讲究，整首诗形成一种对应的镜像效果："天上一个月亮／水里一个月亮／天上的月亮在水里／水里的月亮在天上／低头看水里／抬头看天上／看月亮／思故乡"。从头到尾，都是相互对应的，正是这种多少带有一点古典的玄学意味的结构方式，使这首诗非常含蓄恰当地表现出了游子思乡的情绪，一种淡淡的孤独和哀愁。虽然说从意境上使人感到一种如梦如幻的朦胧美，但是诗中没有一点虚构的超现实的因素，天上的月亮是实物，是真实存在的，而水中的月亮作为影子也是客观存在的，这两个拉开极大的空间距离的月亮，却造成了一种虚化的、让人感到巨大孤独的情绪空间。诗歌的语言和意味上在具有古典诗歌的意蕴的同时，又具有着浓郁的民歌的味道。所以说，语言艺术上的民族性，也是这首诗成功并广泛流传的关键所在。

桂林山水歌 / 贺敬之

云中的神呵，雾中的仙，
神姿仙态桂林的山！

情一样深呵，梦一样美，
如情似梦漓江的水！

水几重呵，山几重？
水绕山环桂林城

是山城呵，是水城？
都在青山绿水中

呵！此山此水入胸怀，
此时此身何处来？

黄河的浪涛塞外的风，
此来关山千万重。
马鞍上梦见沙盘上画：
"桂林山水甲天下"

呵！是梦境呵，是仙境？
此时身在独秀峰！

心是醉呵，还是醒？
水迎山接入画屏！

画中画——漓江照我身千影
歌中歌——山山应我响回声

招手相问老人山，
云照江山几万年？

——伏波山下还珠洞，
室珠久等叩门声

鸡笼山一唱屏风开，
绿水白帆红旗来！

大地的愁容春雨洗，
请看穿山明镜里——

呵！桂林的山呵漓江的水——
祖国的笑容这么美！

桂林山水入胸襟，
此情此景战士的心——
江山多娇人多情，
使我白发永不生！

对此江山人自豪，
使我青春永不老！
七星岩去赴神仙会，
招呼刘三姐打从天上回

人间天上大路开，
要唱新歌随我来！

三姐的山歌十万八千箩，
战士呵，指点江山唱祖国
红旗万梭织锦绣，
海北天南一望收！

塞外的风砂呵黄河的浪，
春光万里到故乡。

红旗下：少年英雄遍地生——
望不尽：千姿万态"独秀峰"！

——意满怀呵，情满胸，
恰似漓江春水浓！

呵！汗雨挥洒彩笔画：
桂林山水满天下！

·作者简介·

　　贺敬之，1924 年生于山东省峄山县（今属枣庄市）一个贫苦农民家庭。抗日战争爆发以后流亡湖北、四川一带，一面在中学教书，一面积极参加抗日救亡运动。1940 年奔赴延安，进入鲁迅艺术文学院文学系学习。1945 年与丁毅等集体创作，写成我国第一部新歌剧《白毛女》。

　　新中国成立以后，贺敬之在担任文艺行政和刊物编辑工作的同时，继续从事诗歌创作，写了《回延安》、《桂林山水歌》、《雷锋之歌》、《中国的十月》等脍炙人口的诗篇。他的诗歌创作以"量少质精"著称。为数不多，影响颇大。

贺敬之像

作/品/赏/析

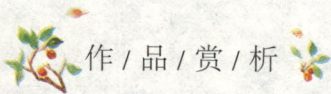

　　举世闻名的桂林山水吸引着多少诗人词客，留下了多少脍炙人口的诗篇。当代诗人贺敬之于 20 世纪五六十年代写成的《桂林山水歌》，比起同类题材，堪称不可多得的佳作。它既是一首优美的风景诗，又是一曲深情的祖国颂。

　　诗人笔下的桂林山水多美："云中的神呵，雾中的仙，/神姿仙态桂林的山！/情一样深呵，梦一样美，/如情似梦漓江的水！"诗一开头就把读者引向一种令人神往的艺术境界。神姿仙态，如情似梦，山环水绕，让人陶醉。这样诗句既抓住桂林山水的自然特征，又富有浪漫主义的传奇色彩。

　　诗人没有单纯描摹桂林山水，而是借以抒发自己对自然景物的独特感受。诗人寄情山水，心潮起伏，进而抒发了一个革命战士对于祖国的深挚感情。景美情深，诗意浓郁。

　　诗的结尾更是神来之笔："——意满怀呵，情满胸，/恰似漓江春水浓！/呵！汗雨挥洒彩笔画：/桂林山水满天下！"这里"满天下"与"甲天下"，虽然只是对唐流传至今的民间俗谚的一字之改，却是推陈出新，启人深思的艺术范例。

　　诗人为探索我国新诗发展的道路而采用过多种形式，他写政治抒情诗大多采用马雅柯夫斯基的"楼梯式"和热情奔放、约束较少的自由体，而某些抒情短章却常用群众喜闻乐见的民歌体。这些均根据题材内容与表达感情的需要而定。这首《桂林山水歌》具有浓郁的民歌风味，大体采用陕北民歌信天游的形式，诗句均由两行一节组成，语言自然流利，有如行云流水，音韵节奏和谐，便于吟咏歌唱。

海把贝壳失落在沙滩 / 公刘

海把贝壳失落在沙滩，
我把爱情失落在人间；
凡属我的，我必追寻，
而且我知道，此刻，正是此刻，
它藏在某一个幽闭的心坎！

·作者简介·

公刘，原名刘耿直，又名刘仁勇，1927 年生，江西南昌人。1948 年在香港参加中国共产党领导的全国学生联合会宣传部工作，在《华商报》、《文汇报》、《群众》、《中国学生》等报刊发表作品。1949 年参加中国人民解放军，次年随军进驻云南。1954 年出版第一部诗集《边地短歌》；到 1957 年有诗集《神圣的岗位》、《黎明的城》、《在北方》，长诗《望夫云》以及与人合作整理的彝族长诗《阿诗玛》。70 年代末，又开始诗歌创作的新阶段，先后出版长诗《尹灵芝》，诗集《白花·红花》、《离离原上草》、《仙人掌》、《母亲——长江》、《刻骨铭心》、《相思海》和《公刘诗选》，诗论集《诗与诚实》、《诗路跋涉》等。

公刘最早写于云南边境的诗，善于把西南地区神奇美丽的自然风景与人民战士豪迈气质融于一体，有清新凝重的抒情风格，曾被誉为"一朵奇异的云"。1978 年，公刘调到安徽省文联工作，任《安徽文学》编辑、安徽文学院院长，曾应邀出访美国、西德等国。除诗歌以外，还有短篇小说集《国境一条街》，电影剧本《阿诗玛》、《望夫云》和一些杂文。

作 / 品 / 赏 / 析

公刘的诗，既有忧伤时事的慷慨悲歌，也有抒发感受的低吟曼语。这首写于青春时期的短诗，便是抒情主人公的一支爱情小夜曲。

诗人写爱情，却偏偏不作直接咏叹，而是托附于"贝壳"，并且使情感的逻辑思维始终沿着"贝壳"进展，因此，他对"贝壳"这一形象的选择必然是经过深思熟虑了的。贝壳来自大海，抒情主人公的爱情萌生于大海，失落在沙滩的贝壳和大海近在咫尺，抒情主人公的爱情也活在身旁的生活的海洋里，所以，他要去追寻，而且他深信，这爱情也"藏在某一个幽闭的心坎"，正像静静地躺在沙滩上的这一枚贝壳。拾起它，放在耳畔，就可以听到大海的涛声——发自它"幽闭的心坎"！诗人自己是很看重这"贝壳"的，无怪乎他用的诗题亦是：《海把贝壳失落在沙滩》。

此诗虽只有短短的五句，却营造出一种含蓄蕴藉的意境。

月流有声 / 灰娃

暂且活回自己
只光阴一寸
那时
松树后山崖下
有冬之魅正
谋算来年风雨
星子们却依旧
穿越虚空垂落下来
冬的安谧
悬在天体浑圆无限
一朵白莲于天际悄然游移
不觉地
涌入听觉广大而浓密的静默
在
耳边涨落
我听着
月亮在高空流转
听着万类
玄奥幽微不稍消歇
心
也随之去了远方
与一片流云
一同行进
虚静托起芬芳
竟是这般沉醉
于是才记起
我已把自己抛出太久
心室堆积的
是些飘零的黄叶
纷乱
枯干
而此刻我要
把这些芬芳这沉寂的深渊收集
永远留在心里
这是我
隐秘的奢望

再不要
再也不要和我的寂寞撕扯
让
梦的废墟
琴弦摇曳穿梭
梦的荒原
童音耸拔明澈——
云儿飘
星儿摇摇
海上起了风潮

爱唱歌的鸟
爱说话的人
　　都一起睡着了
那婴儿睡中的笑
幼鸽翻飞
都一起回到梦里

·作者简介·

　　灰娃，原名理召，1927 年生，中国当代女诗人，祖籍陕西临潼，童年时期生活在西安，抗战爆发后，随家人逃难到农村，12 岁时由姐姐和表姐送往延安，在"延安儿童艺术学园"学习，后到第二野战军工作。1948 年因病往南京住院治疗，1951 年转至北京西山疗养院。1955 年进入北京大学俄文系学习，同时选修和旁听了中文系与西文系的部分课程。1961 年被分配到"北京编辑社"做文字翻译，后来因病提前离休。1997 年出版诗集《山鬼故家》，2000 年其诗集获人民文学出版社 50 周年纪念之"专家提名奖"。

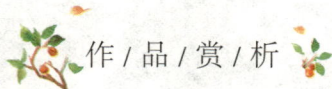

作/品/赏/析

　　《月流有声》创作于灰娃的耄耋之年，而诗歌内容写的却是儿童时代，回到梦里，看那"婴儿睡中的笑"。灰娃的诗歌语言极其新颖，而且决不重复自己，年龄虽高，却绝无老残之气，诗歌语言依然美得令人心醉。"月流有声"，诗歌的题目就昭示着诗意的美，雅致的语言，清灵的气韵，非是俗躁之心所能为之。"把这些芬芳这沉寂的深渊收集／永远留在心里"，"让／梦的废墟／琴弦摇曳穿梭／梦的荒原／童音耸拔明澈——／云儿飘／星儿摇摇／海上起了风潮"，悠久岁月的积淀，绽放出如此灵美的花朵，弹唱出那清绝如洗的歌，"都一起回到梦里"，诗中为我们展现的就是这样一个儿时的梦，那是一个美丽的梦，是一个温馨的梦，更是一个永远的梦。

众荷喧哗 / 洛夫

众荷喧哗
而你是挨我最近
最静，最最温婉的一朵
要看，就看荷去吧
我就喜欢看你撑着一把碧油伞
从水中升起

我向池心
轻轻扔过去一粒石子
你的脸
便哗然红了起来
惊起的
一只水鸟
如火焰般掠过对岸的柳枝
再靠近一些
只要再靠我近一点
便可听到
水珠在你掌心滴溜溜地转

你是喧哗的荷池中
一朵最最安静的
夕阳
蝉鸣依旧
依旧如你独立众荷中时的寂寂
我走了，走了一半又停住
等你
等你轻声唤我

·作者简介·

洛夫，中国著名诗人。1928 年生于湖南衡阳东乡相公堡（现衡南县相市镇），本名莫洛夫，原名莫运端。1940 年举家迁至衡阳市。1946 年转学私立岳云中学，开始新诗创作。1949 年赴台。台湾淡江大学英文系毕业，曾任教东吴大学外文系，曾从军，当过编辑、翻译、秘书。1954 年与张默、痖弦共同创办《创世纪》诗刊，洛夫任总编辑数十年，对台湾现代诗的发展影响深远。作品被译成英、法、日、韩、荷兰、瑞典等文，并收入各大诗选。出版诗集《时间之伤》等二十部，散文集《一朵午荷》

洛夫像

等三部，评论集《诗人之镜》等四部，译著《雨果传》等八部。他的名作《石室之死亡》广受诗坛重视。曾获中国时报文学推荐奖及吴三连文艺奖。2001 年三千行长诗《漂木》获诺贝尔文学奖提名，震惊世界华语诗坛。

作/品/赏/析

这是一首状物言情的诗，诗人洛夫的高妙之处在于，将他所描绘的那朵荷花从"众荷"中独立出来，并赋予它人的情态，一步一步予以精妙的刻画，以达到传神而清新宜人、活灵活现的效果。诗的第一节，诗人完成了这个独立：众荷喧哗／而你是挨我最近／最静，最最温婉的一朵／要看，就看荷去吧／我就喜欢看你撑着一把碧油伞／从水中升起。我们注意到，诗人这里用到几个人所特有的动词："挨"、"撑"和"升"，在"温婉"等形容词的配合下，这朵特别的荷花就活了起来。在第二节里，诗人继续深入这朵荷花的"内心世界"，"我向池心／轻轻扔过去一粒石子／你的脸／便哗然红了起来"，原来荷花也可以羞涩！"再靠近一些／只要再靠我近一点／便可听到／水珠在你掌心滴溜溜地转"，诗人不光写荷花的内心，也写自己的内心，这是一颗能听到"水珠在你掌心滴溜溜地转"的专注而细腻的心。诗人所描写的这朵荷花相比之下具有自己独立的品质：你是喧哗的荷池中／一朵最最安静的／夕阳／蝉鸣依旧／依旧如你独立众荷中时的寂寂。正因为这朵荷花别样的魅力，使诗人神往，所以，"我走了，走了一半又停住／等你／等你轻声唤我"。可以说，写到这里，诗人已经完全融入这种情迷的物我两忘的境界，读者也不觉被引入了这样的美妙意境中。

诗人运用"拟人""移情"等手法，使荷有了"最静、最最温婉"的情态，有了"撑着一把碧油伞／从水中升起"如少女般亭亭的情态，有了"你的脸／便哗然红了起来"的娇羞。写荷而写其神，结束"等你轻声唤我"，痴人傻语，原因自可寻。

乡 愁 / 余光中

小时候
乡愁是一枚小小的邮票
我在这头
母亲在那头

长大后
乡愁是一张窄窄的船票
我在这头
新娘在那头

后来啊
乡愁是一方矮矮的坟墓
我在外头
母亲在里头

而现在
乡愁是一湾浅浅的海峡
我在这头
大陆在那头

·作者简介·

余光中，1928年生，福建永春人，中国台湾著名诗人。抗战期间，举家搬到重庆。1947年诗人同时考取北京大学和金陵大学，由于不想离开母亲，诗人选择了后者。1948年转入厦门大学。1950年随全家前往台湾。1951年，诗人得到梁实秋的指点。1952年诗人从台大毕业，出版其第一部诗集《舟子的悲歌》，反响不大。次年，进部队担任编译官。1956年，诗人退役，开始在一些学校教书，同时主编《蓝星》等文学杂志；同年9月诗人与表妹范我存结婚。1958年、1966年，诗人两次前往美国。1974年，诗人前往香港教书，1981年和黄药眠、辛笛等诗人会晤，相互间作了亲切的交流。1992年，他终于盼到了他日思夜想的一天，他与妻子一道，回到家乡故土。诗人的作品除上面提到的外，还有《蓝色的羽毛》《白玉苦瓜》《隔水观音》及散文集《逍遥游》等。

作/品/赏/析

乡愁，在中国的诗歌史上是成千上万首诗表现的主题。然而，将之作为一个长期写作的主题，在中国文学史上，余光中恐怕还是第一人。在他众多写乡愁的诗中，《乡愁》一诗毫无疑问是流传最广、最为委婉动人的一首。

那一寸见方的邮票承载了诗人小时候的依恋，在互通音讯中诗人获得了母亲的安慰。一张窄窄的船票承载诗人对爱人的相思和依偎；在来来往往中，诗人填补了感情的缺口，其中滋味自在不言中。一抔黄土割断了诗人和母亲的相见。诗人的心归往何处？那乡愁竟是不能圆的梦了！"这头"和"那头"终于走向了沉重的分离，诗人的心一下子沉入了深深的黑暗里。

诗人在这强烈的情感中转入对现在的叙述。现在，那湾浅浅的海峡，竟成了一个古老民族的深深伤痕，也是诗人心中的伤痕，是和诗人一样的千千万万中华子孙的伤痕。诗的意境在这里突然得到了升华。那乡愁已不仅仅是诗人心中的相思和苦闷，它还是千千万万中华儿女的相思和苦闷。诗歌由此具有了一种深层的象征意义。那母亲难道不是祖国的象征？那情人难道不是诗人的自喻？

诗人在大千世界之中，精练地提取了几个单纯的意象：邮票、船票、坟墓、海峡。这些意象和"这"、"那"简单的词融合在一起，将彼此隔离的人、物、时间和空间紧紧联系在一起，若有若无的距离和联系，给那些整日在相思、别离和相聚间奔波的人们一种强烈的共鸣，给人们一种难以言表的哀愁和欢欣。正如诗人所言："纵的历史感，横的地域感。纵横相交而成十字路口的现实感。"诗歌以时间的次序为经，以两地的距离为纬，在平铺直叙中自有一种动人心魄的魅力，引起人们无限的哀愁，无尽的相思。

诗歌在艺术上呈现出结构上的整饰美和韵律上的音乐美：在均匀、整齐的句式中追求一种活泼、生机勃勃的表现形式；在恰当的意象组合中完美地运用了词语的音韵，使诗歌具有一种音乐般的节奏，回旋往复，一唱三叹。诗人就是用自己真实的感受，用音乐般的语言唱出了心中对祖国和祖先的深深眷恋之情。这种融合了中国传统审美特征的现代诗风在台湾引起了很大的反响。可以说，余光中的诗使得台湾诗坛的现代诗臻于成熟。

春天，遂想起 /余光中

春天，遂想起
江南，唐诗里的江南，九岁时
采桑叶于其中，捉蜻蜓于其中
（可以从基隆港回去的）
江南
小杜的江南
苏小小的江南
遂想起多莲的湖，多菱的湖
多螃蟹的湖，多湖的江南
吴王和越王的小战场
（那场战争是够美的）
逃了西施
失踪了范蠡
失踪在酒旗招展的
（从松山飞三个小时就到的）
乾隆皇帝的江南

春天，遂想起遍地垂柳
的江南，想起
太湖滨一渔港，想起
那么多的表妹，走在柳堤
（我只能娶其中的一朵！）
走过柳堤，那许多的表妹
就那么任伊老了
任伊老了，在江南
（喷射云三小时的江南）
即使见面，她们也不会陪我
陪我去采莲，陪我去采菱
即使见面，见面在江南
在杏花春雨的江南
在江南的杏花村
（借问酒家何处）
何处有我的母亲
复活节，不复活的是我的母亲
一个江南小女孩变成的母亲
清明节，母亲在喊我，在圆通寺

喊我，在海峡这边
喊我，在海峡那边
喊，在江南，在江南
多寺的江南，多亭的
江南，多风筝的
江南啊，钟声里
的江南
（站在基隆港，想——想——
想回也回不去的）
多燕子的江南

作/品/赏/析

　　这是余光中的一首乡愁诗歌，但是这首诗在乡愁的主题中又包含着多义。诗人在春天展开了对故乡江南的想象，在这想象里充满了博大古典人文色彩的诗情画意，诗人的乡愁在这里表现得非常具体而深入人心。因为现实中远离江南，所以，诗人想江南，写江南，开篇就从唐诗开始写起，从唐诗的意境里进入记忆或想象中的江南，"小杜的江南"、"苏小小的江南"、多莲、多菱、多螃蟹、多湖泊的江南、多传说的江南，有吴越战争、有西施和范蠡、有风中酒旗飘飘的江南，这样的江南是非常形象具体和引人入胜的。说完了江南的历史人文景观，诗人开始写到生活的、风俗的江南，垂柳和走过柳堤的表妹，在烟雨红颜中苍老，使人生出淡淡的伤感和哀愁，在杏花春雨中，时光在流逝，人在渐渐老去，离开的已经离开，但是诗人却不能接近。于是，在最后一节，诗人直接抒发自己的愿望和心绪——"喊我，在海峡这边／喊我，在海峡那边／喊，在江南，在江南"。在这里，乡愁的情绪积聚并升华成为生命的呼喊，引起读者的强烈共鸣。这首乡愁诗的人文底色非常博大，正因为这博大和具体，使这样的感情没有流于空泛，而是深深地印在读者的心底。诗人用括号里的句子传达着这样的一个意思：从客观现实的条件上来讲，诗人是随时可以很方便地到达江南，在那里畅游，但是，"想——想——想回也回不去的"，直接点明了发人深省的遗憾。

等你，在雨中 / 余光中

等你，在雨中，在造虹的雨中
蝉声沉落，蛙声升起
一池的红莲如红焰，在雨中

你来不来都一样，竟感觉
每朵莲都像你
尤其隔着黄昏，隔着这样的细雨

永恒，刹那，刹那，永恒
等你，在时间之外
在时间之内，等你，在刹那，在永恒

如果你的手在我手里，此刻
如果你的清芬
在我的鼻孔，我会说，小情人

喏，这只手应该采莲，在吴宫
这只手应该
摇一柄桂桨，在木兰舟中

一颗星悬在科学馆的飞檐
耳坠子一般地悬着
瑞士表说都七点了，忽然你走来

步雨后的红莲，翩翩，你走来
像一首小令
从一则爱情的典故里你走来

从姜白石的词里，有韵地，你走来

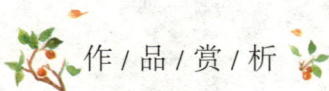

作/品/赏/析

　　《等你，在雨中》是一首爱情诗。从构思上来讲，这首诗堪称精妙，诗人在"等你"，但是他又说"你来不来都一样"，那么诗人的理由在哪里呢？首先，"等你"本身是一件甜蜜幸福的事情，况且又是在一个非常美妙的画境之中。应该说，诗人笔下的这个美景只需要佳人出现就可以达到完美了，但是佳人毕竟还没有出现，而诗人竟认为"你来不来都一样"，因为诗人感到"每朵莲花都像你 / 尤其隔着黄昏，隔着这样的细雨"。不仅如此，诗人在第三节里这样写：永恒，刹那，刹那，永恒 / 等你，在时间之外 / 在时间之内，等你，在刹那，在永恒。对诗人而言，他们的爱是永恒的，而等，只是刹那，所以，来与不来，情人都给诗人以美的愉悦和欢喜，这种美妙的感受使诗人如痴如醉，以至于物我两忘。当梦幻和想象中的她真的来了时，诗人感到她是一朵红莲、一首小令或者一则爱情典故里的主人公，或者"从姜白石的词里，有韵地，你走来"。情景交融，亦真亦幻，跨越内心与外在世界的界限，是本诗最大的妙处所在。

去年冬天 / 白桦

去年冬天，
去年的冬天。
是已经过去了吗？
我说的正是去年冬天。
还是尚未到来呢？
是的，我说的是去年的冬天。

朦朦月光下的雪地，
只有纯净和平坦；
一张什么也没写的白纸，
一张渴望韵律和情愫的诗笺。
我们写下了平行的四行，
脚印儿深蓝、深蓝……

默默无语的雪花，
漫不经心地飘散。
我们没有回顾，
没有回顾的时间。
风雪抹掉了我们的即兴诗，
剩下的又是纯净和平坦。

甚至也没想到回顾，
我们在向未来伸延……
蛹为了再生一双飞翔的翅膀，
正在地层下编结自缚的茧。
我们迈开富有弹性的腿，
去丈量无限的空间！

老树孕育着花蕾，
痛苦地扭动、长吁短叹。
冻得磕牙，
我们的节奏自然是快板。
沉重的竹枝，
臃肿的电线。

寒风把棉袄抖得薄如纸，
希望又补给了我们足够的温暖。
积雪很快化成了水，
水早已被风舔干。
纯净和平坦也消失了，
一场银色的梦幻……

没有永远的平行，
误差把我们的距离拉远。
我们在地球的两侧，
分别画了长似一年的弧线。
默默无语的雪花，
又在用冷漠的吻寻找着我的泪眼。

我们收获了几颗果实？
花朵经历了多么严峻的考验！
我像中学生那样坚信，
两条弧线必然会有一个交点。
我们曾把各自的爱的秘密，
毫无保留地进行了交换。

宇宙无论有多么大，
我们都会把同一块土地眷恋！
我爱她，因为我离她太近，
你爱她，因为你离她太远。
太近，有太多太多幸福的忧虑，
太远，有太多太多痛苦的思念。

幸好有忧虑和思念可以充实自己，
百无聊赖地活着不如长眠。
我相信你也和我同样不幸，
唯恐有哪怕一分钟的失恋……
"但愿人长久，
千里共蝉娟。"
生于斯，爱于斯！
怀着一个美好的、古典的祝愿。
人是长久的吗？
我们会不约而同地回答：当然！
在长久、长久的苦痛之中，
我们咀嚼着长久、长久的甜……

去年冬天，
去年的冬天。
是已经过去了吗？
我说的正是去年冬天。
还是尚未到来呢？
是的，我说的是去年的冬天。

作者简介

白桦，原名陈佑华，生于1930年，河南信阳人，当代诗人、剧作家、小说家。1947年参加革命。1950年后开始发表作品。著有诗集《金沙江的怀念》《白桦的诗》《我在爱与被爱时的歌》等，重要诗作有《春潮在望》《轻！重！》《孔雀》等。白桦的其他作品还有话剧《吴王金戈越王剑》、电影《今夜星光灿烂》、小说集《白桦小说选》等。

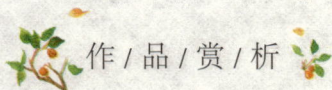

作/品/赏/析

　　《去年冬天》是一首饱含着生命体验的抒情诗，诗中反复用"去年冬天"，表现了对生命流失和命运多变、岁月成长的无限感慨。诗歌开篇即通过多次的重复来强调"去年冬天"，这是一段被诗人深刻记忆着的时光，"是已经过去了吗"？"还是尚未到来呢"？为什么会有这样自相矛盾的表达？这里恰好表达的是诗人对生命中美好时光的留恋和期盼。接下来诗人写到了"去年冬天"的情形："朦胧月光下的雪地，只有纯净和平坦；一张什么也没写的白纸，一张渴望韵律和情愫的诗笺。"在这片纯洁的所在，"我们写下了平行的四行，脚印儿深蓝、深蓝……"这是纯净的童话世界里诞生的友情和爱，所以它是那么的漫不经心而又使人刻骨铭心。"风雪抹掉了我们的即兴诗，剩下的又是纯净和平坦"。这样美好的青春年华里诞生的珍贵友情，却因为我们急于"向未来延伸"而没有回顾，也"没有回顾的时间"。此后，生命却经历了严酷的考验，"老树孕育着花蕾，痛苦地扭动、长吁短叹"，"纯净和平坦也消失了"，"误差把我们的距离拉远"，从此，"我们"天各一方，只有相互思念，感知着宇宙天地的广大、距离的遥远、命运的幻化多变。"去年冬天"的美好记忆使诗人"在长久、长久的痛苦之中""咀嚼着长久、长久的甜"。这首诗语言朴素流畅，感情非常真实，能深深唤起读者的共鸣。

东京之夜 /白桦

在这里，爱情不需要果实，
把姻缘交给十字街头的风；
当青春如霓虹灯般盛开的时候，
决不吝惜色彩和光芒。
在轻易抛掷的同时，
也可以轻易得到。
有了实实在在的一见钟情，
何必虚无缥缈的百年重托。
最真诚的相爱，
是最真诚的忘却。
没有庄严的相约就没有痛苦的相思，
自由自在的，自然的飘零。
最后，默默地伫立在鲜艳的晚霞里，
任每一片黄叶悄然飘落……

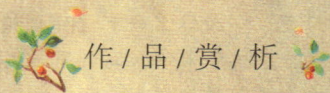

作/品/赏/析

　　1986 年，白桦访问日本，创作了一组题为《岛国之秋》的十四行诗，《东京之夜》是其中的一首。"在这里，爱情不需要果实，把姻缘交给十字街头的风"，诗人观察到当代社会人们爱情观的演变，新的一代，对待爱情，由曾经的无比郑重而变为当前的视若游戏。"在轻易抛掷的同时，也可以轻易得到。"爱情变得如此廉价，如此的轻易和随便，往昔的那种神圣感于今荡然无存。"有了实实在在的一见钟情，何必虚无缥缈的百年重托。"终身大事，沦为数日风流。"最真诚的相爱，是最真诚的忘却"，相爱与忘却仅一纸之隔。"没有庄严的相约就没有痛苦的相思"，诗人显然是对这种爱情观持否定态度的，因为这种所谓的爱情最后结果只能是"自由自在的，自然的飘零。最后，默默地伫立在鲜艳的晚霞里，任每一片黄叶悄然飘落……"如同诗的开头所说，这样的爱情不会收获到成熟的果实。

就是那一只蟋蟀 / *流沙河*

就是那一只蟋蟀
钢翅响拍着金风
一跳跳过了海峡
从台北上空悄悄降落
落在你的院子里
夜夜唱歌

就是那一只蟋蟀
在《豳风·七月》里唱过
在《唐风·蟋蟀》里唱过
在《古诗十九首》里唱过
在花木兰的织机旁唱过
在姜夔的词里唱过
劳人听过
思妇听过
就是那一只蟋蟀
在深山的驿道边唱过
在长城的烽台上唱过
在旅馆的天井中唱过
在战场的野草间唱过
孤客听过
伤兵听过

就是那一只蟋蟀
在你的记忆里唱歌
在我的记忆里唱歌
唱童年的惊喜
唱中年的寂寞
想起雕竹做笼
想起呼灯篱落
想起月饼
想起桂花
想起满腹珍珠的石榴果
想起故园飞黄叶
想起野塘剩残荷
想起雁南飞

想起田间一堆堆的草垛
想起妈妈唤我们回去加衣裳
想起岁月偷偷流去许多许多
就是那一只蟋蟀
在海峡那边唱歌
在海峡这边唱歌
在台北的一条巷子里唱歌
在四川的一个乡村里唱歌
在每个中国人脚迹所到之处
处处唱歌
比最单调的乐曲更单调
比最谐和的音响更谐和
凝成水
是露珠
燃成光
是萤火
变成鸟
是鹧鸪
啼叫在乡愁者的心窝

就是那一只蟋蟀
在你的窗外唱歌
在我的窗外唱歌
你在倾听
你在想念
我在倾听
我在吟哦
你该猜到我在吟些什么
我会猜到你在想些什么
中国人有中国人的心态
中国人有中国人的耳朵

·作者简介·

　　流沙河，原名余勋坦，四川成都人。中国当代著名诗人。1931 年生于四川省成都市金堂县。1948 年在读高中时，便开始写作。在成都《新民晚报》等多家报刊上发表诗歌、短篇小说等。20 世纪 50 年代初任编辑开始写诗。1950 年在《川西日报》副刊上发表一些诗歌和短篇小说，1952 年 9 月在四川省文联工作。1955 年在《西南文艺》上发表了《寄黄河》等诗篇，广受好评。1956 年出版第一部诗集《农村夜曲》以及短篇小说集《窗》。1957 年 1 月参与创办诗刊《星星》，并发表散文诗《草木篇》，作品以白杨、藤、仙人掌等为赋，抒发了自己的感情，寓意颇深，由此为诗界、文学界瞩目。后结集《流沙河诗集》（1982）、《故园别》（1983）、《游踪》（1983）等。其组诗《故园六吟》获"全国中青年诗人优秀新诗奖（1979～1980)"，《流沙河诗集》获"中国作家协会第一届（1979～1982）全国优秀新诗一等奖"。另有评论集《隔海说诗》、《台湾诗人十二家》等。

流沙河像

作/品/赏/析

　　台湾诗人余光中，抗战期间在四川以北县悦来场读了 5 年中学；晚上在窗前做作业，窗外常有蟋蟀伴唱。后来他到了台湾，1982 年 6 月他给流沙河的信中谈及此事时说："当我怀念大陆的河山，我的心目中有江南，有闽南，也有无穷的四川。在海外，夜间听到蟋蟀叫，就会以为那是在四川乡下听到的那一只。"于是诗人流沙河有感而发，写下《就是那一只蟋蟀》，通过突破时间、空间等一系列条件的限制来表达绵绵不尽的乡愁。

　　本诗一大特点便是通过许多组意象的组合来表达作者的感情。而所谓的意象就是精神意义与物质形式的组合，是作者通过物质的形式来表达精神层面的东西，因此我们通过作者描述的物体去理解作者心中别具的思想，炽热的情感。像第二段中的《诗经》、《木兰词》、长城、旅馆、战场等许多意象的组合尽管看起来无关紧要，有无均可，但正是这种超越时空的组合才将中华民族悠久的历史文化呈现出来，共同的文化背景才形成了中华民族的共同情感，直抒胸臆却意境深远。通过孤客、伤兵、寂寞、剩残荷等哀景的描写，衬托了诗人孤独哀伤的情怀，但同时月饼、桂花等一系列意象的描写，将家园深深的母爱表现得贴切真实。

　　全文以"一只蟋蟀"为线索，有机地融合于各组意象中，使它成为作者抒发感情的纽带。在文章的最后，作者将蟋蟀比喻成我们民族的文化、民族的感情，意境深远。

　　诗篇的想象可谓丰富，从台北到家乡四川，"一跳跳过了海峡／从台北上空悄悄降落／落在你的院子里"，"在台北的一条巷子里唱歌／在四川的一个乡村里唱歌"。距离上横跨太平洋，越过千山万水；时间上跨越了从诗经到汉诗到清代诗人的歌诵。蟋蟀的歌唱从古唱到今，它的声音亘古不变，到了季节它就歌唱，正因为普遍、永久，所以就能成为联系人类感情的共通的声音，也是最能引发人的乡愁的声音。"你在倾听／你在想念／我在倾听／我在吟哦"，蟋蟀的歌唱已经成为一种标志、一种象征，而成为一种负载乡愁的意象。

秋歌——给暖暖 / 痖弦

落叶完成了最后的颤抖
荻花在湖沼的蓝晴里消失
七月的砧声远了
暖暖

雁子们也不在辽夐的秋空
写它们美丽的十四行诗了
暖暖

马蹄留下踏残的落花
在南国小小的山径
歌人留下破碎的琴韵
在北方幽幽的寺院

秋天，秋天什么也没留下
只留下一个暖暖
只留下一个暖暖
一切便都留下了

·作者简介·

痖弦，本名王庆麟，1932年生于河南省南阳县（今南阳市宛城区）。1974年兼任华欣文化事业中心总编辑及《中华文艺》总编辑，1975年任幼狮文化公司期刊总编辑，1977年出任台湾《联合报》副刊主编。其间痖弦曾应邀参加爱荷华大学国际创作中心，并进入威斯康辛大学学习。痖弦是当代台湾最为重要的诗人之一，他的诗歌执着于形象的表现和意境的营造，语言典雅凝练，风格质朴亲切，给人一种欣悦和温婉的感受。

作/品/赏/析

《秋歌》是题赠"暖暖"的一首诗，诗中数次出现这个名字，但是"暖暖"的具体身份诗中并没有明确地表达出来，可是这并不妨碍读者对诗歌的欣赏，并且这种暧昧还在某种意义上打开了更为广阔的阅读空间。

这首诗篇幅不长，但意境悠远，远到你的想象力、理解力发挥尽了，还不能将它的余味挖掘完整，它印证了诗歌创作"言有尽而意无穷"的千古定律。

这首诗呈现出了现代诗歌中少有的古典气象，而这些意象所组合出来的意境空间，我们经常可以在古诗词中感受到，在这首诗中，有一些词语像是不经意地从古诗词中"借"来的，如"砧声"、辽夐等，但是，诗中的情感却是现代的，离我们很近，是鲜活存在的。诗人像在追求暖暖，又像在歌颂暖暖，给淡远清凉的古典意境涂上温暖的色彩。"只留下一个暖暖／一切便都留下了"堪称点睛之笔，抒情、哲理、人生，尽在其中。

落叶，荻花，砧声，飞雁，残花，山径，琴韵，寺院，诗人绘制了一幅非常具有古典情韵的秋景图，而图画上的每一种景物，都留下了诗人那种略带忧伤而复以幽婉的微妙情感。虽然是秋歌，作者却一改伤春悲秋的落寞伤感情怀，秋天什么也没留下，只留下一个暖暖；只留下一个暖暖，一切便都留下了。秋天与暖暖之间，暖暖与诗人之间，含蓄着诗歌潜藏于内里的深层意蕴，耐人思索，余味不尽。

当我成为背影时 / 邵燕祥

不必动情
不必心惊
只须悄悄地挥一挥手
如送一片云
一阵风
如送落日不再升起
如送不知何往的流星
人人都将成为背影
天地间一切都是过程
当我成为背影时
不要惜别
不要依恋
只须无言地目送一瞬
望断那隐去的孤帆远影
望断那明灭的灯火阑珊
所有的盛宴曲终人散
告别时何须相约再见
当我成为背影时
不用忧伤
不用叹息
请看我步履如此从容
不用问我到哪里去
不用问早年青春如梦
不用问路上雨雪霏霏
难忘的有一天也会忘记
日月长照
而人生如寄
当我连背影也匆匆消逝

遗忘吧

一切不值得悲哀

岁月的尘埃

落下又飞起

童心不再

青春不再

欢乐与揪心的时光不再

希望与失望的交织不再

不再回首叮咛：勿忘我

那歌儿

那花朵

都不会重来

·作者简介·

邵燕祥，1933 年出生于北平。1946 年 4 月曾在报纸上发表杂文《由口舌说起》，由此开始了文艺创作。在上学期间，他写下了不少杂文、诗歌和散文式的小说。1949 年初，邵燕祥到北京电台工作。1951 年出版的《歌唱北京城》和 1955 年的《到远方去》为邵燕祥赢得了最初声誉。1980 年之后，邵燕祥的《在远方》、《献给历史的情歌》、《如花怒放》、《迟开的花》等八部诗集和诗选出版发行，诗评集《赠给十八岁的诗人》、《晨昏随笔》，杂文集《蜜和刺》、《忧乐百篇》等也相继问世。邵燕祥现为中国作协理事和主席团委员，中国笔会中心会员。

作/品/赏/析

《当我成为背影时》是一首彻悟生命的诗，诗人邵燕祥一辈子经历坎坷，当进入人生的暮年，再回首往事，对人生的理解可以说是到了一种完全超脱的境界。正因如此，诗人才能写出如此精辟的总结致词："人人都将成为背影 / 天地间一切都是过程"。如此看来，在短短的人生几十年，我们计较地确实太多，我们的眷恋有些过分，看淡人生并不是容易的，这需要一个过程，而这个过程或许就是一生。生命的消逝意味着什么？诗人说："如送一片云 / 一阵风 / 如送落日不再升起 / 如送不知何往的流星"，生命永不回头，所以，那些被我们紧紧抓住不放的，最终看来是可笑的，不可理喻的，"所有的盛宴曲终人散 / 告别时何必相约再见"，正因为人生是这样一个来去都没有理由的奇迹，所以，诗人说"不要问我到哪里去 / 不用问早年青春如梦 / 不用问路上雨雪霏霏 / 难忘的有一天也会忘记 / 日月长照 / 而人生如寄"，在生命的终点，一些都将化为乌有："岁月的尘埃 / 落下又飞起 / 童心不再 / 青春不再 / 欢乐与揪心的时光不再 / 希望与失望的交织不再 / 不再回首叮咛：勿忘我 / 那歌儿 / 那花儿 / 都不会重来"，当然，这并不是诗人消极悲观的表现，当生命已经接近终点，诗人用一生的体验告诉我们千万遍的，一听再听的道理，人生应当是一个自在的过程，享受这个过程，坦荡地来，能认识其中有价值的和没有价值的，这样，最终也能坦荡地去。这种坦荡，诗人用了若干词句来表达："不必动情，不必心惊"，"不要惜别，不要依恋"，"不用忧伤，不用叹息"，"一切不值得悲哀"。

错误 / 郑愁予

我打江南走过
那等在季节里的容颜如莲花的开落

东风不来，三月的柳絮不飞
你的心如小小的寂寞的城
恰若青石的街道向晚
跫音不响，三月的春帷不揭
你的心是小小的窗扉紧掩

我达达的马蹄是美丽的错误
我不是归人，是个过客……

作者简介

郑愁予，原名郑文滔，生于1933年，河北人，著名诗人。青少年时期随父亲奔走于战场中，在炮火声中度过。1949年诗人去台湾，1955年服役。1958年毕业于台湾中兴大学商学院，在基隆港务局任职。诗人从15岁就开始发表诗歌，1956年参与创立现代派诗社，任《现代派》刊物编辑。1968年应邀参加爱荷华大学的"国际写作计划"，1970年入爱荷华大学英文系创作班进修，毕业获硕士学位并留校任讲师。后任耶鲁大学教授。有诗集《梦土上》、《衣钵》、《寂寞的人坐着看花》等。诗人有"中国的中国诗人"称号，其诗风深受宋词风格的影响。

作 / 品 / 赏 / 析

在诗的开头，诗人说"我打江南走过"，简单的"江南"二字，一下子就将人们带入充满诗情画意的境地——那蒙蒙的烟雨，那翠绿的河岸和灵秀的山水，当然还有深闺和那思念的人儿。然而，诗人心中的江南是消瘦的江南，留下的风景已经变换了数旬，已经如莲花，在开开落落之间只剩下了一枝干枯的荷梗。

这是怎样的季节呢？该是春季吧，早春，一切都在焦急的等待中，一切都静静的，连一个足音都没有。春天或许已经来了，那绿树和鲜花已经在绚烂地开着了。然而，没有心灵盼望的足音，春天等于没来，春色仍藏在深深的帷幕中。"你"的心扉如同那深深庭院的一扇窗扉，紧紧地关着一颗寂寞的心，含着深深的愁怨。

这时，"我"的足音，清脆的马蹄声在江南的青石板路上达达而过。这"美丽的错误"更生动新颖地写出了思妇的怀人心情，写出了那心中的寂寞和盼望。

给 他 / 林子

所有羞涩和胆怯的诗篇，
对他，都不适合；
他掠夺去了我的爱情，
像一个天生的主人，一把烈火！
从我们相识的那天起，
他的眼睛就笔直地望着我，
那样深深地留在我的心里，
宣告了他永久地占领。
他说：世界为我准备了你，
而我却无法对他说一个"不"字，
除非存心撕裂了自己的心……
我们从来用不着海誓山盟，
如果谁竟想得起来怀疑我们的爱情，
那么，就再没有什么能使人相信！

亲爱的，请答应我的一个要求：
你来到这里可不许到处打听——
那终日站在眼前的维纳斯侧着脸儿，
装做没有看见我那抑制不住的微笑
从心的深处涌上来，每当读着你的来信；
桌上那排美丽而知情的诗集啊，
它们顽皮的笑声常惊醒我的痴想……
这支忠实的笔是懂得沉默的，
它洞悉我灵魂里的全部秘密；
还有我的小梳妆盒：明亮的镜子、
闪光的发带和那把小红梳子，
都看见过爱神怎样把我装扮，
用那迷人的玫瑰花来……可别询问它们啊，
亲爱的，不然我会羞得抬不起头来……

只要你要，我爱，我就全给，
给你——我的灵魂、我的身体。
常春藤般柔软的手臂，
百合花般纯洁的嘴唇，
都在等着你……
爱，膨胀了它的主人的心；

115

温柔的渴望，像海潮寻找着沙滩，
要把你淹没……
再明亮的眼睛又有什么用，
如果里面没有映出你的存在；
就像没有星星的晚上，
幽静的池塘也黯然无光。
深夜，我只能派遣有翅膀的使者，
带去珍重的许诺和苦苦的思念，
它忧伤地回来了——你的窗户已经睡熟。

·作者简介·

　　林子，原名赵秉筠，女，原籍江苏泰兴，1935 年出生于云南昆明。1956 年从云南大学毕业，曾任天津《新港》、黑龙江《哈尔滨文艺》编辑，1981 年在哈尔滨市文联从事专业创作。著有诗集《给他》、《绿色的梦》等。组诗《给他》获 1979 ~ 1980 年全国中青年诗人优秀新诗奖。还曾写过电影剧本《雪之梦》与越剧本《文成公主》等（与人合作）。

作/品/赏/析

　　林子的《给他》是一组爱情诗，共 11 首，这里选取了一首。

　　这首对爱情描写似火的诗篇，一开始便把这种情感置于浓烈的程度。"像一个天生的主人，一把烈火！／从我们相识的那天起，／他的眼睛就笔直地望着我，／那样深深地留在我的心里，／宣告了他永久地占领。"这种极度霸道的浓情长驱直入地占领一处心灵，使人没有喘息和回旋的余地。而被占领的心灵是否能接受这种侵入呢？且听："而我却无法对他说一个'不'字，／除非存心撕裂了自己的心……"这就是心心相印，两颗心自然而然吸引，无须更多的语言，像磁铁的阴极和阳极。"爱"和"渴望"都是抽象的概念，而诗人却赋予它们生命和活力。同样，"温柔的渴望，像海潮寻找着沙滩，要把你淹没……"这就使"渴望"这个抽象的概念，具有不可遏制的、强大的生命活力，使人从形象的比喻中具体感受到这种"温柔的渴望"的强烈和急迫程度。一句不无夸张的"要把你淹没"，将"我"对"你"的"爱"和"温柔的渴望"写到了极致。这种抽象概念具象化的手法，不仅恰当生动地表达了抒情女主人公的情绪心态，而且调动了读者的情感，使读者感同身受。

　　在两颗心紧紧相依的时候，她认为她的容貌、身体都是属于她所爱的男子的，如果她所爱的男子不存在，那么她的美貌也就失去了存在的价值和意义。所以诗人写道："再明亮的眼睛又有什么用，／如果里面没有映出你的存在"，紧接着诗人又很恰当、生动、传神地用夜空的星星和幽静的池塘作比喻，把上述意思进一步诉诸幽美的视觉形象。在万籁俱寂的深夜，"我"一心想着热恋中的"你"，"派遣有翅膀的使者，带去珍重的许诺和苦苦的思念"去看望"你"。这"有翅膀的使者"指的是"我"的一颗心，"我"的纯洁而美丽的灵魂。然而，诗在最后却出其不意地陡然一转"它忧伤地回来了——你的窗户已经睡熟"。这里的"窗户"语含双关：既是事实上的窗户，又是指心灵的"窗户"。仅这一句，就使以上灼热的情感骤然而变，透出一丝忧伤的凄婉色彩。

你曾经是我的舞伴 / 林希

你曾经是我的舞伴
我们踏着水一般清澈的华尔兹舞曲
在冰一般平滑的地板上旋转
那时，我像女孩子一样羞怯
你，又比男孩子还要大胆

你曾经是我的舞伴
纷扬的彩色纸条飘下来
缠住了我们的双肩
我想把它拨开
你说：缠着吧
直到永远，永远

啊，我真悔恨
悔恨我竟把舞步踏乱
那一声声温暖的节奏
敲碎了我心上平静的水面

我多么希望那乐曲再重复演奏一次
那乐曲里有一个音符
曾把我们的心弦拨颤

而最后
那缠绕着我们的绚丽纸条终于裂断
当旋律随夜风徐徐飘散
我悔恨又为什么分别得这样仓促
竟没有来得及说一声再见
只把那一个音符
留你心中一半
留我心中一半

作者简介

　　林希，本名侯红鹅，祖籍福建厦门，1935年生于天津，20世纪50年代曾在天津《新港》月刊工作，并开始发表诗作，此后长期在工厂和农村从事各种体力劳动，以超重的劳动换取微薄的收入养家活命，1980年重回文艺工作岗位，为天津作家协会专业作家。林希前期的创作以诗歌为主，著有诗集《海的诱惑》和组诗《无名河》等，1989年后主要从事小说创作。

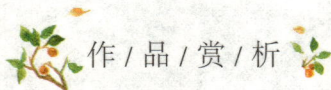

作/品/赏/析

　　这是一首青春明快而又略带忧伤的诗，诗人运用叙述和抒情的双重手法写出了一段甜蜜朦胧的男女情感，质朴而真切细腻，对人物内心情态的描写非常到位。诗人在开头说"你曾经是我的舞伴"，点明了这是在回忆一个人和一种短暂而甜蜜的情感，在记忆中的这个瞬间里，"我像女孩子一样羞怯 / 你，又比男孩子还要大胆"，这两句准确地写出了两个人物的性格，也写出了青春活泼可爱的一面。"纷扬的彩色纸条飘下来 / 缠住了我们的双肩 / 我想把它拨开 / 你说：缠着吧 / 直到永远，永远，"诗人在这里已经开始深入这种朦胧的情感，不过却没有直接来说明，而是巧妙地用一个动作和暗示的语言，这种情感是纯真而甜蜜的，但是却没有一直延续下去："啊，我真悔恨 / 悔恨我竟把舞步踏乱 / 那一声声温暖的节奏 / 敲碎了我心上平静的水面"，这几句非常传神地写出了年轻人在情感面前的内心反应，使那种幸福而紧张的感觉一下子就出来了，所以诗人在回忆中说："我多么希望那乐曲再重复演奏一次 / 那乐曲里有一个音符 / 曾把我们的心弦拨颤"，这里所写的惆怅是我们大部分人都有过的一种感觉，生活中的错失往往都是在偶然的犹豫或者不经意中，但是生活的逻辑就是不能回到过去，重新再来。所以，"那缠绕着我们的绚丽的纸条终于裂断 / 当旋律随夜风徐徐飘散 / 我悔恨又为什么分别得这样仓促 / 竟没有来得及说一声再见"，这种悔恨是淡淡的、朦胧的，包含着对生活的多重的丰富体验。

青 春 / 席慕蓉

所有的结局都已写好
所有的泪水也都已启程
却忽然忘了是怎么样的一个开始
在那个古老的不再回来的夏日

无论我如何地去追索
年轻的你只如云影掠过
而你微笑的面容极浅极淡
逐渐隐没在日落后的群岚

遂翻开那发黄的扉页
命运将它装订得极为拙劣
含着泪，我一读再读
却不得不承认
青春是一本太仓促的书

·作者简介·

席慕蓉，蒙古族女诗人。原籍内蒙古自治区察哈尔盟明安旗。名字全称穆伦·席连勃，意为浩荡大江河。1943年生于四川重庆城郊金刚坡。13岁起在日记中写诗，14岁入台北师范艺术科，后又入台湾师范大学艺术系。1964年入比利时布鲁塞尔皇家艺术学院专攻油画。毕业后任台湾新竹师专美术科副教授。举办过数十次个人画展，出过画集，多次获多种绘画奖。1981年，台湾大地出版社出版席慕蓉的第一本诗集《七里香》，一年之内再版七次，人称"台湾诗坛女旋风"，其诗集还

席慕蓉像

有《无怨的青春》《时光九篇》，散文集《心灵的探索》《成长的痕迹》、《画出心中的彩虹》、《有一首歌》、《三弦》（与人合著）等。这些诗集也是一版再版。席慕蓉多写爱情、人生、乡愁，写得极美。典雅幽丽，宁静平和，为广大读者所喜爱。清新、易懂、好读也是她拥有大量读者的重要原因之一。

作/品/赏/析

因为美和时间打的永远是一场失败的战争，所以诗人含着泪"不得不承认／青春是一本太仓促的书"。然而，需要我们很好总结的仍然很多。尤其我们青春的爱情，难道不是我们一生都享受不尽的财富吗？有了这份财富，诗神就永远青睐我们，不管是四十岁、六十岁，以至最后我们不得不辞别人世，照样可以说：我拥有过无怨的青春。

追怀青春，是人之常情，历来以此为主题的诗甚多。席慕蓉这首《青春》，是独出机杼之作。

"所有的结局都已写好"——人生的旅程已快结束，前景不会发生什么变动了；"所有的泪水也都已启程"——该留的泪都已流了，人生的滋味已都尝遍，不会再遭逢什么希望未曾遭逢过的悲欢了。青春已经过去，它如今已成回忆。诗把茫茫的回忆集中在那个"夏日"，这是精巧的选择。因为夏天最热烈，火热的青春中的热烈夏日，自然最令人难忘。但它已"不再回来"，离开现在已很远，很远。

第二节中的"你"不是指第二个人，而是指代青春时代的"我"。"你只如云影掠过"——青春岁月匆促短暂得很；"你微笑的面容极浅极淡"——"我"当时未尽情享受青春的欢乐，"你"已"逐渐隐没在日落后的群岚"，消失于迷茫之中，青春时代就这样结束了！诗行中，弥漫着悠悠的遗憾。

惆怅与遗憾之情，凝结成一个新鲜的意象——青春是"装订得极为拙劣"的"一本太仓促的书"。由于太仓促，所以才"装订得极为拙劣"；而"太仓促"正是对上文"如云影掠过"的描述的回应。扉页已"发黄"，表明这本书已很"古老"，而"我"还"含着泪""一读再读"，舍不得丢开，对青春的无限依恋之情被形象地表现出来。

意象源于生活，来自感情，出于构思。以书来比喻青春，席慕蓉是诗界中的第一人。可谓"人人心中所有，人人笔下所无"，前者指诗容易引起众多人的共鸣；后者指诗写得有特色，乐于为人们所接受。这首诗正是内容上的共性与表现手法上个性的统一，以独特的方式来表达人们所共有的感受——对青春的怀恋。

如 果 / 席慕蓉

四季可以安排得极为黯淡
如果太阳愿意
人生可以安排得极为寂寞
如果爱情愿意
我可以永不再出现
如果你愿意
除了对你的思念
亲爱的朋友
我一无长物
然而
如果你愿意
我将立即使思念枯萎
断落

如果你愿意
我将
把每一粒种子都掘起
把每一条河流都切断
让荒芜干涸延伸到无穷远
今生今世
永不再将你想起
除了
除了在有些个
因落泪而湿润的夜里
如果
如果你愿意

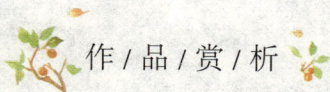

作/品/赏/析

　　"如果太阳愿意","四季"便会因此而"极为黯淡","如果爱情愿意","人生"将"极为寂寞";而"如果你愿意","我"可以"永远不再出现",并且"将立即使思念枯萎,断落","我"会因此"把每一粒种子都掘起/把每一条河流都切断/让荒芜干涸延伸到无穷远","今生今世　永远不再将你想起",但是要除去"因落泪而湿润的夜里"。这首诗语言非常质朴,没有奇词丽句,没有夸饰渲染,所有剧烈的情绪都在一种尽可能理智的控制之中,而正因为这样的节制,使其产生了更深入人心的艺术效果。

七里香 / 席慕蓉

溪水急着要流向海洋
浪潮却渴望重回土地

在绿树白花的篱前
曾那样轻易地挥手道别

而沧桑的二十年后
我们的魂魄却夜夜归来
微风拂过时
便化做满园的郁香

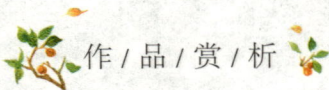

作 / 品 / 赏 / 析

　　《七里香》是席慕蓉的诗歌代表作之一。全诗很短，只有八句，语言非常凝练，典雅而流露着婉约的气质。诗歌的力量要求诗人对外在和内在的事物敏感到甚至一粒闪烁在树叶上的光斑或者瞬间的一丝惆怅，没有这样精细敏感的心智，诗歌的创作就不能有良好的收获。

　　《七里香》从主题上来看是一首怀旧和乡愁的诗，第一节"溪水急着要流向海洋 / 浪潮却渴望重回土地"直接点题，说明了这首诗歌的写作主旨，体现出诗人在走向未来和眷恋过去时光之间的矛盾心理，但是作者依然把感情的重心放在了回顾过去的时光上。在第二节中，作者记忆里浮现出旧年的美好事物——"在绿树白花的篱前 / 曾那样轻易地挥手道别"。这种人生的经验是具有普遍性的，因为少年时我们都热切地希望奔向未来的生活世界，于是"轻易"地离开那些美好的时光，如今在回忆里，才发现那些事物竟是那样的珍贵，使人眷恋，但是生活是回不去的，回不去的我们只好在沧桑的人生道路上一直向前，只有在经年的岁月之后，灵魂随着梦或记忆"归来"，"微风拂过时 / 便化做满园的郁香"。

　　席慕蓉的诗歌非常注意通过诗情画意的纯美事物，在读者面前展现出一个梦幻般美好的画面，比如"挥手道别"时所看到的"绿树白花"的篱笆，"微风拂过时""满园的郁香"。读她的诗歌，我们所获得的就是至纯至美的享受和心灵相通的人生体验。

一棵开花的树 / 席慕蓉

如何让你遇见我
在我最美丽的时刻
为这
我已在佛前
求了五百年
求它让我们结一段尘缘

佛于是把我化做一棵树
长在你必经的路旁
阳光下慎重地开满了花
朵朵都是我前世的盼望

当你走近
请你细听
那颤抖的叶
是我等待的热情
而你终于无视地走过
在你身后落了一地的
朋友啊
那不是花瓣
是我凋零的心

□精美诗歌

作/品/赏/析

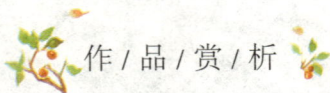

　　《一棵开花的树》是一首哀婉缠绵的爱情小诗。在诗中，诗人把自己比做一棵开花的树，一棵为了爱情而存在的树，但是这个比喻被诗人作了另一番处理——"如何让你遇见我 / 在我最美丽的时刻 / 为这 / 我已在佛前 / 求了五百年 / 求它让我们结一段尘缘"。"佛于是把我化做一棵树"，这个转化是非常巧妙的，具有相当机智的诗性，使得诗人所要表达的感情因此更加深沉和厚重。成为一棵为了爱情而存在的树之后，我"长在你必经的路旁 / 阳光下慎重地开满了花 / 朵朵都是我前世的盼望"。这里，诗人用"阳光下慎重地开满了花"来表现期待爱的热切心情和因爱而焕发的美丽景象，灌注着浓重的情感内涵，非常生动传神。"当你走近 / 请你细听 / 那颤抖的叶 / 是我等待的热情"，这里是一个情感上的巧妙过渡，从下一句开始，诗歌情绪一下子转入了另一种状态——"而你终于无视地走过 / 在你身后落了一地的 / 朋友啊 / 那不是花瓣 / 是我凋零的心"。短短几句话，诗人将爱情的失落和伤情非常传神地表现出来。从整体上来看，诗人对全诗前后情感的起伏变化把握得非常好，将这种内在而微妙的爱的诚挚、执着和伤感都浑然一体地传达出来了。

致橡树 /舒婷

我如果爱你——
绝不像攀援的凌霄花，
借你的高枝炫耀自己；
我如果爱你——
绝不学痴情的鸟儿，
为绿荫重复单调的歌曲；
也不止像泉源，
常年送来清凉的慰藉；
也不止像险峰，
增加你的高度，衬托你的威仪。
甚至阳光。
甚至春雨。
不，这些都还不够！
我必须是你近旁的一株木棉，
作为树的形象和你站在一起。
根，紧握在地下，
叶，相触在云里。
每一阵风过，
我们都互相致意，
但没有人
听懂我们的言语。
你有你的铜枝铁干
像刀，像剑，
也像戟；
我有我红硕的花朵，
像沉重的叹息，
又像英勇的火炬。
我们分担寒潮、风雷、霹雳；
我们共享雾霭、流岚、虹霓。
仿佛永远分离，
却又终身相依。
这才是伟大的爱情，
坚贞就在这里：
爱——
不仅爱你伟岸的身躯，
也爱你坚持的位置，足下的土地。

·作者简介·

舒婷，原名龚佩瑜，生于 1952 年，福建漳州人，中国当代著名诗人。诗人从小对书情有独钟，在书中诗人找到了无穷的乐趣。1971 年，诗人发表第一篇作品《寄杭城》。1972 年，诗人回城，开始从事临时工、染纱工、挡车工等工作；1978 年诗人开始在民间刊物《今天》发表诗作，1979 年，在《诗刊》正式发表作品。同年，诗人进入福建省文联从事专业创作，现为中国作协理事，作协福建分会副主席，两次获全国性诗歌奖。1982 年出版诗集《双桅船》和《舒婷、顾城抒情诗作》，1986 年出版《会唱歌的鸢尾花》。

作/品/赏/析

这是一首爱情诗，诗人以橡树为对象倾诉了自己的爱情和对爱情的热烈、诚挚和坚贞。诗中的橡树毫无疑问不是一个具体的对象，而是诗人理想中的形象，是诗人心目中的情人象征。因此，这首诗一定程度上又不是单纯倾诉自己的热烈爱情，而是要表达一种爱情的理想和信念，通过具体可感的形象来表达。

首先，橡树是高大的，有威仪的，有着丰富的内涵——那绿荫就是一种意指。诗人不愿要附庸的爱情，不愿做攀援在大树上的凌霄花，依附在橡树的高枝上而沾沾自喜。诗人也不愿要奉献的爱情，不愿做整日为绿荫鸣唱的小鸟，不愿做无私的泉源，不愿做支撑橡树的高大山峰。诗人不愿在这样的爱情中丧失自己。

舒婷像

舒婷是中国当代朦胧诗人的代表人物之一，她的诗于温柔中透着坚强，徘徊中含着执著，朦胧中显着清新，透射出女性心灵特有的细腻、敏锐、坚韧的特质。

诗人要怎样的爱情呢？诗人要的是那种两人比肩站立，共同迎接生活中风风雨雨的爱情。诗人将自己比喻为一株木棉，在橡树近旁和橡树并排站立的一株木棉，两棵树的根和叶紧紧相连。诗人爱情的坚定并不比古人"在天愿做比翼鸟，在地愿为连理枝"逊色，它们就那样静静地站着，有风吹过，它们摆动一下枝叶，相互致意，便心心相通了。那是他们两人的言语，是心灵的契合，是无语的会意。

二人就这样站着，两棵坚毅的树，两个新鲜的生命，两颗高尚的心。一个像士兵，每一个枝干都随时准备承受来自外面的袭击；一个是热情的生命，开着红硕的花朵，愿意在他战斗时为其照亮前程。他们共同分担外面的威胁，承担任何困境；同样，他们共享人生的美丽和大自然的壮丽风景。

诗人要的就是这样的伟大爱情，有共同的伟岸和高尚。他们互相爱着，扎根于同一块根基上。

诗歌以新奇的意象、贴切的比喻表达了诗人心中理想的爱情观。诗中的比喻和奇特的意象组合都代表了当时的诗歌新形式，具有开创性意义。另外，尽管诗歌采用了新奇的意象，但诗的语言并不难懂晦涩，而是具有口语化的特征，新奇中带着一种清新的灵气。

神女峰 /舒婷

在向你挥舞的各色花帕中
是谁的手突然收回
紧紧捂住自己的眼睛
当人们四散离去，谁
还站在船尾
衣裙漫飞，如翻涌不息的云
江涛
高一声
低一声
美丽的梦留下美丽的忧伤
人间天上，代代相传
但是，心
真能变成石头吗

沿着江岸
金光菊和女贞子的洪流
正煽动新的背叛
与其在悬崖上展览千年
不如在爱人肩头痛哭一晚

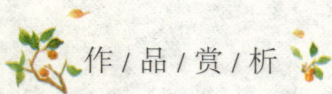

作/品/赏/析

　　神女峰是长江三峡风景名胜巫山十二峰之一，传说高唐神女与楚怀王相互爱慕，后因苦苦等候和郁郁相思而幻化为山峰，有关巫山神女的传说就这样流传下来了。自古以来，人们对巫山神女的形象都抱有一种正面的赞叹，但是舒婷却对此提出质疑。

　　诗歌第一节描写了江上游人观看神女峰的情景："在向你挥舞的各色花帕中 / 是谁的手突然收回 / 紧紧捂住自己的眼睛"，这里的描写中突出了一个"谁"，她就是在游览观看中猛醒的人，这里的"紧紧捂住自己的眼睛"准确传神地描绘出同为女性的观者，突然被神女故事里的情感刺痛的感受。在第二节，诗人转入了理性的反思："但是，心 / 真的能变成石头吗"？诗人在想，神女幻化成山峰，但是那颗有着如此深厚感情的心，真的就变成石头了吗？而为了一份痴情而变成石头的心该是什么样子的？第三节，诗人写出了属于时代新女性觉醒后的新的情感方式："沿着江岸 / 金光菊和女贞子的洪流 / 正煽动新的背叛"。这个背叛的主题是，"与其在悬崖上展览千年 / 不如在爱人肩头痛哭一晚"。整首诗的意象非常生动，语言优美，感性抒情和理性思索浑然一体，具有了高度的艺术美。

等待日出 / 马丽华

让目光翻越那山
迎迓日出

为东方的草原
镶好了绯色的滚边
他就要踩着红地毯来了吗
那宇宙与我共有的
永恒的灯

伫立于草滩，久久地
知道他太遥远
而相信光芒可及温热可及
哦足够了。让
我的心为他激动或是宁静
我的爱因他升华或更加深沉

让目光翻越那山
迎迓生命的日出

被戕害的心灵愈益脆弱
脆弱得经不住幻灭感的诱惑
当那小船被引向沉沦的寒泉
太阳风重新荡开命运之帆
真该最后作一次非分之想
朝向他黄金的岸远航
太阳太阳
让我们互不设防

太阳升起半圆
如眉眼的微笑
我属于他，我要以背脊偎向他
高高地张开左臂和右臂
摄一张顶天立地的逆光照
噢，草原——太阳——
黑色剪影的我

·作者简介·

马丽华，女，原籍江苏坏县，1953年生于山东济南，当代诗人。毕业于山东临沂师专中文系，曾任《西藏文学》编辑部编辑，1988～1990年就读于北京大学中文系作家班，获北大文学学士学位，任西藏作家协会副主席，西藏国际文化影视公司总编辑，并兼任西藏大学、西藏民族学院客座教授。曾于1992年获西藏珠穆朗玛文艺奖，1994年获中华文学基金会庄重文文学奖。

作/品/赏/析

《等待日出》是女诗人马丽华的组诗《我的太阳》中的一首，抒发了诗人对太阳的热烈情感。在诗中，太阳不仅是生命主体的象征，而且暗示着宇宙自然的循环、生生不息的生命追求。诗人在对这种生命追求的体验和思索中感受着生命的激情和张力，这里的太阳不仅仅是从天际升起的，更是从女诗人的生命意识中升起的。

在诗的第一节，诗人打开了生命主体追求的眼睛（让目光翻越那山），进而迎接太阳的升起："为东方的草原／镶好了绯色的滚边／他就要踩着红地毯来了吗／那宇宙与我共有的／永恒的灯。"可以看出，诗人是主动将自己的生命意识融入宇宙和大自然的："我的心为他激动或是宁静／我的爱因他升华或更加深沉"，所以，诗人再次强调"让目光翻越那山／迎迓生命的日出"。诗人在这里对生命的思索也是自觉的："被戕害的心灵愈益脆弱／脆弱得经不住幻灭感的诱惑／当那小船被引向沉沦的寒泉／太阳风重新荡开命运之帆／真该最后作一次非分之想／朝向他黄金的岸远航／太阳太阳／让我们互不设防"。这大约才是诗人等待日出的根本原因，所以，当太阳升起时，"我属于他，我要以背脊偎向他／高高地张开左臂和右臂"，这正是诗人对生命和希望的热烈追求。

一代人 / 顾城

黑夜给了我黑色的眼睛
我却用它寻找光明

·作者简介·

顾城（1956～1993），北京人，中国朦胧诗派的代表人物之一。1969年开始诗歌创作，自编了诗集《无名的小花》和旧体诗集《白云梦》等。1987年，诗人应邀前往德国参加诗歌节。1988年，诗人被聘为新西兰奥克兰大学亚语系研究员，讲授中国古典以及现代文学，后住在附近的小岛上悉心创作。1992年，诗人重返欧美讲学和创作。1993年离世。

诗人自小对文学、哲学、美术、书法有突发的无师自通的领悟力，被称为当代仅有的"唯灵"浪漫主义诗人，已出版的作品有《黑眼睛》、《顾城新诗自选集》等。

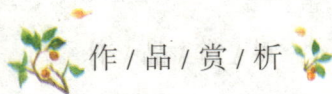

作/品/赏/析

全诗只有两句，而且诗中出现的意象都是日常生活中极为常见的现象：黑夜、眼睛、光明。也许正因为如此，才使得这首诗歌具有了引起人们广泛关注、深思的魅力。

这种相悖的逻辑正是这短短两句诗的精华所在。相悖是在两个层面上的。

第一个层面是诗歌整体的意象呈现方式与人们日常经验中它们的呈现方式相悖。这主要集中在眼睛的意象上。在茫茫的黑暗里，眼睛可能是唯一的明灯。在人们的经验中，眼睛始终是透明的象征。然而，诗中的眼睛却是"黑色的眼睛"。这是诗人心中的感受，也是诗人的深刻反思。第二个层次的相悖是诗歌内在的相悖。这主要集中在"光明"这一意象上。那样的时代，那样的环境，那样深沉的黑夜，诗人要寻找光明。诗人正要用那黑色的眼睛寻找光明。这是诗人奏响的反叛黑夜的一声号角。这个层次也是这首诗歌的主旨所在：诗人不仅要反思黑夜般的过去和倾诉心中的苦痛，诗人更要寻觅。

生命幻想曲 /顾城

把我的幻影和梦
放在狭长的贝壳里
柳枝编成的船篷
还旋绕着夏蝉的长鸣
拉紧桅绳
风吹起晨雾的帆
我开航了

没有目的
在蓝天中荡漾
让阳光的瀑布
洗黑我的皮肤

太阳是我的纤夫
它拉着我
用强光的绳索
一步步
走完十二小时的路途

我被风推着
向东向西
太阳消失在暮色里
黑夜来了
我驶进银河的港湾
几千个星星对我看着
我抛下了
新月——黄金的锚

天微明
海洋挤满阴云的冰山
碰击着
"轰隆隆"——雷鸣电闪
我到哪里去呵
宇宙是这样的无边

用金黄的麦秸
织成摇篮
把我的灵感和心
放在里边
装好纽扣的车轮
让时间拖着
去问候世界

车轮滚过
百里香和野菊的草间
蟋蟀欢迎我
抖动着琴弦
我把希望溶进花香

黑夜像山谷
白昼像峰巅
睡吧！合上双眼
世界就与我无关

时间的马
累倒了
黄尾的太平鸟
在我的车中做窝
我仍然要徒步走遍世界——
沙漠、森林和偏僻的角落

太阳烘着地球
像烤一块面包
我行走着
赤着双脚
我把我的足迹
像图章印遍大地
世界也就溶进了
我的生命

我要唱
一支人类的歌曲
千百年后
在宇宙中共鸣

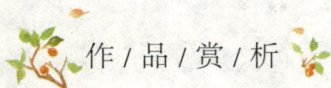

作/品/赏/析

　　《生命幻想曲》是一首充分体现生命意识和自觉确认生命价值的诗歌。诗人以其自由灵动而丰富的想象，展开了对生命的畅想，充分体现了生命的活力和诗人浪漫的艺术情怀，这种自觉的艺术体验在 20 世纪 80 年代初是非常难得的。诗人在诗篇的开头即说："把我的幻影和梦 / 放在狭长的贝壳里 / 柳枝编成的船篷 / 还旋绕着夏蝉的长鸣 / 拉紧脆绳 / 风吹起晨雾的帆 / 我开航了"。这是一次生命自由舒展的航程，"没有目的 / 在蓝天中荡漾 / 让阳光的瀑布 / 洗黑我的皮肤"，"我"一路漂流，在黑夜来临的时候"驶进银河的港湾 / 几千个星星对我看着"，"天微明 / 海洋挤满阴云的冰山 / 碰击着"。自由的徜徉中，诗人感到"宇宙是这样的无边"，于是充分展开了艺术想象的触角："用金黄的麦秸 / 织成摇篮 / 把我的灵感和心 / 放在里边 / 装好纽扣的车轮 / 让时间拖着 / 去问候世界"，我们看到，这里已经是另一种随意畅想的方式了，在这次旅途中，"百里香和野菊的草间 / 蟋蟀欢迎我 / 抖动着琴弦 / 我把希望溶进花香 / 黑夜像山谷 / 白昼像峰巅 / 睡吧！合上双眼 / 世界就与我无关"。在诗人生命的幻想中，他"要徒步走遍世界——/ 沙漠、森林和偏僻的角落"，"我把我的足迹 / 像图章印遍大地 / 世界也就溶进了 / 我的生命"，所有这些向世界自觉的神秘探求，在当时都体现出一种超越性的艺术觉醒意识。

远和近 / 顾城

你
一会看我
一会看云

我觉得
你看我时很远
你看云时很近

🌿 作 / 品 / 赏 / 析 🌿

　　这是一首简短的小诗，语义简隽，表达集中。诗中展现了两种看的姿态——看云和看"我"，"我觉得 / 你看我时很远 / 你看云时很近"。一个是"我"，一个是云，在距离上，哪一个远，哪一个近，是很显然的，可是"你"看的姿态却与这自然的距离恰恰相反，看云时近，看"我"时远。诗人以这一种逆反式的对比来表达人与人之间的隔膜，虽然彼此就在身边，但是情感疏远，态度冷漠，距离虽近，却比不上对那远在天边的云更为亲切，而在更深一个层面上，即使在亲密的人之间，也存在着远和近的问题，那是人与人心灵的距离。自然界中的距离，再遥远，也是有个度量的，可是人与人之间的心理距离，有时是远不可测的。从这个意义上来讲，人，注定了是孤独的，尤其是那些具有特异之心灵的人。

在哈尔盖仰望星空 / 西川

有一种神秘你无法驾驭
你只能充当旁观者的角色
听凭那神秘的力量
从遥远的地方发出信号
射出光来，穿透你的心
像今夜，在哈尔盖
在这个远离城市的荒凉的
地方，在这青藏高原上的
一个蚕豆般大小的火车站旁
我抬起头来眺望星空
这时河汉无声，鸟翼稀薄
青草向群星疯狂地生长
马群忘记了飞翔
风吹着空旷的夜也吹着我
风吹着未来也吹着过去
我成为某个人，某间
点着油灯的陋室
而这陋室冰凉的屋顶
被群星的亿万只脚踩成祭坛
我像一个领取圣餐的孩子
放大了胆子，但屏住呼吸

·作者简介·

西川，原名刘军，1963 年生于江苏省徐州市，1985 年毕业于北京大学英文系。在大学期间，开始尝试写诗。西川著有诗集《大意如此》《中国的玫瑰》，随笔集《让蒙面人说话》等，部分作品已被译为英、法、意、日等国语言出版。此外，西川还曾译介庞德、叶芝、博尔赫斯等人的作品。

西川是中国当代浪漫主义诗歌的领袖人物，已被录入英国剑桥《杰出成就名人录》。其诗空灵而沉实，浪漫而张扬，一种风范飘然而至。

作/品/赏/析

《在哈尔盖仰望星空》展示了人对宇宙和神秘力量的独特体验，这种体验包含着一种深度的敬畏、孤独和不可言说的自在魅力。作为一首向无穷宇宙和主体内心不断延伸，并表达这种超越一般情感的体验的诗，处理人与世界、主体与客体的关系非常重要，在这一方面，这首诗的处理方式是比较恰当而有创造性的。诗人在开头将自己定位于一个"旁观者"，这种旁观者是相对于自然神秘存在的旁观。因为"有一种神秘你无法驾驭 / 你只能充当旁观者的角色 / 听凭那神秘的力量 / 从遥远的地方发出信号 / 射出光来，穿透你的心"。应该说这是一个客观冷峻的描述，描述了一种人与世界在时间和空间上的关系。诗人将对这样一种关系的独立描述放在诗的开头，然后说，"像今夜，在哈尔盖 / 在这个远离城市的荒凉的 / 地方，在这青藏高原上的 / 一个蚕豆般大小的火车站旁 / 我抬起头来眺望星空"。诗人选定的这样一个人之于宇宙世界的特定时空，是有着良苦用心的。只有在这样的地方，人的主体意识才能够独立出来，感应浩茫而神秘的宇宙，看到生命和非生命等各种力量的对比："这时河汉无声，鸟翼稀薄 / 青草向群星疯狂地生长 / 马群忘记了飞翔"。这是一种永恒的情景，在这里，可以说生命是凝固的，也是瞬间即逝的，一个可以感受客体世界的生命独立于这样的一个时空里，可以做到忘我："风吹着空旷的夜也吹着我 / 风吹着未来也吹着过去 / 我成为某个人，某间 / 点着油灯的陋室"，在这里，承担着主体的"我"成为最小的存在，成为最小的一切。"被群星的亿万只脚踩成祭坛"，可以想象，密布夜空的群星此刻发出最清晰透彻的光，那必然是一种神秘的骇人的存在，所以，诗人说："我像一个领取圣餐的孩子 / 放大了胆子，但屏住呼吸"。这是一种无法遏制的、对无限神秘力量的本能敬畏。

面朝大海，春暖花开 / 海子

从明天起，做一个幸福的人
喂马，劈柴，周游世界
从明天起，关心粮食和蔬菜
我有一所房子，面朝大海，春暖花开

从明天起，和每一个亲人通信
告诉他们我的幸福
那幸福的闪电告诉我的
我将告诉每一个人

给每一条河每一座山取一个温暖的名字
陌生人，我也为你祝福
愿你有一个灿烂的前程
愿你有情人终成眷属
愿你在尘世获得幸福
我只愿面朝大海，春暖花开

·作者简介·

海子（1964～1989），原名查海生，中国当代诗人。出生于安徽省安庆城外的一个农民家庭。1979 年考入北京大学法律系。大学期间开始诗歌创作。1983 年毕业后在中国政法大学哲学教研室任教。在随后的数年中，诗人写下了大量的优秀诗歌，先后自印诗集《河流》、《传说》、《但是水、水》、《麦地之瓮》（与西川合印）、《太阳·断头篇》等。尽管诗人也曾获北京大学第一届艺术节五四文学大奖特别奖、第三届《十月》文学奖荣誉奖等奖项，但诗人的诗歌生前一直没有受到很公正的对待。

海子在北大读书期间在未名湖畔的留影

1988 年写出仪式诗剧三部曲之一《刹》。另外，诗人的作品还有长诗《土地》。诗人在积极创作的同时，也一直面临着中国诗歌没落的困境。1989 年 3 月 26 日，诗人在河北省山海关卧轨自杀。诗人死后，其诗歌开始受到人们的广泛关注，诗人的名字也与他那杰出的诗歌一起传遍了中国大地。从 1993 年起，北大每年举行诗歌节，以纪念海子。

作/品/赏/析

《面朝大海，春暖花开》写于 1989 年 1 月 13 日，即诗人离开人世前的两个月。诗人长期处于精神的思索之中，在沉沉的精神现实的重压下，诗人的心灵和躯体得不到依托和放松。诗人的内心再也载不动那么多的追求和精神现实，最终，以 25 岁的年龄就离开了人世，然而，在这首诗中，我们看到的却是另一个海子，幸福、温馨、纯美的海子。

在一个冬季，或许在阳光的沐浴下，在干燥净爽的午后，诗人走出了他长期蛰伏的书房。面对那样的情景，诗人那一直绷紧的精神突然融化了，融化在自然的世界，融化在尘世的幸福中。在那样的瞬间，诗人决定要做一个幸福的人，享受平凡的幸福。喂马、劈柴，从简朴的生活、亲身的劳作中体味生命的存在；周游世界，在大自然里寻找快乐的源泉。诗人要关心人生最简单的生活，在这样的关心中找到幸福。诗人渴望拥有一所房子，"面朝大海，春暖花开"。

诗人心灵坦荡，胸怀博大。诗人那美丽的心灵被幸福的闪电击中。那样的顿悟本身就该是幸福的事。诗人愿意天下人都能得到这样的顿悟和这顿悟的幸福。诗人要把这样的感觉、幸福告诉每一个亲人，告诉每一个人。诗人还要给每一条河每一座山起一个温暖的名字，让人们从那些温暖的名字中体味诗人的幸福，让人们在自然的世界更容易接近幸福。诗人还要祝福陌生人，愿他们过着幸福的生活，愿他们每一个平凡的心愿都能实现。最后一段，诗人表达了自己真诚的祝愿：愿你有一个灿烂的前程／愿你有情人终成眷属／愿你在尘世获得幸福／我只愿面朝大海，春暖花开。

诗歌以淳朴直白的诗句、清新明快的意象，描绘了一个浪漫、略带梦幻色彩的世界。诗人凭借自己的乡村生活的经验，提炼出优美的意象，描绘出一个质朴、单纯的世界。诗人善于以超越现实的冲动和努力，审视个体生命的存在价值。他的诗往往有着浓重的浪漫色彩，诗中描绘的情景明显带着诗人自己的梦想和纯真。总之，诗人用朴素明朗、隽永清新的语言和意境，唱出了他对平凡生活的真诚和向往，反映了他那积极昂扬的情感世界和博大开阔的胸怀。

世界卷

牧 歌 / 维吉尔

让我们唱些雄壮些的歌调，西西里的女神，
荆榛和低微的柽柳并不能感动所有的人，
要是还歌唱山林，也让它和都护名号相称。
现在到了库玛谶语里所谓最后的日子，
伟大的世纪的运行又要重新开始，
处女星已经回来，又回到沙屯的统治，
从高高的天上新的一代已经降临，
在他生时，黑铁时代就已经终停，
在整个世界又出现黄金的新人。
圣洁的露吉娜，你的阿波罗今已为主。
这个光荣的时代要开始，正当你为都护，
波里奥啊，伟大的岁月正在运行初度。
在你的领导下，我们的罪恶的残余痕迹
都要消除，大地从长期的恐怖中获得解脱。
他将过神的生活，英雄们和天神他都会看见，
他自己也将要看见在他们中间，
他要统治着祖先圣德所致太平的世界。
孩子，为了你那大地不用人力来栽，
首先要长出那蔓延的常春藤和狐指草，
还有那埃及豆和那含笑的莨苕；
充满了奶的羊群将会自己回家，
巨大的狮子牲口也不必再害怕，
你的摇篮也要开放花朵来将你抚抱，

蛇虺将都死亡，不再有骗人的毒草，
东方的豆蔻也将在各地生得很好。
当你长大能读英雄颂歌和祖先事迹，
当你开始能够了解道德的意义，
那田野将要逐渐为柔穗所染黄，
紫熟的葡萄将悬挂在野生的荆棘上，
坚实的栎树也将流出甘露琼浆。
但是往日的罪恶的遗迹那时还有余存，
人还要乘船破浪，用高墙围起城镇，
人也还要把田地犁成一道道深沟，
还要有提菲斯，还要有阿戈的巨舟，
载去英雄的精锐，还要有新的战争，
还要有英雄阿喀琉斯作特洛伊的远征。
但当坚实的年代使你长大成人的时候，
航海的人将离开海，那枯木的船艎
将不再运货，土地将供应一切东西，
葡萄将不需镰刀，田畴将不需锄犁，
那时健壮的农夫将从耕牛上把轭拿开；
羊毛也不要染上种种假造的颜色，
草原上的羊群自己就会得改变色彩，
或者变成柔和的深紫，或鲜艳的黄蓝，
吃草的幼羔也会得自己带上朱斑。
现在司命神女根据命运的不变意志，
对她们的织梭说："奔驰吧，伟大的日子。"
时间就要到了，走向伟大的荣誉，
天神的骄子啊，你，上帝的苗裔，
看呀，那摇摆的世界负着苍穹，
看大地和海洋和深远的天空，
看万物怎样为未来的岁月欢唱，
我希望我生命的终尾可以延长，
有足够的精力来传述你的功绩，
色雷斯的俄耳甫的诗歌也不能相比，
林努斯也比不过，即使有他父母在旁，
嘉流贝帮助前者，后者美容的阿波罗帮忙，
甚至山神以阿卡狄为评判和我竞赛，
就是山神以阿卡狄为评判也要失败；
小孩子呀，你要开始以笑认你的生母。
（十个月的长时间曾使母亲疲乏受苦），
开始笑吧，孩子，要不以笑容对你的双亲，
就不配与天神同餐，与神女同寝。

杨宪益　译

·作者简介·

维吉尔（公元前 70 ~ 前 19），古罗马诗人。幼年时的农村生活对维吉尔以后的文学创作产生了很大影响。在家乡受过基础教育后，维吉尔去了罗马和南意大利，攻读哲学及数学、医学，回到家乡后开始从事诗歌创作。当他的成名作品《牧歌》取得成功后，受到了恺撒大帝甥孙屋大维的赞赏和维护。维吉尔晚年创作了大型史诗《埃涅阿斯纪》。

作/品/赏/析

牧歌（一称田园诗）始见于公元前 3 世纪时的亚历山大诗歌，代表诗人是特奥克里托斯，约在公元前 1 世纪传入罗马。维吉尔第一部公开发表的诗集《牧歌》共收诗 10 首，其中的各首诗具体写作年代不详。维吉尔的牧歌主要是虚构一些牧人的生活和爱情，通过对话或对唱，抒发田园之乐，有时也涉及一些政治问题。在牧歌中，诗人描述的是人与神和谐共处的美好的家园，这里风光优美，和平而宁静，人们安居乐业，生活富足。这些，都是神灵的庇佑，所以诗人的歌唱从对神的赞美开始："伟大的世纪的运行又要重新开始，/ 处女星已经回来，又回到沙屯的统治 / 从高高的天上新的一代已经降临，/ 在他生时，黑铁时代就已经终停，/ 在整个世界又出现黄金的新人。"诗人所热情歌颂的正是这样的新人和新的时代，一个新的正在运行的纪元，人们生活在天赐的乐园里，一切美好的东西都在旺盛地生长，一切坏的东西都就此死亡。维吉尔的语言非常壮观优美，极富民族特色和音乐性，在情绪上舒缓起伏，韵律优美动人，内涵博大而深远："天神的骄子啊，你，上帝的苗裔，/ 看呀，那摇摆的世界负着苍穹，/ 看大地和海洋和深远的天空，/ 看万物怎样为未来的岁月欢唱。"所有这些诗句都是非博大的学识、高贵的气质和天赋的才华所不能得的。

谁能从女人群中见到我的女郎 / 但丁

谁能从女人群中见到我的女郎，
他就能完美地享受一切福分，
任何女人只要在她的身旁，
就能沾她之光而感谢天恩。
她的美艳魅力无穷，不同凡响，
别的女人不但不存嫉妒之心，
反而使她们变得贤淑温良，
还对人们怀着信任和深情。

她露脸处，人们都恭顺谦虚，
她不但自己一个儿惹人喜爱
而且使每个同伴都受人青睐。
她的举止显出多么娴雅的风度，
谁不能把这点牢牢记在心怀，
就不配伸手把爱情之花采摘。

钱鸿嘉　译

作者简介

但丁（1265～1321），意大利伟大的诗人、文学家、文艺复兴的先驱，被恩格斯誉为"中世纪的最后一位诗人"，同时又是"新时代的最初一位诗人"。出身于佛罗伦萨一个没落贵族家庭，1302年，被罗马教廷的反动势力放逐，最后死于拉韦纳。他的很多作品都大胆地谴责了教皇和教士的专横贪婪，表露了人文主义思想，具有很高的研究价值。

作/品/赏/析

贝雅特丽采的身上寄予了但丁一生的美的颂赞，而但丁也在这真情历历的诗篇中唱响了一个新时代即将来临的赞歌。在这两段诗中，但丁对"我的女郎"的赞美达到了一种极致。但丁对"我的女郎"之赞美的特别之处在于，她不仅自身美艳无限，魅力无穷，而且光彩映人，惠及友众，使所有见到她的人都会变得贤淑和善，由此道出了女郎之美对人心之感化的神奇力量。这当然有但丁艺术上的夸张成分，但是读者却不得不对那种具有摄人心魄的人间至真至善的美与爱表示由衷的钦赞！

爱的印迹 / 彼特拉克

假如，天真的心灵，一往情深，
　　柔和的温馨，礼貌地克制的欲望，
　　美好的意愿，闪射着圣火的光芒，
黑暗的曲径上不断延伸的旅行；

假如，额头上显露出一种思忖，
　　无力的话语，破碎的叹息悠长，
　　被恐惧和羞涩困扰；假如，脸庞
不如苍白的紫罗兰，不见红润；

假如，对他人关切胜过自己，
　　假如，永远沉溺于叹息和哀伤，
假如，咀嚼着痛苦、愤怒和悲戚，

假如，燃烧在远处，冰冻在近旁，——
那末，这就是我刻骨的爱的印迹，
　　姑娘呵，看你的过失，我的绝望！

屠岸 译

·作者简介·

　　彼特拉克（1304～1374），意大利诗人、学者，欧洲文艺复兴的先驱，与但丁和薄伽丘并称为佛罗伦萨文艺复兴前期的三杰。彼特拉克提出以"人的思想"代替"神的思想"，由此被誉为"人文主义之父"。彼特拉克对欧洲抒情诗歌的发展和十四行诗体的成熟作出了卓越的贡献，有"桂冠诗人"的称号。

作/品/赏/析

　　这是一首倾注了诗人深切情感的十四行诗。诗中的话语柔和而又缠绵，寄托着诗人无尽的情思、忧伤、悲戚，乃至绝望。这一片赤诚的爱情，生发于天真的心地，无比的纯洁和美好，只是这种爱不能够实现，而只能化为诗人心中破碎的叹息和默默的悲戚。在彼特拉克那里，已寻不到对于神的赞许，而表达的完全是人的情感世界，抒发的是对至美之人情的颂歌。

我形单影只 / 彼特拉克

我形单影只，思绪万千，
在最荒凉的野地漫步徘徊。
我满怀戒备，小心避开，
一切印有人的足迹的地点。

我找不到其他屏障遮掩，
能把我和群集的人们隔开。
因为人们透过我忧愁的神态，
一眼就能看穿我内心的烈焰。

如今啊，尽管我避人耳目，
海岸和山地，森林和流水，
对我生命的真旨已无不洞悉。

但我却找不到如此荒野的路，
使得爱神也不能把我追随，
并整日里与我辩论不息。

飞白　译

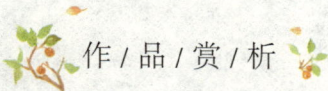 作/品/赏/析

　　诗的第一节，展露了一个满腹思绪的茕茕孑立的孤独者形象。"我满怀戒备"，要"小心避开，/一切印有人的足迹的地点"。第二节继续写着"我"努力的回避，而"我"要寻找这种遮蔽，正是"因为人们透过我忧愁的神态，/一眼就能看穿内心的烈焰"。下面的一节，诗人更进一步地指出，"尽管我避人耳目"，但是这"海岸和山地，森林和流水，/对我生命的真旨已无不洞悉"，在最后一节的表述中，"我"努力的结果是终究找不到避开爱神的办法。到此，诗篇的题旨已经完全明朗，原来诗人所苦苦追寻的逃避，正是那逃不脱的爱神的袭扰。

致爱伦 /龙沙

当你十分衰老时，傍晚烛光下
独坐炉边，手里纺着纱线，
赞赏地吟着我的诗，你自语自言：
"龙沙爱慕我，当我正美貌华年。"

你的女仆再不会那样冷漠，
虽然在操劳之后她睡意方酣，
听见你说起龙沙，她也会醒转，
用永生不朽为你的名字祈福。

我将长眠地下，化作无形的幽灵；
我将安息在香桃木的树荫；
而你将成为老妇人蜷缩炉边，
痛惜我的爱情，悔恨自己的骄矜。

你若信我言，活着吧，不必等明天，
请从今天起采摘生命的朵朵玫瑰。

程依荣 译

作者简介

　　龙沙（1524～1585），法国近代史上的第一位抒情诗人，于1547年组织七星诗社。1550年发表《颂歌集》四卷，从此声名鹊起。他在诗中反对禁欲主义，表达了对于现实生活的热爱，同时，他的诗歌因为具有音律和谐、技巧娴熟、风格哀婉、情感真挚的特点而在欧洲各国的宫廷中广为传诵。

作/品/赏/析

　　爱伦是龙沙爱慕过的一位修女，诗人设想自己的恋人年老的时候独坐炉边，赞赏地吟着自己的诗，而且"自语自言：'龙沙爱慕我，当我正美貌华年。'"可是"我将长眠地下，化作无形的幽灵；我将安息在香桃木的树荫"；诗人想象着恋人那时的情形是"痛惜我的爱情，悔恨自己的骄矜"。诗人是通过这样的一种假想来劝勉恋人接受自己的爱情。另外，诗中在爱情的渴望之外，还蕴含了一种青春易逝的感伤。

有一天，我把她名字写在沙滩 / 斯宾塞

有一天，我把她名字写在沙滩，
但海浪来了，把那个名字冲跑；
我用手再一次把它写了一遍，
但潮水来了，把我的辛苦又吞掉。
"自负的人啊，"她说，"你这是徒劳，
妄想使世间凡俗的事物不朽；
我本身就会像这样云散烟消，
我的名字也同样会化为乌有。"
"不，"我说，"让低贱的东西去筹谋
死亡之路，但你将靠美名而永活：
我的诗将使你罕见的美德长留，
并把你光辉的名字写入天国。
死亡可以征服整个的世界，
我们的爱将长存，生命永不灭。"

胡家峦 译

作者简介

斯宾塞（1552？~ 1599），英国文艺复兴时期最杰出的诗人，生于伦敦。在剑桥读书时，斯宾塞写出具有柏拉图思想影响的《爱与美的赞歌》。斯宾塞对英国文学的发展作出了突出的贡献，他创作的长诗《仙后》，是16世纪英国文艺复兴时期人文主义诗歌的传世杰作，这部作品的出现标志着伊丽莎白女王时代英国诗歌历史上一个黄金时期的开端。

作/品/赏/析

在这首诗中，斯宾塞歌颂了爱情的不朽，也赞美了艺术的永恒。"死亡之路""让低贱的东西去筹谋"，"但你将靠美名永活：/我的诗将使你罕见的美德长留，/并把你光辉的名字写入天国"。死亡虽然可以征服整个世界，但是"我们的爱将长存，/生命永不灭"。爱情使生命不朽，而艺术使精神永生。诗人表达了自我对于爱情的最高意义的肯定，也表达了对于艺术和美的无限热爱。

你的长夏
永远不会凋谢 / 莎士比亚

我怎能够把你来比拟作夏天？
你不独比他可爱也比他温婉；
狂风把五月宠爱的嫩蕊作践，
夏天出赁的期限又未免太短；
天上的眼睛有时照得太酷烈，
他那炳耀的金颜又常遭掩蔽；
给机缘或无偿的天道所摧残，
没有芳颜不终于凋残或销毁。
但你的长夏将永远不会凋落，
也不会损失你这皎洁的红芳；
或死神夸口你在他影里漂泊，
当你在不朽的诗里与时同长。
只要一天有人类，或人有眼睛，
这诗将长在，并且赐给你生命。

梁宗岱 译

·作者简介·

莎士比亚（1564～1616），英国诗人、戏剧家。幼年在当地文法学校读书，1582年同邻乡农家女安·哈瑟维结婚。1585～1592年莎士比亚的经历不详，传说他当过乡村教师、兵士、贵族家仆，并因偷猎乡绅 T.路希爵士之鹿逃往伦敦，先在剧院门前为人看马，后逐渐成为剧院杂役、演员并开始剧作生涯。1592年，剧院经理 P.亨斯娄首先提到莎士比亚的剧作《亨利六世》上篇。同年，剧作家 R.格林在其《千悔得一智》中影射莎士比亚姓氏，并应用《亨利六世》下篇的台词骂莎士比亚是"一只暴发户式的乌鸦"，可见他当时已颇有名望。1594年，他和当时名演员 W.坎普、J.伯比奇同属宫内大臣剧团，同当时的许多新贵族均有来往。他的剧团除在天鹅剧场、环球剧场演出外，也在宫廷演出，夏季或瘟疫流行时则到外省演出。莎士比亚一生创作了37部戏剧，1卷十四行诗，2首长诗。17世纪莎士比亚戏剧传入德、法、意、俄、北欧诸国，然后渐及美国乃至世界各地，对各国戏剧发展产生了巨大而深远的影响，并成为世界文化发展、交流的重要纽带和灵感源泉。

作/品/赏/析

莎士比亚所处的英国伊丽莎白时代是爱情诗的盛世，写十四行诗更是一种时髦。莎士比亚的十四行诗无疑是那个时代的佼佼者，其十四行诗集更是流传至今，魅力不减。他的十四行诗一扫当时诗坛的矫揉造作、绮艳轻靡、空虚无力的风气。据说，莎士比亚的十四行诗是献给两个人的：前126首献给一个贵族青年，后面的献给一个黑肤女郎。这首诗是十四行诗集中的第18首，属前者。也有人说，他的十四行诗是专业的文学创作。当然，这些无关宏旨，诗歌本身是伟大的。

莎士比亚的十四行诗总体上表现了一个思想：爱征服一切。他的诗充分肯定了人的价值，赞颂人的尊严、个人的理性作用。诗人将抽象的概念转化成具体的形象，用可感可见的物质世界，形象生动地阐释了人文主义的命题。

诗的开头将"你"和夏天相比较。自然界的夏天正处在绿的世界中，万物繁茂地生长着，繁阴遮地，是自然界的生命最昌盛的时刻。那醉人的绿与鲜艳的花一道，将夏天打扮得五彩缤纷，艳丽动人。但是，"你"却比夏天可爱多了，比夏天还要温婉。五月的狂风会作践那可爱的景色，夏天的期限太短，阳光酷烈地照射在繁阴斑驳的大地上，那熠熠生辉的美丽不免要在时间的流动中凋残。这自然界最美丽的季节和"你"相比也要逊色不少。

而"你"能克服这些自然界的不足。"你"在最灿烂的季节不会凋谢，甚至"你"美的任何东西都不会有所损失。"你"是人世的永恒，"你"会让死神的黑影在遥远的地方呆着，任由死神的夸口也不会死去。"你"是什么？你与人类同在，你在时间的长河里不朽。那人类精神的精华——诗是你的形体吗？或者，你就是诗的精神，就是人类的灵魂。

全诗用新颖巧妙的比喻、华美而恰当的修饰使人物形象鲜明，生气鲜活。诗人用形象的表达使严谨的逻辑推理变得生动有趣，曲折迭宕，最终巧妙地得出了人文主义的结论。

我们要美丽的
生灵不断蕃息 / 莎士比亚

我们要美丽的生灵不断蕃息，
能这样，美的玫瑰才永不消亡，
既然成熟的东西都不免要谢世，
优美的子孙就应当来继承芬芳；
但是你跟你明亮的眼睛定了婚，
把自身当柴烧，烧出了眼睛的光彩，
这就在丰收的地方造成了饥馑，
你是在跟自己作对，教自己受害。
如今你是世界上鲜艳的珍品，
只有你能够替灿烂的春天开路，
你却在自己的花蕾里埋葬了自身，
温柔的怪物呵，用吝啬浪费了全部。
可怜这世界吧，世界应得的东西。
别让你和坟墓吞吃到一无所遗。

屠岸　译

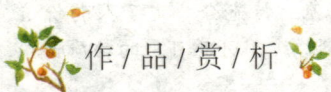

作 / 品 / 赏 / 析

　　这是莎士比亚的十四行诗中的一首。莎士比亚是世界上最伟大的十四行诗作家之一，在十四行诗中，莎士比亚反复歌咏缠绵悱恻而执着不渝的爱情，这些诗作也被誉为莎翁的"爱情圣经"。在这首诗中，诗人将玫瑰比作美与爱的化身，在对于生命的歌颂中表达了对于死亡的否定。"我们要美丽的生灵不断蕃息"，诗人开篇就极为直接地倾诉了这样一个美好的愿望，要让美丽永生，要让优秀的子孙继承这美好与芬芳。而一个"但是"，诗人在对渴愿的诉求中又生发出这样的矛盾——"这就在丰收的地方造成了饥馑"，"你却在自己的花蕾里埋葬了自身"，"用吝啬浪费了全部"，在这样矛盾的话语中，诗人指出这是因为"你是在跟自己作对，教自己受害"。这就引发了读者对于人在爱的体验与美的追求中所要直面的那种献身精神的思索。

梦亡妻 / 弥尔顿

我恍若见到了爱妻的圣灵来归，
像来自坟茔的阿尔瑟蒂丝，由约夫
伟大的儿子还给她欢喜的丈夫，
从死里抢救出，尽管她苍白，衰颓；

我的爱妻，洗净了产褥的污秽，
已经从古律洁身礼得到了救助，
这样，我确信自己清清楚楚，
充分地重见到天堂里她的清辉。

她一身素装，纯洁得像她的心地：
她面罩薄纱，可在我幻想的视觉，
那是她的爱、妩媚、贤德在闪熠，

这么亮，远胜别的脸，真叫人喜悦。
但是啊，她正要俯身把我拥抱起，
我醒了，她去了，白天又带给我黑夜。

屠岸 译

●作者简介●

弥尔顿（1608～1674），英国诗人、政论家。1625 年，入剑桥大学，并开始写诗。大学毕业后又攻读了文学 6 年。1638 年，到欧洲游历。1640 年英国革命爆发，毅然投身于革命运动之中，并发表了 5 本有关宗教自由的小册子。1649 年，革命胜利后的英国成立共和国，弥尔顿发表了《论国王与官吏的职权》等文，以巩固革命政权。1660 年，英国封建王朝复辟，弥尔顿被捕入狱，不久被释放，此后他专心写诗。

作/品/赏/析

1656 年，弥尔顿与凯瑟琳·伍德柯克结婚，夫妻十分恩爱，但是婚后一年多的时候，凯瑟琳死于产褥，弥尔顿在悲伤之中写下了他唯一的一首以爱情为主题的诗。弥尔顿在娶凯瑟琳时已双目失明，没有目睹过妻子的面容，在诗中，他凭借梦境和幻想的视觉来描述妻子光辉的容貌。在这首诗中，弥尔顿直抒胸臆，将妻子描绘成一个圣洁、光明的天使般的美好形象。作品的最后，诗人将自己从梦境唤回到现实，重又陷入一种深深的悲凄。

隐居颂 / 蒲柏

他是那样欢乐欣喜，
只企求数公顷祖传土地。
他心满意足地呼吸故乡的空气，
——在他自己拥有的田园里。

牲畜供他牛奶，土地赐他面包，
羊群呵给了他衣袍。
树木在夏天送来荫凉，
到冬日又使他不愁柴草。

他是如此幸福满足，
超然地任光阴悄悄流淌。
心平气和，体格健壮，
宁静地度过白昼时光。

夜晚他睡得烂熟，
因为他劳逸兼顾不忘闲游。
他那令人喜爱的单纯质朴，
溶合在沉思默想的时候。

我愿活着无人见无人晓，
我愿死时亦无人哀悼。
让我从这世界悄悄溜走，
连顽石也不知我在何处躺倒。

黄源深 译

·作者简介·

　　蒲柏（1688～1744），英国 18 世纪最伟大的诗人，生于一个罗马天主教家庭，因为当时英国法律规定学校要强制推行英国国教圣公会，所以蒲柏从没有上过学，但是他在家中通过自学，阅读了大量的拉丁文、希腊文、法文和意大利文的作品，12 岁时即开始发表诗作。1713 年，在斯威夫特的鼓励下，蒲柏开始进行对荷马史诗《伊利亚特》和《奥德赛》长达 13 年的翻译工作。在翻译过程中，蒲柏结合自己对英国当时社会的认识进行了一定程度的再创作，取得了巨大的成功，以至于第一部英语词典的编纂者约翰逊博士称赞其为"世界上前所未见的高贵的译作"。蒲柏的诗习惯运用一种名为"英雄双韵体"的结构，作品工整、精练，且富有哲理性，因此他的许多诗句成为英语中的格言，并且大量被收入词典中。

作/品/赏/析

　　这首诗表达了蒲柏对于平静自足的田园生活的喜乐和向往之情。诗人一再地说，"他是那样欢乐欣喜"，"他是如此幸福满足"，用充满赞美之情的口吻来讲述田园生活的快乐逍遥和从容闲适。"夜晚他睡得烂熟，因为他劳逸兼顾不忘闲游。他那令人喜爱的单纯质朴，溶合在沉思默想的时候。"我们可曾在别处见过如此随适和谐的生活？在诗的最后一节，诗人说自己愿望"活着无人见无人晓"，而不愿死去时别人把自己悼念，也不愿别人用碑文来将自己纪念，因为生前有那样的生活已经足够。诗歌采用白描手法，写得清新自然，在对田园生活欢畅的描绘中传达出一种纯真之情，体现出一种自然之美。

墓畔哀歌 / 格雷

晚钟响起来一阵阵给白昼报丧，
牛群在草原上迂回，吼声起落，
耕地人累了，回家走，脚步踉跄，
把整个世界留给了黄昏与我。

苍茫的景色逐渐从眼前消退，
一片肃穆的寂静盖遍了尘寰，
只听见嗡嗡的甲虫转圈子纷飞，
昏沉的铃声催眠着远处的羊栏。

只听见常春藤披裹的塔顶底下
一只阴郁的柢枭向月亮诉苦，
怪人家无端走进它秘密的住家，
搅扰它这个悠久而僻静的领土。

峥嵘的榆树底下，扁柏的荫里，
草皮鼓起了许多零落的荒堆，
各自在洞窟里永远放下了身体，
小村里粗鄙的父老在那里安睡。

香气四溢的晨风轻松的呼召，
燕子从茅草棚子里吐出的呢喃，
公鸡的尖喇叭，使山鸣谷应的猎号
再不能唤醒他们在地下的长眠。

在他们，熊熊的炉火不再会燃烧，
忙碌的管家妇不再会赶她的夜活；
孩子们不再会"牙牙"的报父亲来到，
为一个亲吻爬到他膝上去争夺。
往常是：他们一开镰就所向披靡，
顽梗的泥板让他们犁出了垄沟；
他们多么欢欣地赶牲口下地！
他们一猛砍，树木就一棵棵低头！

"雄心"别嘲讽他们实用的操劳，
家常的欢乐，默默无闻的命运；
"豪华"也不用带着轻蔑的冷笑
来听讲穷人的又短又简的生平。

门第的炫耀，有权有势的煊赫，
凡是美和财富所能赋予的好处，
前头都等待着不可避免的时刻：
光荣的道路无非是引导到坟墓。

骄傲人，你也不要怪这些人不行，
"怀念"没有给这些人建立纪念堂，
没有让悠长的廊道、雕花的拱顶
洋溢着洪亮的赞美歌，进行颂扬。

栩栩的半身像，铭刻了事略的瓷碑，
难道能恢复断气，促使还魂？
"荣誉"的声音能激发沉默的死灰？
"献媚"能叫死神听软了耳根？

也许这一块地方，尽管荒芜，
就埋着曾经充满过灵焰的一颗心；
一双手，本可以执掌到帝国的王芴
或者出神入化地拨响了七弦琴。

可是"知识"从不曾对他们展开
它世代积累而琳琅满目的书卷；
"贫寒"压制了他们高贵的襟怀，
冻结了他们从灵府涌出的流泉。

世界上多少晶莹皎洁的珠宝
埋在幽暗而深不可测的海底；
世界上多少花吐艳而无人知晓，
把芳香白白地散发给荒凉的空气。

也许有乡村汉普顿在这里埋身，
反抗过当地的小霸王，胆大，坚决；
也许有缄口的米尔顿，从没有名声；
有一位克伦威尔，并不曾害国家流血。

要博得满场的元老雷动的鼓掌，
无视威胁，全不顾存亡生死，
把富庶，丰饶遍播到四处八方，
打从全国的笑眼里读自己的历史——

他们的命运可不许：既不许罪过
有所放纵，也不许发挥德行；
不许从杀戮中间涉登宝座
从此对人类关上仁慈的大门；

不许掩饰天良在内心的发作，
隐瞒天真的羞愧，恬不红脸；
不许用诗神的金焰点燃了香火
锦上添花去塞满"骄""奢"的神龛。

远离了纷纭人世的勾心斗角，
他们有清醒愿望，从不学糊涂，
顺着生活的清凉僻静的山坳，
他们坚持了不声不响的正路。

可是叫这些尸骨免受到糟踏，
还是有脆弱的碑牌树立在近边，
点缀了拙劣的韵语、凌乱的刻划，
请求过往人就便献一声婉叹。

无闻的野诗神注上了姓名、年份，
另外再加上地址和一篇悼词；
她在周围撒播了一些经文，
教训乡土道德家怎样去死。

要知道谁甘愿舍身哑口的"遗忘"，
坦然撇下了忧喜交织的此生，
谁离开风和日暖的明媚现场
而能不依依地回头来顾盼一阵？

辞世的灵魂还依傍钟情的怀抱，
临闭的眼睛需要尽哀的珠泪，
即使坟冢里也有"自然"的呼号
他们的旧火还点燃我们的新灰。

至于你，我关心这些默默的陈死人，
用这些诗句讲他们质朴的故事，
假如在幽思的引导下，偶然有缘分，
一位同道来问起你的身世——

也许会有白头的乡下人对他说，
"我们常常看见他，天还刚亮，
就用匆忙的脚步把露水碰落，
上那边高处的草地去会晤朝阳；

"那边有一棵婆娑的山毛榉老树，
树底下隆起的老根盘错在一起，
他常常在那里懒躺过一个中午，
悉心看旁边一道涓涓的小溪。

"他转游到林边，有时候笑里带嘲，
念念有词，发他的奇谈怪议，
有时候垂头丧气，像无依无靠，
像忧心忡忡或者像情场失意。
"有一天早上，在他惯去的山头，
灌木丛，他那棵爱树下，我不见他出现；
第二天早上，尽管我走下溪流，
上草地，穿过树林，他还是不见。

"第三天我们见到了送葬的行列，
唱着挽歌，抬着他向坟场走去——
请上前看那丛老荆棘底下的碑碣，
（你是识字的）请念念这些诗句"：

墓铭

这里边，高枕地膝，是一位青年，
生平从不曾受知于"富贵"和"名声"；
"知识"可没轻视他出身的微贱，
"清愁"把他标出来认作宠幸。

他生性真挚，最乐于慷慨施惠，
上苍也给了他同样慷慨的报酬：
他给了"坎坷"全部的所有，一滴泪；
从上苍全得了所求，一位朋友。

别再想法子表彰他的功绩，
也别再把他的弱点翻出了暗窨
（他们同样在颤抖的希望中休息）。
那就是他的天父和上帝的怀抱。

卞之琳　译

· 作者简介 ·

　　格雷（1716～1771），英国新古典主义后期的重要诗人，生于一个经纪人家庭，曾在伊顿公学和剑桥大学学习，并随同友人游历欧洲大陆。格雷的后半生在剑桥大学担任历史学和语言学教授，但并不从事讲学活动，也少有著述，而是潜心读书，过着隐居般的生活。格雷淡泊名利，曾谢绝"桂冠诗人"的称号。在诗歌之外，他的书信也被视为英语散文中的精品。格雷留传下来的诗作仅有十几首，其中以《墓畔哀歌》最为著名。这首诗引起人们的争先效仿，影响蔚为一时，形成所谓"墓园诗派"。

　作/品/赏/析

　　《墓畔哀歌》是英国文学史上的一篇杰作，堪称感伤主义的典范作品。这首诗的创作初衷是为了悼念诗人在伊顿公学读书时的好友理查德·维斯特，但是诗作的内容已远远超越了对一个具体人物的哀思，诗人通过对一处乡村墓园的描写，表达了对于默默无闻的下层人民的深切同情和哀思，并且对他们的善良淳朴的品质进行由衷的赞扬，同时也嘲讽了人们对于虚荣的追求，批判了权贵阶层的奢侈淫逸，体现了诗人鲜明的民主思想。全诗弥漫着感伤哀婉的情绪，语言具有雕琢般的精致，是新古典主义文学成就的杰出代表，也开启了浪漫主义新的一页。

相逢与别离 / 歌德

我的心在跳，赶快上马！
霎时间立即奔上征途；
黄昏已把大地摇入睡乡，
群山笼罩着一片夜幕；
槲树已披上云雾的衣裳，
像屹立着的巨人一样，
幽暗从那边的茂林之中
睁着无数黑眼睛张望。

月亮从山一样的云端里
分开薄雾凄凉地窥瞧；
山风鼓动着轻捷的羽翼，
在我耳边凄厉地呼号。
黑夜创造出无数的怪象，
我的心却快乐而高兴；
我的血管里燃烧着火焰！
我的心房里充满热情！

我看到你，从你的秋波里
就倾泻出温和的欢喜；
我的心完全守在你身旁，
我一呼一吸都是为你。

一种蔷薇色的春天光彩，
笼罩着你可爱的面庞，
你对我表示的深情——天啊，
我无福消受，徒然巴望！

可是，呵，离愁已随着晨曦
一步步塞满我的忧胸：
在你的亲吻里，充满苦痛！
我去了，你站在那儿俯望，
你目送着我，泪珠满目：
可是，呵，被人爱，多么幸福！
天呵，有所爱，多么幸福！

钱春绮 译

·作者简介·

　　歌德（1749～1832），德国18世纪末19世纪初最伟大的诗人、作家和思想家。生于法兰克福，1765年入莱比锡大学学习，1770年又入斯特拉斯堡大学继续学业，毕业后当了律师，并为《法兰克福学者通讯》撰稿。他的成名作《少年维特之烦恼》就是在这一时期创作的。1789年法国大革命后不久，完成《浮士德》第一部，并在晚年完成《浮士德》全部。歌德一生完成和未完成的作品约70多部，如《铁手骑士》《克拉维果》《埃格蒙特》，古典悲剧《伊菲革涅亚在陶里斯》、《大科夫塔》、《市民将军》等。

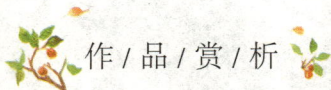

作/品/赏/析

　　《相逢与别离》是一首爱情诗，写于1771年春，当时歌德22岁，正热恋着塞森海姆牧师的女儿芙丽德利凯·布利翁。本诗曾由舒伯特等作曲。在早期，作为德国狂飙运动的代表人物，歌德的诗歌中充满浪漫热烈的情感和叛逆精神，语言奔放，多表达对自由的向往和对人性的高度颂扬。《相逢与别离》充满炽烈的爱的激情，很能体现歌德早期诗作的特点。全诗共四节，第一、二节注重自然景物的描写，但是这些景物在获得爱情的诗人的笔下已经披上了浓重的情感色彩，充满浪漫的气息："黄昏已把大地摇入睡乡，/群山笼罩着一片夜幕；/橡树已披上云雾的衣裳，/像屹立着的巨人一样，/幽暗从那边的茂林之中/睁着无数黑眼睛张望。"黑夜来临，尽管有一种幽暗的恐怖，但是在诗人看来，却如梦似幻，充满美好的诗意："月亮从山一样的云端里/分开薄雾凄凉地窥瞻；/山风鼓动着轻捷的羽翼，/在我耳边凄厉地呼号。"这些都是为渲染爱情的浓重笔墨，所以，"黑夜创造出无数的怪象，/我的心却欢乐而高兴；/我的血管里燃烧着火焰！/我的心房里充满热情！"至此，诗人转入对情人的迷人的描述，并且直白热切地表达着内心的情感，"我看到你，从你的秋波里/就倾泻出温和的欢喜；/我的心完全守在你身旁，/我一呼一吸都是为你。"诗人完全陶醉在这美好的约会中，并在依依不舍的离别之际表达着无限的深情，将景与情高度融合，是这首诗艺术上的成功之处。

迷娘歌 / 歌德

你可知道，那柠檬花开的地方？
黯绿的密叶中映着橘橙金黄，
骀荡的和风起自蔚蓝的天上，
还有那长春幽静和月桂轩昂——
你可知道吗？
那地方啊！就是那地方，
我心爱的人儿，我要与你同往！

你可知道，那圆柱高耸的大厦，
那殿宇的辉煌，和房栊的光华，
伫立的白石像向我脉脉凝视：
"可怜的人儿，你受了多少折磨？"
你可知道吗？
那地方啊！就是那地方，
庇护我的恩人，我要与你同往！

你可知道，那高山和它的云径？
骡儿在浓雾里摸索它的路程，
黝古的蛟龙在幽壑深处隐潜，
崖崩石转，瀑布在那上面飞溅——
你可知道吗？
那地方啊！就是那地方，
我们启程吧，父亲，让我们同往！

梁宗岱 译

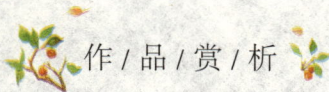作 / 品 / 赏 / 析

　　迷娘是歌德的长篇小说《威廉·迈斯特的学习时代》中一个极富浪漫色彩和艺术魅力的人物。在这支《迷娘歌》中，她以心爱的人儿、恩人和父亲三重称呼来倾诉对意大利故土的怀念，同时也表达了她对威廉·迈斯特的依恋与感恩之情。这首诗歌是歌德诗作中的极品之一，曾被另一位德国大诗人海涅誉为"一支写出了整个意大利的诗歌"。

野蔷薇 / 歌德

少年看到一朵蔷薇，
荒野的小蔷薇，
那样的娇嫩可爱而鲜艳，
急急忙忙走向前，
看得非常欢喜。
蔷薇，蔷薇，红蔷薇，
荒野的小蔷薇。

少年说：“我要来采你，
荒野的小蔷薇！”
蔷薇说：“我要刺你，
让你永远不会忘记。
我不愿被你采折。”
蔷薇，蔷薇，红蔷薇，
荒野的小蔷薇。

野蛮少年去采她，
荒野的小蔷薇；
蔷薇自卫去刺他，
她徒然含悲忍泪，
还是遭到采折。
蔷薇，蔷薇，红蔷薇，
荒野的小蔷薇。

钱春绮　译

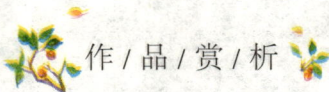 作 / 品 / 赏 / 析

　　诗中表达了身为弱小者的蔷薇不合己愿任人采折的忧伤与悲情，那真情而苦楚的语言颇能撩动人的心弦。“荒野的小蔷薇，／那样的娇嫩可爱而鲜艳”，蔷薇面对少年的采折，以自己柔弱的身躯坚强地反抗，“我要刺你，让你永远不会忘记”，然而那是无益的，“她徒然含悲忍泪，／还是遭到采折”，但是“我不愿被你采折”的声音深深地留在了读者的心中。

浪游者之夜歌 /歌德

一切的峰顶
沈静，
一切的树尖
全不见
丝儿风影。
小鸟们在林间无声
等着罢：俄顷
你也要安静。

梁宗岱 译

作/品/赏/析

　　这首《浪游者之夜歌》是歌德游览耶拿附近的一座山间别墅时的题壁之作。诗人面对自然万物的静寂无声，在默默的凝眸和深沉的感思中，感发着生命的妙谛，随笔提作的简短诗句中，含蕴了一种韵味酣永的生命哲思。"等着罢：俄顷／你也要安静。"诗人体验到的是一种万物融一、物我偕忘、抛却一切杂虑的怡然平和的心灵境地。

一朵红红的玫瑰 / 彭斯

啊！我爱人像一朵红红的玫瑰，
　它在六月里初开；
啊，我爱人像一支乐曲，
　美妙地演奏起来。

你是那么美，漂亮的姑娘，
　我爱你那么深切；
我要爱你下去，亲爱的，
　一直到四海枯竭。

一直到四海枯竭，亲爱的，
　到太阳把岩石烧裂！
我会一直爱你，亲爱的，
　只要是生命不绝。

再见吧——我唯一的爱人，
　我和你小别片刻；
我要回来的，亲爱的，
　即使万里相隔！

袁可嘉　译

·作者简介·

　　彭斯（1759～1796），苏格兰伟大的民族诗人。生于苏格兰的农民家庭。十一二岁时便和父亲一样干重活，维持家庭生活。母亲是个民歌手，这使他在很小的时候就能熟悉苏格兰民歌的旋律，为以后的创作打下了坚实的基础。1786年，因为和少女琪恩私下恋爱，触犯了教会和女方家庭。教会要制裁他，女方家庭则声称要将他投进监狱，这一切都是因为他的贫穷。诗人本准备前往牙买加，但已没有钱买船票。诗人迫不得已，在一个朋友的建议下，将自己的诗集《主要以苏格兰方言而写的诗》寄给了出版社。没想到这部诗集使诗人一跃成名，很快成了当时文化界的红人。诗人向往法国大革命，曾自费购买小炮运往法国。1792年，诗人

彭斯像

因为发表革命言论被上级传讯。1795年，诗人加入反抗英法联军的农民志愿军。1789年，诗人获得一份税务官的职位，每天都要骑马巡行二百多英里，同时还要务农。这些使得诗人劳累过度，心脏受损。37岁那年，年轻的诗人离开了人世。

作/品/赏/析

　　这首诗出自诗人的《主要以苏格兰方言而写的诗》，是诗集中流传最广的一首诗。诗人写这首诗的目的是送给他的恋人——少女琪恩。诗人在诗中歌颂了恋人的美丽，表达了诗人的炽热感情和对爱情的坚定决心。

　　诗的开头用了一个鲜活的比喻——红红的玫瑰，一下子就将恋人的美丽写得活灵活现，同时也写出了诗人心中的感情。在诗人的心中，恋人不仅有醉人的外表，而且有着柔美灵动的心灵，像一段乐曲，婉转动人地倾诉着美丽的心灵。

　　诗人对恋人的爱是那样的真切、深情和热烈。那是种怎样的爱呀！——要一直爱到海枯石烂。这样的爱情专注使人想到中国的古老民歌："上邪！我欲与君相知，长命无绝衰。山无陵，江水为竭，冬雷阵阵，夏雨雪，天地合，乃敢与君绝。"诗人的哀婉和柔情又可用《诗经》里的一句来说明："执子之手，与子偕老。"何等的坚决和悠长！

　　爱的火焰在诗人的心中强烈地燃烧着，诗人渴望有着美好的结果。但是，此时的诗人已经是囊中羞涩，诗人知道这时的自己并不能给恋人带来幸福，他已经预感到自己要离去。但诗人坚信：这样的离别只是暂别，自己一定会回来的。

　　这首诗是诗人的代表作，它开了英国浪漫主义诗歌的先河，对济慈、拜伦等人有很大的影响。诗人用流畅悦耳的音调、质朴无华的词语和热烈真挚的情感打动了千百万恋人的心，也使得这首诗在问世之后成为人们传唱不衰的经典。诗歌吸收了民歌的特点，采用口语使诗歌朗朗上口，极大地显示了民歌的特色和魅力，读来让人感到诗中似乎有一种原始的冲动，一种原始的生命之流在流淌。另外，诗中使用了重复的句子，大大增强了诗歌的感情力度。在这首仅仅有16句的诗中，涉及"爱"的词语竟有十几处之多，然而并不使人感到重复和累赘，反而更加强化了诗人对恋人爱情的强烈和情感的浓郁程度。

欢乐颂 /席勒

一

欢乐啊，美丽的神奇的火花，
　　极乐世界的仙姑，
天女啊，我们如醉如狂，
　　踏进你神圣的天府。
为时尚无情地分隔的一切，
　　你的魔力会把它们重新连结；
只要在你温柔的羽翼之下，
　　一切的人们都成为兄弟。

合　唱

万民啊！拥抱在一处，
　　和全世界的人接吻！
　　弟兄们——在上界的天庭，
一定有天父住在那里。

二

谁有那种极大的造化，
　　能和一位友人友爱相处，
谁能获得一位温柔的女性，
　　就让他来一同欢呼！
真的——在这世界之上
　　总要有一位能称为知心！
否则，让他去向隅暗泣，
　　离开我们这个同盟。

合　唱

居住在大集体中的众生，
　　请尊重这共同的感情！
　　她会把你们向星空率领，
领你们去到冥冥的天庭。

三

一切众生都从自然的
　　乳房上吮吸欢乐；

大家都尾随着她的芳踪，
　　不论何人，不分善恶。
欢乐赐给我们亲吻和葡萄
　　以及刎颈之交的知己；
连蛆虫也获得肉体的快感，
　　更不用说上帝面前的天使。

合　唱

万民啊，你们跪倒在地？
　　世人啊，你们预感到造物主？
　　请向星空的上界找寻天父！
他一定住在星空的天庭那里。

四

欢乐就是坚强的发条，
　　使永恒的自然循环不息。
在世界的大钟里面，
　　欢乐是推动齿轮的动力。
她使蓓蕾开成鲜花，
　　她使太阳照耀天空，
望远镜看不到的天体，
　　她使它们在空间转动。

合　唱

弟兄们！请你们欢欢喜喜，
　　在人生的旅途上前进，
　　像行星在天空里运行，
像英雄一样快乐地走向胜利。

五

从真理的光芒四射的镜面上，
　　欢乐对着探索者含笑相迎。
她给他指点殉道者的道路，
　　领他到道德的险峻的山顶。
在阳光闪烁的信仰的山头，
　　可以看到欢乐的大旗飘动，
就是从裂开的棺材缝里，
　　也见到她站在天使的合唱队中。

合　唱

万民啊！请勇敢地容忍！
　　为了更好的世界容忍！
　　在那边上界的天庭，
伟大的神将会酬报我们。

六

我们无法报答神灵；
　　能和神一样快乐就行。
不要计较贫穷和愁闷，
　　要和快乐的人一同欢欣。
应当忘记怨恨和复仇，
　　对于死敌要加以宽恕。
不要让他哭出了泪珠，
　　不要让他因后悔而受苦。

合　唱

把我们的账簿全部烧光！
　　跟全世界的人进行和解！
　　弟兄们——在星空的上界，
神担任审判，也像我们这样。

七

欢乐从酒杯中涌了出来；
　　饮了这金色的葡萄汁液，
吃人的人也变得温柔，
　　失望的人也添了勇气——
弟兄们，在巡酒的时光，
　　请离开你们的座位，
让酒泡向着天空飞溅：
　　对善良的神灵举起酒杯！

合 唱

把这杯酒奉献给善良的神灵，
　在星空上界的神灵，
　星辰的合唱歌颂的神灵，
天使的颂歌赞美的神灵！

八

在沉重的痛苦中要拿出勇气，
　对于流泪的无辜者要加以援手，
已经发出的誓言要永远坚守，
　要实事求是对待敌人和朋友，
在国王的驾前要保持男子的尊严，——
　弟兄们，生命财产不足置惜——
让有功绩的人戴上花冠，
　让欺瞒之徒趋于毁灭！

合 唱

我们要巩固这神圣的团体，
　凭着这金色的美酒起誓，
　对这盟约要永守忠实，
请对星空的审判者起誓！

钱春绮　译

·作者简介·

席勒（1759～1805），德国伟大的戏剧家、诗人。出生在德国符腾堡公国的一个小城，父亲是医生。13岁时被强行送进一所管制极严的军事学校，度过了8年的囚犯式生活。但诗人还是接触到了进步思想，受"狂飙突进运动"的影响秘密写作诗歌和剧本。1780年，诗人从军校毕业，成为一名军医。1781年，诗人自费出版剧本《强盗》。这出表达了进步思想的戏剧在1782年上演，引起强烈反响，席勒因此触怒公爵，被关禁闭两周。诗人设法逃离了符腾堡公国，在各地流浪。同年，诗人出版了著名的《阴谋与爱情》。1786年，穷困潦倒的诗人受到朋友的接济，才开始过上稳定的生活。1787年，他定居在

席勒像

魏玛，开始转向哲学研究，写下了《美育书简》等著作。1794年，诗人与歌德相识，受歌德的影响又回到了文学创作的路子上，开始了诗人最辉煌的创作时期。期间，诗人创作了《华伦斯坦》、《威廉·退尔》、《奥尔良的姑娘》等作品。由于长期的艰苦生活，诗人1791年便已得了重病，于1805年去世。

作/品/赏/析

这首诗写于1785年10月的德累斯顿的罗斯维兹村。这时的诗人在朋友克尔纳等人的帮助下，刚刚从生活的水深火热（债务累累、艺术活动受到严重挫折）中摆脱出来。这些朋友们在罗斯维兹欢聚一堂，并且邀请席勒参加。在朋友热情的笑脸面前，在青翠的绿荫下，在欢声不断的野餐会上，席勒的心情被深深感染，一股欢乐的源泉在诗人的心中奔涌而出，诗情荡漾。这首著名的颂诗就这样诞生了。

诗共分8节，每段的后面都有"合唱"部分，作为正诗的副歌，使得诗歌的结构更加完整、情绪更加热烈、更易于打动人。诗中以山洪暴发般的热情和一泻千里的气势对友谊、自然、欢乐、上帝、神灵作了赞颂。

诗人赞美友谊。友谊是生活中必不可少的因素，它让人得到温暖和欢乐。诗人赞美自然，她是人类的母亲，自然的乳汁是快乐的源泉。在她的眼里，万物平等，即使蛆虫也能和天使一样获得快乐。

诗人赞美欢乐。诗人把欢乐比拟为天上的女神，她能缝合世间一切的裂痕；她是自然界坚强的发条，推动世界永恒运行，使鲜花开放，使太阳照耀天空，她掌控着我们看不见的天体；她是生活的向导，引领人们向着真理前进，在信仰的山头欢呼。欢乐是宽容的、涵盖一切的精神，有了她生活的一切都会变得美好。

诗人也赞美上帝、神灵，特别是在副歌中，诗人大声喊出了自己心中对上帝、神灵的赞美和神往。诗人在这里并不一定是在宣扬宗教的什么东西，只不过是借此表达心中的信仰。也许只有信仰的力量才能表达诗人心中的坚定和赞美，也许上帝就是欢乐的化身。

诗在泛爱主义思想的笼罩下，始终充满着乐观进取的精神，一种轻松欢快的情绪、一种人类的精神、一种生命的热情在不自觉中感染着读诗的人们。这种情绪、激情在半个世纪后为音乐家贝多芬感受到，贝多芬为这首诗谱了曲，作为他的《第九交响曲》的结束合唱曲，此后《欢乐颂》与贝多芬的曲子一道传遍了全世界。

憧 憬 /席勒

山谷迷漫着一片凉雾，
呵，从这山谷的深处，
我要是能找到出路，
呵，我会觉得何等幸福！
那边我看到美丽的小山，
永远年轻而常青！
我若有羽翼，我若有翅膀，
我真想飞上那座山顶。

我听到和谐的音调，
甘美的平静的天国的声音，
微风给我送来
香油树的芳馨。
我看到金色的果实
在绿叶间闪烁迎人，
还有在那边盛开的花儿，
在冬天也不会凋零。

呵，在那无尽的阳光之中
散步逍遥，该是多么欢畅，
那座小山上的空气，
它该是多么凉爽！
可是奔腾的激流
阻拦了我的前路，
它的波涛汹涌，
使我心神恐怖。

我看到一只小舟飘动，
可是，唉！缺少艄公。
上去吧，不要犹疑！
轻帆已孕满了好风。
你要有信心，你要能冒险，
神并不给世人担保；
只有奇迹才能
把你带往美丽的仙岛。

钱春绮　译

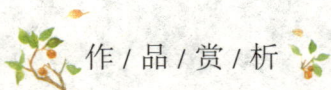 作/品/赏/析

　　《憧憬》是一首优美的浪漫主义抒情诗。诗人在诗中描绘了一个美妙的人间天堂，一个自然的乐园。诗篇从寻找开始："山谷弥漫着一片凉雾，/呵，从这山谷的深处，/我要是能找到出路，/呵，我会觉得何等幸福！/那边我看到美丽的小山，/永远年轻而常青！/我若有羽翼，我若有翅膀，/我真想飞上那座山顶。"诗人在这里充分展开了想象的翅膀，寻找着心中的乐土，在这片乐土上："我听到和谐的音调，/甘美的平静的天国的声音，/微风给我送来/香油树的芳馨。/我看到金色的果实/在绿叶间闪烁迎人，/还有在那边盛开的花儿，/在冬天也不会凋零。"这是一个远离了尘嚣的世界，颇像中国古典文学中经常描写的人间仙界，在这里，只有美好的自然风光，而没有人世间的烦恼："呵，在那无尽的阳光之中/散步逍遥，该是多么欢畅，/那座小山上的空气，/它该是多么凉爽！/可是奔腾的激流/阻拦了我的前路，/它的波涛汹涌，/使我心神恐怖。"这里诗人似乎又回到了现实世界与梦幻的边缘，发现这一切都需要努力才能找到，"我看到一只小舟飘动，/可是，唉！缺少艄公。/上去吧，不要犹疑！/轻帆已孕满了好风。/你要有信心，你要能冒险，/神并不给世人担保；/只有奇迹才能/把你带往美丽的仙岛。"作为一首浪漫主义的古典诗歌，《憧憬》诗歌语言非常通俗流畅，没有一点晦涩的内容，体现着浪漫主义一贯的内容质朴而语言华丽的风格。

理 想 /席勒

你要不忠地跟我分离，
带走你的美妙的幻想，
你的痛苦和你的欢喜，
无情地跟我天各一方？
逝者啊，难道无可挽留，
哦，我一生的黄金时代？
突然伤逝，瞧你的奔流，
匆匆奔赴永恒的大海。
明朗的太阳已经落山，
曾把我青春之路照亮；
理想也已烟消云散，
曾使我陶醉的心欢畅；
对于梦想产生的实体，
我已失去可喜的信念，
过去理解为神圣美丽，
已被冷酷的现实摧毁。
就像从前皮格马利翁，
拥抱住石像，发出愿心，
等她冷冷的面颊绯红，
顽石终于涌现出感情，
我也怀着青春的遐想，
热情洋溢地拥抱自然，
等她靠着诗人的胸膛
开始呼吸而感到温暖，
分享我的如火的激情，
沉默的自然找到言辞，
回报我以热爱的亲吻，
了解我的内心的意思；
那时，由我生命的反响，
无灵魂者也有了感情，
我听到银泉淙淙地歌唱，
树木、蔷薇也栩栩如生。
临产的宇宙，正在拼命
扩张我的狭小的胸膛，
它要钻出来，获得生命、
活动、语言、形象和音响。

当它还处于含苞状态，
这个世界造型多伟大；
可是，它的花开了出来，
却是多么渺小而贫乏！
这个青年跳进了世途，
鼓起勇猛无畏的翅膀，
毫无束缚，无忧而无虑，
只陶醉于梦境的幻想。
他奋翅翱翔，大展鸿图，
飞近太空最淡的星边，
直达羽翼能飞到之处，
无法再高，也无法再远。
他扶摇直上，多么轻飘，
幸运儿还有什么困难！
快乐的旅伴翩翩舞蹈，
走在人生大车的前面！
幸福拿着金色的花环，
爱情带来可喜的酬赏，
荣誉捧着群星的冠冕，
真理映着灿烂的太阳。
可是，唉，刚刚走到半路，
这些旅伴就已经消失，
他们不忠地各自却步，
一个接一个背道而驰。
幸福轻捷地逃之夭夭，
求知欲无法如愿以偿，
怀疑的乌云油然涌到，
它们遮住真理的阳光。
看到荣誉的神圣花冠，
被庸人戴着，受到亵渎，

可叹春光是如此之短，
爱的良辰过得太迅速！
我在荒芜的路上逍遥，
越来越觉得寂寞荒凉；
昏暗的道路，再看不到
射出微弱的希望之光。
那些熙熙攘攘的旅伴，
有谁亲密地厮守着我？
有谁给我安慰和支援，
随我去冥府见阎罗？
温柔轻快的友谊之手，
你能把一切创伤治好，
你能分担人生的忧愁，
我早已寻你，将你找到。
还有你，你跟友谊交好，
像她一样，使心灵轻快，
工作啊，你不知道疲劳，
你慢慢完成，从不破坏，
你在建造永恒的宫殿，
虽是一粒一粒的聚沙，
却从时间的账册里面，
划掉分秒、时日和年华。

　　　　　　　　　　　钱春绮　译

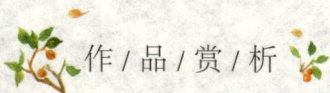
作 / 品 / 赏 / 析

　　《理想》写于 1795 年，是席勒优秀的诗篇之一，这首诗描写追求理想的一波三折的过程和理想失落的苦闷心情。诗人要追求和寻找的理想包括美好的爱情、伟大的诗篇、艺术的荣誉和纯真的友谊，但是在这个漫长的过程中他却一次次地感觉到它要不忠地离他而去，于是感到痛苦和悲伤："你的痛苦和你的欢喜，无情地跟我天各一方？逝者啊，难道无可挽留，哦，我一生的黄金时代？突然伤逝，瞧你的奔流，匆匆奔赴永恒的大海。明朗的太阳已经落山，曾把我青春之路照亮；理想也已烟消云散，曾使我陶醉的心欢畅；对于梦想产生的实体，我已失去可喜的信念，过去理解为神圣美丽，已被冷酷的现实摧毁。"理想到底是什么样子的？在诗人看来，它就像皮格马利翁与自己的雕像，是一个考验诚心和意志的神话，使人痛苦而无法把握。诗人描述了他追求理想的过程，在这个过程中他曾经充满激情，努力奋斗，但是，现实却与理想的反差太大了，使他倍感失望："当它还处于含苞状态，这个世界造型多伟大；可是，它的花开了出来，却是多么渺小而贫乏！"诗人强烈地感到理想和世俗的现实之间不可调和的矛盾，在他看来，理应属于他的荣誉和幸福却离他越来越远："可是，唉，刚刚走到半路，这些旅伴就已经消失，他们不忠地各自却步，一个接一个背道而驰。"与此形成对比的是，毫无作为的庸人却全部地获得了它，这些残酷的现实使诗人感到人生的幻灭和世界的荒凉，于是他万念俱焚，慨叹着这一永恒而又具体的矛盾。

浮生的一半 / 荷尔德林

悬挂着黄梨
长满野蔷薇的
湖岸映在湖里
可爱的天鹅
你们吻醉了
把头浸入
神圣冷静的水里

可悲啊，冬天到来
我到哪里去采花
哪里去寻日光
和地上的荫处？
四壁围墙
冷酷而无言，风信旗
在风中瑟瑟作响。

钱春绮　译

·作者简介·

荷尔德林（1770～1843），德国诗人，生于内卡河畔一座小城的修道院总管之家，两岁丧父。荷尔德林在就读于图宾根神学院期间与哲学家黑格尔、谢林等结交，毕业后以担任家庭教师为生。1796年，荷尔德林在法兰克福银行家恭塔特家里做家庭教师时，爱上了银行家的夫人苏赛特，而后，他以这段经历创作了书信体小说《许佩里翁或希腊的隐士》。此后，荷尔德林开始了吟游生活。1802年，荷尔德林开始遭受间歇性精神疾病的折磨，1806年发生精神失常，其后他被人收养，在一座塔楼上度过了后半生。荷尔德林创作了许多古典颂歌体诗、挽歌体诗和自由诗。他的早期诗作节奏轻快，风格明朗；晚期诗作则趋于深奥，多采用隐喻、倒装等手段，富有象征色彩。总体上来看，他的诗受到古典主义和浪漫主义的共同影响，并集二者之特长，形成了自己独特的风格。

作/品/赏/析

这首《浮生的一半》表现的是荷尔德林对人生的思索和探问，"一半"指的是诗人此时正当人处中年的生命阶段。立足在这"一半"的人生基点，荷尔德林对人生的过往与未来进行着观照，在不堪的过往与迷茫的未来中体验着苦味的人生。诗歌从湖岸写起，由湖岸引入天鹅，那"神圣冷静的水"表现着诗人心灵的凄美和沉静。在诗的第二节，诗人感叹着如此的可悲："冬天到来／我到哪里去采花／哪里去寻日光／和地上的荫处？"诗人将得到怎样的回答？"四壁围墙／冷酷而无言，风信旗／在风中瑟瑟作响。"这一切都并不能够给诗人心中的问题提供一个完美的答案。而诗人则将自己对于人生将来之迷惘的疑问留给了读者。

人，诗意的栖居 /荷尔德林

如果人生纯属辛劳，人就会
仰天而问：难道我
所求太多以至无法生存？是的。只要良善
和纯真尚与人心相伴，他就会欣喜地拿神性
来度测自己。神莫测而不可知？
神湛若青天？
我宁愿相信后者。这是人的尺规。
人充满劳绩，但还
诗意的安居于这块大地之上。我真想证明，
就连璀璨的星空也不比人纯洁，
人被称作神明的形象。
大地之上可有尺规？
绝无。

佚名 译

作/品/赏/析

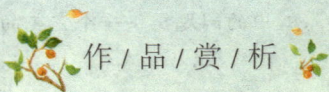

"人，诗意的栖居"，是荷尔德林最为著名的命题，这也是倍受哲学家海德格尔推崇的一种
理念。荷尔德林直面人生，丝毫不加修饰地指问："如果人生纯属辛劳，人就会 / 仰天而问：难
道我 / 所求太多以至无法生存？"辛劳不是人生的意义，但是人生却又免不了辛劳，那么，人
生的意义究竟在哪里？荷尔德林的解答是："只要良善 / 和纯真尚与人心相伴，他就会欣喜地拿
神性 / 来度测自己。""神湛若青天"，而神就是人的尺规，"人充满劳绩，但还 / 诗意的安居于
这块大地上"。诗人宣称："就连璀璨的星空也不比人纯洁，/ 人被称作神明的形象。"人应当是
最为纯洁、最为清湛的，人就是自己的神明，而诗意的神性就是人自己的尺规。人，诗意的栖居，
正是因为这种诗意，人才拥有了自我，人才免于动物性的存在，才免于成为生存的奴隶。

致杜鹃 /华兹华斯

啊，欢乐的客人，我听见了
听见了你的歌声，我真欢欣。
啊，杜鹃，我该称你做鸟儿呢，
还只称你为飘荡的声音？

当我躺在草场上，
听到你那重叠的声音，
似乎从这山传过那山，
一会儿远，一会儿近。

对着充满阳光和鲜花的山谷，
你细语频频，
你向我倾诉着
一个梦幻中的事情。

十二分地欢迎你，春天的宠儿，
对于我你不是鸟儿，
你只是一个看不见的东西，
一个声音，一个谜。

这声音，我听过，
那时我还是学童，
这声音，曾使我到处寻觅，
在林中，在天空。

为了找你，我到处游荡，
穿过树林和草场：
你仍是一个憧憬，一种爱恋，
引人悬念，却无法看见。

我却能听见你的歌声，
我能躺在草地上倾听，
我听着，直到那黄金的时光，
重新回到我的身旁。

啊，幸福的鸟儿，
我们漫游的大地上
似乎再现缥缈的仙境，
那正是你向往的地方。

邵劈西　译

·作者简介·

华兹华斯（1770～1850），19世纪英国著名的"湖畔诗人"，英国浪漫主义诗歌的奠基者。出生在英格兰西北部的湖区。1791年毕业于剑桥大学。曾参与法国大革命活动，但革命后的混乱景象使诗人的心灵大为受伤。1799年，诗人和骚赛、柯勒律治等人回到家乡，时常吟诗，求乐于山水之间。1798年诗人和柯勒律治共同出版了《抒情歌谣集》，一举成名。1813年，诗人成为政府官员，诗情逐渐枯竭。诗人晚年被授予"桂冠诗人"的称号。诗人一生创作甚富，名篇有《丁登寺》、《孤独的收割人》、《致杜鹃》等。

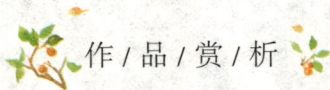

作/品/赏/析

华兹华斯是英国著名的"湖畔诗人"，他擅长描写自然风光和咏物，被称为英国诗坛的风景画家。

他的诗歌语言非常纯粹，感情强烈但是有富于理性的节制，其中的每个诗行都具有独特的美的意蕴，充满力量，他笔下的风光和事物完全忠实于自然界中的具体形象，刻画细腻而精致，深刻的思想里略带着一些伤感，而且想象力很丰富。

《致杜鹃》充分地体现了上述特征，诗人笔下的杜鹃是自然界中栩栩如生的一种鸟禽，同时又是诗人想象中的灵物，诗人因听到它的歌声而欢欣鼓舞："啊，杜鹃，我该称你做鸟儿呢，/还只称你为飘荡的声音？"这样的描述非常恰当，因为诗人常常听到的只是杜鹃的声音，而且诗人描述的一直是这种声音，它无处不在，每次总给诗人带来愉悦："当我躺在草场上，/听到你那重叠的声音，/似乎从这山传过那山，/一会儿远，一会儿近。"

在杜鹃飞翔和歌唱的地方，都有明媚的阳光和鲜花，如梦如幻，所以诗人说："对于我你不是鸟儿，/你只是一个看不见的东西，/一个声音，一个谜。"这种美妙的声音引导诗人千百次地寻找，穿过森林，踏过青草，但是它只是"一个憧憬，一种爱恋"，却从没有身影。

对于诗人来说，不仅仅是杜鹃的歌声，包括无限美好的大自然都是仙境乐园，是梦境和黄金的时光。在这首诗里，我们仿佛听见了清丽哀怨的杜鹃声，飘散着淡淡的忧伤。

咏水仙 /华兹华斯

我好似一朵孤独的流云，
　高高地飘游在山谷之上，
突然我看到一大片鲜花，
　是金色的水仙遍地开放。
它们开在湖畔，开在树下，
它们随风嬉舞，随风飘荡。

它们密集如银河的星星，
　像群星在闪烁一片晶莹；
它们沿着海湾向前伸展，
　通往远方仿佛无穷无尽；
一眼看去就有千朵万朵，
万花摇首舞得多么高兴。

粼粼湖波也在近旁欢跳，
　却不如这水仙舞得轻俏；

诗人遇见这快乐的旅伴，
　　又怎能不感到欢欣雀跃；
我久久凝视——却未领悟
这景象所给我的精神至宝。

后来多少次我郁郁独卧，
　　感到百无聊赖心灵空漠；
这景象便在脑海中闪现，
　　多少次安慰过我的寂寞；
我的心又随水仙跳起舞来，
我的心又重新充满了欢乐。

顾子欣　译

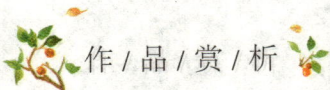

作/品/赏/析

　　这首诗写于诗人从法国回来不久。诗人带着对自由的向往去了法国，参加一些革命活动。但法国革命没有带来预期的结果，随之而来的是混乱。诗人的失望和所受的打击是可想而知的，后在他的妹妹和朋友的帮助下，情绪才得以艰难地恢复。这首诗就写于诗人的心情平静之后不久。

　　在诗的开头，诗人将自己比喻为一朵孤独的流云，孤单地在高高的天空飘荡。孤傲的诗人发现了一大片金色的水仙，它们欢快地遍地开放。在诗人的心中，水仙已经不是一种植物了，而是一种象征，代表了一种灵魂，代表了一种精神。

　　水仙很多，如天上的星星，都在闪烁。水仙似乎是动的，沿着弯曲的海岸线向前方伸展。诗人为有这样的旅伴而欢欣鼓舞，欢呼跳跃。在诗人的心中，水仙代表了自然的精华，是自然心灵的美妙表现。但是，欢快的水仙并不能随时伴在诗人的身边，诗人离开了水仙，心中不时冒出忧郁孤寂的情绪。这时诗人写出了一种对社会、世界的感受：那高傲、纯洁的灵魂在现实的世界只能郁郁寡欢。当然，诗人脑海的深处会不时浮现水仙那美妙的景象，这时的诗人又情绪振奋，欢欣鼓舞。

　　诗歌的基调是浪漫的，同时带着浓烈的象征主义色彩。可以说，诗人的一生只在自然中找到了精神的寄托。而那平静、欢欣的水仙就是诗人自己的象征，在诗中，诗人的心灵和水仙的景象融合了。这首诗虽然是在咏水仙，但同时也是诗人自己心灵的抒发和感情的外化。

　　诗人有强烈的表达自我的意识，那在山谷上的高傲形象，那水仙的欢欣，那郁郁的独眠或是诗人自己的描述，或是诗人内心的向往。诗人的心灵又是外向的，在自然中找到了自己意识的象征。那自然就进入了诗人的心灵，在诗人的心中化为了象征的意象。

去国行 / 拜伦

一

别了，别了！故国的海岸
　　消失在海水尽头；
汹涛狂啸，晚风悲叹，
　　海鸥也惊叫不休。
海上的红日径自西斜，
　　我的船扬帆直追；
向太阳、向你暂时告别，
　　我的故乡呵，再会！

二

不几时，太阳又会出来，
　　又开始新的一天；
我又会招呼蓝天、碧海，
　　却难觅我的家园。
华美的第宅已荒无人影，
　　炉灶里火灭烟消；
墙垣上野草密密丛生，
　　爱犬在门边哀叫。

三

"过来，过来，我的小书童！
　　你怎么伤心痛哭？
你是怕大海浪涛汹涌，
　　还是怕狂风震怒？
别哭了，快把眼泪擦干；
　　这条船又快又牢靠：
咱们家最快的猎鹰也难
　　飞得像这般轻巧。"

四

"风只管吼叫，浪只管打来，
　　我不怕惊风险浪；
可是，公子呵，您不必奇怪
　　我为何这样悲伤；

只因我这次拜别了老父，
　　又和我慈母分离，
离开了他们，我无亲无故，
　　只有您——还有上帝。

五

"父亲祝福我平安吉利，
　　没怎么怨天尤人；
母亲少不了唉声叹气，
　　巴望到我回转家门。"
"得了，得了，我的小伙子！
　　难怪你哭个没完；
若像你那样天真幼稚，
　　我也会热泪不干。

六

"过来，过来，我的好伴当！
　　你怎么苍白失色？
你是怕法国敌寇凶狂，
　　还是怕暴风凶恶？"
"公子，您当我贪生怕死？
　　我不是那种脓包；
是因为挂念家中的妻子，
　　才这样苍白枯槁。

七

"就在那湖边，离府上不远，
　　住着我妻儿一家；
孩子要他爹，声声哭喊，
　　叫我妻怎生回话？"
"得了，得了，我的好伙伴！
　　谁不知你的悲伤；
我的心性却轻浮冷淡，
　　一笑就去国离乡。"

八

谁会相信妻子或情妇
　　虚情假意的伤感？
两眼方才还滂沱如注，
　　又嫣然笑对新欢。

我不为眼前的危难而忧伤，
　　也不为旧情悲悼；
伤心的倒是：世上没一样
　　值得我珠泪轻抛。

九

如今我一身孤孤单单，
　　在茫茫大海漂流；
没有任何人把我牵念，
　　我何必为别人担忧？
我走后哀吠不休的爱犬
　　会跟上新的主子；
过不了多久，我若敢近前，
　　会把我咬个半死。

十

船儿呵，全靠你，疾驶如飞，
　　横跨那滔滔海浪；
任凭你送我到天南地北，
　　只莫回我的故乡。
我向你欢呼，苍茫的碧海！
　　当陆地来到眼前，
我就欢呼那石窟、荒埃！
　　我的故乡呵，再见！

　　　　　　　　　　　　　　杨德豫　译

作者简介

拜伦(1788～1824),19世纪英国著名浪漫主义诗人。出身于贵族家庭。1805年入剑桥大学,接触到早期的浪漫主义诗歌。1809年开始在欧洲各地游历,期间写下著名的《恰尔德·哈洛尔德游记》前两章(后两章在瑞士完成)。1812年,他出席上议院,慷慨陈辞,抨击英国政府枪杀破坏机器的工人,指责政治黑暗,遭到英国政府的嫉恨。1816年,政府利用诗人离婚之机对他大加诽谤,诗人不得不离开祖国,取道瑞士前往意大利,在瑞士和雪莱相识,两人结下了深厚的友谊。期间,诗人写下了《普罗米修斯》、《锡庸的囚徒》。在意大利期间,诗人参加烧炭党人反对暴政的起义,同时写下了长诗《青铜时代》、《唐璜》等。1823年,诗人前往希腊参加希腊人民反抗土耳其侵略的战斗。次年,诗人在战场上感染伤寒,医治无效,献出了自己的生命。

作/品/赏/析

这首诗出自诗人著名的长诗《恰尔德·哈洛尔德游记》,是其中独立成章的一篇著名抒情诗。这首诗是拜伦受英国著名小说家司各特的一首小诗《晚安曲》的启发而写成的,又有人称之为《晚安曲》。1923年,离开祖国的中国诗人苏曼殊心忧祖国,心情沉重之余想起了这首诗,便将它译为《去国行》,诗名沿用至今。这首诗,是长诗的主人公恰尔德·哈洛尔德将要乘船离开英国海岸时所唱的歌曲。诗歌表现了诗人对祖国的深厚感情,也表达了诗人心中对社会现实的强烈不满,充满了强烈的浪漫主义精神和对自由的热切追求。

诗歌共分10节,3个部分。第一部分是前两节,主要描写海上的景色。诗的第二部分(3～7节),以问答的形式,逐步深入地表现了主人公对祖国的感情和看法,流露了主人公对故国深深的失望和怨恨之情。剩下的第三部分,起到了点题的作用。故国对主人公不再有任何值得伤心的事物:情人的悲泣转眼就会笑对新欢,家中的忠仆很快就会不认得自己。主人公独自一人,心无牵挂,在茫茫的大海上飘荡。主人公要奔往新的大陆,追求新的生活。故乡,再见!主人公在这样的呼喊中,毅然告别故乡,奔向自由的理想之邦。

这首诗在风格上有着典型的浪漫主义特征。诗中的主人公又何尝不是诗人自己,主人公的感情和看法又何尝不是诗人自己的感情和看法。诗中的主人公一定程度上已经成了"拜伦式的英雄",他高傲孤寂,愤世嫉俗,对现实有深深的不满,强烈追求个人的精神自由。

月亮升起来了，
但还不是夜晚 / 拜伦

二七

月亮升起来了，但还不是夜晚，
落日和月亮平分天空，霞光之海
沿着蓝色的弗留利群峰的高巅
往四下迸流，天空没有一片云彩，
但好像交织着各种不同的色调，
融为西方的一条巨大的彩虹——
西下的白天就在那里接连了
逝去的亘古；而对面，月中的山峰
浮游于蔚蓝的太空——神仙的海岛！

二八

只有一颗孤星伴着戴安娜，统治了
这半壁恬静的天空，但在那边
日光之海仍旧灿烂，它的波涛
仍旧在遥远的瑞申山顶上滚转：
日和夜在互相争夺，直到大自然
恢复应有的秩序；加暗的布伦泰河
轻柔地流着，日和夜已给它深染
初开放的玫瑰花的芬芳的紫色，
这色彩顺水而流，就像在镜面上闪烁。

二九

河面上充满了从迢遥的天庭

降临的容光；水波上的各种色泽

从斑斓的落日以至上升的明星

都将它们奇幻的异彩散发、融合：

呵，现在变色了；冉冉的阴影飘过，

把它的帷幕挂上山峦；临别的白天

仿佛是垂死的、不断喘息的海豚，

每一阵剧痛都使它的颜色改变，

最后却最美；终于——完了，一切没入灰色。

查良铮　译

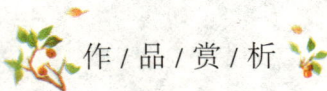 作 / 品 / 赏 / 析

　　这是《恰尔德·哈洛尔德游记》中的3个片段，创作于拜伦流亡意大利期间。在《恰尔德·哈洛尔德游记》这部诗中，拜伦通过浪漫主义的抒情方式，一方面表达了自己对于侵略和暴政的愤怒，一方面也表现了诗人对于艺术的欣赏和热爱，以及对于奋斗和抗争的赞美与讴歌。这首诗由于宏阔的表现内容和高超的艺术手法，获得了"抒情史诗"之称。这三段诗歌是从全诗中的第四章里节选出来的，描述了由昼入夜时分，日月在天空相争共映的壮美景象。诗中用自然的壮观和奇美来表达诗人豪壮的情怀，气势雄阔磅礴，境界奇幻瑰丽，洋溢着一种蓬勃轩昂的主观精神和浪漫情怀。

流浪者之歌 /密茨凯维支

在今年春天才开放花朵的树，
沉醉于它自己的浓郁的香气；
水在溪溪地流着，夜莺在唱着；
还有鸣虫的声音也那么悦耳。

为什么，我尽在昏迷的想着，
在这渐长的日子不觉得快乐？
无非是因为我的心孤零，混乱——
我能同谁享受一路上的花朵？

在屋子的前面，在朦胧的黄昏，
有歌手们唱出了甜密的歌声；
六弦琴的音调和倦人的黑夜：
又将寂寞的泪带给我的眼睛。

他们恋爱着，那些欢乐的歌者，
他们唱着，为了那美丽的女人；
他们的歌声不能使我快乐——
我能同谁享受这和谐的乐音？

我的感触太多了，痛苦也太久，
可是我依然回不了我的家乡。
我能对谁倾吐一下我的不平？
在寂静的坟里，我才停止流浪。

我只听天由命地束手地坐着，
对这在风中抖着的蜡烛注视；
有时，我在心头谱成了一支歌，
有时，我突然拿起了忧愁的笔。

我有美的词句，有更美的思想；
我的感触多了，就不时地写作；
我的灵魂像是寡妇，只有冤苦——
我能献给谁呢，我的这样的歌？

我天天写下我的思想和词句——
为什么还缓和不了我的悲哀？
因为我的灵魂是年老的寡妇，
只有那许多孤儿们才能了解。

一天一天地过去，冬天和春天，
暴风雨来了，晴朗的天会过去；
流浪者的忧愁却永远地驻留，
因为他正是一个孤独的鳏夫。

孙用　译

·作者简介·

密茨凯维支（1798～1855），波兰诗人和革命家，生于立陶宛的一个律师家庭，1815年考入维尔诺大学。密茨凯维支所处的时代，波兰已被俄国、普鲁士和奥地利三国瓜分，在大学时期，他参加了秘密小组，积极从事波兰复国运动。1823年，密茨凯维支被沙皇政府逮捕，第二年被放逐到俄国，1848年，密茨凯维支在罗马组织波兰军团，力图推翻奥地利的统治，但未获成功。1855年，密茨凯维支到君士坦丁堡，打算再次组织军队抗击俄国，但是不久因感染霍乱而病逝。密茨凯维支的作品多描写波兰的民族解放运动，表现革命青年和爱国志士为祖国的复兴和民族的富强而英勇斗争的崇高精神，表达了诗人对于自由、平等的向往和对于未来的美好信念。他的诗歌在优美的语言中灌注着激昂的热情，带给读者以高洁的感受和热烈的鼓舞。1907年，鲁迅先生在向中国读者介绍密茨凯维支的时候曾高度评价他的诗说，"虽至今日，影响波兰人之心者，力犹无限"。

作/品/赏/析

密茨凯维支在这首诗中尽情地倾诉着自己流浪的悲惨，表达了浓重的愁苦和强烈的孤独。诗中首先描绘了春天美丽的景色，可是诗人却无法消受这悦人的春色，"我能同谁享受一路上的花朵"？诗人自己所有的，只是心情的孤零和混乱。那甜蜜的歌声，却"又将寂寞的泪带给我的眼睛"，"我能同谁享受这和谐的乐音？"一切的欢乐都是别人的，自己只有那痛苦的感受，只有那永久的飘零。诗人慨叹，"可是我依然回不了我的家乡"，"在寂静的坟里，我才停止流浪"。这是诗人作为无家可归的流浪者的宿命。"我能对谁倾吐一下我的不平？"诗人心中充满了苦痛，却又没有人能够倾听，于是只有用写作来倾诉，可是这也缓解不了诗人的悲哀，"流浪者的忧愁却永远地驻留，因为他正是一个孤独的鳏夫。"

秋 / 拉马丁

你好，顶上还留有余绿的树林！
在草地上面纷纷飘散的黄叶！
你好，最后的良辰！自然的哀情
适合人的痛苦，使我眼目喜悦。

我顺着孤寂的小路沉思徜徉；
我喜爱再来最后一次看一看
这苍白的太阳，它的微弱的光
在我脚边勉强照进黑林里面。

是的，在自然奄奄一息的秋天，
我对它朦胧的神色更加爱好；
这是良朋永别，是死神要永远
封闭的嘴唇上的最后的微笑。

因此，虽哀恸一生消逝的希望，
虽准备离开这个人生的领域，
我依旧回头，露出羡慕的眼光，
看一看我未曾享受到的幸福。

大地，太阳，山谷，柔美的大自然，
我行将就木，还欠你一滴眼泪！
空气多么芬芳！晴光多么鲜妍！
在垂死者眼中，太阳显得多美！
这掺和着琼浆与胆汁的杯子，
如今我要把它喝得全部空空：
在我痛饮生命的酒杯的杯底，
也许还有一滴蜜遗留在其中！

也许美好的将来还给我保存
一种已经绝望的幸福的归宁！
也许众生中有我不知道的人
能了解我的心，跟我同声相应！
　　……

好花落时，向微风献出了香气；
这是它在告别太阳，告别生命：
我去了；我的灵魂，在弥留之际，
像发出一种和谐的凄凉之音。

钱春绮　译

·作者简介·

拉马丁（1790～1869），19 世纪法国著名浪漫主义诗人。出生于贵族家庭。在宁静的乡村度过幼年，喜爱《圣经》和夏多布里昂等人的浪漫主义作品。在政治上坚持资产阶级自由主义立场，宣扬人道主义，向往宗法社会，提倡诗歌应为社会服务。1820 年，他的第一部诗集《沉思集》发表。在诗中诗人歌颂爱情、死亡、自然和上帝，认为人生是失望和痛苦的根源，把希望寄托在已经消逝的事物和天堂的幻想上，或转向大自然寻求慰藉。诗人之后发表的《新沉思集》、《诗与宗教的和谐集》等作品，继续着这些主题，但日趋明朗的宗教信念冲淡了忧郁的氛围。拉马丁的诗歌多是感情的自然流露，给人以轻灵、飘逸的感觉，着重抒发内心的感受，语言朴素。《沉思集》被认为重新打开了法国抒情诗的源泉，为浪漫主义诗歌开辟了新天地。

作/品/赏/析

诗歌叙述了即将告别人世的诗人对自然、人生的种种慨叹。诗的开头描摹了一个"顶上还留有余绿的树林"，草地上飘散着黄叶的萧杀秋景，一下子将读者带入一个荒凉、感伤的氛围。在沉寂的林间小路上，诗人踟蹰独行，沉思默想。即将辞别人世了，诗人的心情是灰暗的，在诗人眼中，太阳是那样的苍白无力，大地也奄奄一息。

然而诗人对自然、人生仍存有眷恋之意，诗人"虽哀恸一生消逝的希望"，但仍"露出羡慕的眼光"，注视着大自然，享受自己以前未曾享受到的幸福。诗人哀戚的心中升腾起淡淡的希望：美好的将来在等候着诗人——尽管那是一种绝望的幸福的归宁；芸芸众生中，有理解诗人的陌生人，他们与诗人同病相怜、同声相应。

拉马丁是法国历代诗人中借景抒情的高手。他的许多诗篇就是美丽的风景画，而且有着油画的灰调色彩。《秋》一诗突出地体现了拉马丁"寄情于景"的创作风格。通观全诗，笼罩着抑郁、悲凉、空灵的气氛，诗人的"沉思"又将读者带入一种飘逸的境界。诗的语言朴实，韵律和谐，朗朗上口；以"我"的口气抒发诗人的内心感受，增强了亲切感，从而引起读者的强烈共鸣。诗歌的情调虽然过于消极，但又着实优雅感人。

致云雀 / 雪莱

你好啊，欢乐的精灵！
你似乎从不是飞禽，从天堂或天堂的邻近，
以酣畅淋漓的乐音，不事雕琢的艺术，
倾吐你的衷心。

向上，再向高处飞翔，从地面你一跃而上，
像一片烈火的轻云，掠过蔚蓝的天心，
永远歌唱着飞翔，飞翔着歌唱。

地平线下的太阳，放射出金色电光，
晴空里霞蔚云蒸，你沐浴明光飞行，
似不具形体的喜悦刚开始迅疾的远征。

淡淡的绛紫色黎明在你航程周围消融，
像昼空的一颗星星，虽然，看不见形影，
却可以听得清你那欢乐无比的强音——

那犀利明快的乐音，似银色星光的利箭，
它那盏强烈的明灯，在晨曦中逐渐暗淡，
以致难以分辨，却能感觉到就在空间。

整个的大地和大气，响彻你婉转的歌喉，
仿佛在荒凉的黑夜，从一片孤云的背后，
明月放射出光芒，清辉洋溢遍宇宙。

我们不知你是什么，什么和你最相似？
从霓虹似彩色云霞，也难降这样美的雨，
能和随你出现降下的乐曲甘霖相比。

像一位诗人，隐身在思想的明辉之中，
吟诵着即兴的诗韵，
直到普天下的同情都被未曾留意过的希望和忧虑唤醒；

像一位高贵的少女，居住在深宫的楼台，
在寂寞难言的时候，排遣为爱所苦的情怀，
甜美有如爱情的歌曲，溢出闺阁之外；

像一只金色萤火虫，在凝露的深山幽谷，
不显露出行止影踪，把晶莹的流光传播，
在遮断了我们视线的芳草和鲜花丛中；

像被她自己的绿叶荫蔽着的一朵玫瑰，
遭受到热风的摧残，直到她的芳菲
以过浓的香甜使那些鲁莽的飞贼沉醉；

晶莹闪烁的芳草地，春霖洒落时的声息，
雨后苏醒了的花蕾，称得上明朗、欢悦、清新的一切，
全都及不上你的音乐。
飞禽或精灵，什么甜美思绪在你心头？

我从来没有听到过爱情或醇酒的颂歌
能够迸涌出像这样神圣的极乐音流。

是赞婚的合唱也罢，是凯旋的欢歌也罢，
若和你的乐声相比，不过是空洞的浮夸，
人们可以觉察到，其中总有着贫乏。

什么样物象或事件，是你那欢歌的源泉？
田野、波涛或山峦？空中、陆上的形态？
是对同类的爱，还是对痛苦的绝缘？

你明澈强烈的欢快，使倦怠永不会出现，
那烦恼的阴影从来，接近不得你的身边，
你爱，却从不知晓过分充满爱的悲哀。

是醒来抑或是睡去，
你对死的理解一定比我们凡人梦到的更深刻真切，
否则你的乐曲音流，怎能像液态的水晶涌泻？

我们瞻前顾后，为了不存在的事物自扰，
我们最真挚的欢笑，也交织着某种苦恼，
我们最美的音乐是能倾诉哀思的曲调。

可是即使能够摈弃憎恨、傲慢和恐惧，
即使生来就从不会抛洒任何一滴眼泪，
我也不知，怎样才能接近于你的欢愉。

经一切欢乐的音律更加甜蜜而且美妙，
比一切书中的宝库更加丰盛而且富饶，
这就是鄙弃尘土的你啊你的艺术技巧。

交给我一半你的心必定是熟知的欢欣，
和谐、炽热的激情就会流出我的双唇，
全世界就会像此刻的我——侧耳倾听。

江枫 译

作者简介

　　雪莱（1792～1822），19 世纪英国著名浪漫主义诗人。出生在一个古老而保守的贵族家庭。少年时在皇家的伊顿公学就读。1810 年在牛津大学学习，开始追求民主自由。1811 年，诗人因为写作哲学论文推理上帝的不存在，宣传无神论，被学校开除；也因此得罪父亲，离家独居。1812 年，诗人又偕同新婚的妻子赴爱尔兰参加那里的人们反抗英国统治的斗争，遭到英国统治阶级的忌恨。1814 年，诗人与妻子离婚，与玛丽小姐结合。英国当局趁机对诗人大加诽谤中伤，诗人愤然离开祖国，旅居意大利。1822 年 7 月 8 日，诗人出海航行遭遇暴风雨，溺水而亡。诗人一生创作了大量优秀的抒情诗及政治诗，《致云雀》、《西风颂》、《自由颂》、《解放了的普罗米修斯》、《暴政的假面游行》等诗都一直为人们传唱不衰。

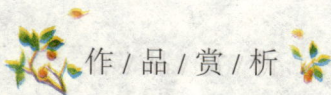 作/品/赏/析

　　和谐的音乐性、瑰丽的想象以及感性与理性的完美结合，是英国浪漫主义诗人雪莱诗歌作品的显著特征。《致云雀》是诗人的名作，通过对云雀的歌声的形象生动的描述，表现了诗人对世界上一切美的感知和思考。在诗人的笔下，云雀是自由的化身："你似乎从不是飞禽，从天堂或天堂的邻近，／以酣畅淋漓的乐音，不事雕琢的艺术，／倾吐你的衷心。"云雀欢乐的歌唱，总是伴随着自然界最美妙的事物，因此，云雀的歌声引发了诗人对艺术、对生活的全面思考。全诗所用最多的是形象生动的比喻，这些比喻都非常具有个性，不落俗套，将云雀的声音和身姿鲜活地展现在读者眼前。整首诗语言明快而准确，句式错落有致，押韵和谐，节奏舒缓而匀称，达到了非常完美的艺术境界。

西风颂 /雪莱

一

哦，狂暴的西风，秋之生命的呼吸！
　　你无形，但枯死的落叶被你横扫，
有如鬼魅碰到了巫师，纷纷逃避：

黄的，黑的，灰的，红得像患肺痨，
　　呵，重染疫疠的一群：西风呵，是你
以车驾把有翼的种子摧送到

黑暗的冬床上，它们就躺在那里，
　　像是墓中的死尸，冰冷，深藏，低贱，
直等到春天，你碧空的姊妹吹起

她的喇叭，在沉睡的大地上响遍，
　　（唤出嫩芽，像羊群一样，觅食空中）
将色和香充满了山峰和平原：

不羁的精灵呵，你无处不运行；
破坏者兼保护者：听吧，你且聆听！

二

没入你的急流，当高空一片混乱，
　　流云像大地的枯叶一样被撕扯
脱离天空和海洋的纠缠的枝干。

成为雨和电的使者：它们飘落
　　　在你的磅礴之气的蔚蓝的波面，
有如狂女的飘扬的头发在闪烁，

从天穹最遥远而模糊的边沿
　　　直抵九霄的中天，到处都在摇曳
欲来雷雨的卷发。对濒死的一年

你唱出了葬歌，而这密集的黑夜
　　　将成为它广大墓陵的一座圆顶，
里面正有你的万钧之力在凝结；

那是你的浑然之气，从它会迸涌
黑色的雨，冰雹和火焰：哦，你听！

三

是你，你将蓝色的地中海唤醒，
　　　而它曾经昏睡了一整个夏天，
被澄澈水流的回旋催眠入梦，

就在巴亚海湾的一个浮石岛边，
　　　它梦见了古老的宫殿和楼阁
在水天辉映的波影里抖颤，

而且都生满青苔，开满花朵，
　　　那芬芳真迷人欲醉！呵，为了给你
让一条路，大西洋的汹涌的浪波

把自己向两边劈开，而深在渊底
　　　那海洋中的花草和泥污的森林
虽然枝叶扶疏，却没有精力；
听到你的声音，它们已吓得发青：
一边战栗，一边自动萎缩：哦，你听！

四

唉，假如我是一片枯叶被你浮起，
　　　假如我是能和你飞跑的云雾，
是一个波浪，和你的威力同喘息

假如我分有你的脉搏，仅仅不如
　　你那么自由，哦，无法约束的生命！
假如我能像在少年时，凌风而舞

便成了你的伴侣，悠游天空
　　（因为呵，那时候，要想追你上云霄，
似乎并非梦幻），我就不致像如今

这样焦躁地要和你争相祈祷。
　　哦，举起我吧，当我是水波、树叶、浮云！
我跌在生活的荆棘上，我流血了！

这被岁月的重轭所制服的生命
原是和你一样：骄傲、轻捷而不驯。

五

把我当做你的竖琴吧，有如树林：
　　尽管我的叶落了，那有什么关系！
你巨大的合奏所振起的乐音

将染有树林和我的深邃的秋意：
　　虽忧伤而甜蜜。呵，但愿你给予我
狂暴的精神！奋勇者呵，让我们合一！

请把我枯死的思想向世界吹落，
　　让它像枯叶一样促成新的生命！
哦，请听从这一篇符咒似的诗歌，

就把我的话语，像是灰烬和火星
　　从还未熄灭的炉火向人间播散！
让预言的喇叭通过我的嘴唇

把昏睡的大地唤醒吧！要是冬天
已经来了，西风呵，春日怎能遥远？

查良铮　译

198

作/品/赏/析

《西风颂》是雪莱"三大颂"诗歌中的一首，写于1819年。这时诗人正旅居意大利，处于创作的高峰期。这首诗可以说是诗人"骄傲、轻捷而不驯的灵魂"的自白，是时代精神的写照。诗人凭借自己的诗才，借助自然的精灵让自己的生命与鼓荡的西风相呼相应，用气势恢宏的篇章唱出了生命的旋律和心灵的狂舞。

诗共分5节，前3节写"西风"。那狂烈的西风，它的威力可以将一切腐朽的生命扯碎，天空在它的呼啸中战栗着。看吧！那狂暴犹如狂女的头发，在天地间摇曳，布满整个宇宙；那黑夜中浓浓的无边际的神秘，是西风力量的凝结；那黑色的雨、冰雹和火焰是它的帮手。这力量足以打破一切。

在秋天，西风狂暴地将陈腐的生命吹去，以横扫千军之势除去没有生机的枯叶，吹去那痨病似的生命。然而，它没有残杀一粒生命。它要将种子放进冬天深深的心中，在那里生根发芽，埋下春的信息。然后，西风吹响春的号角，让碧绿、香气布满大地，让它们随着西风运行的足迹四处传播。经过西风的破坏和培育，生命在旺盛地生长；那景象、那迷人的芳香在迅速地蔓延着，那污浊的、残破的东西已奄奄一息，在海底战栗着。

诗人用优美而蓬勃的想象写出了西风的形象。那气势恢宏的诗句，强烈撼人的激情把西风的狂烈、急于扫除旧世界创造新世界的形象展现在人们面前。诗中比喻奇特，形象鲜明，枯叶的腐朽、狂女的头发、黑色的雨、夜的世界无不深深地震撼着人们的心灵。

诗歌的后两段写诗人与西风的应和。"我跌在生活的荆棘上，我流血了！"这令人心碎的诗句道出了诗人不羁心灵的创伤。尽管如此，诗人愿意被西风吹拂，愿意自己即将逝去的生命在被撕碎的瞬间感受到西风的精神，西风的气息；诗人愿奉献自己的一切，为即将到来的春天奉献。在诗的结尾，诗人以预言家的口吻高喊：

"要是冬天已经来了，西风呵，春日怎能遥远？"

这里，西风已经成了一种象征，它是一种无处不在的宇宙精神，一种打破旧世界，追求新世界的西风精神。诗人以西风自喻，表达了自己对生活的信念和向旧世界宣战的决心。

爱底哲学 / 雪莱

泉水总是向河水汇流，
河水又汇入海中，
天宇的轻风永远融有
一种甜蜜的感情；
世上哪有什么孤零零？
万物由于自然律
都必融汇于一种精神。
何以你我却独异？

你看高山在吻着碧空，
波浪也相互拥抱；
谁曾见花儿彼此不容：
姊妹把弟兄轻蔑？
阳光紧紧地拥抱大地，
月光在吻着海波：
但这些接吻又有何益，
要是你不肯吻我？

查良铮　译

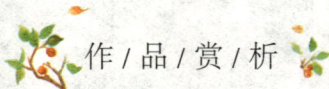

作/品/赏/析

　　雪莱在这首诗中作了这样一种表述，即自然界中万事万物无一不存在着爱的关系和爱的情感，诗人列举了自然界的种种景物，当然真正要说的还是"你"和"我"——人与人之间的关系。自然的万物都是那样的爱意融融，"何以你我却独异"？这是诗人发出的疑问。诗人正是通过对自然万物和谐相融的观察来审视人类之间情感的独异，并表达出诗人爱的哲学和对于爱的召唤。

　　雪莱如此表达自己的诗歌观："生命的形象表达在永恒的真理中的是诗。"又说："诗是最美最善的思想在最善最美的时刻。"而这篇《爱底哲学》正是一首有着永恒的真理品质的、最善最美的诗。

秋 颂 /济慈

一

雾气洋溢、果实圆熟的秋，
你和成熟的太阳成为友伴；
你们密谋用累累的珠球，
缀满茅屋檐下的葡萄藤蔓；
使屋前的老树背负着苹果，
让熟味透进果实的心中，
使葫芦胀大，鼓起了榛子壳，
好塞进甜核；又为了蜜蜂
一次一次开放过迟的花朵，
使它们以为日子将永远暖和，
因为夏季早填满它们的粘巢。

二

谁不经常看见你伴着谷仓？
在田野里也可以把你找到，
你有时随意坐在打麦场上，
让发丝随着簸谷的风轻飘；
有时候，为罂粟花香所沉迷，
你倒卧在收割一半的田垄，
让镰刀歇在下一畦的花旁；
或者，像拾穗人越过小溪，
你昂首背着谷袋，投下倒影，
或者就在榨果架下坐几点钟，
你耐心地瞧着徐徐滴下的酒浆。

三

啊，春日的歌哪里去了？但不要
想这些吧，你也有你的音乐——
当波状的云把将逝的一天映照，
以胭红抹上残梗散碎的田野，
这时啊，河柳下的一群小飞虫
就同奏哀音，它们忽而飞高，
忽而下落，随着微风的起灭；
篱下的蟋蟀在歌唱，在园中
红胸的知更鸟就群起呼哨；
而群羊在山圈里高声默默咩叫；
丛飞的燕子在天空呢喃不歇。

查良铮　译

·作者简介·

济慈（1795～1821），19世纪英国著名浪漫主义诗人。生于伦敦一个马夫家庭。由于家
境贫困，诗人不满16岁就离校学医，当学徒。1816年，他弃医从文，开始诗歌创作。1817年
诗人出版第一本诗集。1818年，他根据古希腊美丽神话写成的《安狄米恩》问世。此后诗人进
入诗歌创作的鼎盛时期，先后完成了《伊莎贝拉》《圣亚尼节前夜》《许佩里恩》等著名长诗，
还有最脍炙人口的《夜莺颂》《希腊古瓮颂》《秋赋》等诗歌。也是在1818年，诗人爱上了范妮·布
恩小姐，同时诗人的身体状况也开始恶化。在痛苦、贫困和甜蜜交织的状况下，诗人写下了大
量的著名诗篇。1821年，诗人前往意大利休养，不久病情加重，年仅25岁就离开了人世。

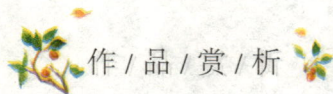

作/品/赏/析

济慈在这首《秋颂》中描绘了一派迷人的秋景，"雾气洋溢、果实圆熟"，这是多么令人陶
醉的秋意啊！葡萄、苹果、葫芦、榛子和花朵，诗笔点染之下，一幅喜意浓浓的惹人的秋景图
展现在了读者面前。诗的第二节则将描写的笔触由自然界转向了人，写出了人在秋色的迷醉下
种种悠然的场景。第三节中，诗人继续抒写自然界的秋意，相应于前两节中分别对于植物和动
物的描绘，这一节则把目光集中于各种动物，小虫、蟋蟀、知更鸟、羊群和燕子，它们在呢喃，
在咩叫，在歌唱。三组画面构成了一个统一的整体，绘出了圣节般的秋日景象，从多个维度给
读者呈现了一场感官的盛宴。然而，在这秋日的歌咏之中，诗人是否也还藏有一丝难解的愁绪呢？
诗人不是也想到了那"春日的歌"吗？诗人在美丽秋日的颂歌中是蕴含了一种季节与人生的流
逝感的。

夜莺颂 /济慈

我的心在痛，困顿和麻木
刺进了感官，有如饮过毒鸩，
又像是刚刚把鸦片吞服，
于是向着列斯忘川下沉：
并不是我嫉妒你的好运，
而是你的快乐使我太欢欣——
因为在林间嘹亮的天地里，
你呵，轻翅的仙灵，
你躲进山毛榉的葱绿和阴影，
放开歌喉，歌唱着夏季。

哎，要是有一口酒！那冷藏
在地下多年的清醇饮料，
一尝就令人想起绿色之邦，
想起花神，恋歌，阳光和舞蹈！
要是有一杯南国的温暖，
充满了鲜红的灵感之泉，
杯沿明灭着珍珠的泡沫，
给嘴唇染上紫斑；
哦，我要一饮而离开尘寰，
和你同去幽暗的林中隐没：

远远地、远远隐没，让我忘掉
你在树叶间从不知道的一切，
忘记这疲劳、热病和焦躁，
这使人对坐而悲叹的世界；
在这里，青春苍白、消瘦、死亡，
而"瘫痪"有几根白发在摇摆；
在这里，稍一思索就充满了
忧伤和灰色的绝望，
而"美"保持不住明眸的光彩，
新生的爱情活不到明天就枯凋。

去吧！去吧！我要朝你飞去，
不用和酒神坐文豹的车驾，
我要展开诗歌的无形羽翼，

尽管这头脑已经困顿、疲乏；
去了！呵，我已经和你同往！
夜这般温柔，月后正登上宝座，
周围是侍卫她的一群星星；
但这儿却不甚明亮，
除了有一线天光，被微风带过，
葱绿的幽暗，和苔藓的曲径。

我看不出是哪种花草在脚旁，
什么清香的花挂在树枝上；
在温馨的幽暗里，我只能猜想
这个时令该把哪种芬芳
赋予这果树，林莽，和草丛，
这白枳花，和田野的玫瑰，
这绿叶堆中易谢的紫罗兰，
还有五月中旬的娇宠，
这缀满了露酒的麝香蔷薇，
它成了夏夜蚊蚋的嗡萦的港湾。

我在黑暗里倾听：呵，多少次
我几乎爱上了静谧的死亡，
我在诗思里用尽了好的言辞，
求他把我的一息散入空茫；
而现在，哦，死更是多么富丽：
在午夜里溘然魂离人间，
当你正倾泻着你的心怀，
发出这般的狂喜！
你仍将歌唱，但我却不再听见——
你的葬歌只能唱给泥草一块。

永生的鸟呵，你不会死去！
饥饿的世代无法将你蹂躏；
今夜，我偶然听到的歌曲
曾使古代的帝王和村夫喜悦；
或许这同样的歌也曾激荡
露丝忧郁的心，使她不禁落泪，
站在异邦的谷田里想着家；
就是这声音常常
在失掉了的仙域里引动窗扉：
一个美女望着大海险恶的浪花。

呵，失掉了！这句话好比一声钟
使我猛醒到我站脚的地方！
别了！幻想，这骗人的妖童，
不能老耍弄它盛传的伎俩。
别了！别了！你怨诉的歌声
流过草坪，越过幽静的溪水，
溜上山坡；而此时，它正深深
埋在附近的溪谷中：
噫，这是个幻觉，还是梦寐？
那歌声去了：——我是睡？是醒？

查良铮　译

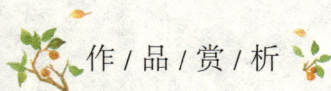

作/品/赏/析

　　1818 年，济慈 23 岁。那年，诗人患上了肺痨，同时诗人还处于和范妮·布恩小姐的热恋中。正如诗人自己说的，他常常想的两件事就是爱情的甜蜜和自己死去的时间。在这样的情况下，诗人情绪激昂，心中充满着悲愤和对生命的渴望。在一个深沉的夜晚，在浓密的树枝下，在鸟儿嘹亮的歌声中，诗人一口气写下了这首 8 节 80 多行的《夜莺颂》。

　　相传，夜莺会死在月圆的晚上。在凄美而朦胧的月光中，夜莺会飞上最高的玫瑰枝，将玫瑰刺深深地刺进自己的胸膛，然后发出高亢的声音，大声歌唱，直到心中的血流尽，将花枝上的玫瑰染红。诗的题目虽然是"夜莺颂"，但是，诗中基本上没有直接描写夜莺的词，诗人主要是想借助夜莺这个美丽的形象来抒发自己的感情。

　　诗人的心是困顿和麻木的，又在那样的浊世。这时候诗人听到了夜莺的嘹亮歌唱，如同令人振奋的神灵的呼声。诗人的心被这样的歌声感染着，诗人的心同样也为现实的污浊沉重打击着。诗人向往那森林繁茂，树阴斑驳、夜莺欢唱的世界。他渴望饮下美妙的醇香美酒，愿意在这样的世界里隐没，愿意舍弃自己困顿、疲乏和痛苦的身体，诗人更愿意离开这污浊的社会。这是一个麻木的现实，人们没有思想，因为任何的思索都会带来灰色的记忆和忧伤的眼神。诗人听着夜莺曼妙的歌声，不再感觉到自己身体的存在，早已魂离人间。

　　夜色温柔地向四方扩散，月亮悄悄地爬上枝头，但林中仍然幽暗昏沉；微风轻吹，带领着诗人通过暗绿色的长廊和幽微的曲径。曲径通幽，诗人仿佛来到了更加美妙的世界，花朵错落有致地开放着，装点着香气弥漫的五月。诗人并不知道这些花的名称，但诗人靠着心灵的启发，靠着夜莺的指引，感受着深沉而宁静的世界。诗人沉醉在这样的世界里，渴望着生命的终结，盼着夜莺带着自己在这样的世界里常驻。

　　这样的歌声将永生，这样的歌声已经在过去，在富丽堂皇的宫殿，在农民的茅屋上唱了很多年。这样的歌声仍将唱下去，流过草坪和田野，在污浊的人世唤醒沉睡的人们。诗人深深陶醉在这如梦如幻的境界中，全然不知道自己是在睡着还是在醒着。

　　诗歌具有强烈的浪漫主义特色，用美丽的比喻和一泻千里的流利语言表达了诗人心中强烈的思想感情和对自由世界的深深向往。从这首诗中，我们能很好体会到后人的评论：英国浪漫主义诗歌在济慈那里达到了完美。

哦，孤独 /济慈

哦，孤独！假若我和你必需
同住，可别在这层叠的一片
灰色建筑里，让我们爬上山，
到大自然的观测台去，从那里——
山谷、晶亮的河，锦簇的草坡
看来只是一栎；让我守着你
在枝叶荫蔽下，看跳纵的鹿麇
把指顶花盅里的蜜蜂惊吓。
不过，虽然我喜欢和你赏玩
这些景色，我的心灵更乐于
和纯洁的心灵（她的言语
是优美情思的表象）亲切会谈；
因为我相信，人的至高的乐趣
是一对心灵避入你的港湾。

查良铮 译

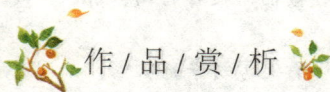 作 / 品 / 赏 / 析

　　伟大的心灵常常与孤独相伴，对于济慈尤其如此，这不仅由于他少小时即失去父母，那种悲伤久久难辞，更因为他那惊人的才华已经远远超出凡俗。在这首诗中，济慈表达了自己对于孤独的一种复杂的情感和对于知音的渴求。"嘤其鸣矣，求其友声。"作者希求着"纯洁的心灵"来与自己"亲切会谈"，因为诗人相信，"人的至高的乐趣 / 是一对心灵避入你的港湾"。人的心灵总是渴望着摆脱这份孤独，而诗人的特别之处在于，大多数人很难抵达与诗人之心灵同样纯洁与圣美的境界，因而诗人也就不得不和孤独"同住"，就某种意义而言，这也是杰出的思想者所必然要面临的命运。

罗蕾莱 /海涅

我不知道是何缘故，
我是这样的悲伤；
一个古老的传说，
萦回脑际不能相忘。

凉气袭人天色将暮，
莱茵河水静静北归；
群峰侍立，
璀璨于晚霞落晖。

那绝美的少女，
端坐云间，
她金裹银饰，
正梳理着她的金发灿灿。

她用金色的梳子梳着，
一边轻吟浅唱；
那歌声曼妙无比，
中人如痴如狂。

小舟中的舟子
痛苦难当；
他无视岩岸礁石，
只顾举首伫望。

嗳，波浪不久
就要吞没他的人和桨；
这都是罗蕾莱
又用歌声在干她的勾当。

欧凡 译

·作者简介·

　　海涅(1797～1856)，19世纪德国伟大的诗人。出生于一个贫穷的犹太人家庭，自1819年起，诗人在叔父的资助下先后在波恩大学、柏林大学、哥廷根大学等学校学习。1825年，获得法律博士学位。期间，诗人开始了诗歌创作，后汇集为《诗歌集》。1824～1828年，诗人在国内和意大利等地游历，同时写有散文集《哈尔茨山游记》等。1831年，诗人因向往法国的"七月革命"离开祖国，在法国流亡，除两次短暂回国外，一直侨居在巴黎，和巴尔扎克、肖邦等文艺界的大师交往甚密。此外，诗人密切关注祖国的发展，积极向祖国的报刊杂志供稿，介绍法国的革命形势。1843年10月，诗人和马克思相识，两人结下了深厚的友谊。此后他的思想更接近觉醒的工人阶级，创作出很多著名的政治抒情诗，如长诗《德国，一个冬天的童话》、《等着吧》等。1848年，席卷欧洲的革命失败，诗人的健康也开始恶化，这些使诗人陷入苦闷之中。1856年，诗人病逝于巴黎。

作/品/赏/析

　　《罗蕾莱》选自海涅《新诗集》中的《还乡集》，写于1823年。诗歌原来没有标题，"罗蕾莱"是后人加上去的。

　　罗蕾莱是德国莱茵河畔100多米高的一块岩石，德国浪漫主义诗人布伦坦诺曾写了一篇名为《罗蕾莱》的叙事诗，诗中编造了一个关于魔女罗蕾莱的故事。罗蕾莱美丽娴雅、温柔妩媚，无数男子在她手中送了命，当地主教不忍对她判刑，于是派三位骑士送她去修道院忏悔修行。途中，罗蕾莱登上莱茵河畔的岩石，见到河中小舟，认定舟中的人是负心的情郎而一跃入江，三位骑士也死于非命。

　　诗的第一节开始就把主人公的忧伤情绪点明，而忧伤又与那古老的传说有关，这就引起读者探知那古老的传说的兴趣，从而奠定了诗的气氛。第二节开始转为对传说的叙述。起初以写景为主，夕阳西沉，暮色苍茫，莱茵河水在静静地流淌，群峰在晚霞中默默耸立。这一节景物的描写不以真切细致取胜，而着重于气氛的渲染，也借景点出故事的时间和地点，而后逐渐将读者引入传说的故事中去，从现实世界逐渐进入神话世界。山峰和夕阳仿佛自然变形成为绝色少女，那金发金梳着重表现落日余晖的灿烂绮丽色彩。诗的主人公在想象中好似见到了少女，她梳头的动作自然优美，歌声曼妙动人。那举止和歌声充满着诱惑，招引着过往行人。于是读者的目光被诗人从山峰上的美女引向江河中的痴情舟子，舟子被声的美妙和光的灿烂击中了，不顾危险只知仰望。第二节到第五节是神话世界。第六节诗的主人公又出现了，他虽已从故事中走出来，却还摆脱不了故事中的气氛，他为即将没顶的舟子担心。最后点出祸事的根源，原来他疑心那就是水妖罗蕾莱在作怪。诗的结构严谨，第一节和最后一节紧紧相扣，中间四节叙事悬宕，引人入胜，语言优美，韵律流畅自然。

德国，
一个冬天的童话（节选）/ 海涅

车子的震荡把我惊醒，可是眼皮立即又合拢，
我昏昏沉沉地入睡，又做起了红胡子的梦。

我跟他信口攀谈，走遍有回声的大厅，
他问我这，问我那，渴望我说给他听。

自从许多年，许多年，也许是从七年战争，
关于人世间的消息，他不曾听到一点风声。

他问到摩西·门德尔松，问到卡尔新，还很关心
问到路易十五的情妇，杜巴侣伯爵夫人。

我说，"啊皇帝，你多么落后！摩西和他的利百加
已经死了许久，他的儿子亚伯拉罕也长埋地下。

"亚伯拉罕和列亚产生了名叫费里克斯的小宝贝，
他在基督教会飞黄腾达，已经是乐队总指挥。

"老卡尔新也同样去世，女儿克伦克也已死去，
我想，现在还在人间的是孙女维廉娜·赤西。

"在路易十五统治时期，杜巴侣活得快乐而放荡，
她已经变得衰老，当她命丧在规罗亭上。

"那国王路易十五在他的床上平安死去，
路易十六却上了规罗亭，跟王后安托瓦内特在一起。

"王后完全合乎她的身份，表现出很大的勇气，
杜巴侣却大哭大喊，当她在规罗亭上处死。"——

皇帝忽然停住脚步，他对着我瞠目而视，
他说："我的老天啊，什么是规罗亭上处死？"

我解释说：“规罗亭上处死，是新的方法一种，
不管是什么阶层的人，都能把他的生命断送。

“人们为了这种方法制造一种新的机器，
这是规罗亭先生的发明，机器名称就用他的名字。

“你被捆在一块木板上；——木板下沉；——你迅速
被推入两根柱子的中间；——上面吊着一把三角斧；

“绳索一拉，斧子落下来，这真是快乐而爽利；
在这时刻你的头颅掉落在一个口袋里。”

皇帝打断了我的话：“你住嘴，关于你说的机器，
我真是不愿意听，我起誓不使用这种东西！

“尊严的国王和王后！在一块木板上捆起！
这真是极大的不敬，违背一切的礼仪！

“这样亲昵地用‘你’称呼我，你是什么人，竟如此大胆？
你这小子，等着吧，我将要把你狂妄的翅膀折断！

"当我听你这样说，怒火在身心里燃烧，
你一呼一吸已经是判国罪和大逆不道！"

老人向我咆哮，既无节制，也不容情，这样愤慨激昂，
这时我也爆发出来我的最隐秘的思想。

"红胡子先生，"——我大声喊叫——"你是一个古老
的神异，你去睡你的吧，没有你我们也将要解救自己。

"共和国人会讥笑我们，他们若看见我们的首领
是个执权杖戴王冠的鬼魂；他们会发出刻薄的嘲讽。

"我再也不喜欢你的旗帜，我对黑红金三色的喜爱，
已经被当年学生社团里老德意志的呆子们败坏。
"在这古老的基甫怀舍，你最好永远呆在这里——
我若是把事物仔细思量，我们根本用不着皇帝。"

冯至　译

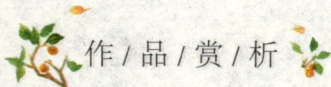 作 / 品 / 赏 / 析

　　《德国，一个冬天的童话》是德国著名诗人海涅的长篇政治抒情诗，在这首诗里，诗人将现实和梦幻结合起来，对德国黑暗政治现实和腐朽庸俗的资产阶级发出最猛烈的批判和诅咒。回到故乡，诗人听到竖琴姑娘的陈词滥调后立刻想写一首新歌，通过这首歌在德国建立一个天上王国，但是现实毕竟是现实，税收检查官和驿站的招牌都使诗人感到恶心和厌倦。他发誓要杀了那象征残暴统治的恶鸟。在诗人看来，统治者以及机器无不可憎且滑稽可笑。在科隆市，诗人激烈地嘲讽了大教堂和教会势力。之后黑衣乔装的伴侣与他一起漫游大教堂，与三个圣王的遗骨对话和斗争。离开科隆，乘车经过密尔海木到哈根，接着又从翁纳城出发继续赶路。半夜经过条顿森林时，诗人遇见了狼，他把狼看成革命者，并向他们致敬。经过帕德博思，诗人梦里来到红胡子皇帝身边。当诗人讲述法国大革命，讲到国王路易十五和王后被绞死时，红胡子皇帝怒火满腔，说这些行动违背了一切礼仪，并指责诗人大逆不道。在汉堡，资产阶级庸俗社会的守护女神汉莫尼亚与诗人相遇，用甜言蜜语劝诗人留在德国，她说现在的德国人民享受着思想自由，只有写书和印书的人才受到限制。她还让诗人从她的魔镜里看德国的"将来的时代"，诗人看到的未来德国是一个恶臭的粪坑。诗人刚睁开眼睛，就看到汉莫尼亚如醉如狂地把诗人抱在自己的怀里。诗人醒来后，她要马上同他举行婚礼。市侩的元老院的长老、市长、外交官、犹太僧侣、基督教牧师等头面人物都来参加女神狂想的婚礼，这时书报检查官霍夫曼用剪刀向诗人肉里扎去，搅散了这场婚礼。在诗的最后，海涅指出"伪善的老一代在消逝"，而"新的一代正在成长"。

假如生活欺骗了你 /普希金

假如生活欺骗了你，
不要忧郁，也不要愤慨！
不顺心时暂且克制自己，
相信吧，快乐之日就会到来。

我们的心儿憧憬着未来，
现今总是令人悲哀：
一切都是暂时的，转瞬即逝，
而那逝去的将变为可爱。

查良铮　译

·作者简介·

普希金（1799～1837），俄国文学之父，俄国现实主义文学的奠基人。出生于一个贵族家庭。1811年进入贵族子弟学校——皇村学校学习，因写诗反对暴君政治，于1820年被流放到南俄，期间他同当时的反对沙皇的十二月党人联系密切。1824年，诗人因与南俄的总督发生冲突，被放逐到其父亲的领地，不准参加社会活动。同年诗人写下著名的历史剧《鲍利斯·戈都诺夫》，但这出深受人民欢迎的戏剧遭到禁演。1826年刚上台的沙皇为收买人心，召普希金入外交部任职。但诗人早已看清了沙皇的真面目，尽管诗人接受了职务，但是他并没有被沙皇收买。1831年，诗人和19岁的娜·尼·冈察洛娃结婚，随后迁居彼得堡，但家庭生活并不愉快。1837年，因法国公使馆的丹特士男爵调戏诗人的妻子，诗人决定和他决斗，在2月8日的决斗中，被子弹击中心脏，两天后去世。诗人一生创作颇丰，除上面提到的历史剧和早期的浪漫主义诗作《致恰达耶夫》、《囚徒》等外，诗人还创作了《叶甫盖尼·奥涅金》、《驿站长》、《上尉的女儿》等著名作品。

作/品/赏/析

这首诗是普希金1825年题在他的一个女朋友——叶·沃尔夫的纪念册上的。诗人曾提前把要和丹特士决斗的事告诉她，由此可见二人友谊之深。诗人的这首题赠诗后来不胫而走，成为诗人广为流传的作品。

这是一首哲理抒情诗。诗人以普普通通的句子，通过自己真真切切的生活感受，向女友提出了劝慰。诗的开头是一个假设，这假设会深深伤害人们，足以使脆弱的人们丧失生活的信心，足以使那些不够坚强的人面临"灾难"。那的确是个很糟糕的事情，但诗人并不因为这而心情忧郁、消沉和逃避，不会因为被生活欺骗而愤慨，做出出格的事情。诗人的方法是克制和坚强的努力。诗人主张："相信吧，快乐之日就会到来。"

诗人在诗中提出了一种生活观，面向未来的生活观。我们的心要憧憬着未来，尽管现实的世界可能是令人悲哀的，我们可能感受到被欺骗，但这是暂时的。我们不会停留在这儿，不会就在这儿止步，我们有美丽的未来。当我们在春风和煦的日子里，在和朋友共享欢乐的时候，我们再细细品味这曾经令人悲哀的现实生活，我们就会有一种充实、丰富、自豪的人生感受，"那逝去的将变为可爱"。

诗人就用这种面向未来的积极生活观，给女友以鼓励。同样，诗人也用这种生活观以自勉。诗人生活在法国大革命的精神在欧洲大陆产生广泛影响的时代。那时的俄国，一方面处于沙皇暴政的统治下，另一方面，人民的自由意识大大觉醒，起义和反抗此起彼伏。诗人出身贵族，有着强烈的自由民主意识。这些注定了诗人的生活会充满暗礁、旋涡、险滩和坎坷不平。诗人在面对困苦时坚定自己对生活的信心，诗人就靠这信心去战胜一个又一个暴力的压迫。

诗人对生活的假设，引起了很多人的共鸣，说出了很多人的生活感受。正是这种生活观，这种对人生的信心，这种面对坎坷的坚强和勇敢使得这首诗流传久远。

致大海 / 普希金

再见吧，自由奔放的大海！
这是你最后一次在我的眼前，
翻滚着蔚蓝色的波浪，
和闪耀着娇美的容光。

好像是朋友忧郁的怨诉，
好像是他在临别时的呼唤，
我最后一次在倾听
你悲哀的喧响，你召唤的喧响。
你是我心灵的愿望之所在呀！
我时常沿着你的岸旁，
一个人静悄悄地，茫然地徘徊，
还因为那个隐秘的愿望而苦恼心伤！

我多么热爱你的回音，
热爱你阴沉的声调，你的深渊的音响，
还有那黄昏时分的寂静，
和那反复无常的激情！

渔夫们的温顺的风帆，
靠了你的任性的保护，
在波涛之间勇敢地飞航；
但当你汹涌起来而无法控制时，
大群的船只就会覆亡。

我曾想永远地离开
你这寂寞和静止不动的海岸，
怀着狂欢之情祝贺你，
并任我的诗歌顺着你的波涛奔向远方，
但是我却未能如愿以偿！
你等待着，你召唤着……而我却被束缚住；
我的心灵的挣扎完全归于枉然：
我被一种强烈的热情所魅惑，
使我留在你的岸旁……

有什么好怜惜呢？现在哪儿
才是我要奔向的无忧无虑的路径？
在你的荒漠之中，有一样东西
它曾使我的心灵为之震惊。

那是一处峭岩，一座光荣的坟墓……
在那儿，沉浸在寒冷的睡梦中的，
是一些威严的回忆；
拿破仑就在那儿消亡。

在那儿，他长眠在苦难之中。
而紧跟他之后，正像风暴的喧响一样，
另一个天才，又飞离我们而去，
他是我们思想上的另一个君主。

为自由之神所悲泣着的歌者消失了，
他把自己的桂冠留在世上。
阴恶的天气喧腾起来吧，激荡起来吧：
哦，大海呀，是他曾经将你歌唱。

你的形象反映在他的身上，
他是用你的精神塑造成长：
正像你一样，他威严、深远而深沉，
他像你一样，什么都不能使他屈服投降。

世界空虚了，大海洋呀，
你现在要把我带到什么地方？
人们的命运到处都是一样：
凡是有着幸福的地方，那儿早就有人在守卫：
或许是开明的贤者，或许是暴虐的君王。

哦，再见吧，大海！
我永不会忘记你庄严的容光，
我将长久地，长久地
倾听你在黄昏时分的轰响。

我整个心灵充满了你，
我要把你的峭岩，你的海湾，
你的闪光，你的阴影，还有絮语的波浪，
带进森林，带到那静寂的荒漠之乡。

戈宝权　译

作/品/赏/析

　　《致大海》是普希金的一首著名的政治抒情诗，写于1824年，这年夏天，诗人因与敖德萨总督发生冲突，被押送到米哈伊洛夫斯克村，并被幽禁长达2年之久。在敖德萨的日子里，诗人朝夕与大海相伴，大海涌动的波涛激动着诗人的灵魂世界。当诗人后来要离开敖德萨时，内心的情绪如波涛般地奔涌着，满怀着忧郁和愤怒心情的诗人开始写作，并在后来的米哈伊洛夫斯克村完成了这篇名作。

　　在诗中，大海是充满了热烈不屈的自由精神的象征，诗人将大海拟人化，热情地歌颂了大海雄壮奔放的崇高之美。

　　前4节集中描写了大海自由奔放的风貌。"翻滚着蔚蓝色的波浪，/和闪耀着娇美的容光。""好像是朋友忧郁的怨诉，/好像是他在临别时的呼唤，/我最后一次在倾听/你悲哀的喧响，你召唤的喧响。"

　　诗人将大海当成朋友，并直接对大海表达他热烈的爱，"你是我心灵的愿望之所在呀！/我时常沿着你的岸旁，/一个人静悄悄地，茫然地徘徊，/还因为那个隐秘的愿望而苦恼心伤！"相比大海的自由与任性，诗人却是多么无奈："而我却被束缚住；/我的心灵的挣扎完全归于枉然：/我被一种强烈的热情所魅惑，/使我留在你的岸旁……"

　　诗人向往着自由，但是"为自由之神所悲泣着的歌者消失了"，所以，"世界空虚了，大海洋呀，/你现在要把我带到什么地方？/人们的命运到处都是一样：/凡是有着幸福的地方，那儿早就有人在守卫：/或许是开明的贤者，或许是暴虐的君王"。在诗中，诗人以自己炽烈的情感与大海对话，从头到尾充满着充沛豪放的激情，使人感到了诗人与大海同在的汹涌的、不息的灵魂。

自由颂 /普希金

去吧，快躲开我的眼睛，
你西色拉岛娇弱的皇后！
你在哪里呀，劈向沙皇的雷霆，
你高傲的自由的歌手？
来吧，揪下我头上的桂冠，
把这娇柔无力的竖琴砸烂……
我要向世人歌颂自由，
我要抨击宝座的罪愆。

请给我指出那个高尚的
高卢人的尊贵的足迹，
是你在光荣的灾难中
鼓励他唱出勇敢的赞美诗句。
战栗吧，世间的暴君！
轻佻命运的养子们！
而你们，倒下的奴隶！
听啊，振奋起来，去抗争！

唉！无论我向哪里去看，
到处是皮鞭，到处是锁链，
法律蒙受致命的羞辱，
奴隶软弱的泪水涟涟；
到处是非正义的权力，
在偏见的浓密的黑暗中
登上高位——这奴役的可怕天才，
和光荣的致命的热情。

要想看到沙皇的头上
没有人民苦难的阴影，
只有当强大的法律与
神圣的自由牢结在一起，
只有当它的坚盾伸向一切人，
只有当它的利剑，被公民
忠实可靠的手所掌握，
一视同仁地掠过平等的头顶，
只有当正义的手一挥，

把罪恶从高位打倒在地；
而那只手，决不因为薄于贪婪
或者恐惧，而有所姑息。
统治者们！不是自然，是法律
把王冠和王位给了你们，
你们虽然高居于人民之上，
但永恒的法律却高过你们。

灾难啊，整个民族的灾难，
若是法律沉沉睡去，而不警惕，
若是只有人民，或帝王
才有支配法律的权力！
啊，光荣的过错的殉难者，
如今我请你来作证，
在不久前的喧闹的风暴里，
你帝王的头为祖先而牺牲。

当着沉默无言的后代，
路易高高升起走向死亡，
他把失去了皇冠的头，垂在
背信的血腥的断头台上。
法律沉默了——人民沉默了，
罪恶的刑斧降落了……
于是，这个恶徒的紫袍
覆在戴枷锁的高卢人身上。

你这独断专行的恶魔！
我憎恨你和你的宝座！

我带着残忍的喜悦看见

你的死亡和你儿女的覆没。

人们将会在你的额角

读到人民咒骂的印记，

你是人间的灾祸、自然的羞愧，

你是世上对神的责备。

当午夜晴空里的星星

在阴暗的涅瓦河上闪烁，

当宁静的梦，沉重地压在

那无忧无虑的头额

沉思的诗人却在凝视着

那暴君的荒凉的丰碑，

和久已废弃了的宫阙

在雾霭中狰狞地沉睡——

他还在这可怕的宫墙后

听见克利俄骇人的宣判，

卡里古拉的临终时刻

生动地出现在他的眼前，

他还看见，走来一些诡秘的杀人犯，

他们身佩着绶带和勋章，

被酒和愤恨灌得醉醺醺，

满脸骄横，心里却一片恐慌。

不忠实的岗哨默不做声，

吊桥被悄悄地放下来，

在黝黑的夜里，两扇大门

已被收买的叛逆的手打开……

啊，可耻！我们时代的惨祸！

闯进了一群野兽，土耳其的雄兵！……

不光荣的袭击已经败落……

戴王冠的恶徒死于非命。

啊，帝王们，如今你们要记取教训，

无论是奖赏，还是严惩，

无论是监狱，还是祭坛，

都不是你们牢固的栅栏，

在法律的可靠的荫庇下，

你们首先要把自己的头低下，

只有人民的自由和安静，

才是宝座的永恒的卫兵。

魏荒弩　译

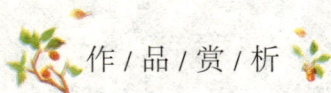

作/品/赏/析

　　《自由颂》是普希金最著名的政治抒情诗，诗人在世的时候即以手抄本的形式流传，当时的沙皇政府在得到此诗的手抄本后，以此为主要罪证将普希金流放到南方。作为俄国浪漫主义文学的代表和现实主义文学的奠基人，普希金的诗歌个性非常鲜明，充满着不羁的自由斗争精神。从艺术上来讲，普希金的诗歌从俄国民间文学中吸取了大量的营养，语言优美，想象丰富奇丽，思想深刻，气质忧郁、高贵典雅而不失其犀利和热烈的内心激情，对俄国后来诗歌艺术的发展起到了非常重要的作用。如果说普希金其他的政治抒情诗还多用象征和隐喻，则这首《自由颂》则显得非常直白，诗人疾风暴雨般的语言直接指向暴君的残暴统治，并且直接表明了自己的政治态度和立场："我要向世人歌颂自由，／我要抨击宝座的罪愆"；"战栗吧，世间的暴君！／轻佻命运的养子们"；"你这独断专行的恶魔！／我憎恨你和你的宝座！／我带着残忍的喜悦看见／你的死亡和你儿女的覆没"；"你是人间的灾祸、自然的羞愧，／你是世上对神的责备"。诗人对残暴专制者对人民的奴役的抨击是震聋发聩的，但并没有单一地停留在这种愤怒的诅咒和抨击上，而是同时呼告和赞颂这自由精神，宣布着自己的坚强斗志和无畏精神，号召被压迫和奴役的人民起来反抗和推翻暴君的统治："而你们，倒下的奴隶！／听啊，振奋起来，去抗争"；"只有当强大的法律与／神圣的自由牢结在一起，／只有当它的坚盾伸向一切人，／只有当它的利剑，被公民／忠实可靠的手所掌握，／一视同仁地掠过平等的头顶，／只有当正义的手一挥，／把罪恶从高位打倒在地"。普希金不愧是一代浪漫主义和自由精神的先驱领袖人物，是俄国精神的自豪。这首诗歌在语言和意味上具有古典诗歌的意蕴的同时，又有着浓郁的民歌的味道，所以说，语言艺术上的民族性，也是这首诗成功并广泛流传的关键所在。

诗人走在田野上 /雨果

诗人走到田野上；他欣赏，
他赞美，他在倾听内心的竖琴声。
看见他来了，花朵，各种各样的花朵，
那些使红宝石黯然失色的花朵，
那些甚至胜过孔雀开屏的花朵，
金色的小花，蓝色的小花，
为了欢迎他，都摇晃着她们的花束，
有的微微向他行礼，有的做出娇媚的姿态，
因为这样符合美人的身份，她们
亲昵地说："瞧，我们的情人走过来了！"
而那些生活在树林里的葱茏的大树，
充满着阳光和阴影，嗓子变得沙哑，
所有这些老头，紫杉，菩提树，枫树，
满脸皱纹的柳树，年高德劭的橡树，
长着黑枝杈，披着藓苔的榆树，
就像神学者们见到经典保管者那样，
向他行着大礼，并且一躬到底地垂下
他们长满树叶的头颅和常春藤的胡子，
他们观看着他额上宁静的光辉，
低声窃窃私语："是他！是这个幻想家来了！"

金志平 译

·作者简介·

雨果（1802～1885），19世纪法国浪漫主义文学的主要代表人物，著名诗人。20岁因发表诗集得到国王颁发的年金，大约同时开始写作小说。1827年，发表剧本《克伦威尔》及其序言，一跃成为法国浪漫主义运动的领袖。1829年，其戏剧《欧那尼》上演，奠定了浪漫主义在法国文坛的主导地位。1831年，诗人发表长篇小说《巴黎圣母院》。在随后的10年里他又写下了《秋叶集》《微明之歌》等诗集。1841年，诗人入选法兰西学士院。1845年成为贵族院议员。1851年拿破仑三世发动政变，诗人因参加反政变活动被流放海外，在一个小岛上度过了十几年的艰苦生活。期间诗人创作了《悲惨世界》《笑面人》《海上劳工》等著名作品。1870年，普法战争中，拿破仑三世战败，诗人回到离别近20年的祖国，积极参加抗普战斗；在巴黎公社运动中，他坚决支持公社的活动，公社失败后，他积极营救公社社员。晚年，诗人精力仍很旺盛，1883年还发表长诗《历代传说》。1885年逝世，法国人民为他举行了国葬，将他的遗体安放在"先贤祠"里。

作/品/赏/析

这首诗写于1831年夏天。这时的法国刚刚取得七月革命的胜利，全国处在一片欢腾之中，诗人毫无疑问受到了很大的感染。而诗人创作的浪漫主义名剧《欧那尼》也一炮走红，在与保守的古典主义的斗争中取得了胜利。诗人心情激奋，意气风发。

这首诗主要是诗人自己的思想表达。在诗中，雨果用自己的"英雄风姿"和"富丽堂皇的辞藻"表达了自己心中对自然界生命和诗人智慧的赞美和歌颂。田野是自然的象征和生命活动的美丽场所。

诗人来了，带着一种赞赏的目光，带着一颗热爱万物的心。在诗人的心中，有美妙的音乐在流动着，在倾吐着。田野里的花木似乎也受到了诗人情绪的感染，它们摇首挥手，向诗人致意，欢迎诗人的到来。看那花，鲜红得足以使红宝石都失去光彩，层层叠叠的花瓣使开了屏的孔雀难以与其媲美。再看那些树，苍翠欲滴，繁密的树叶在阳光映照下容光焕发，在风的伴唱中婆娑起舞。紫杉、橡树、榆树等高大的形象代表着各式的德行和各样的高尚。这些在诗人的眼中出现，在诗人的心中播种着美好的东西。

诗人正是在它们的欢欣中，在它们的欢迎中写出了他的伟大智慧。那花的舞蹈是为了诗人的到来，那高大和茂密的树在低声私语，赞美大自然的精灵和诗人的心灵。在花的心中，诗人能作为情人，因为诗人的心有着花一样的美丽；在树的眼中，诗人有着最神奇的想象力，幻想在诗人的心中飞翔，可以化为一首首赞歌。

这首诗集中体现了诗人诗歌的特点和风格。诗歌辞藻华丽，修饰和比喻层叠出现，意象繁丰而不乱，充实而略显雕琢。拟人手法的使用更是恰到好处，准确到位地写出了诗人与自然之间一定层次上的融合。诗中正是通过这些表现手法表达了诗人的浪漫主义思想，表现了浪漫主义诗歌的典型特点。

诗中表面上是在描写和赞美大自然，事实上是在表达诗人心中的思想，表达了诗人心中的感情和诗人崇高而优美的心灵。诗人正是以这种华美清丽、热烈奔放的诗风奠定了法国浪漫主义诗歌的主流风格，同时，诗中表现的人与自然合一的思想也影响到了法国后来的诗歌风格。

明天，天一亮 / 雨果

明天，天一亮，原野露曙色。
我就动身。我知道你在瞭望。
我行经森林，我行经山泽，
我再不能长此天各一方。

我注视着思念踽踽地走，
什么也不闻，什么也不见，
怀着忧心，俯着背，交叉着手，
白昼，我觉得如同黑夜一般。

我不看直下江流的远帆，
也不看落日散成的彩霞，
几时我到了，就在你的墓前
放下一束青枝和一束花。

闻家驷 译

作 / 品 / 赏 / 析

　　雨果19岁的女儿与新婚半年的丈夫在乘坐帆船游览塞纳河时不幸双双遇难，这给雨果带来了深深的悲痛，这首诗就是雨果为悼念女儿所作的，写诗人对于自己"明天，天一亮"就去女儿墓前祭奠的想象。"明天，天一亮，原野露曙色，/我就动身。"诗的开头，表达出了诗人心情的迫切。"我行经森林，我行经山泽，/我再不能长此天各一方。"诗人探望女儿的心情急迫而又悲切。"我注视着思念踽踽地走，/什么也不闻，什么也不见"，诗人的心完全专注在女儿身上，而无心接受外界的任何信息，即使是那金色的月亮和远方如画的风景也全然不顾，而只为了赶快到女儿的墓前，"放下一束青枝和一束花"，朴素的语言表达了诗人深挚的悲悼之情。

莎士比亚 / 雨果

迎着耻辱和嘲讽，莎士比亚
跃出，头带风暴，冲破云层，
幽晦的诗人写了一部作品，
那样艰涩，那样壮丽、恢宏，
光彩夺目，满是深渊，眩晕，
光焰射向山顶，
在未闻的幽境，那么阴沉、丰富，
三百年来，思想家迷蒙，
凝视他，惊愕，那是一切的归宿，
那是人类心灵深处的一座山峰。

杜青钢　译

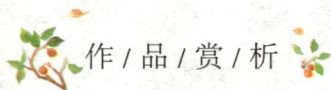 作 / 品 / 赏 / 析

　　这是雨果所作的一首歌颂莎士比亚的诗。莎士比亚是文艺复兴时期英国最伟大的作家和诗人，他的创作是一座里程碑式的标志，这首诗就对莎士比亚在思想上和艺术上的伟大贡献作了一番异常崇仰的赞美。"迎着耻辱和嘲讽，莎士比亚 / 跃出，头带风暴，冲破云层"，诗人将莎士比亚推崇到"冲破云层"的高度，来肯定那种"迎着耻辱和嘲讽"而勇敢跃出的磅礴精神，及其所具有的划时代意义。"幽晦的诗人写了一部作品，/ 那样艰涩，那样壮丽、恢宏，/ 光彩夺目，满是深渊，眩晕，/ 光焰射向山顶，/ 在未闻的幽静，那么阴沉、丰富"，这些诗句写极了莎士比亚诗作的伟大渊博，而诗的末尾，雨果更是称赞莎士比亚的创作，"那是一切的归宿，/ 那是人类心灵深处的一座山峰"。这表明着莎士比亚的诗作具有普世的意义和永恒的价值。

我既把唇儿……/雨果

我既把唇儿贴上你那正满的金樽；
既把憔悴的额头安放在你的手里；
我既有时吸到了那种幽闲的清芬，
吸到你的灵魂的那种温馨的气息；

我既有缘听到过你对我细语低低，
话儿里字字都是神秘的心灵再现；
我既曾见你微笑，我既曾见你悲啼，
嘴儿贴着我的嘴，眼儿贴着我的眼；

我既曾见你那，唉！经常隐蔽的星儿
在我欣幸的头上闪出了光明一线；
我既曾见你把你生命的玫瑰花儿
向我生命的波中抛下了嫣红一片；

那么，现在我就能告诉那似水年华：
你流吧！尽管流吧！我再也不会衰老！
你去你的吧，带着你那些水上残花；
我灵魂有朵花儿是谁也不能摘到！

范希衡 译

作/品/赏/析

　　这是一首情诗中的绝佳之作，细腻而深刻地展现了爱情的真质，显露了诗人之于爱情的那种火热的情怀和赤诚的心地。"我既把唇儿贴上你那正满的金樽"，"把憔悴的额头安放在你手里"，我"吸到你的灵魂的那种温馨的气息"，这是一种由身体而步入灵魂的灵肉合一的爱情。"我既曾见你微笑，我既曾见你悲啼，/嘴儿贴着我的嘴，眼儿贴着我的眼"。"你"已与"我"融为一体，"你"的一切将都牵系着"我"。"向我生命的波中抛下了嫣红一片"，说的正是爱人的生命对自身生命的介入，从此两个人的生命将不再是分开来的两条河流，而是相互融汇。"我灵魂有朵花儿是谁也不能摘到！"给爱情定下了绝不会消逝的永恒的品质。

秋天的黄昏 / 丘特切夫

秋天的黄昏另有一种明媚，
它的景色神秘、美妙而动人；
那斑斓的树木，不祥的光辉，
那紫红的枯叶，飒飒的声音，
还有薄雾和安详的天蓝
静静笼罩着凄苦的大地。
有时寒风卷来，落叶飞旋，
象预兆着风暴正在凝聚。
一切都衰弱，凋零；一切带着
一种凄凉的，温柔的笑容，
若是在人身上，我们会看作
神灵的心隐秘着的苦痛。

查良铮 译

·作者简介·

丘特切夫（1803～1837），俄国诗人，生于贵族之家，自幼受到极好的教育，1818年进入莫斯科大学文学系就读，毕业后到外交部任职，不久被派到巴伐利亚的使团工作，从此丘特切夫在慕尼黑等地生活了22年。在慕尼黑，丘特切夫出众的才华备受上流社会的赏识，他也与德国诗人海涅和哲学家谢林等知名人物过从密切。邱特切夫并不追求文学上的建树，但是他创作的300多首抒情短诗却取得了很高的艺术成就，受到了普希金、屠格涅夫、托尔斯泰和陀思妥耶夫斯基等知名作家的广泛赞誉。丘特切夫的诗歌以歌咏自然和赞美爱情为主题，具有强烈的抒情性，又有着理性的哲学色彩，还带有朦胧的神秘气息，被誉为"抒情的哲学家"。他的诗歌对后来的俄国象征主义诗歌产生了深远的影响。

作/品/赏/析

写秋天的诗人很多，那么在《秋天的黄昏》这首诗中，丘特切夫又是怎样来写自己的秋天的呢？"秋天的黄昏另有一种明媚，它的景色神秘、美妙而动人"，诗人选取了秋天的黄昏这个时段，这般景色就是秋天与黄昏两种时间景象的复合，而侧重点仍在于秋天。诗人将描写的笔触集中于表达各种景致凄苦中又让人觉得有一丝隐秘的不安的情态，浓重地渲染了秋天的黄昏那种凄凉而又温柔的氛围，然后又把焦点转移到人的身上——"若是在人身上，我们会看作 / 神灵的心隐秘着的苦痛。"在这首诗中，诗人借秋天的黄昏景象，形象化地抒发出自己心灵中的那份藏着一种神秘意味的凄苦。

请说了一遍，
再向我说一遍 / 勃朗宁夫人

请说了一遍，再向我说一遍，
　　说"我爱你！"即使那样一遍遍重复，
　　你会把它看成一支"布谷鸟的歌曲"；
可是记着，在那青山和绿林间，
那山谷和田野中，纵使清新的春天
　　披着全身绿装降临、也不算完美无缺，
　　要是她缺少了那串布谷鸟的音节。
爱，四周那么黑暗，耳边只听见
惊悸的心声，处于那痛苦的不安中，
　　我嚷道："再说一遍：我爱你！"谁嫌
太多的星，即使每颗都在太空转动；
　　太多的花，即使每朵洋溢着春意？
说你爱我，你爱我，一声声敲着银钟！
　　只是记住，还得用灵魂爱我，在默默里。

佚名 译

·作者简介·

　　勃朗宁夫人（1805～1861），19世纪英国女诗人。出生在一个贵族家庭，自小受到良好的教育。诗人15岁时不慎坠马，两腿受伤，此后长期卧床生活。期间诗人开始创作诗歌，到1844年，她已成为英国诗坛上的明星。1846年，年轻的勃朗宁因倾慕诗人的诗才开始疯狂追求她，诗人经历了多次的彷徨之后最终答应了年轻人的求婚，但遭到家中的反对。诗人后来将自己在这段恋爱中的心情写成诗歌，就是后来结集的《葡萄牙人十四行诗集》。1846年，诗人与勃朗宁一起搬迁到意大利定居，不久结婚。在意大利，诗人病了近30年的双腿在丈夫的悉心料理下竟奇迹般地康复了。1861年，诗人走完了其充满不幸和奇迹的一生。除了著名的情诗集外，诗人还有一些儿童诗和抒情诗较为出名。

作/品/赏/析

　　"请说了一遍，再向我说一遍"，爱情的滋味是如此缠绵，一声最甜蜜的"我爱你"是那样的醉人心田，恋爱中的人儿，即使那句话重复地听到千千万万遍，也不会厌倦，因为那是最动听的"布谷鸟的歌曲"。

　　接下来诗人说，缺少了那布谷鸟的声音，再清新的春天也不算完美，也就是说，如果缺失了爱情的陶醉，纵然多么美的人生也是残缺的。

　　然后诗人继续倾诉："再说一遍：我爱你！"同时也道出了爱情给人带来的不安与痛苦，而这份惊悸与苦恼却又恰恰是幸福爱情的一部分。

　　在诗的最后，诗人道出了一句关于爱情的最强音："只是记住，还得用灵魂爱我，在默默里。"

爱人，我亲爱的人，是你把我 /勃朗宁夫人

爱人，我亲爱的人，是你把我，
一个跌倒在尘埃的人，扶起来，
又在我披垂的鬓发间吹入了一股
生气，好让我的前额又亮光光地
闪耀着希望——有所有的天使当着
你救难的吻为证！亲爱的人呀，
当你来到我跟前，人世已舍我远去，
而一心仰望上帝的我，却获得了你！
我发现了你，我安全了，强壮了，快乐了。
像一个人站立在干洁的香草地上
回顾他曾捱过来的苦恼的年月；
我抬起了胸脯，拿自己作证：
这里，在一善和那一恶之间，爱，
像死一样强烈，带来了同样的解脱。

方平 译

作/品/赏/析

勃朗宁夫人的《葡萄牙人十四行诗集》是文学史上的珍品，是最美最动人心曲的情诗，每一首都是如此强烈地直摄爱人的心魂。

在这首诗的开篇，诗人就热切地呼唤和倾诉，"爱人，我亲爱的人"在这种炽热如火的爱的讴歌中，诗人说出了爱人对于自己的拯救，也是爱情对自己的拯救，对每一个怀有爱情、遭遇爱情的人的拯救。

爱情给人以新生，这首诗就是对这句话最好的阐释。"亲爱的人呀，/当你来到我跟前，/人世已舍我远去。"真诚的爱情，热烈的爱情，极致的爱情，给了人一切，也让人抛却了一切，因为这份爱情本身已经足够。

夜的赞歌 / 朗费罗

我听见夜的垂曳的轻裳
拂过她的大理石厅堂！
我看见她的貂黑的衣裾
缀饰着天国宫墙的荧光！

从那强大的魅力，我察觉
她的丰姿从上空俯临；
夜的端凝，沉静的丰姿，
宛如我的恋人的倩影。

我听到欢愉的、哀怨的歌声。

杨德豫　译

·作者简介·

　　朗费罗（1807～1882），美国著名诗人。13岁时就开始发表诗作，1825年前往欧洲研究语言文学。1836年回国后在哈佛大学任教，致力于介绍欧洲文化和浪漫主义作家的作品，晚年专门从事创作。朗费罗的诗歌音韵优美，雅俗共赏，积极向上，顺应了美国社会的发展，所以他的诗在欧美大陆极为流行。朗费罗的主要诗作包括长篇叙事诗《伊凡吉林》、《海华沙之歌》和《迈尔斯·斯坦狄什的求婚》等。

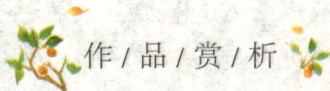

作／品／赏／析

　　诗歌在低低轻诉的语调中吐露着浪漫温柔的气息，韵律和谐，语言优美，情感真挚，想象奇妙，具有非常好的艺术性，体现着朗费罗作为一名杰出的抒情诗人的卓越才华。

　　第一节诗人分别从听觉和视觉两个角度来写自己对夜的感受，"垂曳的轻裳"和"貂黑的衣裾"分别写出了夜的轻柔质地和华贵黑色，同时将夜置于"大理石厅堂"和"天国的宫墙"中，彰显出夜的高贵品质。

　　诗的第二节，作者更贴切地描写自己对于夜的感受，"她的丰姿从上空俯临；/夜的端凝，沉静的丰姿，/宛如我的恋人的倩影。"将夜的高贵典雅写得极其出色，诗人对于夜的赞美和迷恋也随之升华到顶点。

　　诗人最后说，"我听到欢愉的、哀怨的歌声"，将欢愉和哀怨这两种对立的情绪放在一起，表现了诗人体验柔美夜色时的复杂心情。

人生颂 / 朗费罗

不要在哀伤的诗句里告诉我：
"人生不过是一场幻梦！"
灵魂睡着了，就等于死了，
事物的真相与外表不同。

人生是真切的！人生是实在的！
它的归宿绝不是荒坟；
"你本是尘土，必归于尘土"，
这是指躯壳，不是指灵魂。

我们命定的目标和道路
不是享乐，也不是受苦；
而是行动，在每个明天
都超越今天，跨出新步。

智艺无穷，时光飞逝；
这颗心，纵然勇敢坚强，
也只如鼙鼓，闷声擂动着，
一下又一下，向坟地送丧。

世界是一片辽阔的战场，
人生是到处扎寨安营；
莫学那听人驱策的哑畜，
做一个威武善战的英雄！

别指靠将来，不管它多可爱！
把已逝的过去永久掩埋！
行动吧——趁着活生生的现在！
胸中有赤心，头上有真宰！

伟人的生平启示我们：
我们能够生活得高尚，
而当告别人世的时候，
留下脚印在时间的沙上；
也许我们有一个弟兄
航行在庄严的人生大海，
遇险沉了船，绝望的时刻，
会看到这脚印而振作起来。

那么，让我们起来干吧，
对任何命运要敢于担待；
不断地进取，不断地追求，
要善于劳动，善于等待。

杨德豫　译

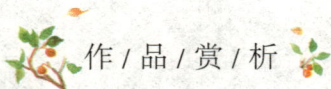 作 / 品 / 赏 / 析

　　美国著名诗人朗费罗的《人生颂》是一首以健康向上、积极进取的乐观态度对抗消极的虚无思想的人生哲理诗。全诗语言庄重、严肃而通俗，诗人从几个角度，层层深入地揭示了人生的积极内涵。全诗共9节，结构严谨，条理清晰，层次分明，说理和论述都很讲究。从艺术上来讲，诗体形式优美，富于韵律感。诗的第一节首先写出了一种消极的论调："人生不过是一场幻梦"，"灵魂睡着了，就等于死了，/事物的真相与外表不同。"所以说，这首诗整体上是建立在驳论的基础上的，在这种消极论调的对立面，诗人指出，"人生是真切的！人生是实在的！/它的归宿绝不是荒坟"。诗人摆出了自己的观点之后，从几个方面开始论述。诗人认为，"我们命定的目标和道路/不是享乐，也不是受苦；/而是行动，在每个明天/都超越今天，跨出新步"。基于这一点，消极悲叹和观望都是错误的，只有紧紧地抓住时间，充分发挥自己的聪明才智，才是正确的态度。"智艺无穷，时光飞逝；/这颗心，纵然勇敢坚强，/也只如鼙鼓，闷声擂动着，/一下又一下，向坟地送丧。"拥有积极向上的态度和积极进取的战斗精神，人生才能够真正地充实和完美起来。在生活中，不能成为懒惰的懦夫，也不能成为空想家，"行动吧——趁着活生生的现在！/胸中有赤心，头上有真宰！"命运对于我们每个人是有所不同的，但是无一例外，我们所能做的，就是能够担载命运。"不断地进取，不断地追求，/要善于劳动，善于等待"是这首说理诗的结论。

致海伦 /爱伦·坡

你的美貌对于我，
　　就像古老的尼色安帆船，
它载着风尘仆仆疲惫的流浪汉，
　　悠悠荡漾在芳馨的海上，
驶向故乡的海岸。

你那紫蓝色的头发，古典的脸，
　　久久浮现在汹涌的海面，
你的仙女般的风姿，
　　把我引入昨日希腊的荣耀，
和往昔罗马的庄严。

嗨！我瞧你伫立在壁龛里，
　　英姿焕发，亭亭玉立，
手握一盏玛瑙灯。
　　啊，普赛克，
你从天国来。

怀宇 章蕴 译

·作者简介·

爱伦·坡（1809～1849），美国文学的奠基人之一，著名诗人、小说家。出生在波士顿的一个平民家庭，自小父母双亡，后被一个富豪的妻子收养。22岁时，诗人与自己的养父吵嘴，离"家"出走，独自谋生，同时开始创作诗歌。诗人曾分别在1827年、1829年、1831年出版了3部诗集《帖木尔及其他》《帖木尔及小诗》等。另外诗人还有大量的小说传世，这些小说是现代怪诞、推理和科幻小说的先驱。诗人一生都过着贫困的生活，靠艰苦的编辑和排版工作维持生计。据说诗人的作品在生前只获得一次奖励，奖金也只有100美元。1849年，诗人病逝，年仅40岁。诗人死后，其作品渐渐得到了世人的承认，波德莱尔尊称他为"当代最强有力的作家"，其创作被认为奠定了美国本土文学的传统。

作/品/赏/析

这首诗大约写于1824年，其时诗人才15岁。据说诗人童年时，一个邻居的母亲在诗人心中留下了深深的印象，给诗人孤单流浪的生活带来了些许安慰和精神支持。多年之后，那美丽、淳朴和慈爱的形象在诗人的想象中就化为了这首诗。

诗人追求的是神圣的美，是彼岸的辉煌。海伦，这古希腊的美人——使两个国家之间爆发了战争的女人，正是这种美的象征。海伦的美像那古老的帆船，古典、优雅。这船在诗中代表了一种纯美——摆脱了具体物象的美丽，铅华尽去的美丽。

一种历史感，一种古典的滋味在诗中慢慢地渲染起来了。这样的帆船，载着风尘仆仆的流浪汉——比如英雄的奥修斯，比如追寻心灵世界的堂·吉诃德，比如尤利西斯——在微波荡漾的温馨海面上，在风景优美的人生路途中，驶向故乡的海岸，驶向心灵的港湾。海伦，勾起了诗人心中的诗情，勾起了诗人丰富的想象力。

海伦好像出现在了诗人的眼前。那美丽的形象鲜明活泼，那风姿神采令人心驰神往。那紫蓝色的头发，透着神秘，带着零碎和华丽的装饰性。那样美丽的情景在大海上浮现，长久地停留。那样的情景也深深地印在了诗人的心中，在诗人的生活中久久地指引着诗人的灵魂。对于那美丽的海伦，诗人只能用最俗套的一个词来形容：仙女。她让诗人在历史的河流中沉思，在希腊、罗马的昔日荣耀和庄严中沉醉。

诗人想将这立在壁龛中的女神——古代的丽人复活。在诗人的想象中，海伦已经复活了，只不过是在神台上宁静地伫立着。她手中握着透着祥和的光芒的灯，指引着船夫、水手安全顺畅地航行于海上。她是世界美丽的象征，是来自天国的神，是人类高尚的灵魂。

爱伦·坡的诗追求诗歌的纯美，艺术可能是他的唯一追求。全诗音律和谐，具有音乐性的美，意境的使用和连接也新颖而流畅。另外，诗人的诗追求彼岸世界、追求神圣东西的特点在这首诗中也表现得淋漓尽致。海伦，既是美的象征，也是诗人的追求。她象征着一个神圣境界，一种彼岸世界。全诗带着一种神圣的气氛，所使用的意象一定程度上都和神话有关。

爱伦·坡的诗在面世不久被波德莱尔看到。在这位法国诗人的推动下，他的诗歌风格迅速产生了世界性的影响，并发展成一种绵延近一个世纪的文学流派——象征主义。

横越大海 /丁尼生

夕阳西下，金星高照，
　　好一声清脆的召唤！
但愿海浪不呜呜咽咽，
　　我将越大海而远行；

流动的海水仿佛睡了，
　　再没有涛声和浪花，
海水从无底的深渊涌来，
　　却又转回了老家。

黄昏的光芒，晚祷的钟声，
　　随后是一片漆黑！
但愿没有道别的悲哀，
　　在我上船的时刻；

虽说洪水会把我带走，
　　远离时空的范围，
我盼望见到我的舵手，
　　当我横越了大海。

袁可嘉　译

·作者简介·

　　丁尼生（1809～1892），英国维多利亚时期的"桂冠诗人"。生于一个牧师家庭,在很小的时候就显示出过人的诗才,15 岁时就与两个哥哥共同发表了《兄弟诗集》。1828 年进剑桥大学读书,一改内向寡言的性格,加入诗歌俱乐部,积极参加诗歌活动。1829 年,诗人的短诗获得了剑桥大学颁发的金质奖章。然而,诗人的人生并没因此而一帆风顺。1831年,诗人因父亲去世放弃了剑桥的学业。1832 年,诗人的《诗集》出版,遭到了评论界的挖苦和攻击,使得诗人在随后的十几年里未踏足诗坛半步。1833 年,已与诗人的姐姐订婚

丁尼生像

的挚友又突患绝症,离开了人世。诗人不堪悲痛,只以写诗来慰藉自己的灵魂。1850 年,诗人出版了花费 17 年时间写成的《悼念集》,轰动了整个诗坛;同年,诗人和相恋 15 年之久的恋人结婚,可谓双喜临门。随后,荣誉也纷至沓来,诗人被人们众口一词封上了"桂冠诗人"的称号。晚年的诗人过着安闲的生活,还在上议院获得了一个席位——那是一个离诗歌,特别是伟大的诗歌作品很远的地方。所以,晚年的诗人尽管笔耕不辍,但收效甚微。

作/品/赏/析

　　这首诗出自诗人的诗集《悼念集》,为诗人的名诗之一。诗人想借这首诗表达自己对逝去挚友的怀念和那种怀念的痛苦。诗人在沉痛的怀念中,意欲乘船横越大海,去寻找挚友。但诗人又并不局限于此,而是超越了平常的思念之情,在诗中写出了对人类心灵的思考。

　　诗人静立海岸,面对大海。尽管在海的深处有呜呜咽咽的悲吟,大海的表情却是一片寂静。诗人昂起头,看到了灿烂的夕阳,"金星高照"。诗人仿佛听到了一声召唤,"清脆的召唤"。

　　诗人要远行了。就在这个时刻,诗人将远行的时刻,诗人看到了"黄昏的光芒",听到了"晚祷的钟声"。那略带暗淡色彩的夕阳,衬着那教堂的钟声,幽幽邈邈的。是天堂的胜景,还是人间美妙的风光? 黑夜即将来临,容不得诗人思索,诗人只能藏起曾经的悲哀,在悲哀的回忆中上船。在沉痛的回忆中,诗人的心如同那海水一样:尽管有着汹涌澎湃的激情,有着涵盖宇宙的梦想,但是为了失去的友人或者前辈的安息,为了平静美好的未来,诗人宁愿承受一切悲哀和痛苦;诗人沉默而冷静地站着,思索着即将到来的远行。

　　海水在"无底的深渊"中涌来涌去,但它们可以转回老家。诗人呢? 可能面对的是洪水,无情卷走一切的洪水;可能诗人的前面不再有时空,一片混沌。但是诗人是满怀豪情的,是踌躇满志、信心百倍的。在诗的结尾,诗人说道:"我盼望见到我的舵手。"

　　诗的风格是沉郁的。带着那种心灵的重负,诗人借助独特的韵律、恰当的比喻和象征,完美地唱出了心灵的忧伤和对挚友的深深怀念。从那比喻、象征中,我们能明显看出英国抒情诗的传统表现手法,即对大自然进行深度的挖掘,寻找贴切表现主观心灵的象征物。同时,诗中那独特的旋律又突破了英国诗歌的传统,拓展了英国诗歌的疆界。

哀 愁 / 缪塞

我失去力量和生气
也失去朋友和欢乐；
甚至失去那种使我
以天才自负的豪气。

当我认识真理之时，
我相信她是个朋友；
而在理解领会之后，
我已对她感到厌腻。

可是她却永远长存，
对她不加理会的人，
在世间就完全愚昧。

上帝垂询，必须禀告。
我留有的唯一至宝
乃是有时流过眼泪。

钱春绮 译

·作者简介·

缪塞（1810～1857），19世纪法国著名浪漫主义诗人。他的诗歌，形式考究，感情丰富，真切动人，有着深远的影响。缪塞在他的一生中，除了诗歌外还创作了不少戏剧和小说，发表过一些颇有影响的关于社会、政治和文学艺术的论文。

缪塞的文学活动是从参加以雨果为首的进步的浪漫主义团体"文社"开始的。他不仅是浪漫派中最有才华的诗人，其戏剧作品也大大促进了法国浪漫主义戏剧运动。他的小说在创建法国浪漫主义心理小说和为近代小说开辟道路方面，也起了不小的作用。虽然缪塞的戏剧和小说反映社会生活不够全面，但是却真实刻画了法国某些阶层的生活及心态，颇具时代色彩。

缪塞像

特别是他描写的"世纪病"，今天看来还可以感觉到当时某些人物的精神面貌，他们的彷徨与苦闷。 他的主要戏剧作品有《罗伦扎西欧》、《反复无常的人》、《巴尔贝林》、《喀尔摩金》等。他的小说有《埃梅林》、《弗烈特立克和贝尔纳莱特》、《提善的儿子》，这3部小说可列入19世纪优秀爱情小说的行列。另一部《世纪儿忏悔录》以其动人的爱情故事和细腻的心理描写而成为缪塞的代表作。

作/品/赏/析

缪塞是19世纪法国著名的浪漫主义诗人。缪塞与当时法国著名的批判现实主义女作家乔治·桑相识，堕入情网。两人在一起相处了一段浪漫的时光，但不久乔治·桑抛弃了诗人，这给缪塞以很大的打击。这段曲折的感情经历诱发了诗人的创作灵感，诗人挥笔写下了许多优美的诗篇。短诗《哀愁》即是其中著名的一首，曾被广泛传诵。

爱情遭遇挫折，诗人的心情可想而知：忧郁、悲伤、消沉。诗人失去了生活的力量，变得无精打采，没有生气。就连平日要好的朋友也离开了诗人，诗人的心更加寂寞、孤独。诗人甚至怀疑，一向使自己自负的才气也消失了。诗人陷入极度感伤的境地，周围的一切对他来说是那样的黯淡、昏沉。

心情沉郁，对自然的一切也就毫无兴趣；甚至对于真理，诗人也觉得反感、厌倦。诗人说道，"当我认识真理之时，／我相信她是个朋友"，而一旦对真理领会之后，诗人则觉得她平淡无味，如同嚼蜡。诗人的悲观情绪在此得到了极度表现。虽然如此，诗人脑中还保持着一份清醒：真理是永存的，是经历了时间和实践考验的，是正确无误的。诗人心中还存留一点微弱的希望之火。在人世间找不到知音，诗人只得将目光投向天空，向那位缥缈的上帝诉说心中的哀愁。而这时与诗人相伴的，能给诗人带来些许安慰的，是诗人眼中所流的泪水。

诗的格调是感伤沉郁的，诗人没有运用深奥的象征手法去营造抽象的意境，而是借助简白晓畅的语言，一泻无遗地唱出了自己心灵的忧伤。对于今天的读者，这首诗的消极灰暗色调可能引不起读者的共鸣，但由于诗歌真切流露了诗人的感情，因而丝毫不显得空洞、造作。

请你记住 / 缪塞

请你记住，当惶惑的黎明
迎着阳光打开了它迷人的宫殿；
请你记住，当沉思的黑夜
在它银色的纱幕下悄然流逝；
当你的心跳着回答欢乐的召唤，
当阴影请你沉入黄昏的梦幻，
　　你听，在森林深处，
　　有一个声音在悄声低语：
　　　　请你记住。

请你记住，当各种命运
逼得我与你终生永别，
当痛苦、流亡和无穷的岁月
迫使这颗绝望的心枯萎；
请你想到我悲哀的爱情，想到崇高的永诀！
当人们相爱时，分离与时间都不值一提。
　　只要我的心还跳动，
　　它永远对你说：
　　　　请你记住。

请你记住，当在冰冷的地下
我碎了的心永久睡去，
请你记住，当那孤寂的花
在我的坟墓上缓缓开放。
我再也不能看见你，但我不朽的灵魂
却像一个忠诚的姐妹来到你身边。
　　你听，在深夜里，
　　有一个声音在呻吟：
　　　请你记住。

陈澄莱　冯钟璞　译

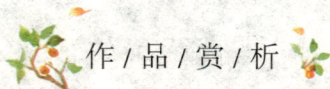

作/品/赏/析

　　在这第一节中，诗人轻柔地低诉，将自己的一腔真情融进这一个声音里："你听，在森林深处，/有一个声音在悄声低语：/请你记住。""请你想到我悲哀的爱情，想到崇高的永诀！"诗的第二节，诗人讲述了自身悲哀的爱情中蕴藏着一颗崇高的心，"只要我的心还跳动，/它永远对你说：/请你记住。"诗的第三节，诗人表达了一种刻骨铭心的孤寂与哀绝。"请你记住，当在冰冷的地下/我碎了的心永久睡去，/请你记住，当那孤寂的花/在我的坟墓上缓缓开放。"爱的心音久久回荡，爱的生命将获得永恒。

帆 / 莱蒙托夫

在那大海上淡蓝色的云雾里
有一片孤帆儿在闪耀着白光!
　……
它寻求什么，在遥远的异地?
它抛下什么，在可爱的故乡?
　……

波涛在汹涌——海风在呼啸，
桅杆在弓起了腰轧轧作响
　……
唉! 它不是在寻求什么幸福，
也不是逃避幸福而奔向他方!

下面是比蓝天还清澄的碧波，
上面是金黄色的灿烂的阳光……
而它，不安的，在祈求风暴，
仿佛是在风暴中才有着安详!

余振 译

作者简介：

莱蒙托夫（1814～1841），19世纪俄国著名诗人。出生在贵族家庭，曾进莫斯科大学和彼得堡禁卫军骑兵士官学校学习。1834年入军队服役。早在中学时期，诗人就开始写诗，受普希金和拜伦的诗影响颇大。青年时代的诗人受十二月党人的影响，写下了很多对当时腐朽社会不满的诗歌。1837年，诗人写下著名的《诗人之死》一诗，悼念普希金，触怒了沙皇政府，被流放到高加索地区。流放期间是诗人创作的高峰期，诗人写下了《当代英雄》、《祖国》、《恶魔》等著名作品。1840年，诗人遭到沙皇政府的谋杀，身受重伤。1841年，诗人离开了人世。

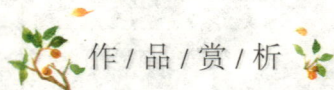

作/品/赏/析

这首诗是诗人的代表作，写于1832年，在诗人生前没有发表。从这首诗中我们可以想见诗人当年的风采：面对那黑暗的俄国社会的姿态，在风起云涌的民众追求民主、自由的斗争浪潮中的精神情态。

诗的题目是"帆"，它是在千变万化的大海中一个白色的精灵。淡蓝色的大海，静静的，死寂般的静。然而就是这静的大海中，似乎又隐含着一种不安定的因素。那蓝色的云雾可是大海的蒸腾，可是不安定的灵魂在大海的深处搅拌着海水？

就在这淡蓝色的大海中，有一片孤帆在游弋。它闪着白色的光，刺眼的白光。这白色的帆似乎在承受着极大的折磨。它在遥远的异地漂泊，是在追寻着心中的理想还是别的什么？这白色的精灵在可爱的家乡抛弃了很多的东西，那是生活的安逸，还是物质的富裕，或者别的什么？

波涛汹涌，夹杂着呼啸的海风。它们要打翻这精灵，要让这孤独的反叛者葬身在自己威猛的打击中。帆呢？在铺天盖地的狂风巨浪的疯狂打击下，"弓起了腰轧轧作响"。帆没有退缩，没有畏惧，而是在努力，在拼搏，为着自己所追寻的东西。

这白色的精灵在追寻什么？不是幸福，那可能是它曾经放弃的东西；不是逃避，在昏天暗地的时候它还在弓腰前进；当然更不是安逸。在帆坚毅的搏斗中，大海已经有气无力。而在大海的上面，是阳光的世界，温暖而和煦，安详而灿烂；下面是一碧万顷的海面，宁静而温顺，清净而可爱。这不就是安逸的生活吗？但是，帆要的不是这些，而是拼搏，是拼搏中带来的乐趣，是孤独灵魂的英雄行为。

这首诗是一首杰出的哲理抒情诗。诗歌采用象征的手法，通过这种给人强烈印象的意象来表达诗人的感情。帆就是诗人的化身，诗人那孤独、反叛的灵魂象征，那对自由的向往也象征诗人对自由的向往，同时也象征着诗人那一代贵族革命家对自由的向往。诗在描画风景，进而说明发人深省的哲理方面也具有很高的水平。那恶劣的社会环境在诗中对大海糟糕场景的描写中得到了贴切的表现；那进取的精神和顽强的生命力也在诗的叙述过程中得到了很好的体现。

另外，诗歌采用的设问结构大大强化了诗歌的感染效果，省略号的使用开阔了诗的意境，启发读者深思，特色独具。

忆 /艾米莉·勃朗特

你冷吗，在地下，盖着厚厚的积雪
远离人世，在寒冷阴郁的墓里？
当你被隔绝一切的时间隔绝
唯一的爱人啊，我岂能忘了爱你？

如今我已孤单，但难道我的思念
不再徘徊在北方的海岸和山岗，
并歇息在遍地蕨叶和丛丛石楠
把你高尚的心永远覆盖的地方？

你在地下已冷，而十五个寒冬
已从棕色的山岗上融成了阳春；
经过这么多年头的变迁和哀痛，
那长相忆的灵魂已够得上忠贞！

青春的甜爱，我若忘了你，请原谅我，
人世之潮正不由自主地把我推送，
别的愿望和别的希望缠住了我，
它们遮掩了你，但不会对你不公！

再没有迟来的光照耀我的天字，
再没有第二个黎明为我发光，
我一生的幸福都是你的生命给予，
我一生的幸福啊，都已和你合葬。

可是，当金色梦中的日子消逝，
就连绝望也未能摧毁整个生活，
于是，我学会了对生活珍惜、支持，
靠其他来充实生活，而不靠欢乐。

我禁止我青春的灵魂对你渴望，
我抑制无用的激情迸发的泪滴，
我严拒我对你坟墓的如火的向往——
那个墓啊，比我自己的更属于自己。

即便如此，我不敢听任灵魂苦思，
不敢迷恋于回忆的剧痛和狂喜；
一旦在那最神圣的痛苦中沉醉，
叫我怎能再寻求这空虚的人世？

佚名　译

·作者简介·

　　艾米莉·勃朗特（1818～1848），英国女作家，"勃朗特三姐妹"之一，是夏洛蒂·勃朗特之妹和安妮·勃朗特之姊。她出生在一个贫苦的牧师家庭，曾在条件恶劣的寄宿学校学习，后随姐姐到比利时的布鲁塞尔学习法语、德语及法国文学，准备回来创办学校，但是未能如愿。艾米莉·勃朗特的家庭居住在旷野的一个偏僻的角落，与外界少有来往，他们姐妹兄弟四个就以读书、写诗和杜撰传奇故事来打发寂寞的时光，且以此为乐。1847年，艾米莉·勃朗特出版了她一生中留下的唯一一部小说《呼啸山庄》，然而这部作品在当时并不为人们所理解，没有获得成功，却是在后来的时光中大放异彩，成为一部世界级的名著。艾米莉幼小时即失去母亲，家庭迭遭厄运，她的一生都是在贫苦与忧伤中度过的，而且又是那样的短暂，但是她却给世人留下了一笔宝贵的文学财富。在《呼啸山庄》之外，艾米莉·勃朗特还留有193首诗，她被公认为英国三大女诗人之一。

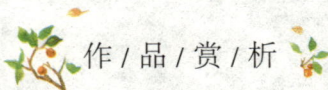

作/品/赏/析

　　艾米莉的诗中渗透着沁人心魂的忧伤，这份忧伤是这样的真切，是这样的执着，它会给人带来一种感同身受的回味和思索，这就是艾米莉诗歌的魅力所在。"你冷吗"，一声贴切的问候，呼唤的却是寒冷阴郁的墓中的人儿。"当你被隔绝一切的时间隔绝／唯一的爱人啊，我岂能忘了爱你？"任时光流转，年华消逝，可是"我"对"你"的记忆如何能够断绝，"我"对"你"的思念怎么能够割舍？"我一生的幸福都是你的生命给予，／我一生的幸福啊，都已和你合葬。"这是多么悲切的心，又是多么殷切的爱！"我不敢听任灵魂苦思，不敢迷恋于回忆的剧痛和狂喜；一旦在那最神圣的痛苦中沉醉，叫我怎能再寻求这空虚的人世？"爱人的心，最甜又最苦，而失去恋爱的人世，哪还有什么可以让这颗心沉醉？这首诗真是唱绝了一曲令人簌簌泪下、悲思断肠的婉转哀歌。

夜晚在我周围暗下来 / 艾米莉·勃朗特

夜晚在我周围暗下来
狂风冷冷地怒吼，
但有一个蛮横的符咒锁住我，
我不能，不能走。

巨大的树在弯身，
雪压满了它们的枝头；
暴风雪正在迅速降临，
然而我不能走。

我头上乌云密布，
我下面狂洋奔流；
任什么阴郁也不能使我移动，
我不要，也不能走。

杨苡 译

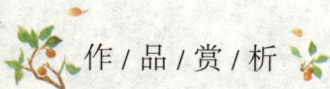

作/品/赏/析

　　这首短诗一共3段，每一段都描绘了一幅冷郁而狂暴的画面，然而任凭环境多么恶劣，形势多么逼人，诗人却都只有这样一个坚定的信念："我不能走"。艾米莉·勃朗特的家住在荒冷的野外，有如诗中所描绘的那种氛围，但是这首诗的主要意义当然不在于叙写自然环境的残酷，而是诗人人生处境的象征。艾米莉·勃朗特生在社会动荡而充满着暴虐的时期，家庭生活又非常悲惨，这就是艾米莉所必然要面对的残酷的人生境遇，但是她并没有为生活中的不幸所压垮，而是呼喊出了这样坚强的抗争的之声，"然而我不能走"，"我不要，也不能走"。

哦，船长，我的船长 /惠特曼

哦，船长，我的船长！我们险恶
　　的航程已经告终，
我们的船安渡惊涛骇浪，我们寻
　　求的奖赏已赢得手中。
港口已经不远，钟声我已听见，
　　万千人众在欢呼呐喊，
目迎着我们的船从容返航，我们
　　的船威严而且勇敢。
可是，心啊！心啊！心啊！
哦，殷红的血滴流泻，
在甲板上，这里躺着我的船长，
他已倒下，已死去，已冷却。

哦，船长，我的船长！起来吧，
　　请听听这钟声，
起来，——旌旗，为你招展——
　　号角，为你长鸣。
为你，岸口挤满人群——为你，
　　无数花束、彩带、花环。
为你，熙攘的群众在呼唤，为你
　　转动着多少殷切的脸。
这里，船长！亲爱的父亲！
你头颅下边是我的手臂！
这是甲板上的一场梦啊，
你已倒下，已死去，已冷却。

我的船长不作回答，他的双唇惨白、寂静，
我的父亲不能感觉我的手臂，他已没有
　　脉搏、没有生命，
我们的船已安全抛锚碇泊，航行
　　已完成，已告终，
胜利的船从险恶的旅途归来，我
　　们寻求的已赢得手中。
欢呼，哦，海岸！轰鸣，哦，洪钟！

可是，我却轻移悲伤的步履，

在甲板上，这里躺着我的船长，

他已倒下，已死去，已冷却。

江枫 译

·作者简介·

惠特曼（1819～1892），美国19世纪著名诗人，美国现代诗歌之父。出生在长岛海滨的一个贫苦农家。5岁时全家迁往布鲁克林。由于家庭贫困，诗人11岁时就辍学，当油漆工、印刷工、小学教师等挣钱糊口。1839年，惠特曼开始发表诗歌和散文作品，并独自出了一份小报《长岛人》。1842年后惠特曼先后担任《曙光报》、《鹰报》、《自由人报》等报纸编辑，但都因为持有反对奴隶制的民主主义立场而被解职。1850年，惠特曼当起木匠，同时进行诗歌创作。1855年，惠特曼的一本仅有12首诗的诗集《草叶集》面世。诗集面市伊始，受到了攻击和诽谤，但它以丰富的情感和向往自由的精神最终得到了人们的认可。1892年，已有400余首诗歌的最后一版《草叶集》出版。美国内战期间，惠特曼亲自参加了反对奴隶制的战争。由于在内战中辛劳过度，惠特曼于1873年患半身不遂，在病榻上度过了近20年的艰难生活。1892年3月26日，惠特曼在卡登姆去世。

作/品/赏/析

这首诗选自惠特曼的诗集《草叶集》，写于1865年，是为悼念林肯总统而作。美国南北战争期间，林肯领导美国北方人民平息了南方种植园奴隶主发动的叛乱，摧毁了南方奴隶制度，为美国资本主义的发展铺平了道路。但林肯也因此遭到南方奴隶主的极度仇恨，内战结束不久，林肯就被南方奴隶主所派遣的间谍刺杀。林肯遇刺后，美国人民极为沉痛，纷纷举行各种悼念活动。诗人惠特曼也写下了著名的《哦，船长，我的船长》一诗，表达了自己的哀思。

"哦，船长，我的船长！"诗的开头直抒胸臆，情感炽烈，仿佛一股久蓄于胸的情感热流奔涌而出，连绵不绝地流淌。诗人将林肯比喻为率领美国人民驾驶帆船搏击惊涛骇浪向目的地前进的船长。险恶的航程终于结束了，"我们的船安渡惊涛骇浪"，"寻求的奖赏已赢在手中"，港口在望，钟声传来，万千人众在岸口欢呼呐喊，欢迎帆船返航。然而就在胜利到来的时刻，船长却倒下了，他躺在甲板上，身上"殷红的血滴流泻"，他"已死去，已冷却"。

"我"不愿自己所看到的是现实。"哦，船长，我的船长"，诗人再一次深情地呼唤着，希望船长能够从"沉睡"中醒来，重新带领人们搏击风浪，开始新的航程。岸口旌旗招展，号角长鸣，人们挥舞着花束、彩带、花环，欢呼着，脸上带着殷切的表情，迎接船长的到来。可是船长，"亲爱的父亲"，头枕在"我的手臂"上，"已死去，已冷却"。对周围的一切，船长毫无知觉，不作回答，感觉不到"我"的手臂的振动。

这首诗最能体现诗人的创作风格——豪迈奔放、舒卷自如、铿锵有力。诗歌形体自由活泼，适于感情的抒发；长短句交替运用，富于节奏感，读来朗朗上口；每段的结尾反复使用同一句子，渲染了气氛，加强了表达效果；比喻、象征、排比等手法的运用，也增强了诗歌的感染力。

我在路易斯安那
看见一棵栎树在生长 /惠特曼

我在路易斯安那看见一棵栎树在生长，
它独自屹立着，树枝上垂着苔藓，
没有任何伴侣，它在那儿长着，迸发出暗绿色的欢乐的树叶，
它的气度粗鲁，刚毅，健壮，使我联想起自己，
但我惊讶于它如何能孤独屹立附近没有一个朋友而仍能
迸发出欢乐的树叶，因为我明知我做不到，
于是我折下一根小枝上面带有若干叶子，并给它缠上一点苔藓，
带走了它，插在我房间里在我眼界内。
我对我亲爱的朋友们的思念并不需要提醒，
（因为我相信近来我对他们的思念压倒了一切，）
但这树枝对我仍然是一个奇妙的象征，它使我想到男子气概的爱；
尽管啊，尽管这棵栎树在路易斯安那孤独屹立在一片辽阔中闪烁发光，
附近没有一个朋友一个情侣而一辈子不停地迸发出欢乐的树叶，而我明知我做不到。

飞 白 译

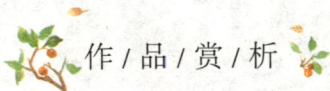 作/品/赏/析

　　诗人在这首诗中描写了一棵栎树的形象，"它独自屹立着，树枝上垂着苔藓，没有任何伴侣，它在那儿长着，迸发出暗绿色的欢乐的树叶"，着力表现出栎树虽然孤独却不失欢乐明朗的乐观精神。诗人写道树的气度"粗鲁，刚毅，健壮"，使诗人联想到自己，但是诗人"惊讶于它如何能孤独屹立附近没有一个朋友而仍能 / 迸发出欢乐的树叶"。诗人以栎树的刚健形象来反映美国人民的质朴、顽强和坚忍的精神，歌颂了孤独而倔强的伟大的劳动者。而这栎树身上也体现着诗人所极力赞扬的男子汉的气概，栎树是诗人心中理想形象的化身。

黄昏的和谐 / 波德莱尔

时辰到了，在枝头颤栗着，
每朵花吐出芬芳像香炉一样，
声音和香气在黄昏的天空回荡，
忧郁无力的圆舞曲令人昏眩。

每朵花吐出芬芳像香炉一样，
小提琴幽咽如一颗受创的心；
忧郁无力的圆舞曲令人昏眩，
天空又愁惨又美好像个大祭坛！

小提琴幽咽如一颗受创的心，
一颗温柔的心，他憎恶大而黑的空虚，
天空又愁惨又美好像个大祭坛，
太阳沉没在自己浓厚的血液里。

一颗温柔的心，他憎恶大而黑的空虚，
从光辉的过去采集一切的迹印！
天空又愁惨又美好像个大祭坛，
你的记忆照耀我，像神座一样灿烂！

陈敬容　译

·作者简介·

波德莱尔（1821～1867），19世纪法国著名诗人，象征派诗歌的奠基人。出生于贵族家庭。6岁时父亲去世，其母改嫁给一个古板褊狭的军官。诗人青年时代靠父亲的遗产过着放浪形骸、纵情声色的生活，整日流浪于现代都市中，处处标新立异，和女演员同居，终于穷困潦倒。后来开始文学创作。1857年，他的诗集《恶之花》出版，引起轩然大波：一方面咒骂之声不绝如缕，竟至于有官方出面将之查封，判处诗人伤风败俗的罪名；另一方面许多著名作家好评如潮，一些报纸争相刊登为《恶之花》辩护的文章。诗人最终顶住了威胁和打击，继续写诗，并于4年之后出版了《恶之花》第二版，成为当时很多青年人的精神导师。尽管如此，诗人还是没有摆脱贫病交加的生活。1867年，名满天下的波德莱尔在贫病交加中死去。除了著名的《恶之花》外，诗人还有散文诗集《巴黎的忧郁》、画评《1854年的沙龙》等作品。

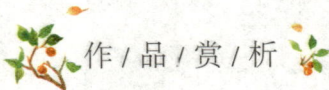

作/品/赏/析

本诗是诗集《恶之花》中的一首情诗。诗人想用黄昏的意象来表达自己与情人在一起的美好时光里的欢乐、痛苦和圣洁的感情。

"时辰到了"，诗的开头这样说道，没有丝毫的迟疑和停顿，似乎从诗人的口中脱口而出。诗人等了好久了吗？无论如何，黄昏已经到了。诗人开始展开自己的心怀，用那美丽的意象，用那有着灵魂的事物来象征诗人的心灵或别的什么。

在这黄昏的时刻，花儿散发着芬芳，似乎在倾吐灵魂的忧郁，诗人听到了声音；小提琴在幽幽咽咽地倾诉，那音乐似诗人心灵的流淌，流淌着诗人的悲伤，又似冥和着天空，天空是美的，那种愁云惨淡的凄美。在这个黄昏，如血的太阳下沉，染红了西边的天空。在那一刻，诗人敏感的心如花一样在战栗，诗人完全沉浸在对美好时光的回忆中，为那天空的悲哀和美丽震撼了。最后，诗在"神座一样灿烂"的氛围中结束，诗人在黄昏的美丽中、在美好的回忆中获得了解脱，进入了物我两忘的境界。

这首诗是波德莱尔的代表作，也是欧洲象征主义诗歌的代表作，它形象地表现了象征主义诗歌的特点和美学追求。诗中的每一个意象都是诗人心灵的流露，是诗人的情感抒发。那花的战栗就是诗人的战栗，那幽咽的声音就是诗人心的哭泣声，那天空的凄愁象征着诗人忧郁的心境。诗人奔走在这喧嚣的世界，体味情感的波澜，在万物中，在它们的动静中寻找诗的意象，寻找心灵的象征，摹画心灵的美。诗人的美是忧郁的，无论那花、那音乐、那天空都蒙着重重的帷幕，沉沉的。

另外，诗的诗体颇为独特。诗人放弃了惯用的"商籁体"，而采用来自马来的诗体：全诗上段的二四两句和下段的一三两句重复，韵律严格。这不仅加重了诗的意象，使情绪的表达更加浓重，而且也增强了诗的节奏，音乐感极强，一咏三叹，缠绵悱恻。其实，对音乐感的追求也是法国象征主义诗歌的一个特点，有人就曾说过，这首诗是诗歌对音乐的胜利。

感 应 /波德莱尔

自然是一座神殿，那里有活的柱子
不时发出一些含糊不清的语音；
行人经过该处，穿过象征的森林，
森林露出亲切的眼光对人注视。

仿佛远远传来一些悠长的回音，
互相混成幽昧而深邃的统一体，
像黑夜又像光明一样茫无边际，
芳香、色彩、音响全在互相感应。

有些芳香新鲜得像儿童肌肤一样，
柔和得像双簧管，绿油油像牧场，
——另外一些，腐朽、丰富、得意扬扬，

具有一种无限物的扩展力量，
仿佛琥珀、麝香、安息香和乳香，
在歌唱着精神和感官的热狂。

钱春绮 译

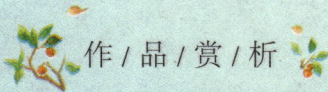 作/品/赏/析

波德莱尔认为，诗歌应当表达人心中微妙的感觉，而这种微妙的心理感觉又是由外在的景物唤起的。"芳香、色彩、音响全在互相感应"，人们在对美的欣赏和创造活动中，各种感官是同时发挥作用的，是彼此沟通的，视觉、听觉、嗅觉、味觉和触觉之间相互交融，和谐地组成感觉的整体。由此，象征与通感就成为波德莱尔诗歌的基本手法。

我愿意是急流 / 裴多菲

我愿意是急流，
山里的小河，
在崎岖的路上、
岩石上经过……
只要我的爱人
是一条小鱼，
在我的浪花中
快乐地游来游去。

我愿意是荒林，
在河流的两岸，
对一阵阵的狂风，
勇敢地作战……
只要我的爱人
是一只小鸟，

我愿意是废墟，
在峻峭的山岩上，
这静默的毁灭
并不使我懊丧……
只要我的爱人
是青青的常春藤，
沿着我荒凉的额，
亲密地攀援上升。

我愿意是草屋，
在深深的山谷底，
草屋的顶上
饱受风雨的打击……
只要我的爱人
是可爱的火焰，
在我的炉子里，
愉快地缓缓闪现。

我愿意是云朵，
是灰色的破旗，
在广漠的空中
懒懒地飘来荡去，
只要我的爱人
是珊瑚似的夕阳，
傍着我苍白的脸，
显出鲜艳的辉煌。

孙用　译

作者简介

裴多菲（1823～1849），匈牙利诗人、文学家。出生于一个屠户家庭，自小以从军为理想，16 岁时辍学，多报两岁进入军队，不久因肺病退伍，进入一家话剧团。1843 年，诗人出版其第一本诗集，受到人们关注。1846 年，诗人领导组织了革命作家团体"青年匈牙利"，创办刊物《生活景象》，宣传民主自由思想。同年，诗人在一个乡村舞会上与森德莱·尤丽娅一见钟情，但遭到女孩的伯爵父亲的极力反对。不久诗人在一次外出途中听到情人嫁人的消息，便匆匆赶回。结果诗人发现是谣传，喜极而泣。1848 年 3 月 15 日，布达佩斯爆发市民起义，诗人作为领导者之一，写下了著名的《民族之歌》。起义不久蔓延到全国，到秋季，匈牙利的人民获得了自由。然而，俄奥帝国派兵侵入匈牙利，诗人亲往前线，抗击侵略者。1849 年 7 月，诗人为祖国而牺牲，年仅 27 岁。诗

裴多菲像

人的作品主要有《诗集》《使徒》等。其中有很多诗都流传甚广，如《自由与爱情》《民族之歌》等。

作/品/赏/析

这是一首情诗，写于 1847 年诗人在和乡村少女森德莱·尤丽娅恋爱的时期。诗歌以流畅的言辞和激昂的感情抒发了诗人心中对爱人热烈诚挚的爱。裴多菲的诗如同裴多菲的生命、爱情和胸怀，一样的豪情壮志，一样的激昂慷慨。

诗人愿意是急流，顺着山中窄窄的水道，穿越崎岖的小路，流过峥嵘的岩石。诗人愿意这样，条件是他的爱人是一条小鱼。诗人愿为她掀起朵朵小小的浪花，让爱人在其间嬉戏游玩。

然而急流仍不足以表明诗人爱的专一，诗人愿意把爱人设想为更多的形象——小鸟、常春藤、炉子、珊瑚般的夕阳，它们在诗人的怀抱或者胸膛里自由生长，任意徜徉。因为，诗人愿意是荒林，即使狂风肆虐；愿意是废墟，即使毁灭在峻峭的山岩；愿意是草屋，即使饱受风雨的打击；愿意是云朵、破旗，即使只能来衬托爱人的美丽和灿烂。

诗中这些叠加在一起的意象，处处透着苍凉和悲壮。苍凉和悲壮的背后是一种崇高和执着，心灵的崇高、爱情的执着。恋人的形象一方面是诗人眼中的恋人的形象：美丽、欢快、热情而鲜艳；另一方面也代表了诗人追求的理想。

诗歌用排比的段落、连续的短句恰当地表达了丰富的内容，激情四溢，波澜壮阔。这首诗也是诗人的爱情声明：坚贞不移、义无反顾。正如诗人另一首著名的诗所说的："生命诚可贵，爱情价更高；若为自由故，二者皆可抛。"诗人就是这样，为了自己所追求的东西，意念坚定，无怨无悔。多么伟大的献身精神！多么伟大的胸怀！

正是这种执着坚贞的爱情观，使得诗人不惧一切艰难险阻也要和爱人在一起。正是这种对理想的崇高追求，对自由的坚韧追求，使得诗人连同他的诗深深地打动了人们，刻在了一代又一代渴望自由与理想的人们心中。

民族之歌 / 裴多菲

起来，匈牙利人，祖国正在召唤！
是时候了，现在干，或者永远不干！
是做自由人呢，还是做奴隶？
就是这个问题：你们自己选择！——
在匈牙利人的上帝面前，
我们宣誓，
我们宣誓，我们
永不做奴隶！

我们做着奴隶，直到现在这时候，
连我们的祖先也遭受诅咒，
他们原来自由地活着、死去，
当然不能在奴隶的土地上安息。
在匈牙利人的上帝面前，
我们宣誓，
我们宣誓，我们
永不做奴隶！

谁如果在紧要关头还不肯牺牲，
把自己这渺小的生命，
看得比他的祖国还要宝贵，
那么他真是太恶劣、太卑鄙。
在匈牙利人的上帝面前，
我们宣誓，
我们宣誓，我们
永不做奴隶！

刀剑是比铁链更为辉煌，
佩带起来呢，也更为像样，
我们却还是佩带着铁链！
来吧，我们的古老的刀剑！
在匈牙利人的上帝面前，
我们宣誓，
我们宣誓，我们
永不做奴隶！

匈牙利这名字一定重新壮丽，
重新恢复它的古代的伟大荣誉；
几世纪来所忍受的污辱羞耻，
我们要把它彻底地清洗！
在匈牙利人的上帝面前，
我们宣誓，
我们宣誓，我们
永不做奴隶！

我们的子孙以后有一天
要向我们叩头，在我们的坟前，
他们在为我们念着祷词，
祝福我们的神圣的名字。
在匈牙利人的上帝面前，
我们宣誓，
我们宣誓，我们
永不做奴隶！

孙用 译

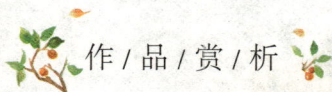 作/品/赏/析

　　《民族之歌》是匈牙利著名的爱国诗人裴多菲的名作。裴多菲一生追求自由民主和民族的解放独立，并为此亲赴战场，献出了年轻的生命。裴多菲的诗歌主要以表达强烈的爱国主义情感为主题，充满了自由和战斗精神，极大地鼓舞了革命人民的斗志。《民族之歌》就是这样一首政治抒情诗，其主题是唤起匈牙利民众为祖国的自由和解放独立而斗争，语言明白直接，毫不晦涩，节奏明快，充满战斗力量，情感基调高昂向上，严肃而又乐观，但是诗人并没有枯燥简单地宣传鼓动，而是灌注着深刻严肃的思考和辩论色彩，最终达到在情绪上激励，在思想上说服的目的。全诗共6节，每节都以"在匈牙利人的上帝面前，／我们宣誓，／我们宣誓，我们／永不做奴隶"为结束语，这样的语句回荡在整首诗中，如不断吹响的战斗号角。而战斗是匈牙利人民唯一的选择，这也是匈牙利国家和人民的责任和伟大荣誉所在。

灵魂选择自己的伴侣 / 狄金森

灵魂选择自己的伴侣，
然后，把门紧闭，
她神圣的决定，
再不容干预。

发现车辇停在她低矮的门前，
不为所动，
一位皇帝跪在她的席垫，
不为所动。

我知道她从一个民族众多的人口
选中了一个，
从此封闭关心的阀门，
像一块石头。

江枫 译

·作者简介·

狄金森（1830～1886），19世纪美国著名女诗人。出生于美国东部景色秀美的小城阿默斯特的一个高贵之家。家中那栋高大的红砖房是她永远的生活背景——除在23岁随父亲去了一次华盛顿，此后从未离开过。狄金森一生仅有的一次远行却给她带来了终生的痛苦——在去华盛顿的途中，她邂逅牧师查尔士·沃兹华斯。两人相恋，沃兹华斯已有妻室，他在与狄金森保持了近10年的通信后，最终音讯全无。狄金森从此性格更加内向，几乎不与任何人交往。1886年，狄金森在独居了20年后平静地离开了人世。狄金森生前仅有几首诗作发表。其余诗作都是在她死后30年内由亲友们整理，陆续出版的。

狄金森像

作/品/赏/析

伴侣是人生命中的一部分，是人相守一生的另一半，是人的信仰和生活支柱。诗的开头说"灵魂选择自己的伴侣"，诗人的意志是坚定的，心是圣洁的，她紧紧地守着自己的灵魂，守着自己生命的风景、信念。

灵魂选择了自己的伴侣，就关上门，坚定地守着自己的决定。这是一种神圣的决定，它不容干预。一种强烈的内心执着意念，一种内视的心灵在自己的天堂里扎根、生长。这种爱情是义无反顾的，一旦爱上一个人，就坚定地将自己的灵魂还有生命一并交给另一个灵魂。

但是，爱情并不是一点没有烟火味，它会经常受到来自外部因素的影响。"车辇停在她低矮的门前"，"一位皇帝跪在她的席垫"上，这是一个暗示，暗示外部因素的纷繁和干扰力量的强大。然而，灵魂坚定而不为所动！这些更进一步地说明坚贞爱情的不易，说明灵魂的纯真和坚毅。

诗人认为这些还不足以表达自己灵魂的坚定，还要用平静的语气再说一遍："不为所动。"诗人要表明自己的决定是在理智的情况下作出的。诗人的爱情是坚定的，是灵魂的冷静选择，从民族众多的人口中选一个自己的伴侣。自此，灵魂就关闭了关心的阀门，不为任何外物所动。这是何等的决心！

诗歌诗意浓缩，表达精练，在简单的词句中蕴含了深厚的内在意蕴和深长的言外之意。同时，诗人由于情感经历的波折而导致的内向性格、浓重的清教徒式的清高意念和看破红尘的心情，在这首诗中表现得十分明显。诗中，皇帝的跪伏、石头等简明意象的使用，都表明了诗人的不为所动的坚定决心，表现了诗人的执着。那简洁有力的语言给人以极大的感染力，那简单冷清的情景带给人们很多想象。正是这些，使得诗人的诗具备了独特的魅力，在世界各国广泛流传，深深地打动着世人的心。

因为我不能等待死亡———/ 狄金森

因为我不能等待死亡——
他体贴地停下来等我——
马车只载着我们两个——
还有永生。
我放下了我的工作，
我的闲暇，
为了他的善意。
我们路过学校，孩子们
在操场上——游戏——
我们路过凝视的麦田——
我们路过西沉的落日——

毋宁说，落日路过我们——
露水让我直打寒颤——
我只穿了一件丝衣——
和薄纱的披肩——

我们在一间房子前停下
像是地上的小丘——
屋顶几乎看不见——
泥土——快盖过了檐口——

许多世纪——过去了——可是——
感觉比一天还短——
我这才怀疑我们到达的
是无限的时间——

灵石 译

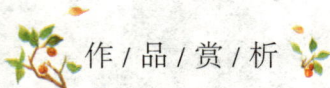 作 / 品 / 赏 / 析

　　狄金森在这首诗中描写了一次象征着人生的旅行经过，表达了对于生命与死亡的深入思考，具有深刻的哲理意义。诗歌的起句"因为我不能等待死亡——"，意涵着诗人要选择在积极地前行中度过自己的生命，而不是静止下来等待死亡的叩访。然而，"他体贴地停下来等我——"，这个"他"，就是对于死亡的指称。诗中要表达的是，对于死亡，不能够等待，而只有迎接。"马车只载着我们两个——"，这意味着人生是伴着死亡同行的。"还有永生。"在死亡之外，诗人又给生命加上了另一个维度——永生。诗的第二节展现了死亡的温柔，诗人因为死亡的善意而放下了工作，这是极具深意的表达，堪称醒人之语。诗的第三节展现生命的旅程，引出了具有象征意味的"落日"。"毋宁说，落日路过我们——"，这是对于生命的逆向思考，我们在路过着，同时也是被路过的对象。"我们在一间房子前停下/像是地上的小丘"，"停下"，意味着生命的终止，而"地上的小丘"当然指的是坟墓。诗的最后一节所展现的正是诗的第一节所提到的"永生"，诗人在这里表现了生命与死亡的辩证关系，诱人深思。

古老的挽歌 / 卡尔杜齐

你曾伸过婴儿般小手的
那株树木
鲜艳的红花盛开着的
绿色的石榴树

在那荒芜静寂的果园里
刚才又披上一抹新绿
六月给它恢复了
光和热

你，我那受尽摧残的
枯树之花
你，我那无用的生命的
最后独一无二的花

你在冷冰冰的土地里
你在漆黑的土地里
太阳不能再使你欢愉
爱情也不能唤醒你

钱鸿嘉 译

·作者简介·

卡尔杜齐（1835～1907），意大利诗人、语言学家和文艺批评家，自幼聪颖好学，熟稔古罗马和意大利文学，曾担任过中学教师，1860年被推荐到博洛尼亚大学讲授修辞学。卡尔杜齐青年时期深受马志尼、加里波第等资产阶级革命家的影响，对民族自由、独立和平等充满了强烈的渴求，诗作中鲜明地表达了民族复兴运动的思想，严厉抨击教会势力扼杀自由的罪恶，赞扬人文精神对宗教势力的抵抗，歌颂人世生活的欢乐。1871年意大利王国成立后，卡尔杜齐的反叛精神有所减弱，政治上趋于保守，诗歌也没有了往时的锐利，开始回避现实生活，而转向对自然风光的吟咏及对青春和爱情的追忆，形式上袭用古希腊和古罗马的诗歌韵律，着力于结构上的完美，虽然在艺术上取得了相当高的成就，却有略嫌颓废的倾向。1906年，"不仅由于他渊博的学识和批判性的研究，更因为他杰出的诗作所特有的创作力、清新的风格和抒情的魅力"，卡尔杜齐获得该年度的诺贝尔文学奖。

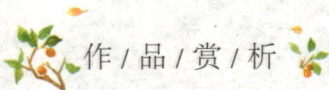

作/品/赏/析

这是一首以挽歌为主题的诗作，诗的前两节出现的"鲜艳的红花"和"绿色的石榴树"与那"光和热"，和后面两节的"枯树之花"，"无用的生命"，"冷冰冰"和"漆黑的土地"，形成了鲜明的对比，在这种对映与比照中，诗人唱出了一首悲凄的挽歌，"最后"与"独一无二"更加深加重了这挽歌的悲情，以至于连"太阳也不能再使你欢愉"，连"爱情也不能唤醒你"，表达的情感近乎哀绝。诗人采用一系列色调明烈的事物作象征，将这种思幽怀古的悲悼之情进行了一番透彻的抒发，取得了非同寻常的艺术效果。

分 离 /哈代

急雨打着窗，震响着门枢，
大风呼呼的，狂扫过青草地。
在这里的我，在那里的你！
中间隔离着途程百里！

假使我们的离异，我爱，
只是这深夜的风与雨，
只是这间隔着的百余里，
我心中许还有微笑的生机。

但在你我间的那个离异，我爱，
不比那可以消歇的风雨，
更比那不尽的光阴：邈远无期！

徐志摩 译

·作者简介·

哈代（1840～1928），英国诗人、小说家。1856年，哈代离开学校，进入了建筑行业，并于1862年去伦敦任建筑绘图员。在此期间，他开始了文学创作。哈代最先的文学创作是诗歌，1866年开始小说创作，第一部小说《穷人与贵妇》未出版。随后创作的《计出无奈》出版后受到肯定。1874年，他的第四部小说《远离尘嚣》成了他的代表作。

哈代晚年又回到了诗歌创作上，并以出色的诗歌开拓了英国20世纪的文学。

作/品/赏/析

《分离》一诗写一种情人之间分离的失落感，诗人借景抒情，善于营造一种具体的情感氛围，而对内心情感的表白，也是比较直接的。"急雨打着窗，震响着门枢，/大风呼呼的，狂扫过青草地"，诗人首先写出了一个风雨凄凄的情景，给我们展现出一个伤感的氛围，之后很快表明分的痛苦："在这里的我，在那里的你！/中间隔离着途程百里！"在第二节，诗人深入了这种分离的本质："假使我们的离异，我爱，/只是这深夜的风与雨，/只是这间隔着的百余里，/我心中许还有微笑的生机。"诗人说这种分离事实上比风雨和遥遥路途更严重："但在你我之间的那个离异，我爱，/不比那可以消歇的风雨，/更比那不尽的光阴：邈远无期！"诗歌语言通俗流畅，富有古典气息，感情很真挚，情与景之间的相互交融也是十分恰当的。

声 音 / 哈代

我思念的女人，我听见你的声音，
一声声地把我呼唤，呼唤，
说你现在不再是与我疏远的模样，
又复是当初我们幸福的容颜。

真是你的声音吗？那么让我看看你，
站着，就像当年等我在镇边，
像你惯常那样站着：我熟悉的身姿，
与众不同的连衣裙，一身天蓝！

也许，这不过是微风朝我这边吹来，
懒洋洋地拂过湿润的草地，
而你已永远化为无知觉的空白，
无论远近，我再也听不到你？

我的周围落叶纷纷，
我迎向前，步履蹒跚。
透过荆棘丛渗过来稀薄的北风，
送来一个女人的呼唤。

飞白 译

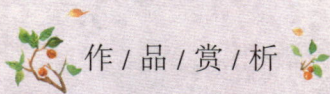

作 / 品 / 赏 / 析

这首《声音》是哈代写给妻子艾玛的悼亡诗。因为诗人深深的眷念，那日夜"思念的女人"，
将他一遍遍地呼唤，在这频频的呼唤中，诗人回想起他们初次见面时候的情景，可是那种情景
再也不能复现，"而你已永远化为无知觉的空白，／无论远近，我再也听不到你"。最后，诗人在
北风穿越的灌木林中迎着纷纷落叶蹒跚前行，而心中的女人依旧在声声呼唤。诗中表露的悲切
之情堪如苏轼的《江城子》，而那结尾的一段，也正如苏词中那"明月夜，短松冈"的萧萧意境，
令人感慨之余自觉无限悲凉。

倦行人 /哈代

我的面前是平原
平原上是路。
看，多辽阔的田野
多辽远的路！

经过了一个山头，
又来一个，路
爬前去。想再没有
山头来拦路？

经过了第二个，啊！
又是一个，路，
还得要向前爬——
细的白的路？

再爬青天不准许；
又拦不住！路
又从山背转下去。
看，永远是路！

卞之琳 译

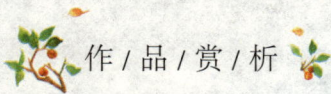 作/品/赏/析

　　诗歌中反复多次地出现一个词：路，这路即是人生之路。"我的面前是平原 / 平原上是路。/ 看，多辽阔的田野 / 多辽远的路！"这平原和田野，就是广阔的人生，而那"辽远的路"，也正是我们辽远的人生之途。路，经过了一个又一个山头，再向前爬去，可还有山头来拦路？答案是"经过了第二个，啊！/ 又是一个"。而路，却"还得要向前爬"，即使那"青天不准许"，也"拦不住"！路，"永远是路"，永远向前爬而永远向没有终点。人生就是一个要克服一个又一个障碍而永远向前进永不停歇的过程。攀爬，是人生不变的姿态；向前，是人生永远的方向。

天 鹅 / 马拉美

纯洁、活泼、美丽的，他今天
是否将扑动陶醉的翅膀去撕破
这一片铅色的坚硬霜冻的湖波
阻碍展翅高飞的透明的冰川！

一头往昔的天鹅不由追忆当年
华贵的气派，如今他无望超度
枉自埋怨当不育的冬天重返
他未曾歌唱一心向往的归宿。

他否认，并以顾长的脖子摇撼
白色的死灰，这由无垠的苍天
而不是陷身的泥淖带给他的惩处。

他纯净的光派定他在这个地点，
如幽灵，在轻蔑的寒梦中不复动弹：
天鹅在无益的谪居中应有的意念。

施康强 译

·作者简介·

马拉美（1842～1898），法国早期象征主义诗歌大师。出生于世代官宦家庭。马拉美很小的时候，母亲、父亲和姐姐相继离开人世，他成了一个孤儿，只是在外祖母的怀中得到一些关怀。中学时代，马拉美迷上了诗歌。1862年，马拉美开始发表诗歌，同年去英国进修英语。次年诗人回到法国。1866年，马拉美的诗歌开始受到诗坛的关注。1876年，马拉美的《牧神的午后》在法国诗坛引起轰动。此后，马拉美在家中举办的诗歌沙龙成为当时法国文化界最著名的沙龙，一些著名的诗人、音乐家、画家都是他家的常客，如魏尔伦、兰波、德彪西、罗丹夫妇等。因为沙龙在星期二举行，被称为"马拉美的星期二"。1896年，马拉美被选为"诗人之王"，成为法国诗坛现代主义和象征主义诗歌的领袖人物。晚年的诗作晦涩难懂，成就不大。

马拉美像

作/品/赏/析

诗人曾经说过："冬日，那清醒的冬日，才是明净艺术的季节。"那样的冬天给了诗人怎样的共鸣，怎样的思考呢？是不是那样的寒冷正好刺痛了诗人的神经，让诗人产生了冷静的思考。《天鹅》写于诗人创作的早期，其时诗人正处于创作低潮期，生活也不是很令人满意。在那样的寒冷中，诗人的思考就深沉地刺进了世界的深处。

这首诗主要描写一只冬天的天鹅。诗的开头用来修饰天鹅的词都可以用来修饰天使，人间的精灵。然而在寒冷的冬天，在冰封的湖面上，天鹅在沉沉睡去。天空的积云还没有散去，显示着冰冷坚硬的铅灰色；湖面死气沉沉，寒冷冻僵了所有的声音。睡去的天鹅并没有忘记自己的出身，华贵的气质，有着优美的内心梦想。天鹅仇视这寒冷和铅灰色的天空，天鹅的梦想在这样的天空上不能展现，也不想展现。天鹅受伤了，陷入深深的忧伤和痛苦中。

这样的处境就是天鹅的宿命吗？天鹅摆动它白色的颈项——纯洁灵动的曲线，否认自己身陷泥淖之中。天鹅认为自己困留在这样的世界，是因为那天空，那没有生机的天空，陷它于这样的处境。天鹅的梦想受到了致命的打击。它绝望了，梦想在自己的心灵中死去。天鹅纯洁的心灵，那份纯净的光让它只能在这样的寒梦中蛰伏，在沉沉的意念中守着自己的纯洁和神圣的美丽。

这天鹅也是诗人自己的象征，天鹅梦想的破灭象征着诗人心灵受到创伤，天鹅的意念和信仰正是诗人的意念和信仰。在对天鹅的描写中，诗人的心也在承受着巨大的悲痛和深深的失望。诗人想在这令人失望的世界中蛰伏，保持自己高傲的形象，不惜以牺牲为代价。

马拉美是象征主义诗歌理论的最终完成者，他的诗歌在艺术的表现手法和艺术形式上将象征主义诗歌的特点表现得极其完整而到位。诗中的天鹅、天鹅的姿态、结冰的湖面组合成的画面，描绘出的自然正是诗人和诗人所在世界的象征，其背后有着深刻的内涵，可能指向着一个更具精神性的世界。

诗歌在用词和音乐的追求上也达到了一个新的高度。诗歌在语言的组织上韵律得当，有着明显的音响效果，体现了诗人自己所说的诗歌主张：要依靠音响的效果来组织词句。

牧神的午后 /马拉美

牧神：
林泽的仙女们，我愿她们永生。
多么清楚
.

她们轻而淡的肉色在空气中飞舞，
空气却睡意丛生。

莫非我爱的是个梦？
我的疑问有如一堆古夜的黑影
终结于无数细枝，而仍是真的树林，
证明孤独的我献给了我自身——
唉！一束祝捷玫瑰的理想的假象。
让咱们想想……

也许你品评的女性形象
只不过活生生画出了你虚妄的心愿！
牧神哪，幻象从最纯净的一位水仙
又蓝又冷的眼中像泪泉般涌流，
与她对照的另一位却叹息不休，
你觉得宛如夏日拂过你羊毛上的和风？
不，没有这事！在寂静而困倦的昏晕中，
凉爽的清晨如欲抗拒，即被暑气窒息，
哪有什么潺潺水声？唯有我的芦笛
把和弦洒向树丛；那仅有的风
迅疾地从双管芦笛往外吹送，
在它化作一场旱雨洒遍笛音之前，
沿着连皱纹也不动弹的地平线，
这股看得见的、人工的灵感之气，
这仅有的风，静静地重回天庭而去。
啊，西西里之岸，幽静的泽国，
被我的虚荣和骄阳之火争先掠夺，
你在盛开的火花下默认了，请你作证：
"正当我在此地割取空心的芦梗
"并用天才把它驯化，远方的青翠
"闪耀着金碧光辉，把葡萄藤献给泉水，
"那儿波动着一片动物的白色，准备休息，

一听到芦笛诞生的前奏曲悠然响起，
惊飞了一群天鹅——不！是仙女们仓皇
逃奔
"或潜入水中……"

一切都烧烤得昏昏沉沉，
看不清追求者一心渴望了那么多姻缘
凭什么本领，竟能全部逃散不见
于是我只有品味初次的热情，挺身站直，
在古老的光流照耀下形单影只，
百合花呀！你们当中有最纯真的一朵。

除此甜味，她们的唇什么也没有传播，
除了那柔声低语保证着背信的吻。
我的胸口（作证的处女）可以证明：
那儿有尊严的牙留下的神秘的伤处，
可是，罢了！这样的奥秘向谁倾诉？
只有吐露给向天吹奏的双管芦笛，
它把脸上的惶惑之情转向它自己，
在久久的独奏中入梦，梦见咱俩一同
假装害羞来把周围的美色逗弄，
让美和我们轻信的歌互相躲闪；
让曲调悠扬如同歌唱爱情一般，
从惯常的梦中，那纯洁的腰和背——
我闭着双眼，眼神却把它紧紧追随——
让那条响亮、虚幻、单调的线就此消逝。

啊，狡诈的芦笛，逃遁的乐器，试试！
你快重新扬花，在你等待我的湖上！
我以嘈杂而自豪，要把女神久久宣扬；
还要用偶像崇拜的画笔和色彩
再次从她们的影子上除去裙带。
于是，当我把葡萄里的光明吸干，
为了把我假装排除的遗憾驱散，
我嘲笑这夏日炎炙的天，向它举起
一串空葡萄，往发亮的葡萄皮里吹气，
一心贪醉，我透视它们直到傍晚。

哦，林泽的仙女、让我们把变幻的回忆
　　吹圆：
"我的眼穿透苇丛，射向仙女的颈项，
"当她们把自己的灼热浸入波浪，
"把一声怒叫向森林的上空掷去，
"于是她们秀发如波的辉煌之浴
"隐入了碧玉的颤栗和宝石的闪光！
"我赶来了；啊，我看见在我脚旁
"两位仙女（因分身为二的忧戚而憔悴）
"在冒险的手臂互相交织间熟睡；
"我没解开她们的拥抱，一把攫取了她们，
"奔进这被轻薄之影憎恨的灌木休，
"这儿，玫瑰在太阳里汲干全部芳香，
"这儿，我们的嬉戏能与燃烧的白昼相像。"
我崇拜你，处女们的怒火，啊，欢乐——
羞怯的欢乐来自神圣而赤裸的重荷，
她们滑脱，把我着火的嘴唇逃避，
嘴唇如颤抖的闪电！痛饮肉体秘密的战栗：
从无情的她的脚，到羞怯的她的心，
沾湿了的纯洁同时抛弃了她们，——
不知那是狂热的泪，还是无动于衷的露？
"当我快活地征服了背叛的恐怖，
"我的罪孽是解开了两位女神。
纠缠得难分难解的丛丛的吻；
"当我刚想要把一朵欢笑之火
"藏进一位女神幸福的起伏之波，
（同时用一个手指照看着另一位——
"那个没泛起红晕的天真的妹妹，
"想让姐组的激情也染红她的白羽，）
"谁料到，我的双臂因昏晕之死而发虚，

"我的猎获物竟突然挣脱，不告而别，
"薄情的，毫不怜悯我因之而醉的呜咽。"

随她去吧！别人还会把我引向福气，
把她们的辫子和我头上的羊角系在一起。
你知道，我的激情已熟透而绛红，
每个石榴都会爆裂并作蜜蜂之嗡嗡，
我们的血钟情于那把它俘虏的人，
为愿望的永恒之蜂群而奔流滚滚。
当这片森林染成了金色和灰色，
枯叶之间升起一片节日的狂热：
埃特纳火山！维纳斯恰恰是来把你寻访，
她真诚的脚跟踏上你的火热的岩浆，
伤心的梦雷鸣不止，而其火焰渐渐消失。
我捉住了仙后！

逃不掉的惩罚……
不，只是，
沉重的躯体和空无一语的心灵
慢慢地屈服于中午高傲的寂静。
无能为力，咱该在焦渴的沙滩上躺下。
赶快睡去，而忘却亵渎神明的蠢话，
我还爱张着嘴，朝向葡萄酒的万应之星！

别了，仙女们；我还会看见你们化成的影。

飞白　译

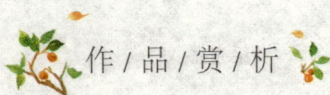

作/品/赏/析

　　这篇《牧神的午后》描写的是在意大利南方一个炎炎夏日的午后，牧神在半睡半醒间，仿佛听到了潺潺的流水声，看到水泽中的仙女们在嬉戏，但他又不确定这是梦幻中的场景还是自己对于现实的回忆。后来仙女们散去，牧神只得一再重温那栩栩如生的或是回忆或是梦幻中的情景。在回忆与梦幻的交织中，各种意象都是那样的具体可感，可是它们却又并非真实的存在，这样，虚与实，幻与真，追求与失落和继续的追求所组成的矛盾贯穿全诗。牧神的这种执拗的追求，在一个侧面显示了诗人对艺术的偏执的态度。诗篇中充满着神秘和梦幻的色彩，而这也揭示了艺术所具有的朦胧、隐约、神秘而不可捉摸的特点。

白色的月 / 魏尔伦

白色的月
照着幽林，
离披的叶
时吐轻音，
声声清切：

哦，我的爱人！

一泓澄碧，
净的琉璃，
微波闪烁，
柳影依依——
风在叹息：

梦罢，正其时。

无边的静
温婉，慈祥，
万丈虹影
垂自穹苍
五色映辉⋯⋯

幸福的辰光！

梁宗岱　译

· 作者简介 ·

魏尔伦（1844～1896），法国象征派诗人的杰出代表。1866年，魏尔伦出版了他的第一部诗集《伤感集》，其中已经呈现出了现代主义的萌芽。1869年，魏尔伦的另一部诗集《游乐图》问世。后来，他把给恋人玛蒂尔德写的情诗结集出版，取名为《美好的歌》。巴黎公社起义后，魏尔伦担任了公社的新闻处主任。起义失败后，他重陷入颓废之中。因打伤了少年兰波，魏尔伦被判入狱两年，出狱后处于虔诚的忏悔之中，创作了《智慧集》。1885年完成的《被诅咒的诗人们》，树立了他在象征派诗人中的地位。1894年魏尔伦接替勒孔特·德·李勒当上了"诗人之王"。两年后病逝巴黎。

作/品/赏/析

这首小诗格调高洁，而语言更是清美之极。"白色的月／照着幽林，／离披的叶／时吐轻音，／声声清切"，白色的月给人一种分外清朗的感觉；幽谧的树林中清切的树叶声，也给人一种格外清幽的感觉。而这"声声清切"，引起了诗人这样的一声呼唤："哦，我的爱人！""一泓澄碧，／净的琉璃，／微波闪烁，／柳影依依——／风在叹息"，如此佳景，怎能不令人心生慨叹："梦罢，正其时。""无边的静／温婉，慈祥，／万丈虹影／垂自穹苍／五色映辉……"这是多么美好的"幸福的辰光"！诗人将自己的心投注在自然界种种美好的物象上面，心景互映，在叙景的同时，也道出自己内心的情感，实现了完美的情景交融。

泪流在我心里 / 魏尔伦

泪流在我心里，
雨在城上淅沥：
哪来的一阵凄楚
滴得我这般惨戚？

啊，温柔的雨声！
地上和屋顶应和。
对于苦闷的心
啊，雨的歌！

尽这样无端地流，
流得我心好酸！
怎么？全无止休？
这哀感也无端！

可有更大的苦痛
教人慰解无从？
既无爱又无憎，
我的心却这般疼。

梁宗岱 译

作/品/赏/析

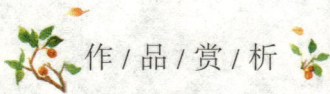

"雨在城上淅沥"，如同"泪流在我心里"。魏尔伦在这首诗中尽诉心中的苦楚，由着雨的淅沥，引发心中的泣诉，泪流在心里是比泪流在脸上更为戚戚的一种痛。"尽这样无端地流，/ 流得我心好酸！ / 怎么？全无止休？ / 这哀感也无端！"这份苦闷，尽意地流，却是无休又无端。"可有更大的苦痛 / 教人慰解无从？ / 既无爱又无憎，/ 我的心却这般疼。"恰恰是因为这种苦痛没有确切的所指，无爱又无憎，不含有确定的情感，才是这样地不可捉摸，这样地没有止休，这样地凝重哀绝。这就是诗人对于人的生命本体所产生的一种复杂而又朦胧的心理感受，这种感受不可索解，有的只是苦闷与哀愁。而这种愁苦的情绪在诗中已超越了普通的意义，具有了形而上的哲理性内涵。

最孤寂者 /尼采

现在，当白天
厌倦了白天，当一切欲望的河流
淙淙的鸣声带给你新的慰藉，
当金织就的天空
对一切疲倦的灵魂说："安息吧！"——
你为什么不安息呢，阴郁的心呵，
什么刺激使你不顾双脚流血地奔逃呢……
你盼望着什么呢？

梁宗岱 译

· 作者简介 ·

尼采（1844～1900），德国著名哲学家、诗人和散文家，生于普鲁士萨克森州的一个乡村牧师家庭，父亲是国王威廉四世的宫廷教师，曾教导过四位公主，深得国王的信任，于是他获得特别的恩准，以国王的名字来给自己的儿子命名，即"弗里德里希·威廉·尼采"。尼采在5岁的时候失去父亲，几个月后他2岁的弟弟又夭折，亲人接连的死亡给尼采幼小的心灵留下了挥之不去的阴影，造成了他阴郁内向的性格。尼采在就读中学时对文学和音乐表现出极大的兴趣，音乐与诗歌成了他生活中的精神支柱，而尼采也开始展露出惊人的智力。1864年，尼采进入波恩大学攻读神学和古典语言学，但是一个学期后尼采就放弃了神学。1865年，尼采转入莱比锡大学，开始了自己哲学思想的酝酿。1867年秋，尼采开始了为期一年的服役，因为从马上摔下胸骨受重伤而提前结束了服役。1869年，尼采被瑞士巴塞尔大学聘为古典语言学教授，并于同年加入瑞士国籍。1879年，尼采辞去教职，开始了漫游生涯。1889年后，尼采在精神失常中走过了最后的生命旅程。

作/品/赏/析

尼采在自己的哲学中执着地探寻着生命的意义。他对这一问题的解答是——靠艺术来拯救人生，赋予生命以一种审美的意义。尼采将自己伟大的一生献给了哲学，也献给了艺术，然而这样一位伟大的人，却有着那样一种深入骨髓的无可排解的孤独，而这份残忍的孤独最终也导致了尼采精神的癫狂。"当一切欲望的河流／淙淙的鸣声带给你新的慰藉"，诗人的心却得不到一种解脱，尼采向自己叩问："你为什么不安息呢，阴郁的心呵，什么刺激使你不顾双脚流血地奔逃呢……你盼望着什么呢？"追随着尼采的叩问，参照着尼采的人生经历，我们同样会发出这样的疑问，人生的意义究竟何在？人生的旅途到底指向何方？怎样才能够给人生带来真正的拯救？

乌 鸦 / 兰波

主啊，当草原寒气袭人，
在萎靡的小村庄里，
在凋零的大自然里，
让乌鸦从太空里飞下，
那些可爱的奇妙的乌鸦。

叫声凄厉的奇怪的队伍，
冷风吹袭你们的窠！
你们沿着黄色的河，
沿着旧十字架的道路，
在沟渠上面，在洼地上空，
你们飞散着，请再来集中！

在那些前日的死者
长眠的法国原野上面
成群盘旋吧，可好？在冬天，
为了唤起行人的感慨，
请尽你们的义务喊叫，
哦，我们的凄沉的鸟！

可是，诸圣啊，让五月之莺
在那沉没于良宵的桅杆，
在那橡树的高枝上面，
为林中的羁客长鸣，
他们在草中无法离开，
那些没有前途的失败者！

钱春绮 译

·作者简介·

　　兰波（1854～1891），19世纪法国象征主义诗人。出生在法国西北部的一个小城。兰波出生不久，其父便抛弃了兰波母子二人。母亲将这种痛苦转嫁到孩子身上，使得家庭气氛沉闷。兰波在这样的日子中度过了童年，还有过3次离家出走的经历。诗人15时岁就写下了名诗《元音》、《醉舟》。1869年，诗人再次出走，来到巴黎，和另一位诗人魏尔伦认识。1873年，被魏尔伦枪击而受伤。不久诗人写下了著名的散文诗集《地狱的一季》；同年，诗人放下诗笔，从事商业活动。诗人在其6年创作生涯中，仅留下70余首诗和40多首散文诗，但影响很大。1891年，诗人身患癌症离开人世，年仅37岁。

兰波像

作/品/赏/析

　　这首诗写于普法战争（1870年）之后，诗人借着战争的失利和生命的死亡来讲述自己心中的生活感受。

　　诗人在生命的重重阴影中叹息、悲哀，带着难以言状的沉沦和失望。世界也是这样：那草原、村庄，还有那群乌鸦，都面临着这样的困境。草原上，寒风在吹着，绿色在这样的世界上已没有立足之地。村庄更是在寒风中瑟瑟发抖，几座用蓬草搭起的茅屋是唯一的风景，和草原一样的干枯，孤独而单调地立在那儿。凋零！

　　这凋敝的草原上突然有一群精灵飞起。是乌鸦！它们叫声凄厉，是为人间的悲剧，还是为自己的命运？草原上站着一些光秃槎丫的树，树枝间的窠，是乌鸦仅有的栖身之所，那坚硬、冰冷的窠更是严酷的寒风的袭击对象。在黄色的河流上空，在两旁插满十字架的道路中，在阴暗的小水沟上面，乌鸦在飞翔着，散落在那任何可能藏有腐朽和死亡的地方。

　　诗人说："请再来集中。"诗人突然跳出来呼喊，盘旋吧，人间的精灵！在冰冷僵硬的尸体上面，在死气沉沉的法国上空，扫荡人间那些行将逝去的肮脏灵魂吧！喊叫吧，人间的精灵！让那些浑浑噩噩的人们清醒过来，让路过的行人知道这国家的腐朽！这也是诗人的愿望和心声。

　　诗人在最后一段把乌鸦说成是"五月之莺"，它在那沉沉的夜中，在桅杆上，在高高的橡树上鸣叫。诗人借着这凄厉的鸣叫要唤醒人类心中埋藏的激情和美好理想。这是诗人的寄托吗？诗人该是那羁留在丛林中的天涯倦客，该是生活的失败者——也许是英雄穷途。

　　这首诗体现了兰波诗歌的显著特征。兰波是波德莱尔的第一个继承人，同时他还发展了波德莱尔的象征主义理论。他认为诗歌是人的心灵世界和自然世界冥合的结果，是诗人的一种通感的表达，他还认为诗歌应注重对主观情感的抒发，要用虚幻的世界来表现心灵。在这首诗中，诗人似乎和那原野、村庄、乌鸦合一了——那处境既是它们的处境也是诗人的生活处境，鸣叫、坚强同样是诗人的呼喊和坚强。

因为我深爱过 / 王尔德

亲爱的心上人，当那热情的年轻修士
初次从他被困囚的神的隐密圣坛中
取出圣餐，并食用面饼，
饮用那令人敬畏的葡萄酒时，
也无法体验到我如此奇妙的感受——
当我那被冲击的眼初次深深凝视着你，
整晚我跪在你的足前，
直到你倦乏于这盲目崇拜。

啊！如果你喜欢我较少而爱我较深，
在经过那些欢笑和雨水的夏日后，
此刻我早已不是忧伤的继承者，
也不会是侍立在痛苦之屋中的仆人。
然而，即便懊悔，青春那苍白的管家，
带着他所有的扈从紧随在我脚后，
我却深幸我曾爱你——想想那
让一株婆婆纳变蓝的所有阳光！

佚名 译

·作者简介·

王尔德（1854～1900），英国著名的诗人、小说家和戏剧家，唯美主义艺术运动的倡导者和主要代表，出生在爱尔兰都柏林，有着优越的家世，父亲是一名外科医生，母亲是一名作家。1874年，王尔德进入牛津大学莫德林学院，在那里，他确立了自己唯美主义的艺术方向。1891年，王尔德发表了自己的第一篇小说《道林·格雷的画像》，稍后又发表了散文《社会主义下人的灵魂》，这两部作品取得了很大成功，但是给王尔德带来更多荣誉的则是他的戏剧作品，其中包括举世闻名的剧作《莎乐美》。1895年，王尔德因一起诉讼案被判服刑两年。出狱后，王尔德因为彻底的失望而离开英国，后病逝于巴黎。王尔德的作品以语言华美和立意新颖而著称，其作品广受世界各地人们的欢迎，而他本人也成了唯美主义的一个代名词。

作/品/赏/析

"因为我深爱过"，所以"我"是幸福和幸运的。"当我那被冲击的眼初次深深凝视着你"，"你"可知道"我"的感受是多么的奇妙！诗人用了四行诗句，叙说热情的年轻修士走出圣坛，享用圣餐和饮用圣酒的情景，只是为了衬托出诗人初次凝视心上人的那种神圣的感受，表达出诗人对于爱人的挚恋和对于爱情的崇高信仰。诗的第二节讲述诗人这样的表白，无论事情如何，自己的爱是真诚的，是不会有懊悔的，而只是深幸"曾爱你"，深幸自己曾经深爱过。"想想那／让一株婆婆纳变蓝的所有阳光！"曾经的爱，和那曾经有着爱情照耀的日子，总是万般的美好。

沉默的爱人 /王尔德

一如那过于辉煌的太阳总是
催促苍白而不情愿的月亮
返回她阴郁的洞穴——在她
赢得夜莺的一首歌谣之前，
而你的美丽也使我的唇无言，
使所有我最甜美的歌唱变调。

一如黎明时分，风张着冲动的翅膀
越过平坦的草地，
它过于猛烈的亲吻折断了芦苇——它所仅有的歌唱乐器，
而我那过于激烈的热情也使我犯错，
我狂热的爱恋使我的爱人沉寂无声。
然而我的眼睛的的确确已向你表明
何以我沉默，何以我的鲁特琴断弦，
或许我们分开是比较好的，去吧，
你去寻找那歌唱着更为甜美旋律的唇，
我则以那些未亲吻的吻，和未唱的歌，
来滋养这贫瘠的回忆。

佚名 译

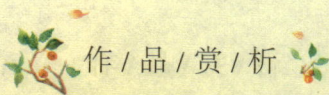 作/品/赏/析

　　这首诗的前后两段都采用了比兴的手法来领起，前一段用日升月落间夜莺的歌谣来映照，言说爱人的美丽"使我的唇无言，使所有我最甜美的歌唱变调"，后一段用黎明时分冲动的风"亲吻折断了芦苇"来引出"我那过于激烈的热情也使我犯错"，"我狂热的爱恋使我的爱人沉寂无声"。后一段所言之事与前一段相同，可是所诉之情却比前一段更为热烈。前后两段内容相互对应，由"你的美丽也使我的唇无言"转成"我狂热的爱恋使我的爱人沉寂无声"，这份爱是如此沉重，以至于彼此不堪承受。诗人尝试着宽慰"或许我们分开是比较好的"，可是那又将是一番怎样的痛苦呢？

281

晨间印象 / 王尔德

泰晤士河蓝色与金黄的夜曲
转变为灰色的和声：
一艘舢板载着褚色干草
离开码头：既寒且冷。

黄色晨雾悄悄潜降
桥上，直到屋墙
仿佛变成暗影，而圣保罗教堂
隐隐约约有如城市上空的泡沫。

接着突然响起生命苏醒的
叮珰声响：街道因乡村的马车
而骚动：一只鸟
飞向闪亮的屋顶歌唱。

然而有位苍白的妇女孑然一人，
日光亲吻她苍白的发，
在煤气灯的闪光下徘徊，
带着火焰般的唇和石头般的心。

佚名 译

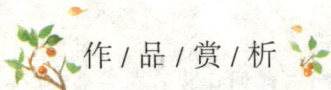 作 / 品 / 赏 / 析

　　诗的开篇是个概括式的描绘："泰晤士河蓝色与金黄的夜曲／转变为灰色的和声"，接下来开始分写舢板、晨雾、教堂、马车和飞鸟等河畔的各种景致，最后颇有些出人意料地绘出一个孑然的老妇人形象，将晨间印象的丰富程度提高到了一个新的层次。这首《晨间印象》取用通感的艺术方法，将色彩与乐声和谐地交融在一起，连同对于泰晤士河畔清晨时分的各种景物以及人物传神的描摹，一幅河畔晨景图赫然于读者的眼前。诗中还多处运用了比喻和拟人的手法，令诗句显得非常灵动，很好地体现了王尔德创作中唯美主义的一面。

风 车 / 维尔哈伦

风车在夕暮的深处很慢地转，
在一片悲哀而忧郁的长天上，
它转啊转，而酒渣色的翅膀，
是无限的悲哀，沉重，又疲倦。

从黎明，它的胳膊，像哀告的臂，
伸直了又垂下去，现在你看看
它们又放下了，那边，在暗空间
和熄灭的自然底整片沉寂里。

冬天苦痛的阳光在村上睡眠，
浮云也疲于它们阴暗的旅行；
沿着收于它们的影子的丛荆，
车辙行行向一个死灭的天边。

在土崖下面，几间桦木的小屋
十分可怜地团团围坐在那里；
一盏铜灯悬挂在天花板底下，
用火光渲染墙壁又渲染窗户。

而在浩漫平芜和朦胧空虚里，
这些很惨苦的破星！它们看定
（用着它们破窗的可怜的眼睛）
老风车疲倦地转啊转，又寂寞。

戴望舒 译

·作者简介·

　　维尔哈伦（1855～1916），比利时著名诗人、剧作家和文艺评论家。1874年进入卢万大学，1882年开始写诗。1883年发表第一部诗集《佛兰芒女人》，这部诗集具有浓厚的佛兰德民歌风格的乡土气息，语言淳朴，感情真挚。1887～1890年，维尔哈伦相继出版了诗集《黄昏》、《瓦解》和《黑色的火炬》。这几本诗集透露着诗人的悲观主义倾向，传达了现代人的精神危机感，有着象征主义的倾向。1891年，维尔哈伦开始接近工人运动，由此将创作的注意力投注到劳动人民的身上，诗歌内容转向揭发当时的社会问题和歌颂朴实的民众，诗歌风格也转向现实主义。维尔哈伦的后期诗作主要有《妄想的农村》、《触手般扩展的城市》、《生活的面貌》、《喧嚣的力量》等。维尔哈伦还写有画家评传《伦勃朗》和《鲁本斯》，剧作《黎明》、《修道院》、《菲力浦二世》和《斯巴达的海伦》等。

作/品/赏/析

　　诗的第一节向读者展现了一幅凄凉忧郁阴惨凝重的画面："风车在夕暮的深处很慢地转，在一片悲哀而忧郁的长天上，它转啊转，而酒渣色的翅膀，是无限的悲哀，沉重，又疲倦。""从黎明，它的胳膊，像哀告的臂，伸直了又垂下去，现在你看看／它们又放下了，那边，在暗空间／和熄灭的自然底整片沉寂里。"这是一幅充满象征意味的图画，画面上的一切色彩和姿态，既是诗人心理情感的投射，也是诗人所生活着的那个社会的现实景况的映照。诗的第二节写风车绝望的挣扎，更增加了一份悲重的色彩。"冬天苦痛的阳光在村上睡眠，浮云也疲于它们阴暗的旅行；沿着收于它们的影子的丛荆，车辙行行向一个死灭的天边。"这一节又扩展开来写景物的各种情形。那"死去的天涯"，与前一节中"熄灭的大地"相对，连同诗的最后一句中的"归于寂灭"，写的都是一种衰弱而至于灭亡的神态，这反映了诗人心中浓郁的悲观情绪，也折射了当时灰暗的社会现实。

雪 / 维尔哈伦

雪不停地落着，
像迟钝、瘦长而可怜的毛线，
落在阴沉、瘦长而可怜的平原，
带着爱的冷漠，恨的炽热啊。

雪落着，无穷无限。
犹如一个瞬间——
单调地——接着一个瞬间；
雪飘落，雪落着，
单调地落在房舍上，
落在谷仓和谷仓的隔板上；
雪落着，落着，
无数的雪，落在墓地，落在墓间的空处啊。

气候恶劣的季节的帷幕，
在空中被粗暴地拉开；
灾难的帷幕在迅风中摇摆，
在它下面，小村庄蜷伏着。

严寒浸入了骨髓深处，
而穷苦走进了每家每户，
雪和穷苦，进入心灵深处；
沉重的半透明的雪，
进入冰冷的炉膛和没有火焰的心灵深处，
人们的心灵在茅舍棚屋中萎谢。

在弯弯曲曲的道路交叉的地方，
是死了一般的白色的村庄；
高大的树，被严寒铸成晶体，
沿着雪地排成长长的仪仗，
纵横交错的树枝，像水晶雕塑的窗饰。
那儿，是一些古老的磨房，
凝聚着苍白的苔藓，像布下的罗网，
突然竖立在小小的山丘；

在那下边，那些屋顶和房檐，
自从十一月开始露面，
就在狂风中和寒风搏斗；
而无穷无尽的漫天沉重的雪
落着，笼罩着阴沉、瘦长而可怜的原野。

飘飞的雪经过漫长的跋涉，
落到每一条小径，每一个罅隙；
永远是雪啊和雪的裹尸布，
苍白的雪带着丧葬的痛楚，
苍白的不能生育的雪，
一身褴褛，在狂野的流浪中
度过这世界的无涯无涘的严冬

罗洛　译

作/品/赏/析

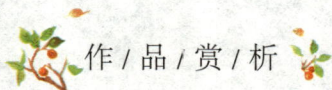

　　"雪落在中国的土地上，寒冷在封锁着中国啊……"这是中国诗人艾青写于1937年的诗句，诗中表现了在那最艰危的时刻，中华民族所承受的深重无比的苦痛与灾难，诗人一腔爱国的热血呼之欲出。而维尔哈伦的这首《雪》，表达的是同样一种主题，诗人心中蕴含的也是同样一种情绪。诗人将一种深厚的情感融入进对于雪的描述，每一个诗句都浸透了人民苦难的血泪。"严寒浸入了骨髓深处，而穷苦走进了每家每户，雪和穷苦，进入心灵深处"，"人们的心灵在茅舍棚屋中萎谢"，"就在狂风中和寒风搏斗；而无穷无尽的漫天沉重的雪／落着，笼罩着阴沉、瘦长而可怜的原野。"这样的诗句，真的是冰入人的骨髓，痛彻人的心魂！

当你老了 / 叶芝

当你老了，头白了，睡思昏沉，
炉火旁打盹，请取下这部诗歌，
慢慢读，回想你过去眼神的柔和，
回想它们昔日浓重的阴影；

多少人爱你青春欢畅的时辰，
爱慕你的美丽，假意或真心，
只有一个人爱你那朝圣者的灵魂，
爱你衰老了的脸上痛苦的皱纹；

垂下头来，在红光闪耀的炉子旁，
凄然地轻轻诉说那爱情的消逝，
在头顶的山上它缓缓踱着步子，
在一群星星中间隐藏着脸庞。

袁可嘉 译

· 作者简介 ·

叶芝(1865～1939),爱尔兰著名诗人,后期象征主义诗人的主要代表。出生在一个画家家庭。1889年,诗人出版其第一部诗集《乌辛的漫游与其他》。同年,叶芝对美丽的茅德·冈一见钟情,并且一往情深地爱了她一生,尽管诗人并没有得到对方的丝毫回报。1891年,诗人来到伦敦,组织"诗人俱乐部"、"爱尔兰文学会",宣传爱尔兰文学。1896年,他和友人一道筹建爱尔兰民族剧院,拉开了爱尔兰文艺复兴的序幕。1899年,诗人的诗集《苇丛中的风》获得最佳诗集学院奖。1902年,爱尔兰民族戏剧协会成立,诗人任会长。1910年,诗人获得英国王室年金奖和自由参加任何爱尔兰政治运动的免罪权。1917年,诗人再次向业已离婚的茅德·冈求婚,被拒绝,同年和另一女子结婚。1923年,诗人获得诺贝尔文学奖。1932年,诗人创立爱尔兰文学院。1938年,诗人移居法国,一年后病逝。诗人一生创作甚富,主要作品有诗集《塔楼》、《后期诗集》等。

作/品/赏/析

1889年1月30日,23岁的叶芝遇见了美丽的女演员茅德·冈,对她一见钟情,尽管这段一直纠结在诗人心中的爱情几经曲折,没有什么结果,但对茅德·冈的强烈爱慕之情却给诗人带来了真切无穷的灵感,创作了许多与此有关的诗歌。《当你老了》就是其中的一首。其时,诗人还是一名穷学生,诗人对爱情还充满着希望,对于感伤还只是一种假设和隐隐的感觉。

在诗的开头,诗人设想了一个情景:在阴暗的壁炉边,炉火映着已经衰老的情人的苍白的脸,头发花白的情人度着剩余的人生。在那样的时刻,诗人让她取下自己的诗,在那样的时间也许情人就会明白:诗人的爱是怎样的真诚、深切。诗开头的假设其实是一个誓言,诗人把自己,连同自己的未来一起押给了爱人,这爱也许只是为了爱人的一个眼神。诗人保证:即使情人老了,自己仍然深爱着她。即使她头发花白,即使她老眼昏花,仍然可以为那一个柔和的眼神带来的爱慕,带来的阴影和忧伤回想,让最后一点的生命带点充实的内容。在情人的最后岁月里,诗人极为渴望能在她身边。

然而,这样的誓言与坚定并没有得到应有的回报。情人是很优秀的:美丽、年轻而有着令人仰美的内秀。这注定了诗人爱情的艰难和曲折。那些庸俗的人们同样爱慕着她,为她的外表,为着她的年轻美丽——他们怀着假意,或者怀着真心去爱。但是,诗人的爱不是这样,诗人爱着情人的灵魂——那是朝圣者的灵魂,诗人的爱也因此有着朝圣者的忠诚和圣洁,诗人不仅爱情人欢欣时的甜美容颜,同样爱情人衰老时痛苦的皱纹。诗人的爱不会因为爱情的艰辛而有任何的却步,诗人的爱不会因为情人的衰老而有任何的褪色,反而会历久弥新,磨难越多爱得越坚笃。

虽然自己的苦恋毫无结果,诗人仍会回忆那追求爱情的过程,追思那逝去的岁月,平静地让爱在心里、在唇间流淌。诗人所担心的是情人。她会在年老的时候为这失去的爱而忧伤吗?她会凄然地诉说着曾经放在面前的爱情吗?诗人的爱已经升华。那是一种更高境界的爱——在头顶的山上,在密集的群星中间,诗人透过重重的帷幕,深情地关注着情人,愿情人在尘世获得永恒的幸福。

白 鸟 /叶芝

亲爱的，但愿我们是浪尖上一双白鸟！
流星尚未陨逝，我们已厌倦了它的闪耀；
天边低悬，晨光里那颗蓝星的幽光
唤醒了你我心中，一缕不死的忧伤。

露湿的百合、玫瑰梦里逸出一丝困倦；
呵，亲爱的，可别梦那流星的闪耀，
也别梦那蓝星的幽光在滴露中低徊：
但愿我们化作浪尖上的白鸟：我和你！

我心头萦绕着无数岛屿和丹南湖滨，
在那里岁月会以遗忘我们，悲哀不再来临；
转瞬就会远离玫瑰、百合和星光的侵蚀，
只要我们是双白鸟，亲爱的，出没在浪花里！

傅浩 译

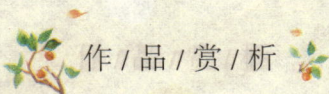 作/品/赏/析

　　这篇《白鸟》，是诗人自我情感的倾诉，在爱情的呼唤中又透露出诗人心中难解的忧伤，而这忧伤，正来自现实之中爱情的若即若离和爱情所遭受的种种羁绊，也许还来自那爱情本身的热度。诗人一再地宣称：愿与爱人化作浪尖上的一双白鸟。白鸟，是一种忠贞和纯洁的象征，另外尤为值得注意的是，浪尖这个意象在诗中所具有的特别含义，浪尖表达了诗人对于沉重的现实的一种超脱的愿望，诗人是在追寻着这样一种不受任何其他因素侵染的、理想的浪漫爱情——"只要我们是双白鸟，亲爱的，出没在浪花里"！

湖心岛茵尼斯弗利岛 / 叶芝

我就要起身走了，到茵尼斯弗利岛，
造座小茅屋在那里，枝条编墙糊上泥；
我要养上一箱蜜蜂，种上九行豆角，
独住在蜂声嗡嗡的林间草地。

那儿安宁会降临我，安宁慢慢儿滴下来，
从晨的面纱滴落到蟋蟀歇唱的地方；
那儿半夜闪着微光，中午染着紫红光彩，
而黄昏织满了红雀的翅膀。

我就要起身走了，因为从早到晚从夜到朝
我听得湖水在不断地轻轻拍岸；
不论我站在马路上还是在灰色人行道，
总听得它在我心灵深处呼唤。

飞白 译

作/品/赏/析

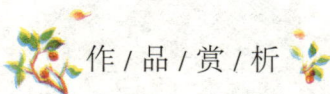

　　这首诗表达的是一个居住于城市之中的人对于清新的大自然的向往之情。根据叶芝的自述，此诗的写作主要受到美国作家梭罗的影响，另外还有自己童年时代的野心和当时的乡愁，以及城市景象对于自己的刺激这些因素。诗人由喷泉想到了湖水，将远与近沟通起来，"叮咚的水响"惹起了诗人心中的一种遥远的想象。叶芝说过："从这突发的记忆中产生了我的诗《湖心岛茵尼斯弗利岛》。"正是这突发的记忆成就了这首诗，而过去的回想和未来的憧憬，都在这宝贵的记忆中酝酿而生。叶芝在诗歌的创作中重视韵律的营造，注意结构的谨严，而本诗中的两句"我就要起身走了"，前后呼应，正是构成了一个圆形的结构。

驶向拜占庭 / 叶芝

一

那绝非老年人适宜之乡。青年人
互相拥抱着，树林中的鸟雀
——那些濒死的世代——在歌吟，
鲑鱼回游的瀑布，鲭鱼麇集的海河，
水族、走兽、飞禽，整夏都在赞颂
萌发、出生和死亡的一切。
它们都沉溺于那肉感的音乐
而忽视了不朽的理性的杰作。

二

一个老人不过是无用的东西，
像一根竹竿上的破旧衣裳。
除非灵魂拍手歌唱，在凡胎肉体里
更高声地为每一件破旧衣裳歌唱，
而且没有一所歌唱学校不研习
自己的辉煌的不朽乐章；
因此我扬帆驶过波涛万顷，
来到这神圣之城拜占庭。

三

呵，伫立在上帝的圣火之中
一如在金镶壁画中的圣贤们，
走出圣火来吧，在旋锥中转动，
来教导我的灵魂练习歌吟。
耗尽我的心吧；它思欲成病，
紧附于一只垂死的动物肉身，
迷失了本性，请把我收集
到那永恒不朽的技艺里。

四

一旦超脱自然，我将绝不再采用
任何自然物做我身体的外形，
而只要那种古希腊金匠运用
鎏金和镀金法制作的完美造型，
以使睡意昏沉的皇帝保持清醒；
或栖止在一根金色的枝头唱吟，
把过去，现在，或将来的事情
唱给拜占庭的诸候和贵妇们听。
供给瞌睡的皇帝保持清醒；
或者就镶在金树枝上歌唱
一切过去、现在和未来的事情
给拜占庭的贵族和夫人听。

傅浩　译

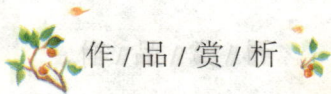 作/品/赏/析

　　拜占庭，后来改称君士坦丁堡，就是现在土耳其的伊斯坦布尔，在6世纪时，拜占庭是东罗马帝国（即拜占庭帝国）的都城，融汇着东西方的文明，物质繁荣，艺术昌盛，是盛极一时的象征。叶芝把拜占庭认作是优越的古代文明的杰出代表和空前绝后的存在，在这座"神圣的城市"，物质文明与精神文明高度发达而且和谐统一。叶芝在这首诗中表达了对于古都拜占庭的充溢于心的崇仰和向往之情，同时也表现出对于崇尚物欲的现代城市的反感，如同诗中所言："它们都沉溺于那肉感的音乐／而忽视了不朽的理性的杰作。"诗中也展现了叶芝对于艺术与纯洁精神的永恒之美的歌颂和追求。

我爱你，我的爱人 / 泰戈尔

我爱你，我的爱人。请饶恕我的爱。
像一只迷路的鸟，我被捉住了。
当我的心抖战的时候，它丢了围纱，变成赤裸。
用怜悯遮住它吧。爱人，请饶恕我的爱。

如果你不能爱我，爱人，请饶恕我的痛苦。
不要远远地斜视我。
我将偷偷地回到我的角落里去，在黑暗中坐着。
我将用双手掩起我赤裸的羞惭。
回过脸去吧，我的爱人，请饶恕我的痛苦。

如果你爱我，爱人，请饶恕我的欢乐。
当我的心被快乐的洪水卷走的时候，不要笑我的汹涌的退却。
当我坐在宝座上，用我暴虐的爱来统治你的时候，
当我像女神一样向你施恩的时候，饶恕我的骄傲吧，
爱人，也饶恕我的欢乐。

冰心 译

·作者简介·

泰戈尔（1861 ～ 1941），印度著名诗人、文学家。生于印度加尔各答市的一个富裕家庭。自幼天资过人，14 岁时就开始发表诗歌，16 岁时其第一篇小说面世。1878 年，诗人发表第一首长诗，同年去英国留学，两年后回到家乡，协助父亲从事社会活动，同时创作了大量具有浪漫主义风格的爱国诗歌，出版诗集达十几部。1901 年，诗人创办学校，后成为印度最著名的国际大学。1905 年后，诗人积极参加印度民族独立解放运动，同时坚持诗歌写作。1912 ～ 1913 年，诗人出版英文诗集《吉檀迦利》《新月集》等，受到世界的关注，于 1913 年获得诺贝尔文学奖。1915 年被英国王室授予爵位。1919 年，诗人抗议英国屠杀平民，公开声明放弃这一爵位。在随后的岁月中，诗人一边创作诗歌，一边在世界各地漫游

泰戈尔像

讲学，1924 年曾来到中国。1941 年，诗人安详地离开了人间。诗人一生著作等身，一共创作了 50 余部诗集、30 余部散文集、12 部中长篇小说和上百篇短篇小说、20 多部剧本。

作/品/赏/析

这首诗出自《园丁集》，是其中的第三十三首诗。《园丁集》既细腻地描写了男女之间爱情的甜蜜和愁苦，又写出了诗人对于人生探索和追求的充实与失落。它最早用孟加拉文写成，1913 年诗人自己将它译成英文出版，诗集名叫"园丁"。

诗歌表达了诗人对恋人的纯真坚定的爱情。诗人的爱是赤裸裸的，尽管怀着害羞的表情和怕被拒绝的担心。诗人在爱人的美丽中迷失，如一只迷路的小鸟，心情激动而慌乱。但诗人的爱是执着的，诗人勇于表达心中的爱情，愿意将自己的爱情赤裸裸地在爱人的面前展开，祈求爱人的怜悯和接受。

爱情往往与痛苦连在一起。很多人都不愿承担痛苦，只愿品尝爱情的甜蜜。但诗人愿意承担这样的痛苦。诗人的爱情是纯洁的爱情，哪怕爱人的心中没有他的身影，哪怕他只能在表白自己的爱情之后偷偷躲进黑暗的角落。如果爱人不爱他，诗人愿意自己躲开，独自品尝痛苦和泪水，因为诗人不愿因自己的爱而影响了爱人的生活。

在对爱情的执着追求中，诗人获得了快乐。那快乐像洪水一样，迅速地席卷了诗人的心。诗人因快乐有点语无伦次了。因为这样的快乐，诗人的爱更加坚定，更加热烈，诗人为自己的爱而骄傲。

这首诗体现了泰戈尔一贯的诗歌风格和内容。诗歌运用优美的语言、流畅的韵律表达诗人淳朴的生活观、真挚的感情、泛爱主义的世界观；同时，诗中含有浓重的宗教意味。诗人一方面吸收了孟加拉民歌的优美旋律和宗教音乐的神圣气氛，另一方面将新的人生观和思想写进他的诗歌。这融合着东方情调和现代思想的诗歌，使泰戈尔赢得了世界性的声誉。

云与波 / 泰戈尔

妈妈，住在云端的人对我唤道——
"我们从醒的时候游戏到白日终止。
我们与黄金色的曙光游戏，
我们与银白色的月亮游戏。"
我问道："但是，我怎么能够上你那里去呢？"
他们答道："你到地球的边上来，
举手向天，就可以被接到云端里来了。"
"我妈妈在家里等我呢，"
我说，"我怎么能离开她而来呢？"
于是他们微笑着浮游而去。
但是我知道一件比这个更好的游戏，
妈妈。我做云，你做月亮。

我用两只手遮盖你，
我们的屋顶就是青碧的天空。

住在波浪上的人对我唤道——
"我们从早晨唱歌到晚上；
我们前进又前进地旅行，
也不知我们所经过的是什么地方。"

我问道：“但是，我怎么能加入你们队伍里去呢？”
他们告诉我说：“来到岸旁，站在那里，
紧闭你的两眼，你就被带到波浪上来了。”
我说：“傍晚的时候，我妈妈常要我在家里
——我怎么能离开她而去呢！”
于是他们微笑着，跳舞着奔流过去。
但是我知道一件比这个更好的游戏。
我是波浪，你是陌生的岸。

我奔流而进，进，进，
笑哈哈地撞碎在你的膝上。
世界上就没有一个人会知道我们俩在什么地方。

郑振铎　译

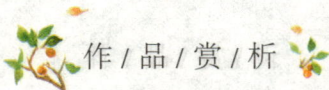 作/品/赏/析

　　非心智明澈的人是不能写出这样的文字来的。母亲与孩子之间的感情是文学作品经久不衰的主题，在诗人的笔端，当然更不少见。泰戈尔的这首诗却是别致的，在这首诗里，世界对孩子充满美丽的召唤和诱惑，这个幼小纯洁的心灵向往着云端和波浪，但是却因为妈妈在家里等，而放弃了这些念头。非常难得的是，诗人笔下的孩子的语言是如此的贴切：“妈妈，住在云端里的人对我唤道——”，于是他开始了儿童瑰丽奇特的描述，可是相比之下，妈妈的等待在孩子看来却是最重要的：“我怎么能离开她而来呢？”“但是我知道一件比这个更好的游戏，/ 妈妈。我做云，你做月亮。// 我用两只手遮盖你，/ 我们的屋顶就是青碧的天空。”同样，当海浪召唤他的时候，他以相同的理由拒绝了，并且对妈妈说：“我知道一件比这个更好的游戏。/ 我是波浪，你是陌生的岸。”母亲和孩子构成了足以使孩子快乐的童话世界，“世界上就没有一个人会知道我们俩在什么地方”。诗人的构思非常巧妙，应该说云朵与月亮、海浪与岸，都是诗人对母与子的关系的一种比喻，但是这个比喻却藏得很深，并且非常巧妙地融进了一个孩子的想象世界里，在事实上也契合儿童的特性。

榕 树 / 泰戈尔

喂，你站在池边的蓬头的榕树，你可会忘记那小小的孩子，
就像那在你的枝上筑巢又离开了你的鸟儿似的孩子？

你不记得是他怎样坐在窗内，
诧异地望着你深入地下的纠缠的树根么？

妇人们常到池边，汲了满罐的水去，
你的大黑影便在水面上摇动，好像睡着的人挣扎着要醒来似的。

日光在微波上跳舞，好像不停不息的小梭在织着金色的花毡。

两只鸭子挨着芦苇，在芦苇影子上游来游去，
孩子静静地坐在那里想着。

他想做风，吹过你的萧萧的枝杈；
想做你的影子，在水面上，随了日光而俱长；
想做一只鸟儿，栖息在你的最高枝上；
还想做那两只鸭，在芦苇与阴影中间游来游去。

郑振铎 译

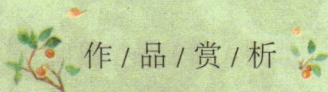 作/品/赏/析

　　诗歌中有两个主要角色，一个是由"你"代指的榕树，一个是由"他"代指的孩子。"喂，你站在池边的蓬头的榕树，你可会忘记那小小的孩子，/就像那在你的枝上筑巢又离开了你的鸟儿似的孩子？"诗人采用向榕树问话的方式来开篇，表述了孩子对于榕树的亲近和遐想，这里，榕树成为母亲的象征。诗中接下来描绘了三幅生活画面——妇人们汲水，日光在水面上"跳舞"，两只鸭子在芦苇间游荡，而孩子坐在那里思考，这为下面的叙说作了铺垫。孩子在想着，做风，做榕树的影子，做一只鸟儿，做那两只鸭，这样可以与榕树形影不离。诗歌通过这样天真的思想来表现孩子对母亲眷眷不舍的依恋之情，歌颂了浓郁的亲子之爱。

蜡 烛 / 卡瓦菲

我们未来的日子就像一排
点燃的小蜡烛仁立在我们面前——
金黄、温暖、而又活跃的小蜡烛。

逝去的日子留在我们后面,
一行燃尽的衰悼的蜡烛;
最接近的蜡烛还在冒烟,
冷却的蜡烛,溶化又弯曲。
我不想看着它们,它们的形态使我悲哀,
追忆它们最初的光芒也使我悲哀。
我向前看着我点燃的蜡烛。

我不想转过身去,以免我触目而战栗——
那一行昏暗的蜡烛多么迅速地变长,
那燃尽的蜡烛多么迅速地繁殖。

佚名 译

·作者简介·

卡瓦菲（1863～1933），现代希腊诗歌的创始人之一，生于埃及亚历山大的一个富裕的希腊家庭，而亚历山大也成为卡瓦菲一生的主要居住地。他的早期诗歌带有浪漫主义色彩，但在1896年，卡瓦菲完全否定了自己以前的作品，转向了现实主义的风格。卡瓦菲对于创作持有严肃的态度，一生只发表了200多首诗，而且都是短诗。在思想上，卡瓦菲是个怀疑主义者，常常对基督教和爱国主义、异性爱情等传统道德范畴表示嘲弄和否定。卡瓦菲的诗歌多抒发个人的情感而又时时展现着一种哲理，在题材上多涉及人们所熟悉的历史神话。他的诗有着独特的艺术风格，著名的希腊诗人埃利蒂斯称赞卡瓦菲"与艾略特并驾齐驱，从诗歌中消除了所有华而不实的东西，达到了结构简练和词语精确的完善境界"。

作/品/赏/析

在诗歌中展示哲理是卡瓦菲的特长，在《蜡烛》这首诗中，卡瓦菲采用了蜡烛这一贴切的象喻来表达自己对于时间的过去与将来，对于人生的既逝与将有的深切而入微、温暖而又哀凄的敏锐感受。前面点燃着的小蜡烛金黄，温暖，而又活跃，后面燃灭的蜡烛则冷却，熔化，而又弯曲。前面欣欣燃着的蜡烛向人们昭示喜悦和希望，后面冷冷寂灭的蜡烛则引发人们的悲凉与哀悼。"追忆它们最初的光芒也使我悲哀"，回忆总是给人带来浓重的感伤，因为它面对的是业已逝去的、自己不复持有的生命组成，于是只有"向前看着我点燃的蜡烛"，尽管"我不想转过身去"，却阻止不了"那一行昏暗的蜡烛多么迅速地变长"，"那燃尽的蜡烛多么迅速地繁殖"。这就是永不停息的人生的时光之流，亦是迅驰着的人的生命之流。它将人的生命引向终结，却也催迫着人们去思索该为自我这有限而迅然的生命之途赋予何种意义。

夏日谣曲 / 邓南遮

微风拍着羽翅，
在柔嫩的沙子上
飒飒地写下迷离的文字。

微风向洁白的河堤
吐出低低切切的絮语，
盈盈秋波传递。
太阳落进了西山，
无限的音籁，阴影与光彩
自由嬉戏在你的温存的两腮。

海滩的宽阔、干枯的脸庞，
好像漾出了你的惆怅
奇妙的浅笑，万千模样。

吕同六 译

·作者简介·

邓南遮(1863～1938),19世纪下半叶和20世纪上半叶意大利杰出的诗人、小说家和戏剧家,出生于意大利中部佩斯卡拉的一个富裕家庭,早年生活挥霍。1881年,邓南遮进入罗马大学文学系学习,广泛结交了新闻界和文艺界的名流。邓南遮自幼喜好文艺,当自己的第一部诗集《初春》于1879年问世的时候,他还是一个中学生。邓南遮的诗作深受法国高蹈派诗歌和象征主义诗歌的影响,并且模仿过卡尔杜齐,早期宗法现实主义,后来则有唯美主义和颓废主义的倾向。他的诗歌文笔柔美,手法新颖,多表现直觉的意象,有个人独到的创造,特别是他对自然景观所进行的描写,达到了物我合一的境界。邓南遮的创作深深地影响了意大利现代的文学和语言。

作/品/赏/析

这是邓南遮的一首著名的抒情诗,其语言之雅致,音韵之优美,堪称典范。阅读这首诗,就如同欣赏一幅清美的图画,就好像聆听一支动人的乐曲,令人心境格外清朗,精神极其怡悦。诗人妙用比喻,将拂于微风之下,沐于夕阳之中的夏日海滩的旖旎风光描画得无限美丽,五光十色,千声万籁,无不楚楚动人,尽态极妍。诗歌的语词清雅而富有灵气,韵式整齐而兼具灵活,显示了邓南遮描绘自然风光的卓越本领和抒情的非凡才能,也让人实实在在地感受到邓南遮的诗歌已经达到了一种艺术上的极致境界。

心 愿 /雷尼埃

为了你的眼睛，我希望有一片平原
和一片碧绿而斑斓的森林
悠远
柔和
展现在地平线上明朗的天空下
或者几座轮廓美丽的山丘
逶迤，腾跃，岚气弥漫
仿佛融汇在柔和的空气中
或者几座山丘
或者一片森林……

我希望
你能听列
大海磅礴而低沉的涛声
汹涌，辽阔，深沉，轻柔
哀叹着
像在倾诉恋情
偶尔，就在. 你身边
在海涛的间歇中
你能听到
离你很近的
一只鸽子
在寂静中鸣唱

细语低声
像在倾诉恋情
在淡淡的阴影中
你能听到
淙淙流淌着一泓清泉

我希望你的手捧着鲜花
你的脚步
踏在草地里一条细沙小径上，
小径上升，下降
拐弯，仿佛伸向
寂静的深处
一条细沙的小径
上面印着你的脚印
我们的脚印
我们俩的脚印

罗国林　译

·作者简介·

　　雷尼埃（1864～1936），法国后期象征主义诗人，出身于贵族家庭，曾当选为法兰西学院院士。雷尼埃于1884年写下了自己的第一首诗《平静》，他的主要作品有《明日》、《恍如梦中》、《泥土勋章》、《田园和神圣的游戏》、《水城》、《时间的镜子》等。雷尼埃的初期创作有明显的帕尔纳斯派色彩，后来因为受到魏尔伦、马拉美等人的影响而转向象征主义，但是其后又回到古典主义诗歌的创作道路上。雷尼埃的诗歌雕琢精美，温和柔婉，非常受读者的喜爱。

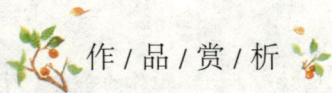 作/品/赏/析

　　这首《心愿》，表达了诗人美好的爱情愿望。第一节从视觉出发，展现了一系列视觉景象，第二节从听觉出发，展现了一系列听觉景象，在对这些景象的描述中，诗人调用了十分精美的语言："碧绿而斑斓"，"悠远"，"柔和"，"明朗的天空"，"轮廓美丽的山丘"，"逶迤"，"腾跃"，"岚气弥漫"；"磅礴而低沉"，"汹涌"，"辽阔"，"深沉"，"轻柔"，"哀叹"，"倾诉"，"鸣唱"，"细语低声"，"淙淙流淌"。诗的第三节则直接写到诗人心愿中恋人的形象，"我希望你的手捧着鲜花／你的脚步／踏在草地里一条细沙小径上，小径上升，下降／拐弯，仿佛伸向／寂静的深处"，写得极其柔美。"一条细沙的小径／上面印着你的脚印／我们的脚印／我们俩的脚印"，诗人在此表达了希望与恋人在一起生活的美好愿望。诗人的心愿是如此美好，但却只是在一个人低诉着，所想到的一切都只是心中的幻境，那心愿中的百般美好恰是对现实景况的否定。

今晚我见你手上的玫瑰开放 / 雷尼埃

今晚我见你手上的玫瑰开放
但你的手空无所有，似不动静止；
我听见你仿佛行走在街道上，
而你却在那里，并且大门紧闭。

兄弟，我听见你的声音，但你沉默；
挂钟敲响，我听见古怪的一点来临，
一直传到那边我的耳朵……
敲响的却是另一时代的时间。

在这里的忧郁中，时间没敲响，
我似听到响在你别处的欢乐中，
而且房间越是显得黑影幢幢
我便越觉得看到你在光亮中。

黑暗用手将静默的嘴唇封牢；
我看见你手上的玫瑰花开放，
又见你的来世，而且仿佛提早
阳光消失在你的命运的后方。

郑克鲁 译

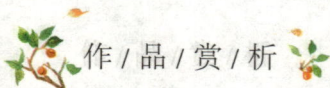 作 / 品 / 赏 / 析

　　这首诗显露了诗人心中很沉蓄的悲切之情。"今晚我见你手上的玫瑰开放 / 但你的手空无所有，似不动静止"，前一句写的是诗人的心象，而后一句写的是现实，"我听见你仿佛行走在街道上；而你却在那里，并且大门紧闭"，这两句诗也是如此。现实中的情形偏偏与诗人心中所想的情形是相反的，这其中蕴蓄着诗人心中一种深刻的矛盾和怅惘。诗中后面的两节也都采用此种幻与实相对映的方式，将这种表达逐渐推向深入，诗人的情感变得越来越强烈——"而且房间越是显得黑影幢幢 / 我便越觉得看到你在光亮中。"在最后一节，诗人再次提起："我看见你手上的玫瑰花开放"，而最惊人意表的是最后两句："又见你的来世，而且仿佛提早 / 阳光消失在你的命运的后方。"诗人以这种方式深沉地表达了自己对对方的怀念和伤悼。

我寻求一种形式 /达里奥

我在寻求我风格中没有的一种形式，
一种渴望成为玫瑰花的思想蓓蕾，
它之出现犹如一吻在我唇前停滞，
又似难以拥抱我的米洛的维纳斯。

绿油油的棕榈装饰着洁白的柱廊；
天上的群星向我预示女神的降临；
然而，这一束光辉凝滞在我心灵上，
仿佛月下的鸟儿栖息在平静的湖心。

我只感到语言在流窜逃逸，
笛中溢出了开始句的乐曲，
此时，空间便划过梦想的舟楫；
只有在我那睡美人的窗前，
泉水潺潺，不停地低泣，
白天鹅的脖颈向我提示着问题。

陈光孚　译

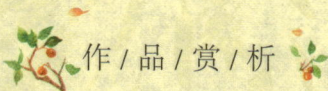

作/品/赏/析

　　《我寻求一种形式》讲述的是诗人在创作过程中进行构思的情形，诗人将这一内在的无形的活动用许多优美的意象表达出来，语言生动而妥帖，风格细腻而艳丽。诗人在谋求着艺术形式的创新，但是构思还没有孕育成形，还是"一种渴望成为玫瑰花的思想蓓蕾"。"它之出现犹如一吻在我唇前停滞，又似难以拥抱我的米洛的维纳斯。"诗人神妙地将此一阶段的构思形容出来，它像停在唇前的一个吻那样诱人，可是凭借它却又不足以创作出成熟的艺术作品来。"天上的群星向我预示女神的降临"，这是在说诗人感觉自己即将找到自己的灵感，"然而，这一束光辉凝滞在我心灵上，仿佛月下的鸟儿栖息在平静的湖心。"这表明诗人此时的构思正处于停滞状态。"我只感到语言的流窜逃逸"，颇为形象地表达出诗人此时那种捕捉不住语言，创作不出一篇优美作品的感受。然而，毕竟"笛中溢出了开始句的乐曲"，"梦想的舟楫"已经开始划动。可是"那睡美人"却依然没有醒来，这"睡美人"指的当然就是诗人的灵感了。"泉水潺潺，不停地低泣，白天鹅的脖颈向我提示着问题。"诗人只有继续着苦恼的思考，而希求着能够从潺潺的泉水和优雅的白天鹅身上得到提示和启发，从而唤起自己的灵感。

我用幻想追捕熄灭的白昼 /巴尔蒙特

我用幻想追捕熄灭的白昼，
熄灭的白昼拖着影子逝去。
我登上高塔，梯级在颤悠，
梯级颤悠悠在我脚下战栗。

我越登越高，只觉得越发清朗
越发清朗地显出远方的轮廓，
围绕着我传来隐约的音响，
隐约的音响传自地下和天国。

我越登越高，只见越发莹澈，
越发莹澈地闪着瞌睡的峰顶
他们用告别之光抚爱着我，
温柔地抚爱我朦胧的眼睛。

我的脚下已是夜色幽幽，
夜色幽幽覆盖沉睡的大地，
但对于我，还亮着昼之火球，
昼之火球正在远方烧尽自己。

我懂得了追捕昏暗的白昼，
昏暗的白昼抱着影子逝去，
我越登越高，梯级在颤悠，
梯级颤悠悠在我脚下战栗。

飞白 译

·作者简介·

巴尔蒙特（1867～1942），俄国诗人、文学评论家和翻译家，童年时代即阅读了大量的书籍，并且带着浓厚的兴趣开始写诗。19世纪90年代，巴尔蒙特出版了《在北方的天空下》、《在无穷之中》和《静》三部诗集，这些诗作不仅确立了巴尔蒙特在俄国诗坛的重要地位，而且也成为俄国象征主义诗歌的奠基之作。在后来的年代，巴尔蒙特勤于笔耕，创作了大量的诗歌。1906～1913年，巴尔蒙特居住在法国，1920年又举家迁往法国，在国外继续自己的创作，1937年出版自己的最后一本诗集。巴尔蒙特的诗作具有强烈的叛逆色彩，反对传统的创作规律，抵制理性的约束，但是在诗歌形式上注重音韵上的协调和语言上的华美。

作/品/赏/析

这是一首充满象征色彩的诗作，表现了诗人的一场心灵的玄思之旅。"我用幻想追捕熄灭的白昼"，"幻想"一词表明了诗歌内容的虚幻性。"我登上高塔，梯级在颤悠，梯级颤悠悠在我脚下战栗。"这高塔和梯级自然也全都是诗人幻想的产物，而并非真实的存在，值得注意的是那梯级"颤悠"与"战栗"的情态，这既表明梯级之高，也暗示着梯级的虚幻。接下来的几个诗节中诗人描述自己"追捕"的历程，充满着奇幻的景象。"我越登越高，梯级在颤悠，梯级颤悠悠在我脚下战栗。"诗人以这样的诗句来做结，形式上与前面的诗句相照应，又表达着诗人的"追捕"和"攀登"依然在继续。诗人以这样幽晦的诗情来表达自己内心的求索欲望，诗歌的玄想色彩又令这种求索具有一种神秘无着的特点。

我在这儿 / 克洛岱尔

我在这儿，
愚昧，无知，
在未知之物面前的一个新人，
我把脸转向岁月和多雨的天穹，我的心充满倾恼！

我什么也不知道，什么也不能做。我将说什么？我将做什么？
我将怎样使用这双悬垂的手，和这双脚呢？
——它指引我有如夜间的梦？
话语只不过是喧声，而书籍只不过是纸页。
没有人，只有我自己在这儿。对我，仿佛这一切
这多雾的空气，这肥沃的耕地，
这树和这低垂的云
都在和我说话，暧昧地，用无字的言语。
农夫
带着他的犁回来了，听得见迟迟的叫喊。
这是妇女们到井边去的时候。
这是夜。——我是什么呢？
我在做什么呢？我在等待什么？
而我回答：我不知道！而在我自身，我渴望
哭泣，或是喊叫
或是哗笑，或是跳跃并挥动手臂！
"我是谁？"还有斑斑残雪，我手里握着一枝柔荑。
因为三月像一个妇女，正吹着绿色的森林之火。

——愿夏天
和阳光下这可怕的一天被忘却，啊万物，
我把自己奉献给你！
我不知道！
把我拿去吧！我需要，
而我不知道什么，我能够哭泣，无尽地
高声地，温柔地，像一个在远处哭着的孩子，
像孤单地留在红的余烬旁边的孩子们！
啊悲伤的天空！树木，大地！阴影，落雨的黄昏！
把我拿去吧！不要对我拒绝我提出的这个请求！

罗洛 译

·作者简介·

克洛岱尔（1868～1955），法国著名诗人和戏剧家，终身从事外交职业，曾出访中国、美国、德国、日本、巴西等多个国家，足迹遍布世界各地，同时一生笔耕不辍，著作丰宏。克洛岱尔对东方文化有较深的了解，曾将中国诗歌翻译成法文。他的主要作品有《黄金头》、《城市》、《认识东方》、《正午的分割》、《五大颂歌》、《人质》、《战时诗集》、《战时外集》、《缎鞋》等。克洛岱尔长于创作形式上近乎散文的自由体诗歌，善于描写世俗的情欲与上帝的神思之间的矛盾。他师承象征主义诗人兰波，并且与马拉美有过交往，诗歌具有很重的象征主义色彩，作品中充满了宗教情感和神秘思想。

作/品/赏/析

克洛岱尔在这首诗里于内心的一片迷茫中呼唤着敏锐的自我意识，诗的内容具有强烈的自我反思性。诗的开篇就说到："我在这儿，愚昧，无知，在未知之物面前的一个新人"，同时，"我把脸转向岁月和多雨的天穹，我的心充满烦恼"，诗中表达了人在面对神秘的自然时所产生的那种无能为力与惶惑不安的感受。接下来的部分，诗人继续说，"我什么也不知道，什么也不能做。我将说什么？我将做什么？我将怎样使用这双悬垂的手，和这双脚呢"？将对生活莫可知解与无所适从的心理透彻地表述了出来。"话语只不过是喧声，而书籍只不过是纸页。"这转达的是自我与世界的隔膜感。"没有人，只有我自己在这儿。"这又表明了一种孤寂感。后面，诗人更进一步地追问："我是什么呢？我在做什么呢？我在等待什么？"而自己的回答是"我不知道"！这是一种全然的迷茫感。接下来，诗中表现了一种暴躁的情绪，这种极度的烦恼从内心爆发出来。而最后，诗人呼喊："把我拿去吧！不要对我拒绝我提出的这个请求！"强烈地表现了一种渴望寻求归宿的迫切感。

海滨墓园 /瓦莱里

这片平静的房顶上有白鸽荡漾，
它透过松林和坟丛，悸动而闪亮。
公正的"中午"在那里用火焰织成
大海，大海啊永远在重新开始！
多好的酬劳啊，经过了一番深思，
终得以放眼远眺神明的宁静！

微沫形成的钻石多到无数，
消耗着精细的闪电多深的功夫，
多深的安静俨然在交融创造！
太阳休息在万丈深渊的上空，
为一种永恒事业的纯粹劳动，
"时光"在闪烁，"梦想"就是悟道。

稳定的宝库，单纯的米奈芙神殿，
安静像山积，矜持为目所能见，
目空一切的海水啊，穿水的"眼睛"
守望着多沉的安眠在火幕底下，
我的沉默啊！……灵魂深处的大厦，
却只见万瓦镶成的金顶、房顶！

"时间"的神殿，总括为一声长叹，
我攀登，我适应这个纯粹的顶点，
环顾大海，不出我视野的边际；
作为我对神祇的最高的献供，
茫茫里宁穆的闪光，直向高空，
播送出一瞥凌驾乾坤的藐视。

正像果实融化而成了快慰，
正像它把消失换成了甘美
就凭它在一张嘴里的形体消亡，
我在此吸吮着我的未来的烟云，
而春天对我枯了形容的灵魂
歌唱着有形的涯岸变成了繁响。

美的天，真的天，看我多么会变！
经过了多大的倨傲，经过了多少年
离奇的闲散，尽管精力充沛，
我竟委身于这片光华的寥廓；
死者的住处上我的幽灵掠过，
驱使我随它的轻步，而踯躅，徘徊。

整个的灵魂暴露给夏至的火把，
我敢正视你，惊人的一片光华
放出的公正，不怕你无情的利箭！
我把你干干净净归还到原位，
你来自鉴吧！……而这样送还光辉
也就将玄秘招回了幽深的一半。

啊，为了我自己，为我所独有，
靠近我的心，靠近诗情的源头，
介乎空无所有和纯粹的行动，
我等待回声，来自内在的宏丽，
苦涩，阴沉而又嘹亮的水池，
震响灵魂里永远是再来的空洞。

知道吗，你这个为枝叶虚捕的海湾，
实际上吞噬着这些细瘦的铁栅，
任我闭眼也感到奥秘刺目，
是什么躯体拉我看懒散的收场，
是什么头脑引我访埋骨的地方？
一星光在那里想我不在的亲故。

充满了无形的火焰，紧闭，圣洁，
这是献给光明的一片土地，
高架起一柱柱火炬，我喜欢这地点，
这里是金石交织，树影幢幢，

多少块大理石颤抖在多少个阴魂上；
忠实的大海倚我的坟丛而安眠。
出色的忠犬，把偶像崇拜者赶跑！
让我，孤独者，带着牧羊人笑貌，
悠然在这里放牧神秘的绵羊——
我这些宁静的坟墓，白碑如林，
赶开那些小心翼翼的鸽群，
那些好奇的天使、空浮的梦想！

人来了，未来却充满了懒意，
干脆的蝉声擦刮着干燥的土地；
一切都烧了，毁了，化为灰烬，
转化为什么样一种纯粹的精华……
为烟消云散所陶醉，生命无涯，
苦味变成了甜味，神志清明。

死者埋藏在坟茔里安然休息，
受土地重温，烤干了身上的神秘。
高处的"正午"，纹丝不动的"正午"，
由内而自我凝神，自我璀璨……
完善的头脑，十全十美的宝冠，
我是你里边秘密变化的因素。

你只有我一个担当你的恐惧！
你的后悔和拘束，我的疑虑，
就是你宏伟的宝石发生的裂缝！……
但是啊，大理石底下夜色沉沉，
却有朦胧的人群，靠近树根，
早已慢慢地接受了你的丰功。
他们已经溶化成虚空的一堆，
红红的泥土吸收了白白的同类，
生命的才华转进了花卉去舒放！
死者当年的习语、个人的风采、
各具一格的心窍，而今何在？
蛆虫织丝在原来涌泪的眼眶。

那些女子被撩拨而逗起的尖叫，
那些明眸皓齿，那些湿漉漉的睫毛，
喜欢玩火的那种迷人的酥胸，
相迎的嘴唇激起的满脸红晕，
最后的礼物，用手指招架的轻盈，
都归了尘土，还原为一场春梦。

而你，伟大的灵魂，可要个幻景，
而又不带这里的澄碧和黄金
为肉眼造成的这种错觉的色彩？
你烟消云散可还会歌唱不息？
得！都完了！我存在也就有空隙，
神圣的焦躁也同样会永远不再。

瘦骨嶙峋而披金穿黑的"不朽"
戴着可憎的月桂冠冕的慰藉手，
就会把死亡幻变成慈母的怀抱，
美好的海市蜃楼，虔敬的把戏！
谁不会一眼看穿，谁会受欺——
看这副空骷髅，听这场永恒的玩笑！

深沉的父老，头脑里失去了住户，
身上负荷着那么些一铲铲泥土，
就是土地了，听不见我们走过，
真正的大饕，辩驳不倒的蠕虫
并不是为你们石板下长眠的人众，
它就靠生命而生活，它从不离开我！

爱情吗？也许是对我自己的憎恨？
它一副秘密的牙齿总跟我接近，
用什么名字来叫它都会适宜！
管它呢！它能瞧，能要，它能想，能碰，
它喜欢我的肉，它会追随我上床，
我活着就因为从属于它这点生机！

齐诺！残忍的齐诺！伊利亚齐诺！
你用一枝箭穿透了我的心窝，
尽管它抖动了，飞了，而又并不飞！
弦响使我生，箭到就使我丧命！
太阳啊！……灵魂承受了多重的龟影，
阿基利不动，尽管他用足了飞毛腿！

不，不！……起来！投入不断的未来！
我的身体啊，砸碎沉思的形态！
我的胸怀啊，畅饮风催的新生！
从大海发出的一股新鲜气息
还了我灵魂……啊，咸味的魄力！
奔赴海浪去，跳回来一身是劲！

315

对！赋予了谵狂天禀的大海，
斑斑的豹皮，绚丽的披肩上绽开
太阳的千百种，千百种诡奇的形象，
绝对的海蛇怪，为你的蓝肉所陶醉，
还在衔着你粼粼闪光的白龙尾，
搅起了表面像寂静的一片喧嚷。

起风了！……只有试着活下去一条路！
无边的气流翻开又阖上了我的书，
波涛敢于从巉岩口溅沫飞迸！
飞去吧，令人眼花缭乱的书页！
迸裂吧，波浪！用漫天狂澜来打裂
这片有白帆啄食的平静的房顶。

卞之琳　译

· 作者简介 ·

　　瓦莱里（1871～1945），法国后期象征主义诗人的代表，公认的"20世纪法国最伟大的抒情诗人"。出生在地中海沿岸的小城赛特。9岁时随父母迁居蒙彼利埃。1891年，诗人结识马拉美，进入法国文艺圈。1925年，当选为法兰西学院院士。此后，在法国文化界担任了很多职务，经常出国讲学。1945年，在巴黎逝世，法国政府为他举行了国葬。

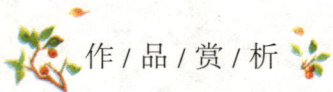

作/品/赏/析

　　这首诗选自诗人1922年出版的诗集《幻美集》，为诗集中最为脍炙人口的一首。诗中所说的海滨墓园确有其地，它就坐落在诗人的家乡，是诗人生于斯、长于斯、葬于斯的地方。墓园雄踞于一座小山的山头，俯瞰着地中海，正是引人沉思的地方。

　　诗歌共有24节，大致可以分为4个部分，分别讲墓园的独特景色和神秘氛围，以及诗人对人生无常的感叹、对生死的沉思、对生命的赞颂。

　　墓园，那埋藏着众多灵魂的地方，那宁静的气氛，使诗人产生了丰富的想象。诗人开始参悟宇宙的动静、大海的丰富深沉；那样的神秘让诗人的心瞬间就消融进了其中。诗人想到了人生，迷蒙恍惚中，诗人觉得生命的冲动和鲜活、人生的美丽都化为了骷髅，隐藏在了死亡的阴影中。诗人在那不断吹来的带有咸味的海风中听出了生命的气息，诗人感受到了生命的冲动强烈地在拍击白色的房顶。生命不息！

　　诗歌有着强烈的象征意味。大理石的死寂和埋着的灵魂、天空的静和大海的幽深、生命的艳丽和死亡的灰色、沉默和思绪的澎湃好像连成了一片意象的海洋，互相之间意指着，令人眼花缭乱又发人深思。生命和宇宙、心灵和自然在交融渗透，互相影响，新的生命和新的世界在这个混沌寥廓的世界里孕育着，萌动着。

致悬铃木 /瓦莱里

你巨大而弯曲的悬铃木，赤裸地献出自己，
白皙，如年轻的塞西亚人，
然而你的天真受到欣赏，你的根被
这大地的力量深深吸引。

在回响着的影子里，曾把你带走的
同样的蓝天，变得这样平静，
黑色的母亲压迫着那刚诞生的纯洁的
根，在它上面，泥土更重更沉。

对你那飘移的额，风儿并不需要探问；
温柔而黝黑的土地，
啊悬铃木，决不会让你的阴影
对它的跨步感到惊奇！

这前额只通向闪耀着光辉的阶梯，
那是树液使它奋激；
你会成长，啊天真，但是不要使
永恒休憩的纽带断裂！

设想在你的四周有着别样的生灵，
被水蛇联结在一起；
你有无数同类，从松柏到冬青，
从杨柳到枫槭，

他们，被死者抓住，那蓬乱的根须
陷入混杂的灰里，
感觉到花朵避开他们，而他们有翅的精子
落进轻盈的河溪。

纯洁的白杨，千金榆，和由四个青年女郎
构成的山毛榉，
不停地击打着一个永远关闭的天堂，
徒然地穿上树枝。

她们分开活着，她们的哭泣在孤单的分离里，
却混杂在一道，
她们的银色的肢体，在她们诞生时
白白地裂开了。

当她们呼吸着夜而灵魂慢慢地
飞向阿弗洛狄忒
那处女一定坐在静寂中阴影里，
因羞愧而浑身灼热。

她感到惊讶，脸色苍白地把自己归于
那温柔的预示，
它，通过一张年轻面孔而转向未来的
一个现存的肉体……

然而你，你的肢体比动物肢体更纯净，
你使它们在黄金里浮沉，
你在白昼造成邪恶的幽灵，
而睡眠制造着梦境。

高高的繁生的群叶，骄躁的骚动，
当凄厉的北风四处
呼啸着，在金色的顶端，年轻的冬季的天空
在你的竖琴上，啊悬铃木，

放胆地呻吟！……啊你柔韧的木质之躯，
一定会松开又扭紧，
你抱怨着而没有裂绝，你把风儿在混乱里
寻觅的声音给予他们！

鞭打你自己吧！仿佛那殉道者性急地
撕裂开自己的肌肤，
去和火焰争辩，而又没有力量离去，
返身与火炬相扑！

这样，赞歌也许会唱给即将诞生的群鸟，

而灵魂的纯洁也许

会使梦着火焰的树干上的群叶和林梢

因满怀希望而战栗。

园林中强有力的居民，我把你选中，

沉醉于你的摇曳，

因为天空激励你催迫你，啊巨大的琴弓，

回答它，用你的话语！

啊，林中女仙们的可爱的敌手，可否

让孤寂的诗人爱抚

你那光泽的躯体，有如他爱抚

骏马华丽的腿部！……

"不，"树说。它说："不！"用它那

闪光的高傲的前额，

铺天盖地而来的暴风雨摇撼着它，

有如摇撼着一片草叶！

罗洛 译

 作/品/赏/析

　　法国后期象征主义大师瓦莱里可以说是 20 世纪前期法国文学的一个奇迹。这位早年就显露出非同寻常的诗歌天赋的艺术家在 1892 年 9 月的一个暴风雨交加的夜晚决定放弃诗歌和爱情，之后他果真远离诗歌达 20 余年，而在此期间他致力于数学和哲学、绘画以及古典音乐，训练着自己的智力和对美的感知与追求。20 多年后他在安德烈·纪德的强烈督促下将自己早年的诗歌结集并写了一首 40 行左右的短诗附在后面，作为与诗神永别的纪念。但是，这首小诗的写作如星星之火，使瓦莱里一发而不可收，最终成为首 500 余行的长诗——《年轻的命运女神》。何其幸运，法兰西没有丧失这位伟大的天才诗人。瓦莱里显然具有别人难以企及的学识和修养，因为数学训练的缘故，他的诗歌非常缜密，对书写对象的探索、感知和穷究，也是别人所不能企及的。

　　《致悬铃木》正是全面体现上述艺术特点的诗歌。在这首诗里，作为诗人歌颂对象的悬铃木，被诗人以精湛的艺术手段独立出来，独立于宇宙天地之间，焕发着生命万物熔铸的不可比拟的美和蓬勃的生命力量，可以说，诗人的创作是将自己灵魂中内在的生命热情和对美的感知深切地灌注到悬铃木身上，并且一步一步，逐字逐句地深入，最终浑然融为一体，悬铃木因此成为宇宙天地的核心和全部，如此惊人且耀眼地独立在我们的视野与精神天地中："园林中强有力的居民，我把你选中，沉醉于你的摇曳，因为天空激励你催迫你，啊巨大的琴弓，回答它，用你的话语！"《致悬铃木》的语言非常优美准确，充满着无法抑制的激情，整首诗韵律整齐，音乐感非常强，可见瓦莱里对古典音乐精髓的领略。

脚 步 /瓦莱里

你的脚步圣洁，缓慢，
是我的寂静孕育而成；
一步步走向我警醒的床边，
脉脉含情，而又冷凝如冰。

纯真的人啊，神圣的影，
你的脚步多么轻柔而拘束！
我能猜想的一切天福
向我走来时，都是这双赤足！

这样，你的芳唇步步移向
我这一腔思绪里的房客，
准备了一个吻作为食粮
以便平息他的饥渴。

不，不必加快这爱的行动——
这生的甜蜜和死的幸福，
因为我生活在等待之中，
我的心啊，就是你的脚步。

佚名 译

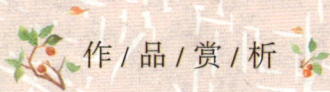 作/品/赏/析

　　这首诗中，诗人对自己心中爱的情感作了一种形象化的描述，表达了自己对于那种圣美之爱情的渴求。"你的脚步圣洁，缓慢，/是我的寂静孕育而成；/一步步走向我警醒的床边，/脉脉含情，而又冷凝如冰。"这几句诗点明了诗人是在床上寂静地想象着爱情的到来，"脉脉含情，而又冷凝如冰"，显示了诗人对于爱情的一种矛盾态度。在第二节中，诗人歌颂爱情的纯真与神圣，并且视之如天福。而第三节中诗人表达了自己对于爱情的强烈渴思。诗人最后倾诉，"我的心啊，就是你的脚步"。这说明的是诗人的心会永远跟随着爱情的脚步，心与爱同行同在。整首诗的情感挚切而柔和，纯真的语言恰如其分地表现了诗人心中情的波澜与爱的涟漪。

醉 歌 /岛崎藤村

你我相逢在异域的旅途
权作一双阔别的知音
我满眼醉意，将袖中的诗稿
呈给你这清醒的人儿

青春的生命是未逝的一瞬
快乐的春天更容易老尽
谁不珍惜自身之宝
一如你脸上那健康的红润

你眉梢郁结着忧愁
你眼眶泪珠儿盈盈
那紧紧钳闭的嘴角
只无言地叹气唉声

不要提起荒寂的道途
不要赴往陌生的旅程
与其作无谓的叹息
来呀，何不对着美酒洒泪叙情
混沌的春日无一丝光辉
孤寂的心绪也片刻不宁
在这人世悲哀的智慧中
我俩是衰老的旅途之人

啊，快在心中点燃春天的烛火
照亮那青春的生命
不要等韶华虚度，百花飘零
不要悲伤啊，珍重你身

你目不旁视，踽踽独行
可哪儿有你去往的前程
对着这琴花美酒
停下吧，旅途之人！

武继平　沈治鸣　译

·作者简介·

　　岛崎藤村（1872～1943），日本现代浪漫主义文学的代表人物。生于一个旧封建世家。1881 年，诗人与两个兄弟一起来到东京学习。1887 年左右，他开始学习英文，接触西方文化，不久加入基督教。1891 年，诗人从明治学校毕业，开始进军文艺界，翻译诗歌和写作文学评论。1893 年左右，诗人和北村透谷等人创办杂志《文学界》，推动日本的浪漫主义运动。1896 年，他离开东京，赴仙台教书。次年诗人出版其第一部诗集《嫩菜集》，产生了很大的影响，奠定了诗人在日本诗坛的领袖地位。此后诗人一发不可收拾，出版了大量诗集。1899 年，诗人家道败落，为谋生他再次离开东京，到信洲担任教员，并在那里结婚生子。1901 年，诗人将那儿的风景写成《千曲川风情》发表，1903 年写下著名的小说《破戒》，1906 年回到东京。1913 年，诗人离开祖国到法国巴黎。1916 年回国，发表忏悔作品《新生》。随后的时间里，诗人一方面写作小说，一方面在早稻田大学讲授法国文学。第二次世界大战中，日本政府采用高压政策，不许作家自由发表作品，诗人采取坚决立场，拒绝加入政府组织的文艺组织。1943 年，诗人走完了自己充满不幸的一生。

作/品/赏/析

　　岛崎藤村以诗歌进入文坛，以小说走完创作之路，诗人写诗的时间总共也就那么几年。那难得的几年正如诗人的青春一样，充满激情和生命的华彩，但很快就逝去，只留下淡淡的愁怨。也许正因为这点，诗人写下了很多歌颂青春的诗歌，这首诗是其中的代表作。

　　在人生漫漫的旅程中，相逢是一首美妙的歌。人生若浮萍漂浮不定，谁都希望在无根的漂泊中找到点安慰，在寂寞的歧路上有知己的倾谈。在陌生的异域，诗人遇到了可谈之人。诗人与对方同病相怜，便将自己的心曲倾诉出来，让对方分享。

　　青春是人生的精华，人人都对它极其留恋。青春易逝，如同那繁花盛开的春天，人们还没有来得及在浓浓的花香中品味春天，春天就飘逝了；如同那奔流的溪水，人们没来得及掬一捧清澈的水入口，溪水就奔流而去了。于是，那旅途之人——诗人的同伴眉头紧蹙，结着深深的愁怨；眼眶含着泪，浸泡着深深的悲伤，虽悄无声息，却愁绪万千。

　　来吧！诗人呼唤：放下心中的叹息，不要为曾经的寂寞而空自蹉跎，尽管享受这难得相逢的一瞬，享受能抓住的现在。对酒欢歌，纵泪叙情。在漫漫的人生征途中，"停下吧，旅途之人"，珍惜这美妙的一瞬吧！诗人忘情地喊道。

　　诗歌有着浓重的浪漫主义色彩。意象似乎都蒙上了薄薄的轻纱，朦胧但蕴含着诗人深沉的感情；奇特的想象中隐藏着诗人浓重的主观色彩——对人生无常的感叹、对青春易逝的感伤、他乡遇知音的短暂欢乐。在艺术形式上，诗歌韵律和谐悦耳，诗句随着悠悠的节奏流淌；语言凝练典雅，承袭日本诗歌的优秀传统。可以说，岛崎藤村的诗歌不仅是日本浪漫主义诗歌的代表，而且也开启了日本近代诗歌的大幕。

初 恋 / 岛崎藤村

记得苹果树下初次相会，
你乌黑的云发刚刚束起；
一把雕花木梳插在发髻，
衬得你的脸庞如花似玉。

你温柔地伸出纤纤玉手，
把苹果塞进了我的怀里；
那微泛红晕的秋之硕果，
勾起我纯洁的初恋之情。

当我无心地把一腔叹息，
轻轻地撒落在你的发迹；
那盏欢乐的爱情之杯哟，
已斟满你一片蜜意柔情。

还记得在这片苹果林里，
有一条自然形成的小径；
你曾经羞赧地向我问起，
是谁最早在此留下足印？

武继平　译

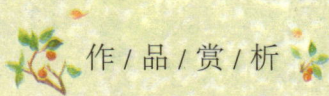 作/品/赏/析

　　初恋是人生最为美好的记忆，对于许多人来说，初恋也是一生中最为美妙的情感经历，令人无限地怀念。岛崎藤村的这首《初恋》，描写了与恋人在苹果树下的初次相会，展现了诗人对于初恋所怀有的那份纯真的情感和深挚的思念，诗歌所流露出的初恋中的那种柔蜜和甜美，令人读来无不感动。"你乌黑的云发刚刚束起；／一把雕花木梳插在发髻，／衬得你的脸庞如花似玉。"恋人的形象如此美好，凝集着诗人心中最深的柔情和全部的爱意。"你温柔地伸出纤纤玉手，／把苹果塞进了我的怀里；／那微泛红晕的秋之硕果，／勾起我纯洁的初恋之情。"那微泛着的红晕，是苹果的颜色，更是那爱的情感。"你曾经羞赧地向我问起，／是谁最早在此留下足印？"诗歌结尾的这个问题，将诗人自我的爱情与普天下儿女的爱情联系在一起，而诗人通过这个提问，也表达了对世界上所有有情人衷心的祝福。

雪夜林边逗留 / *弗罗斯特*

我知道谁是这林子的主人,
尽管他的屋子远在村中;
他也看不见我在此逗留,
凝视这积满白雪的树林。

我的小马想必感到奇怪:
为何停在树林和冰封的湖边,
附近既看不到一间农舍,
又在一年中最黑暗的夜晚。

它轻轻地摇了一下佩铃,
探询是否出了什么差错。
林中毫无回响一片寂静,
只有微风习习雪花飘落。

这树林多么可爱、幽深,
但我必须履行我的诺言,
睡觉前还有许多路要走呵,
睡觉前还有许多路要赶。

顾子欣 译

·作者简介·

弗罗斯特(1874～1963),20世纪美国最受欢迎的诗人之一。生于旧金山,年轻时当过工人、瓦匠、教员、新闻记者等。后来考入哈佛大学,但不久因经济问题辍学,归家务农。这一时期,诗人开始写诗,其诗中洋溢着浓郁的田园气息,弗罗斯特也因此被后人称为"工业时代的田园诗人"。1912年,他前往英国,结识了一些文学界的名人。次年,诗人的第一部诗集《一个孩子的愿望》出版。1914年诗人的第二部诗集《波士顿以后》又出版,诗人的名字开始在美国流传。1915年,诗人回国,被尊为诗坛领袖,在各地巡回朗诵自己的诗歌,场面热烈。诗人曾4次获得普利策奖,是美国历史上获此殊荣的第一人。晚年,诗人回到他的农庄,在诗情画意中品味田园的美丽和淳朴。除上面提到的作品外,诗人的作品还有诗集《西去的小河》、《在林间空地里》等。

作/品/赏/析

诗人早年在美国繁华的城市中漂泊,心灵一直找不到归宿。晚年,诗人隐居农庄,心灵与自然世界相通,在空旷而恬静的原野上痴情地享受着自然的美景。

这首诗写于诗人的早年。诗人在嘈杂的工业社会中踽踽独行,观察世人的百态,了解世人的感想:他们为纷扰的世事所惑,难以发现自然世界的美丽、宁静,匆匆而来,匆匆而去。诗人捕捉到这一平常的生活现象,心生感慨,于是写下了这首诗。

在诗中,诗人首先描写了美丽的自然风光。在冬日的黄昏,在村外的田野上,在幽深的树林边,诗人在逗留着。诗人被那样的美景吸引了,陷入了深深的沉思中。天空暗淡下来,夜幕降临。皑皑白雪包裹了世界,树林、村庄、冰封的湖面都在白雪的世界里沉沉睡去。一切是那样的寂静,那样的柔美和纯洁。雪花在飞舞,微风在轻吹。些微的动,不仅没有打破这宁静,而且让这素静的世界多了份生机和灵动——幽深而可爱。

然而,这样的美景和诗的开头结尾毫不相称。诗的开头说"我知道谁是这林子的主人",结尾又说"还有许多路要赶"。诗人面临着两难的选择:一方面被自然的美丽所吸引,另一方面又要为纷纷杂杂的世事而去奔波劳碌。诗人的矛盾心理反映了世人终日为世事、生活所累,而无暇自顾、难有片刻心绪宁静的无奈心情。

这首诗反映了诗人对人生的看法。那许下的诺言暗示着诗人对人生某些追求的许诺,那未走完的路程隐喻着残余的人生,那睡眠也象征着生命的终结。

这首诗集中体现了诗人的创作风格。诗人善于用简朴的语言,借助朴素单纯的景色,表现出人们的享乐和对心灵安宁的憧憬。那简单而优美的意境一下子就抓住了现代人的心灵。此外,诗人还善于在诗的结尾处升华出一种深刻的人生哲理,发人深思。正是这样的特点,使得诗人步入诗坛三年就被奉为诗坛领袖。

地平线 / 马查多

热带的夏季挥舞着长矛，
明朗的黄昏大得像烦闷一样。
一千个影子肃穆列队于原野
复制出我沉重的梦中幻象。

日落的壮丽是紫红的镜子，
火焰的玻璃，它把平原的
沉重的梦向古老的无限投去……

我听得我的脚步如马刺振响，
远远地反弹于血染的西方，
以及更远处的纯洁的晨曲。

飞白 译

作者简介

马查多（1875～1939），西班牙现代的第一个大诗人，也是西班牙著名文学流派"九八年一代"的主将。早年在西班牙自由教育学院学习，在马德里获得博士学位后又赴巴黎学习，曾长期担任中学法语教师。1927年，当选为西班牙皇家语言科学院院士。佛朗哥夺取政权后，马查多被迫流亡法国。著名的诗集《孤寂、长廊及其他》是典型的现代主义作品。后来，诗风发生了显著变化，作品中增强了现实感，开始关注社会政治生活和西班牙国家的命运。《卡斯蒂利亚的田野》和《战争的诗篇》是马查多具有现实主义风格的代表作品。马查多一生孤独，诗歌多表现自我内心对于生活的沉思和对于生命的求索，具有柏格森生命哲学和存在主义哲学的因素，内涵深邃，描写细腻，但又不事雕琢。

作/品/赏/析

这是一首描写日落景观的诗，诗的首句点明了地区和季节，但是却运用了一个奇特的比喻，"热带的夏季挥舞着长矛"，神思之来，出人意料，却十分生动地表达出热带夏季带给人们的那种烦闷的感受。诗中接下来的部分两次写到"梦"，而且都带着沉重，这就由外界事物的描写转向了诗人内心的表达。而将那"沉重的梦向古老的无限投去"，化虚为实，更加真实了那梦的沉重感。诗的最后，诗人再次将目光投向那"血染的西方"，而诗人的心，更是已经滑向了更远处的晨光。简短的诗篇中，梦幻与现实交融相映，互为写照，巧妙地传达了诗人内心的幽思。

时间与空间 /马里内蒂

啊，时间！
我要向你发起攻击，
斩断你的翅翼，
窒息你的时针哮喘的声音！
时间，空间，
你们是世界的唯一主宰
我向你们宣战，
向你们反叛！

啊，空间！
你用这布满
山峦、田野和城市的
弯弯曲曲的地平线，
像绞索一般
套住我的脖颈，
从绞索
到颤动的脖颈的空隙，
就是你赐给我的全部自由！
我命令你，空间，
立即松开绞索，
松开，再松开，
直到它断裂！

你，可诅咒的时间，
也快快松开
罪恶的绞索，
停止
扼杀我的行动，
抛弃
控制和窒息我的生命的勾当。

时间！空间！
如果我在十秒的瞬间
横越这辽阔的地球，
哈哈，你们必定脸色蜡黄，

你们千年强权统治的基石
将在你们脚下
发出索索颤抖的哭泣。

你们，听着，
我的发动机
有着惊人的速度。
你们理应知道，
所有的公里并不一般长，
有的公里三百公尺，
有的——八百公尺；
有的钟点迅如闪电
有的钟点酣睡沉沉。

一切都缺乏秩序和精确！
我，一个强者，
能够使一个钟点
具有一个星期的生命，
或者，把钟点
像柠檬一般
紧紧捏在坚硬的手心里，
挤出一刻钟的
乳汁！

时间！空间！
你们将被力量所突破！
让时间、空间
向隅而泣吧！

吕同六　译

·作者简介·

费里波·托马索·马里内蒂（1876～1944），意大利未来主义运动的创始人，同时也是未来主义诗人。出生于埃及，青年时代在巴黎学习。1898 年，马里内蒂发表自由诗《老海员》，从此开始了文学创作。他的文艺理论和作品影响了很多作家，如英国小说家劳伦斯、法国诗人阿波利奈尔、美国诗人庞德和苏联诗人马雅可夫斯基等。《在赛车上》是马里内蒂未来主义诗歌的典型作品。

作/品/赏/析

意大利未来主义的创始人、理论家和诗人马里内蒂早年曾深受法国现代派诗歌，尤其是象征主义诗歌的影响，到后来他强调诗歌技巧的革新、倡导写作"自由诗"，只遵循一定的逻辑或音乐的节奏，而不受固定的韵律模式的约束。未来主义诗歌的主体多歌颂现代城市生活和工业文明，强调一种急促的节奏，对科技带来的生活变化给予热切的赞美和崇拜。《时间与空间》充分体现了上述特点，从语言风格上来看，诗人的文笔狂放，节奏非常急促，正如工业的节奏一般，从主题上来看，诗人表明要战胜的是时间和空间，这两个都是物理的概念，也可以说是自然的本质。诗人用激情的语调所表达的是其战胜和控制宇宙自然的野心："啊，时间！我要向你发起攻击，斩断你的翅翼，窒息你的时针哮喘的声音"；"我向你们宣战，向你们反叛"；"我命令你，空间，立即松开绞索，松开，再松开，直到它断裂！"而诗人在热烈地赞扬工业文明的时候这样说："如果我在十秒的瞬间／横越这辽阔的地球，哈哈，你们必定脸色蜡黄，你们千年强权统治的基石／将在你们的脚下／发出索索颤抖的哭泣"；"你们，听着，我的发动机／有着惊人的速度。你们理应知道，所有的公里并不一般长，有的公里三百公尺，有的——八百公尺；有的钟点迅如闪电／有的钟点酣睡沉沉。"作为未来派的核心一员，马里内蒂对现代工业文明确实抱有一种狂热的态度，这与人们发现科技进步的惊人力量以及其创造的种种奇迹不无关系。

今晚天将长久明亮……／诺阿伊

今晚天将长久明亮，白日拖长。
灿烂日光的烦嚣分散和消失，
树木因见不到黑夜十分惊异，
在白夜里保持警醒，陷入遐想……

栗树在金闪闪、沉闷空气周围
散布芬芳，似乎扩展传送之地，
人们不敢行走，掀动柔和空气，
生怕扰乱了浓郁香气的安睡。

从城里传来了远远的滚动声……
轻微的和风掀起了一点尘土，
离开附着的晃动、疲乏的树身，
轻飘飘地降落在静寂的道路；

我们每天都已习惯凝神眺望
这条如此朴实、人来人往的路，
但生活中有样东西改变面目；
我们不再有今晚的柔情衷肠……

郑克鲁　译

·作者简介·

诺阿伊（1876～1933），法国女诗人，父亲是侨居巴黎的罗马尼亚人，母亲是希腊裔。诺阿伊从小深受法国文化的熏陶，13岁开始写诗，以诗集《诉不尽的衷情》(1901)和《日影》(1902)成名，在这两部诗集中，诺阿伊表达了对于祖国文化的热爱和对于美丽自然的迷恋之情。后来诺阿伊又创作出版了《眩目集》、《生者与死者》、《痛苦的荣耀》等诗集。另外诺阿伊还创作有小说《新的希望》、《惊奇的面孔》、《统治》等，还有随笔集《确实如此》和回忆录《我一生的书》等。诺阿伊是第一位获得法国三级荣誉勋章的女性，也是第一位比利时皇家学院的女院士。诺阿伊的诗歌感情深挚，古典质朴，韵律和谐，富有节奏。诗中在表达对美好事物的赞美和对生活与爱情的向往的同时，也表露出及时行乐的思想，对青春的易逝、人生的无常与死亡的不可抗拒流露出一种不安与伤感，甚至是绝望的情绪。

作/品/赏/析

在这首诗中，诗人表达了自己对于美好生活的深深眷念，而又展现了心中潜蓄着的一种难解的惆怅。诗歌韵律严整，语言精致，情感中弥漫着淡淡的忧伤。"树木因见不到黑夜十分惊异，在白夜里保持警醒，陷入遐想……"树的遐想正是喻示着人的思考，人所产生的对于生活的种种遐思，而天将长久明亮的这一特别的夜晚景象恰是对于人的思想的触发。诗的中间两节渲染夜的寂静、静夜中自然界的姿态和人们的心情，柔和中又显出低沉。"但生活中有样东西改变面目；我们不再有今晚的柔情衷肠……"表露的是诗人对于美好的生活情景不可再得的忧思。

苍白的时刻 / 法尔格

有一天，在暮霭中，我们走过，在雨后，
沿着公园的围墙，那儿美丽的树木在做梦……
我们久久地追随着。时间悄悄地过去，
黑夜的手在旧墙上缝补着裂缝……
但是在这苍白的时刻，什么烦扰着你，
什么在给那栅栏的黑色的手缀边呢？
暮霜、雨后的宁静，不知为什么
把我们的梦转向流放和黑夜……

我们听见了纷纭的喧响
发自周遭的簇叶，
犹如一堆正在着起来的火……
而枝条摇曳着。沉默
窥伺着。
而飘来的气味是如此强烈，
使人忘记了世界上还有别的气味，
因为这些气味仿佛就是生命自身的气味……

后来，一缕阳光染黄了一片叶子，
然后是两片，然后把所有的叶片染成金黄！
那时第一只鸟儿冒着险
在雨后
歌唱！
像从一盏熄灭的灯发散出的刺鼻的气味
从我的心里升起一个古老的梦……

一线光明仍然在墙头踯躅，
从一只安详的手里滑落，把我们引向暗影……
这是雨？是夜？
远远地，古老的黑色的脚步
移动着
沿着公园的围墙，在那儿，古老的树木正在做梦……

罗洛　译

·作者简介·

莱昂－保尔·法尔格（1876～1947），法国诗人和评论家，生于巴黎，早年出入于马拉美的文艺沙龙，19岁前就在《文艺》杂志上发表了作品，而后在《牧神》上发表了著名的长诗《唐克雷德》。法尔格是与《法兰西信使》关系密切的象征主义文学社的成员，反对超现实主义。1912年，他发表了自己的第一部作品《诗集》，而后又出版了诗集《为了音乐》《空间》和《灯下》。1930年后，法尔格的创作由诗歌转向散文，以写巴黎的长篇抒情随笔著名，1939年出版了散文诗集《巴黎漫步》。法尔格的诗歌作品并不为多，但都是精心之作，是质量上乘之作。

作/品/赏/析

"沿着公园的围墙，那儿美丽的树木在做梦……"诗的开头与结尾用了同样的话，诗中还说到，"把我们的梦转向流放和黑夜……""从我的心里升起一个古老的梦……""梦"在诗中多次出现，可以说，这首诗就是诗人的一种关于梦的表达，而这梦指向的是诗人深而入微的生命体验和生存思考。"我们久久地追随着。时间悄悄地过去，黑夜的手在旧墙上缝补着裂缝……"显示了人在生命的旅途中，在岁月的消逝中所怀有的那种怅惘和迷茫。"而飘来的气味是如此强烈，使人忘记了世界上还有别的气味，因为这些气味仿佛就是生命自身的气味"，这里所表露的正是诗人对于自我生命的专注和对于自我存在的深思。"古老的梦"，"古老的黑色脚步"，"古老"与"黑色"也是诗中的两个关键词，显示出一种凝重与深沉的色彩，而这一切，都归结于寂静与安详的时光中那梦幻般的人生。

夕 阳 / 桑德堡

有一种低声道别的夕阳。
往往是短促的黄昏，替星星铺路。
它们均匀地踱过草原和海的边缘，
睡眠是安稳的。
有一种舞着告别的夕阳。
它们把围巾一半投向圆穹，
于是投上圆穹，投过圆穹。
耳朵边挂着丝绢，腰间飘着缎带，
舞着，舞着跟你道别。睡眠时
微微转侧，因为做着梦。

邢光祖 译

· 作者简介 ·

桑德堡（1878～1967），美国诗人、传记作家和历史学家，生于伊利诺伊州的一个瑞典裔的贫苦劳动者家庭。1904年，桑德堡出版了第一本诗集《在轻率的欢乐中》，而1916年出版的《芝加哥诗集》则奠定了他在诗坛的地位。桑德堡继承了惠特曼的诗歌传统，同时吸取了法国后期象征主义的表现手法，有着自己新的艺术开拓。桑德堡的诗歌还广泛地吸收了美国民间文学中的优秀成分，诗歌形式多样不拘，风格含蓄而明快，有着一种粗犷的情调，热情地讴歌了美国的都市文明。桑德堡还前后花费16年的时间创作了6卷的《林肯传》，并且写有小说、儿童文学、新闻通讯等作品。

作/品/赏/析

这是描写夕阳景象的一首优美的小诗，诗中将夕阳的景色完全进行了拟人化的处理，给人一种亲切之感，而夕阳的形象也因此表述得尤其生动可感。诗歌分为两个部分，分别写"低声道别"的夕阳和"舞着告别"的夕阳，前者道出了夕阳的静谧，后者道出了晚霞的绚烂。诗中在描写夕阳之静谧时，将短促的黄昏喻为"替星星铺路"的使者，"它们均匀地踱过草原和海的边缘"，而那安稳的睡眠足以表达夕阳之安宁；在描写晚霞之绚烂时，将夕阳时分天边的霞光喻作围巾，"耳朵边挂着丝绢，腰间飘着缎带"，形象极其优美。再写到睡眠的状态是："微微转侧，因为做着梦。"那一定是一个异常柔美的梦吧。

莱茵之夜 / 阿波利奈尔

我的杯子盈溢着酒仿佛一团颤动的火焰

请谛听谛听那船夫悠扬的歌声
叙说着曾看见月光下七个女人
梳弄她们的黛色长发披垂脚边

站起围成圆圈边舞边高声歌唱
于是我不再听见那船夫的音响
金黄头发的少女啊走近我的身边
目光凝注漫卷起那秀丽的长辫

莱茵河莱茵河已经醉去这葡萄之乡
这河上倒影抖落了多少夜晚的黄金
虽已声嘶力竭余音袅袅不绝
黛发的仙女啊她们在讴歌夏令

我的杯子破了仿佛爆发出一阵大笑

徐知免 译

·作者简介·

阿波利奈尔（1880～1918），生于意大利罗马，死于法国巴黎，法国 20 世纪最有特色的诗人和小说家，超现实主义文艺运动的先驱之一。阿波利奈尔是一个波兰女贵族的私生子，1895 年到巴黎当银行职员、记者。1911 年发表第一部诗集《动物小唱》（又名《奥菲的随从》），两年后发表代表作《醇酒集》，同年还发表了未来主义宣言《未来主义的反传统》。第一次世界大战爆后出版了诗集《美好的文字》。除诗歌创作外，阿波利奈尔在剧本、小说和文艺评论方面也有很大成就。剧作《蒂雷西亚的乳房》被视为超现实主义的开山之作。

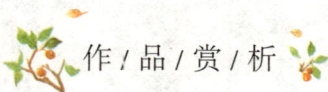

作/品/赏/析

西方现代主义理论的先驱阿波利奈尔是促成超现实主义的重要人物之一。虽然他是一位诗人，但是他对视觉艺术有着狂热的爱好和天才的洞察力，在当时的巴黎，他的交往圈子里有很多画家，包括立体派的和野兽派的，这些显然都对他的诗歌创作有着巨大的影响。天资过人的阿波利奈尔善于把不同艺术流派的精华融入自己的创作，将传统和现代趣味结合起来，创造出独特的诗歌艺术。他的诗歌创作首先从体制上打破了旧形式，不用标点，长短不一，服从思想感情的变化。从《莱茵之夜》中，我们可以看到诗人将形与色整体强化的努力，这种努力的目的是使现实的情形具有一个完全脱离了现实的、更为强烈的、梦幻般的真实。这首诗的开头和结尾都在写"我的杯子"，最初，"我的杯子盈溢着酒仿佛一团颤动的火焰"，最终，"我的杯子破了仿佛爆发出一阵大笑"。或许不能用"最初"与"最终"来描述，不过从阅读时间和过程来看，这两者之间夹杂着一种感知，这种感知则导致了这样一种从形到声的变化。在中间三节，诗人主要描述月光下的莱茵河、船夫以及围成一圈高声歌唱的七个女人，我们读到的是诗人从声音出发到形象结束的感性描述，这里形象从感受上替代了声音："于是我不再听见那船夫的音响。"诗人努力用各种不同的形象性事物来相互描述和印证，其中"葡萄"、"黄金"等词的出现充分加强了诗歌视觉上的色彩感受，体现了诗人对色的高度敏感，在各种感官的相互比拟和作用下，莱茵河之夜已经远远超出了它本身的外在形象，而进入一种独立于其具象的梦幻世界。

白的夜，红的月亮 / 勃洛克

白的夜，红的月亮
在蓝天上浮起。
虚幻而美丽，她在游荡
倒映在涅瓦河里。

我预见，我也梦见
秘藏的愿望就要实现。
莫非吉祥就藏在其中——
红的月亮，静的喧声？……

飞白 译

·作者简介·

　　勃洛克（1880～1921），俄国诗人，生于彼得堡的一个贵族家庭，父亲是教授，母亲是作家，1906年毕业于彼得堡大学历史语文系。1904年，勃洛克出版了自己的成名作和早期代表作《美妇人诗集》，诗篇中充满了神秘主义和唯美主义的色彩。勃洛克由此成为俄国象征主义的代表诗人。1905年的俄国革命促使勃洛克的创作发生了转折，他开始接近社会生活，面向社会现实，逐渐摆脱象征主义，而成为一名现实主义革命诗人，热忱地讴歌俄国的革命。勃洛克创作于1918年的《十二个》是描写十月革命的第一首长诗，该篇诗作以其昂扬的格调和精湛的技艺在苏联诗歌史上占有极其重要的地位。在十月革命后，勃洛克主要从事文化宣传工作，为苏联文化事业的发展作出了重要的贡献。

作/品/赏/析

　　这是一首象征主义的小诗，诗人借对月夜的咏赞来吐露自己对于一份潜藏着的心愿变为现实的美好期望。"白的夜，红的月亮／在蓝天上浮起。"诗句中描绘了非常明丽的色彩，展现了明美的月光，而正是这美丽的月夜惹起了诗人久藏的心怀。"虚幻而美丽，她在游荡／倒映在涅瓦河里。"这描写月的景象的诗句，恰恰是对诗人心景的一种透露，诗人心中的愿望就像那天上的月亮，美丽而虚幻。"我预见，我也梦见／私藏的愿望就要实现。"诗人幻想着心中幽秘愿望的实现，而将之归于月亮带来的好运："莫非吉祥就藏在其中——／红的月亮，静的喧声？……"诗人用了"静的喧声"这种矛盾的表达，此时此刻，四周的环境是寂静的，可诗人的心却是喧闹的，诗人将自己的心灵沉浸在这份"静的喧声"中，遐想着自己美好心愿实现的情景，陶醉在迷人的月色下，怡然于瑰丽的梦幻中。

紫色的黄昏 /巴科维亚

秋天的黄昏，紫色的……
背景上，两棵白杨的剪影，
穿紫色法衣的使徒
整个小城是紫色的。

秋天的黄昏，紫色的……
懒惰、轻浮的人在街心里；
整个人群看上去是紫色的，
整个小城是紫色的。

秋天的黄昏，紫色的……
平原里长头发的军阀在高塔上；
祖先们经过了，紫色的一群，
整个小城是紫色的。

蓝烟 译

作者简介

巴科维亚（1881～1957），罗马尼亚著名诗人，生于巴克乌市的一个商人家庭。1899年开始发表诗作，1916年出版了第一本诗集。受长期隐居生活的影响，巴科维亚患有神经官能症，并且遭受了很深的折磨，这造成他的诗歌经常出现黄昏、黑色、乌鸦、血、雨、梦等灰冷的意象，形成冷艳和凄美的风格。

作/品/赏/析

紫色是一种象征着神秘和忧伤的色彩，诗人将秋天的黄昏描绘成紫色的，三个诗节都以"秋天的黄昏，紫色的……"这一句开始，而以"整个小城是紫色的"这一句结束，这种紫色，当然并非实际的颜色，而是诗人在观察景物时所投注的主观心理色彩。诗人在第一节中写道"穿紫色法衣的使徒"，这就介入了宗教的联想，在基督教中，紫色象征着来自神灵的力量，代表着神圣、尊贵和慈爱。第二节中写道，"懒惰、轻浮的人在街心里；整个人群看上去是紫色的"，这又将紫色引入了另外一种意涵。"平原里长头发的军阀在高塔上；/祖先们经过了，紫色的一群"，诗的第三节进入了更为开阔和久远的时空。若将几组意象结合起来观察，再将整体置于秋天的黄昏这一大背景下，则可以更好地体验到诗人眼光的敏锐和思想的奇特。

我不再归去 /希梅内斯

我已不再归去。
晴朗的夜晚温凉悄然，
凄凉的明月清辉下，
世界早已入睡。

我的躯体已不在那里，
而清凉的微风，
从敞开的窗户吹进来，
探问我的魂魄何在。

我久已不在此地，
不知是否有人还会把我记起，
也许在一片柔情和泪水中，
有人会亲切地回想起我的过去。

但是还会有鲜花和星光
叹息和希望，
和那大街上
浓密的树下情人的笑语。

还会响起钢琴的声音
就像这寂静夜晚常有的情景，
可在我住过的窗口，
不再会有人默默地倾听。

江志方　译

·作者简介·

　　希梅内斯（1881～1958），西班牙著名诗人，西班牙抒情诗新黄金时代的开拓者。童年的孤独和少年时在耶稣会学校长达 11 年的住校生活，使诗人的心里隐藏了极大的忧伤。1896 年，按照父亲的意愿，诗人前往塞维利亚学习法律和绘画，但是他很快就转向了文学创作。1900 年，诗人和拉美现代主义诗歌创始人卢文·达里奥相识，被其诗歌深深吸引。同年，诗人发表诗集《白睡莲》、《紫罗兰的灵魂》，因过于感伤，饱受评论界指责。诗人决定回到家乡，途中得知父亲病逝，其身心受到极大打击，为此他多次住进疗养院。1912 年，诗人回到马德里，做编辑工作，直到 1916 年去美。在美国期间，诗人结识了波多黎各的女翻译家塞诺维亚——他后来一直钟爱的妻子。在马德里，诗人选拔了大批的青年诗人，成为"二七年一代"的宗师。西班牙内战期间，诗人站在共和派一边，后被迫流亡国外；第二次世界大战时，他积极呼吁人民反战。晚年的诗人因不满西班牙的独裁统治，定居波多黎各。1956 年，诗人获得诺贝尔文学奖。诗人的代表作主要有《底层空间》、《一个新婚诗人的日记》、《空间》等。

作/品/赏/析

　　《我不再归去》是西班牙著名抒情诗人希梅内斯的名诗，曾被人们广为传诵。

　　这是一首绝妙的抒情诗。诗的开头为读者描绘了一个静谧温馨的夜世界。一个晴朗的夜，明月当空，洒下清冷的光辉，凉风轻拂，世界沉入梦乡。此时，在世界的某个角落，一颗孤独的灵魂敞开了自己的心扉，吐露着心底的秘密和思念。诗由环境入手，再用躯体的不在写"我"的不归，确证"我"的不再归去。然而，这一切又都和诗中的情景——那夜、那风、那鲜花、那星光等是那样的背离，难道这不是诗人的回忆，难道彼处不是诗人声称不再归去的地方？诗人不再归去的，是躯体；而他的心绪去了，在那个或许是"家"的地方停栖和流连。

　　诗人何以要强调"我不再归去"，强调"我的躯体已不在那里"？诗人是怕自己的归去会带来震动，带给人们惊吓。

　　诗人怕惊吓到怎样的情景呢？那情景，有鲜花和星光，有深情的叹息和对未来的向往，有浓密的树下情人的笑语。这花前月下的风景、这生活的真切，不仅是过去，不仅是现在，就是在未来仍会延续，在诗人要回归的地方。那静谧的夜里传出幽婉曼妙的音乐，从那高雅心灵的深处升起，唤醒某些孤独的心灵。

　　全诗构思精巧，语言清丽，委婉动人。每一行诗句都明白易懂，诗歌的情思主要是通过诗人主观心灵的追思成像来完成的。诗人在西班牙传统的抒情诗中加入现代象征主义的手法。那月夜、微风、鲜花等客观事物都是诗人情感的象征，带有诗人主观的痕迹。诗人的思绪不断在彼处和此地间往返，使得夹带情感的景物绵延不断，似乎都在一处。过去、现在、未来这种时间意象的流动也开始同时出现。那流动震颤的音乐，是诗人心底情感澎湃起伏的表现。诗人就使用这种意象的流动表现了心灵，用美的形式、艺术的表达为读者展示了一个美丽的生活情景，也带给读者美好的遐想。

村 景 / 希梅内斯

这是一个野外小村，
乌黑的瓦顶上空，
碧绿的田野之中，
回荡着草虫和畜铃的奏鸣。
蝙蝠正在四处飞舞，
天使已敲响晚祷的钟声，
农夫走在回家的路上，
肩扛锄头、嘴里还把歌儿哼。
——孩童的喧闹混成一片，
畜栏中的牛群哞哞不停，
锅灶里飘散出微微的香气，
淡淡的炊烟袅袅飞升。
金盘似的圆月一轮，
高挂在远处的树顶，
抛洒出清澈的光芒，
沐浴着奇幻的荒凉村景。

林之木 译

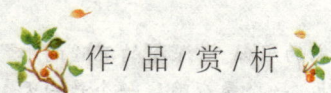 作 / 品 / 赏 / 析

  这首诗描绘了一个野外小村傍晚时分迷人的景致。诗的开篇直述，"这是一个野外小村"，而篇末又做了概括式的收束，这是"沐浴着奇幻的荒凉村景"。诗人对于村景的描述由视觉形象作为起点，"乌黑的瓦顶"，"碧绿的田野"，这正是典型的村庄景色，而接下来述以听觉上的意象，"回荡着草虫和畜铃的奏鸣"，并且经由诗人的想象，道出"天使已敲响晚祷的钟声"，这中间的几句诗中，诗人写入了多种足以代表着乡村的动物，蝙蝠、草虫和牛群，同时也描画了农夫经过一天的耕耘劳作扛着锄头回家的场景，"嘴里还把歌儿哼"，体现了农夫心情的舒畅，还映照着孩童的喧闹，这简直就是陶渊明的诗句"晨兴理荒秽，带月荷锄归"的翻版。而另一边，"淡淡的炊烟袅袅飞升"，"锅灶里飘散出微微的香气"，又契入了嗅觉的感受。最后展现的是，"金盘似的圆月一轮，高挂在远处的树顶，抛洒出清澈的光芒，沐浴着奇幻的荒凉村景。"如此美好的村景和恬然的乡村生活，真是令人心生美慕，口叹唏嘘。如果希梅内斯是中国人，我们一定会慨叹他的这首《村景》是深得陶渊明之神韵的，两个诗人的时代和国籍不同，但是对于洒脱怡然的乡村生活的赞美之心是相通的。

深深的沉睡的水 / 希梅内斯

深深的沉睡的水，你不再要什么光荣，
你已经不屑于给人娱乐，成为瀑布；
夜晚，月亮的眼睛抚爱着你的时候，
你的全身便充满了白银的思想……

痛苦的静止的水，洁净而沉默，
你已经蔑视闹闹嚷嚷胜利的荣耀；
白天，甜蜜而温暖的阳光射透你的时候
你的全身便充满了黄金的思想……

你是那么美丽，那么深沉，我的灵魂也一样；
痛苦向着你的宁静而来，来思念，
而正在你安详的平和的岸边，绽发出
最最纯净的翅膀和花朵的典范。

王央乐 译

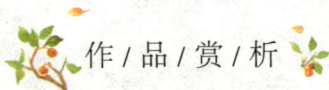 作 / 品 / 赏 / 析

　　这是希梅内斯的一首抒情佳作，诗中充满了视觉的美感和情感的温馨。"深深的沉睡的水"在诗人的笔下熠熠生辉。诗的第一节和第二节结构相同，相互映衬，一个是夜晚，一个是白天，诗人用"白银"来形容夜晚，用"黄金"来形容白天，倾情讴歌"深深的沉睡的水"和"痛苦的静止的水"的美丽、洁净与沉默，月色温柔，阳光温暖，而静静流淌的水平和而安详，她的岸畔"绽发出 / 最最纯净的翅膀和花朵的典范"，那绽放的正是诗人一片洁然的心地和一种纯美的情怀，如同诗中所言："你是那么美丽，那么深沉，我的灵魂也一样。"

论婚姻 / 纪伯伦

爱尔美差又说，夫子，婚姻怎样讲呢？

他回答说：

你们一块儿出世，也要永远合一。

在死的白翼隔绝你们的岁月的时候，你们也要合一。

噫，连在静默地忆想上帝之时，你们也要合一。

不过在你们合一之中，要有间隙。

让天风在你们中间舞荡。

彼此相爱，但不要做成爱的系链：

只让他在你们灵魂的沙岸中间，做一个流动的海。

彼此斟满了杯，却不要在同一杯中啜饮。

彼此递赠着面包，却不要在同一块上取食。

快乐地在一处舞唱，却仍让彼此静独，

连琴上的那些弦子也是单独的，

虽然他们在同一的音调中颤动。

彼此赠献你们的心；却不要互相保留。

因为只有"生命"的手，才能把持你们的心。

要站在一处，却不要太密迩：

因为殿里的柱子，也是分立在两旁，

橡树和松柏，也不在彼此的荫中生长。

冰心 译

□ 精美诗歌

·作者简介·

纪伯伦（1883～1931），黎巴嫩诗人、哲学家和艺术家，阿拉伯现代文学的奠基人之一。出生在黎巴嫩北部风景秀丽的卜舍里，那里的风景给了他无穷的创作灵感。1891年，他的父亲受到诬告，家产被抄。4年后他的母亲带着他离开了祖国，前往波士顿定居。1898年，诗人只身回到祖国学习阿拉伯语。在学成的19岁那年，他的母亲去世；这时诗人的爱情又遭遇挫折，诗人的心情变得孤寂起来，沉迷于宗教的静思之中。在姊姊的支持下，他开始致力于写作和绘画。1908年，诗人留学巴黎，师从罗丹，与一些著名画家交往甚密，1911年返回美国。1912年，诗人开始了自己辉煌的诗歌创作。1913年之后，诗人用阿拉伯文写作并发表了诗集《泪与笑》、《行列圣歌》等作品。从1918年开始，诗人改用英文写作，创作了散文诗集《沙与沫》、《先知》、《先知园》等，这些作品反响巨大，使阿拉伯文学获得了世界性影响。1931年，诗人患病去逝，遗体葬于故乡卜舍里。

纪伯伦像

作/品/赏/析

这首诗选自纪伯伦的诗集《先知》。《先知》是纪伯伦的代表作。据说诗人写这本诗集前后花了将近30年的时间。诗人在18岁时就已写出了第一稿，但是他长期没有发表，期间几易其稿，直到40岁时才使之问世。

《先知》里写道：当智者亚墨斯达法准备乘船离开阿法利斯城，回到他生长的岛上去时，预言者爱尔美差以及当地民众一齐来为他送行，同时要求他在离开之前，为众人演讲有关人生之真义。于是智者回答了他们提出的关于爱、婚姻、孩子、施与、饮食、工作、欢乐与悲哀、居室、衣服、罪与罚、法律、自由、理性与热情、苦痛、自知、教授、友谊、谈话、时光、善恶、祈祷、逸乐、美、宗教和死等26个问题。《先知》具有两个鲜明特点：一是思想深邃，见解新颖，富于哲理性和普遍性，能够发人深省，甚至有时令人耳目为之一新。二是比喻恰当，形象生动，形式创新多变，使人读来饶有趣味。

本首诗为《先知》中的第三首，是论述婚姻的。对于男女婚姻和夫妇关系，智者有新颖而独特的观点。首先，他指出夫妇要永远合一："你们一块儿出世，也要永远合一／在死的白翼隔绝你们的岁月的时候，你们也要合一／噫，连在静默地忆想上帝之时，你们也要合一。"这种观点是符合传统观念的，所谓"白头偕老"就是这个意思。

其次，智者又指出在夫妇合一之中要有间隙："彼此斟满了杯，却不要在同一杯中啜饮／彼此递赠着面包，却不要在同一块上取食／快乐地在一处舞唱，却仍让彼此静独。"这种观点似乎不大符合一般传统观念，表面看上去好像没有道理，其实包含着更深刻的道理。因为只有留下间隙，才能更快乐地在一处舞唱，只有保证平等独立，才能更进一步地互相爱慕。由此可知，智者所提倡的不是夫唱妇随、女方依附男方的封建婚姻关系，而是夫妇平等、人格各自独立的新型婚姻关系。这在今天仍有启迪意义。

344

美之歌 / 纪伯伦

我为爱情指出了方向，
我是灵魂的佳酿，
是心田的食粮。

我像一朵早晨开放的玫瑰花，
摘下我的是一位姑娘，
她吻了吻我，
然后把我紧贴在她的胸口上。

我是幸福的宫殿，
我是欢乐的源泉，
我是宁静的开端。

我是那温柔的一笑，
浮现在姑娘的唇边；
年轻人看见，
就会忘掉自己沉重的负担，
他的生活就会变成甜蜜的、
梦一般的草原。

我为诗人唤起灵感，
我是艺术家的旅途良伴，
我是音乐家忠实的教员。

我是婴儿的一双慧眼，
温存的母亲看见了，
她就会跪下祈祷，
歌唱赞美安拉的诗篇。

我在亚当面前变成了夏娃，
并且征服了他；
我以女友的身份去见所罗门，
把他变成了智者和诗人。
我向海伦嫣然一笑，
特洛伊城就宣告失陷；
我为克利奥佩屈拉女皇戴上了王冠，
欢乐就笼罩了尼罗河畔。

我像命运之神，
今天创造，
明日就毁掉。
我是安拉，
让万物生长，
也让万物遭到灭亡。

我比紫罗兰的呼吸还要温柔，

我比暴风雨还要凶猛。

世人呵，
我是真理，我是真理！
也是你们所能理解的最美好的事物！

苏玲 译

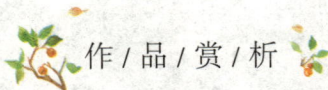 作/品/赏/析

　　纪伯伦是位热爱祖国、热爱全人类的艺术家，"爱与美"是他作品的主旋律。他曾说："整个地球都是我的祖国，全部人类都是我的乡亲。"他反对愚昧和陈腐，热爱自由，崇尚正义，敢于向暴虐的权力宣战；他不怕被骂作"疯人"，呼吁埋葬一切不随时代前进的"活尸"；他反对无病呻吟、夸夸其谈，主张以"血"写出人民的心声。美原本是一个抽象的概念，但是在这首诗中，诗人却独具匠心地运用拟人的手法，将美本身作为抒情主人公，通过它的口，将美具体形象化地还原；当美附着在一件件具体的事物上时，它便不再抽象，而成了可以被感知的存在；当美形象化之后，读者通过美的口，就能具体地领略美的真谛与威力所在。在这首诗中，诗人将诸多看似并不相关的意象用一种内在的、核心的东西联系起来，使其作为整体，焕发出一种强大的艺术力量。

把它忘掉吧 / 蒂斯代尔

把它忘掉吧，像忘掉一朵花。
像忘掉歌唱过黄金的火苗，
把它永远永远忘掉，时间是
仁慈的朋友，会使我们变老。

如果有人问起，就说已忘掉
在很久很久以前的时光，
像花，像火，像无声的足迹，
被遗忘已久的冰雪埋葬。

江枫 译

·作者简介·

　　萨拉·蒂斯代尔（1884～1933），美国著名女诗人，出生于密苏里州圣路易斯城。由于家庭原因，蒂斯代尔没有接受过正规的学校教育，但她勤奋好学，自学成才。1915年，蒂斯代尔的第一部著作《汇入大海的河流》问世，这部作品标志着她已经是一个成熟的诗人。1917年，她的又一部诗集《情歌》获普利策诗歌特别奖，此外，她的其他作品，如《火光和暗影》、《奇怪的胜利》、《诗集》都是人人称赞的佳作。

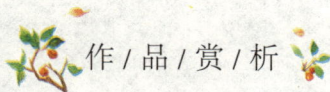

作/品/赏/析

　　蒂斯代尔的诗歌很善于创造情调和气氛，感情热烈，语言简洁清晰，非常富于音乐性，其题材大都是咏叹爱情的幻灭、年华的逝去以及对往事的追忆。《把它忘掉吧》是一首抒情诗，可以看成是诗人对痛苦往事另一种方式的追忆。"把它忘掉吧，像忘掉一朵花。像忘掉歌唱过黄金的火苗，把它永远永远忘掉，时间是／仁慈的朋友，会使我们变老。"诗人并没有直接说她要忘掉什么，而是用一个比喻来描述这个没有被说出要"永远永远忘掉"的事物。对此我们可以有各种猜测，但有一点毫无疑问，这个事物肯定是使诗人痛苦的事。一段惨痛的情感经历？一段不堪回首的往事？这里的火苗无疑是一种生命或者情感的激情的象征，而黄金向来是有价值的东西，所以说，"歌唱过黄金的火苗"事实上就是为一段值得的感情而付出的激情，但它却使诗人感到无限痛苦，诗人只能希望随着时间的推移而使这种痛苦慢慢地被淡化、遗忘。"如果有人问起，就说已忘掉／在很久很久以前的时光，像花，像火，像无声的足迹，被遗忘已久的冰雪埋葬。"诗人要忘掉的态度是决绝的，但也是勉强的，表现出一种极度克制和压抑的悲伤。诗人要忘掉的东西，在诗人看来，无形、易逝、美好，同时又难以忘怀。这首诗的情绪清冷而悲伤，充满着情感的幻灭感。

迟来的爱情 /劳伦斯

我不知道爱情已居于我的身上：
他像海鸥一样来临，以扬起的双翼掠过悠悠呼吸的大海，
几乎没有惊动摇曳的落日余晖，
但不知不觉已融进玫瑰的色彩。

它轻柔地降临，我丝毫没有觉察，
红光消隐，它深入黑暗；我睡着，仍然不知爱情来到这里，
直到一个梦在夜间颤抖地经过我的肉体，
于是我醒来，不知道是谁以如此的恐惧和喜悦将我触击。

随着第一道曙光，我起身照镜，
我愉快地开始，因为在夜间
我脸上所纺起的时光之线
已织成美丽的面纱，如同新娘的花边。

透过面纱，我有笑声一般的魅力，
像姑娘在大海苍白的夜间有着定当作响的欢畅；
我心中的温暖，如同海洋，沿着迟来的爱情之路，
曙光洒下无数片片闪耀的罂粟花瓣。

所有这些闪闪发光的海鸟烦躁地飞旋,
在我的下方,抱怨夜间亲吻的温暖
从未流过它们的血液,促使它们在清晨
恣情地追逐撒入水中的红色罂粟花瓣。

吴笛 译

作者简介

　　劳伦斯(1885～1930),英国的小说家和诗人,生于一个矿工家庭。劳伦斯的生命短暂,但是创作丰富,在十几部长篇小说外,还有短篇小说集、散文集、诗集、游记、书信集等多种作品。由于其作品中大胆的性爱描写,劳伦斯成为20世纪英国文学中影响最大而又最富争议的一个作家。劳伦斯虽然以小说闻名于世,但他也写有重要的诗歌作品,是一个著名的意象派诗人。劳伦斯的诗歌具有色彩鲜明、意象优美的特点,同时又喷薄着热烈的生命力。

作/品/赏/析

　　这首诗形象地展示了神秘的爱情究竟是怎样发生在人们身上的,以及处于爱情之中的人所感受到的痛苦,还有在那沉醉中的痴迷。"我不知道爱情已居于我的身上","它轻柔地降临,我丝毫没有觉察,/红光消隐,它深入黑暗;我睡着,仍然不知爱情来到这里,/直到一个梦在夜间颤抖地经过我的肉体"。诗人所讴歌的爱情,就是这样在自己还没有意识到的时候,不知不觉地悄然走进诗人的内心,尽管这份爱情是迟来的。"他像海鸥一样来临,以扬起的双翼掠过悠悠呼吸的大海,/几乎没有惊动摇曳的落日余晖,/但不知不觉已融进玫瑰的色彩。"综观全诗,诗人从真切的情感体验出发,运用象征的手法,诉求优美的语言,构造动人的意境,以此出色地展现了自己内心的蓬勃热情和悄悄来临的爱情的美好。

秋天的花园 /坎帕纳

永别了，魅影重重的花园，
饰有绿色花环的
无声的桂冠，
秋天的土地！
远方的生活，
向荒凉不毛的山坡，
用粗犷嘈杂的声音呼喊，
山坡在落日的余晖下
染上刺眼的红光。
生活又向垂死的夕阳呼喊，
夕阳使花坛沾上了血液。
令人肠断的号角声。
隐约可闻，河流
在镶金的沙滩上
消失；在一片寂静中，
一些白色的雕像
在桥头转角处巍然屹立——
过去的一切都成为陈迹。
远处，静寂像一支

温柔而庄严合唱曲
喘息着，高高地
飘上我的阳台；
在桂冠的气味里，在桂冠
苦涩而枯涩的气味里
在夕阳掩映下的
不朽的雕像中间，
她的倩影
却在我面前出现。

钱鸿嘉 译

·作者简介·

坎帕纳（1885～1932），意大利诗人，生于佛罗伦萨附近的马拉迪，少年时曾求学于都灵，1903年进入博洛尼亚大学学习化学，并且在读大学时期开始写诗。坎帕纳喜好旅行，曾遍游欧洲和南美洲。坎帕纳有神经质的倾向，性格怪僻，遭际坎坷，曾身陷囹圄，并且因患有精神疾病两度进入精神病院。1918年直到去世之间的十几年里，坎帕纳一直住在疯人院。坎帕纳是意大利"隐逸派"诗歌的先驱，诗歌的内容多为抒发个人瞬间的感受，描写片断的自然风光，表达潜隐微妙的情绪。他的诗歌在风格和形式方面都实现了对于传统样式的突破，对意大利现代诗歌的发展与革新起到了重要作用。

作/品/赏/析

这是一首描写沐浴在"落日的余晖"之中的秋天的花园之景象的诗篇，描绘的情景并不特别，但是表达的方式却尤为新颖别致。诗人将自己在夕阳时分因由秋季花园静物的触发而瞬间生发的独特感受，藉用一系列粗砺的景象和声音展现出来，同时用了多样巧妙的比喻，获得了十足的艺术效果。"刺眼的红光"，"垂死的夕阳"，"镀金的沙滩"，"白色的雕像"，都是一幅幅会给人带来一种震撼式感受的画面，而"夕阳使花坛沾上了血液"这一比喻给人的感觉尤其鲜明，会给人一种由视觉到心理的强烈触动。诗人幽隐的心怀似露还藏，全都掩映在那"魅影重重的花园"之中。

舞 姿 / 庞德

呵，黑眼珠的
我梦想的妇人，
穿着象牙舞鞋
在那些舞蹈的人们中，
没有人像你舞步如飞。

我没有在帐篷中，
在破碎的黑暗中发现你。
我没有在井边，
在那些头顶水罐的妇女中发现你。

你的手臂像树皮下嫩绿的树苗；
你的面孔像闪光的河流。

你的肩白得像杏仁；
像刚剥掉壳的杏仁。
他们没有让太监护卫你；
没有用铜栅栏护卫你。

在你憩息的地方放着镀金的绿宝石和银子。
一件黄袍，用金丝织成图案，披在你身上，
呵，纳塔——伊卡奈，"河畔之树"。

像流经苍苔间的潺潺溪流，你的手按在我身上；
你的手指是寒冷的溪流。
你的女伴们白得像卵石
她们围绕着你奏乐。

在那些舞蹈的人们中，
没有人像你舞步如飞。

申奥 译

·作者简介·

　　庞德（1885～1973），美国著名诗人、评论家。出生在一个职员家庭。青年时在宾夕法尼亚大学学习罗曼语言文学，业余时间醉心于现代诗歌技巧的研究，深受中国传统诗歌的影响。1908年，诗人迁居英国，在那里发起现代诗歌史上著名的意象派运动。1909年，诗人结识著名诗人叶芝，曾在1913年任后者的秘书。1916年，意象派组织解散，诗人也于1920年迁往巴黎，不久定居意大利。晚年的诗人在意大利度过。其作品有长诗《诗章》等。其短诗《在一个地铁车站》是意象派诗歌的杰作。

庞德像

作/品/赏/析

　　这篇诗作是对一名贵妇人高贵的容貌和出色的舞姿的衷情赞美，诗人由对贵妇人的手、面孔和肩等身体美的赞誉开始，又运用了华丽的诗句尽情地歌赞了她气质的高贵——"在你憩息的地方放着镀金的绿宝石和银子。／一件黄袍，用金丝织成图案，披在你身上"。然后再写出了诗人为之神魂倾倒的感受——"你的手按在我身上；／你的手指是寒冷的溪流"。这将贵妇人的美渲染到了极致。"在那些舞蹈的人们中，／没有人像你舞步如飞。"诗歌的结尾，重复第一节中的诗句，令诗歌首尾相映，也令被歌咏者那"舞步如飞"的形象得到了更进一步的深化，给读者留下的印象更为深刻。

在一个地铁车站 /庞德

人群中这些面孔幽灵一般显现；
湿漉漉的黑色枝条上的许多花瓣。

杜运燮　译

作 / 品 / 赏 / 析

　　这首诗写于 1911 年。在这一年的某一天，诗人站在一个地铁站的出口，面对行色匆匆的人群，面对地铁站台的嘈杂和混乱迷失了。那是一种没有着落的怅然若失，是一种人生如萍的漂泊感。然而就在诗人走出地铁站的一瞬间，一股清新的气息在诗人的脸面吹过。这时，诗人再看人群，看茫茫人世，感到了生命的活力。诗人当时写下了 30 多行诗，最后诗人经一年半的思考和删改，只留下了两行，成为意象派诗歌的代表作。

　　在庞德看来，"意象"是"一刹那思想感情的复合体"。诗人捕捉到了怎样的瞬间呢？那是很多现代人从地铁站走出的瞬间。地铁，这一现代社会的产物，是现代社会匆匆忙忙的象征。在地铁里，人们从一个地方上车，在漫长的黑暗隧道中浑浑噩噩地赶路，不知道方向，不知道有没有危险。人们面对着模糊茫然的脸，心情也是茫然的。在地铁里面，人们永远是赶路的人，容不得片刻的停留。

　　"幽灵"，诗人用这样的一个词表现了那些面孔的迷人和一闪即逝以及生命的生机勃勃。那花瓣想来也有"一枝梨花春带雨"的美丽和生命气象，那黑色的枝条给人一种凝重和坚强的印象，正说明了人类生命的苗壮。

　　这首诗是意象派的代表作。看似简单的两句诗全面反映了一派诗歌的所有特点。诗人从纷纷扰扰的社会生活中提炼出最凝练的意象，写成极其优美的诗歌，令人想象无穷。

我是谁 / 帕拉采斯基

我，或许是一名诗人？
不，当然不是。
我的心灵之笔
仅仅描写一个奇怪的字眼——
"疯狂"。

我，也许是一名画家？
不，也不是。
我的心灵的画布
仅仅反映一种色彩——
"忧愁"。

那么，我是一名音乐家？
同样不是。
我心灵的键盘
仅仅只弹奏一个音符——
"悲哀"。

我……究竟是谁？
我把一片放大镜
置于我的心灵前
请世人把他细细地
察看。

我是谁？
——我的心灵驱使的小丑。

吕同六 译

·作者简介·

阿尔多·帕拉采斯基（1885 ～ 1974），意大利左翼未来主义著名诗人，他的代表作《我是谁》是未来主义诗歌中最具影响力的作品。

作/品/赏/析

　　帕拉采斯基是意大利早期未来派的重要代表人物，他的早期创作接近微暗派，主要是用讽刺戏谑的笔调表现对平庸生活的反感和厌恶。未来主义者多赞颂现代生活和机械工业的力量，而帕拉采斯基却有所不同，他对这种工业文明下的生活抱有一种特别的警惕，《我是谁》正是这种警惕的表现。人自有了独立意识之后，就有了"我"这个概念，之后自我慢慢形成，但是要问"我是谁"，往往使人感到痛苦。在童年和少年的时候，人往往离现实社会比较远，因此有许多对自己的美好设计，可是当长大成人之后，尤其进入社会，就发现了自我与社会的巨大冲突，面对各种矛盾压力，人就会渐渐变化，到最后有一天忘记"我是谁"。现代人往往在庸庸碌碌中不能停下脚步，一生都在巨大的压力下奔波，当有一天一梦醒来，照着镜子再看看自己，可能陌生到不再认识。在这首诗中，诗人给自己设定了三种身份，诗人、画家和音乐家，发现在不同的身份下，自己的"心灵之笔"反映出的都是"疯狂"、"忧愁"和"悲哀"，于是"我把一片放大镜／置于我的心灵前／请世人把他细细地／察看"。这种清醒的自我意识下，诗人扪心自问"我是谁"，最终反映出的，可以说是现代人的一种普遍的悲哀。好在诗人还能发现自己是"我的心灵驱使的小丑"。这种灵魂的关照实际上就是自我的再一次觉醒。

序 曲 /艾略特

冬夜带着牛排味
凝固在过道里。
六点钟。
烟腾腾的白天烧剩的烟蒂。
而现在阵雨骤然
把萎黄的落叶那污秽的碎片
还有从空地吹来的报纸
裹卷在自己脚边。
阵雨敲击着
破碎的百叶窗和烟囱管，
在街道的转弯
一匹孤独的马冒着热气刨着蹄，
然后路灯一下子亮起。

赵毅衡 译

·作者简介·

　　艾略特（1888～1965），英国著名诗人，西方现代派文学思潮的奠基者。出生在美国，祖父是华盛顿大学的创建人，父母都出身在文化层次较高的家庭。1906年，诗人入哈佛大学学习哲学。1908年接触到象征主义诗歌，开始了对现代主义诗歌的探索。1910～1911年和1914年，他先后在巴黎大学学习，仍学哲学，随后就在德国找了一份研究员的工作。1915年，他和英国少女维芬结婚，从此定居英国，同年发表第一首诗歌。1919年，诗人出版了其第一部诗歌评论集《圣林》。1921年，诗人妻子发疯，他精神几近崩溃，也就在这一年他写出了长诗《荒原》的大部分。1922年，他创办著名的文学评论杂志《标准》，并担任了长达17年的主编，发表著名的长诗《荒原》。1927年，诗人加入英国的国教和英国国籍。1932年，诗人和已疯的妻子分居。1934～1943年完成其后期的代表作《四个四重奏》。晚年的诗人基本上沉迷于宗教，创作了大量的宗教诗。1948年，诗人因为对现代诗歌作出的开创性贡献获得了诺贝尔文学奖。1957年，他和自己的秘书法莱丽结婚，曾为此写过一些歌唱爱情的诗歌。1965年1月，诗人病逝于伦敦。

作/品/赏/析

　　这首诗选自艾略特的组诗《序曲》，是4首中的第一首，写于1917年，是诗人早期的佳作之一。它的写作年代比《荒原》（1920年）还要早。从这首诗中，我们能看出艾略特思想的发展轨迹。可以说，这首诗是他思想历程的一个见证，展示了"荒原"的一角。

　　诗歌以几个独特的意象的巧妙组结，展现了一个黄昏时的西方现代城市的影象，一个有典型意义的时刻和场景。在一个清冷的冬夜，城市内飘散着牛排的味道，最后在人们要经过的过道里凝固，久久不散。这样的夜就是资本主义社会的一个缩影，这样的过道就是人类路程的象征。

　　"六点钟"，简单三个字点明了时间。白昼很快就消逝了，如同一支烟的工夫，只剩下一个苍白的、冒着青烟的烟蒂。黄昏降临，阵雨骤然，风挟裹着雨吹扫着残败的枯叶、污秽的碎片和破烂不堪的报纸。那阵雨是要冲刷什么吗？那敲击百叶窗和烟囱的声音是不是也在诉说着什么？那混合着碎片和污秽的雨水是一股汹涌的暗流吗？是不是要突然汇为一场洪水，冲刷出一个崭新的世界？马浑身冒着热气，不安地刨着蹄。这时路灯亮起来了，但那昏黄的灯光在这样的世界里也于事无补，世界仍然充满着死寂的忧愁和暗淡。这首诗可以说是《荒原》的缩微。

　　这首诗在诗体、韵律和语言上颇具特色，形体自由，语言灵活，节奏和谐。诗人一方面受象征主义的影响，采用象征手法来表现诗人对现代都市的独特感受和深刻认识；另一方面，明显受意象主义的启发，不用浓重的个人色彩而是用独特的意象来描摹现实，让读者自己得出结论。那残破的落叶、报纸，还有那破碎的百叶窗和高高的烟囱都象征着现代都市文明的没落和匮乏；那"孤独的马不安地刨着蹄"是诗人内心的一种生动写照，还有那灯光也是一种暗示，暗示着希望或者诗人内心的一种信仰。

窗前晨景 / 艾略特

地下室餐厅里早点盘子咯咯响，
顺着人们走过的街道两旁，
我感到女佣们潮湿的灵魂
在大门口绝望地发芽

一阵阵黄色的雾从街的尽头
向我抛上一张张扭曲的脸，
又从一位穿着泥污的裙子的行人的脸上
撕下一个空洞的微笑，微笑逗留在半空，
沿着屋顶一线消失了。

佚名 译

作 / 品 / 赏 / 析

　　这首诗实际上并非一首写景诗，而是通过对景物特殊化的描写来揭示人们的灵魂。熟悉《荒原》的读者会很容易地发现，这首诗中所传达的思想、所体现的人的精神与《荒原》中的表达是同属一类的。这首诗虽然形式简短，含蕴的内容却很丰厚。诗中写道"潮湿的灵魂／在大门口绝望地发芽"，而在《荒原》中有这样的句子"去年你种在你花园里的尸首，它发芽了吗？今年会开花吗"？同样写到"发芽"，而发芽的主体一个是"尸首"，一个是"潮湿的灵魂"，其实二者是同一个所指的，表现的都是人们麻木的精神状态，一个个活着的人，却仿佛一具具行走着的尸体。艾略特的这一发现和这种表达是惊人的，因为他的这一发现具有如此深刻的真实，而他的这种表达也有着一种骇人的批判力。诗中后面"黄色的雾"、"扭曲的脸"、"空洞的微笑"这些形象，可以看作都是对那"绝望地发芽"的"潮湿的灵魂"的注解。这幅"窗前晨景"就是一种精缩版的"荒原"景象。

眼睛，我曾在最后一刻的泪光中看见你 / 艾略特

穿越在界限之上
在死亡这畔的梦国里
黄金时代的景象再现
我看到了眼睛，但没有泪水
这是我的苦难

这就是我的苦难
眼睛，我不该再次见到你
目光坚毅的双眼
眼睛，我不该看见你，除非是
在死亡的另一王国的门口
那儿，正如这里
眼睛会持久一些
泪水也会持久一些
并将我们一起当成笑柄

绿豆 译

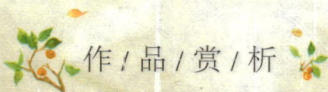 作 / 品 / 赏 / 析

　　艾略特是后期象征主义的代表诗人，在诗歌中善于使用联想、隐喻和暗示来进行思想与情感的表达，在这首诗中，艾略特选用了"眼睛"和"泪光"这两个意象来进行诗歌意义的建构。"眼睛，我曾在最后一刻的泪光中看见你"，在泪光中看见眼睛，这种造句是一种超逻辑的想象，令人难以索解，需要读者重复调动自己的联想。诗中说道："穿越在界限之上 / 在死亡这畔的梦国里 / 黄金时代的景象再现"，"我看到了眼睛，但没有泪水 / 这是我的苦难"。通过这些诗句，我们大约可以体察到诗人是在对生存与死亡进行着一种哲理化的思辨，也是在对自我的心灵与生命感受进行着隐喻。"黄金时代的景象"再现于"死亡这畔的梦国里"，表达的是诗人对于现存的生活世界的否定，诗人窥见了人的真正灵魂所在，但是它却不存在于现有的世界，诗人的心因此感到悲戚，所以诗人"拒绝"这样的发现，说"眼睛，我不该再次见到你"，而"除非是 / 在死亡的另一王国的门口"。这深刻地表露了这种发现给诗人带来的矛盾与痛楚。

死的十四行诗 / 米斯特拉尔

一

人们把你搁进阴冷的壁龛，
我把你挪到阳光和煦的地面。
人们不知道我要躺在泥土里，
也不知道我们将共枕同眠。

像母亲对熟睡的孩子一样深情，
我把你安放在日光照耀的地上，
土地接纳你这个苦孩子的躯体
准会变得摇篮那般温存。

我要撒下泥土和玫瑰花瓣，
月亮的薄雾缥缈碧蓝
将把轻灵的骸骨禁锢。

带着美妙的报复心情，我歌唱着离去，
没有哪个女人能插手这隐秘的角落
同我争夺你的骸骨！

二

有一天，这种厌倦变得更难忍受，
灵魂对躯体说，它不愿拖着包袱
随着活得很满意的人们
在玫瑰色的道路上继续行进。

你会觉得身边有人在使劲挖掘，
另一个沉睡的女人来到静寂的领域。
待到我被埋得严严实实……
我们就可以絮絮细语，直到永远！

只在那个时候你才明白，
你的肉体还不该来到深邃的墓穴，
尽管并不疲倦，你得下来睡眠。

命运的阴暗境界将会豁然明亮，
你知道我们的盟约带有星辰的印记，
山盟海誓既然毁损，你就已经死定……

三

一天，星辰有所表示，
你离开了百合般纯洁的童年，
从那天起，邪恶的手掌握了你的生命。
你在欢悦中成长。它们却侵入了欢悦……

我对上帝说："他给领上毁灭的途径。
那些人不懂得引导可爱的心灵！
上帝啊，快把他从致命的手里解脱，
要不就让他在长梦中沉沦！

我不能把他唤住，也不能随他同行！
一阵黑色的风暴把它的船吹跑。
让他回到我的怀抱，要不就让他年轻轻的死掉。"

他生命的船只已经抛锚……
难道我不懂爱情，难道我没有怜悯？
即将审判我的上帝，这一切你都知道！

于永年　译

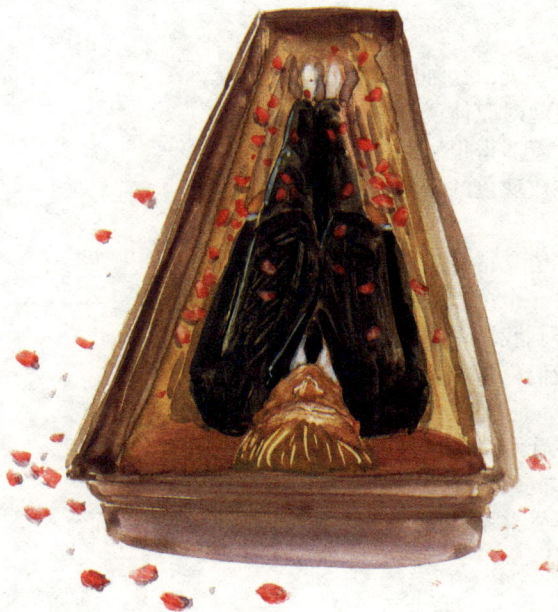

·作者简介·

米斯特拉尔（1889～1957），智利著名女诗人。未曾受过正规教育，小时候在同父异母的姐姐的辅导下读了《圣经》和但丁、普希金等文学大师的作品。1905年进入短训班学习，毕业后成为一名小学教师。1914年，米斯特拉尔为自己以前的恋人所作的悼念诗在诗歌节上获奖，从此在智利诗坛崭露头角。1922年，米斯特拉尔应邀去墨西哥考察并参加了教育改革的工作。同年，米斯特拉尔的第一部诗集《绝望》出版，读者反应强烈。1932年，米斯特拉尔转入外交界，先后在意大利、西班牙、美国等国任领事。1945年，米斯特拉尔获得诺贝尔文学奖。诗人的作品除上面提到的外，还有1924年出版的《柔情》、1954年出版的《葡萄牙压榨机》和散文诗集《智利掠影》等。

作/品/赏/析

这首诗写于1914年，在当年智利文艺家协会举办的主题为"悼念死去的爱人"的圣地亚哥"花节诗歌大赛"上获得第一名，米斯特拉尔也一举成名。1907年，米斯特拉尔和一个叫罗梅里奥·乌雷塔的铁路职员相恋。也许双方都太年轻，也许双方文化层次和人生追求的不同，年轻人后来移情别恋，几经周折，竟在1909年因失恋自杀，死时身上带着诗人送他的明信片。

就是这段炽热的恋情，这段未果的爱情触发了诗人的感情：那甜蜜和青涩，那痛苦又搅拌着深深的爱抚。诗人沉痛地追忆过去，痛惜爱情的缺憾，深深陷入对爱情和死亡的思考中，最终创作了这首感人至深的三节诗。

第一节。爱人死了，被人放进阴暗的壁龛。诗人愿意化为阳光，愿用爱情去安抚那已冷却的身体和灵魂。诗人要用挽歌留住爱人，去深情地温暖那颗年轻的心。爱人死了，诗人仍信仰爱情。爱人只剩下了骸骨，但诗人仍愿意用湿湿的泥土，用散发着香气的玫瑰，用月光照射下的薄雾将这骸骨、这冰冷的心灵锁住，珍藏在自己心灵的深处。

第二节。诗人的追念之情在不断深化。诗人的心在滴血，为自己，也为死去的年轻人。一切都过去了。恋人背叛了自己，他的躯体不过是一个空包袱。但诗人仍在痴情地等候，要用自己的美丽心灵去感化恋人，盼望恋人回心转意。诗人梦想有着平凡的生活、平凡的爱情：在那星辰闪烁的清冷之夜，和恋人相守在一起，絮絮低语，山盟海誓。那夜，世界的阴暗，命运的阴暗瞬间被幸福誓言穿破，豁然明亮。

第三节。死亡、爱情、痛苦似乎都打上了宿命的印记。爱情最终走向了幻灭，诗人在悲愤之余，对那位虚无缥缈的上帝进行了无情的谴责。同时诗人又坚定了自己的爱情信仰：让爱情永生。

这首诗的表现手法是非常纯熟的，对缠绵的柔情，对爱情的执着，对爱情的痛苦结局等，或用了恰当的描写，或用了贴切的铺叙。诗的风格是现实主义的，诗的格调是积极的。诗歌情感真挚炽烈，节奏起伏激荡，第一人称手法的运用，增强了亲切感，引起了读者的强烈共鸣。正是由于诗人的诗歌中洋溢着浓厚挚烈的真情，闪耀着爱的光芒，使得诗人赢得了文学殿堂中的至高荣誉——诺贝尔文学奖颁奖词中这样写道："因为她那富于强烈感情的抒情诗歌，使她的名字成为整个拉丁美洲理想的象征。"

大树之歌 / 米斯特拉尔

啊，大树，我的兄弟，
棕褐色的根子深深地伸进地里，
仰着洁净的额头
热切地向往着高高的天际。

安心栖居在这贫瘠之地
吸吮着微薄的养分，是泥土把我哺育，
但愿我永远保持着记忆
莫要忘记这蓝色的国度就是我的母亲。

用枝叶繁茂的荫伞，
用记载生命的年轮，
对过路的每一位行人
表达友爱之情。

在生活的广漠原野，
但愿我的存在，
作为万物之一，
也能给予他人温馨。

你是那么孜孜不倦，
成果十倍于人，
苹果红得娇艳，
栋梁之材处处可见，
香气溢向四方，
绿叶供人乘凉；
树胶柔软透明，
用途奇妙绝伦，
枝头迎风俯首，
叶轮婉转低吟。

但愿我也和你一样
热情，豪放，
胸怀如此宽广
把宇宙容纳包藏。

摇曳千姿百态
从不疲倦懈怠，
精力充沛，韧性不息
永不枯竭，永不老迈。

生命的脉搏
规律、安详，
可是我却为时代的狂热
耗去自己的力量；

我也要如此肃穆端庄，
像久经世故的男人一样，
庄严得犹如希腊石雕
不轻举妄动，处世坦荡。

温柔、善良
你长就女人的心肠。
婆娑的枝头
怀抱着多少生命的子房。

请给我你那叶荫
去为世人遮盖炎凉，
因为在这人世的茫茫森林之中
他们找不到任何枝头来遮蔽严霜。

你所到之处
充满鼓舞的力量，
总是举着树冠
护佑他人。

但愿我待人处世也和你一样
不管是童年、老年、快乐或忧伤，
让永恒不变的博爱
像花朵，永远长在我的心上。

陈光孚　译

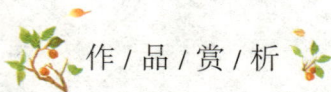 作/品/赏/析

　　智利著名的女诗人米斯特拉尔开创了拉美抒情诗歌的一代新风，《大树之歌》是其名作，大树是诗人歌咏的一个主要对象。在米斯特拉尔的笔下，大树由一个具体的形象层层深入到一个博大的象征，在这首诗中，大树首先是一种蓬勃的生命力量："棕褐色的根子深深地伸进地里，/仰着洁净的额头/热切地向往着高高的天际。"在这样的一个伟岸的形象下，大树给予着它爱与能量："你是那么孜孜不倦，/成果十倍于人，/苹果红得娇艳，/栋梁之材处处可见，/香气溢向四方，/绿叶供人乘凉；树胶柔软透明，/用途奇妙绝伦，/枝头迎风俯首，/叶轮婉转低吟。"这些都是大树作为自然之物，人所共知的价值和公用，诗人对大树的歌颂并没有简单地停留在此，她更进一步地赞扬了大树的生命力和宽广的胸怀："热情，豪放，/胸怀如此宽广/把宇宙容纳包藏"；"精力充沛，韧性不息/永不枯竭，永不老迈"；"生命的脉搏/规律、安详"。这才是诗人真正叹服的所在，所以诗人渴望拥有大树饱经世故的男子般"犹如希腊石雕"的庄严，以及女人心肠般的温柔和善良，充满鼓舞的力量，护佑着别人。诗人最终的落脚点停在博爱这一主题上："但愿我待人处世也和你一样/不管是童年、老年、快乐或忧伤，/让永恒不变的博爱/像花朵，永远长在我的心上。"诗的主题由此得到全面的升华。

披着深色的纱笼 / 阿赫玛托娃

披着深色的纱笼我紧叉双臂……
"为什么你今天脸色泛灰？"
——因为我用酸涩的忧伤
把他灌得酩酊大醉。

我怎能忘记？他踉踉跄跄走了出去——
扭曲了的嘴角，挂着痛苦……
我急忙下楼，栏杆也顾不上扶，
追呀追，想在大门口把他拦住。

我屏住呼吸喊道："那都是开玩笑。
要是你走了，我只有死路一条。"
"别站在这风头上，"——
他面带一丝苦笑平静地对我说道。

王守仁　黎华　译

作者简介

阿赫玛托娃（1889～1966），苏联女诗人。出生在一个富裕家庭，父亲是工程师，母亲是贵族。1905年，父母离异，诗人随母亲居住，不久被寄居在亲戚家读书。中学毕业后，诗人进彼得堡高等女子学校法律系学习，同时，诗人开始投入大量精力从事文学创作。1910年，她与贵族诗人尼·古米廖夫结婚，婚后先后在法国、瑞士等国游历。这时的诗人写下了很多具有唯美主义倾向的诗歌，这些诗在贵族青年中广为流传，也使诗人获得了"俄罗斯的萨福"的称号。十月革命后，她的丈夫参加白匪，遭到镇压；诗人一度沉迷于学术研究，放弃诗歌创作。但诗人坚持自己的爱国情怀，没有和另一些文人一样离开祖国。卫国战争期间，诗人写下了许多有关抵抗侵略、保卫祖国的英雄诗篇。第二次世界大战后，诗人受到了不公正的待遇，遭到批判。20世纪50年代，诗人被恢复了名誉，但对诗人作品的研究一直是苏联文学界的一个敏感话题。1966年，诗人去世。直到1990年，诗人在苏联诗歌史上的地位才得到确立和真正的认可。

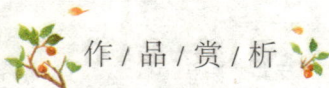

阿赫玛托娃像

阿赫玛托娃是20世纪俄罗斯阿克梅诗派的主要代表人物，是一位享有世界声誉的抒情大师，有"俄罗斯诗歌的月亮"、"20世纪的萨福"之称。她的诗歌将俄国诗歌的古典传统和现代经验完美地结合在一起，优美清晰，简练和谐，质朴真挚。

作/品/赏/析

这首诗写于1911年，是对一段爱情插曲的描写。

诗中首句刻画了一个美丽而神秘的女子形象，她披着深色的纱笼。简单一句话就刻画出女子那欲说还羞的心情，衬托出爱情的神秘和诱人。"紧叉双臂"，似乎也在暗示着"我"对爱情的犹豫和惶惑。诗人就是在这种微妙的心境中写下这首诗的，那是恋人们在爱情中的常见情境。

对方神情悲苦地走了，脸上带着痛苦，脚步踉跄。他是因为对方的犹豫和怀疑而心情烦闷？还是因为被对方过火的玩笑击伤了心灵？而因为这略带极端的行为——走开，另一方也不再安稳地坐在那里。"我"要去挽回对方的心，"我"不想失去心中的情郎，急忙追了出去，要把"他"留住，并且解释清楚，表白心中的爱情。

"他"回过头来，面带一丝苦笑，平静地对"我"说："别站在这风头上。"这简短的一句话胜似千言万语，——有时候，一个小小的关切可能会挽救一个生命，会给一个人带来一生的幸福。故事就这样结束了，留给读者无穷的遐想。

这首诗突出反映了诗人的创作风格：用极其精练的语言描写日常生活的场景，写出生活中朴实而真切的感情，特别是青年男女的爱情生活。这首诗采用一个爱情生活中极为常见的情景，将恋人之间那种向往爱情又怕受到伤害的微妙心理刻画得惟妙惟肖，将爱情中的苦痛和甜蜜写得生动到位。诗中采用对话的形式，一方面使诗的故事性增强，另一方面又使诗中的人物心理描写真实而动人。这首诗给当时处在动荡社会中的年轻人以很大的安慰和满足，在他们中间广泛地流传着。

难以形容的哀愁 /曼德尔施塔姆

难以形容的哀愁
睁开一双巨大的眼睛——
花瓶醒了过来，
泼溅自己的晶莹。

整个房间充满倦意——
好一种甜蜜的药品！
这般渺小的王国
吞食了如此之多的睡梦。

分量不多的红酒，
还有少许五月的阳光——
几根纤细白皙的手指
掰开一块薄薄的饼干。

吴迪 译

作者简介

曼德尔施塔姆（1891～1938），苏联"白银时代"的著名诗人、小说家和文学评论家。1907年来到巴黎，先在索邦大学旁听，而后考入海德堡大学，1911年开始在杂志上发表作品。1912年，与人一起创立阿克梅派。1913年，出版第一部诗集《石头》。20世纪30年代，有人诬陷曼德尔施塔姆写诗讽刺斯大林，他因此被判流放3年，流放归来后旋即入狱，不久死去。1967年，苏联当局为曼德尔施塔姆进行了平反。

作/品/赏/析

诗歌的表达主题是诗人心中那份难以索解的愁怨和忧伤，语言简隽而极富艺术魅力。诗篇以"难以形容的哀愁"这一句来领起，先奠定了诗歌叙述的基调，而后的一句"睁开一双巨大的眼睛"，突如其来地带给人一种惊异之感。"花瓶醒了过来，泼溅自己的晶莹。"奇妙的笔法，使读者的联想循着诗人的词语生发开来。"整个房间充满倦意"，一句简单的叙述，却令人觉得真的就感知到那种弥漫着倦意的空气。"好一种甜蜜的药品"，透露出诗人思想中那复杂和矛盾的一面。"分量不多的红酒，还有少许五月的阳光——/几根纤细白皙的手指/掰开一块薄薄的饼干。"这一句犹如一幅印象主义的绘画，把自然生动的感观呈现在人的面前，画面单纯，却含蓄着深厚的艺术感染力。

我是黑色痕迹 /伊凡·哥尔

我是你的独木舟
在水中划出的黑色痕迹
我是你的棕榈树
置于自己身边的顺从的影子
我是被你
击中时的鹬鸪所发出的
细微的叫声

董继平 译

· 作者简介 ·

伊凡·哥尔（1891～1950），法国 20 世纪上半叶最重要的现代主义诗人之一，1912～1914 年在斯特拉斯堡大学攻读法律。第一次世界大战爆发后，哥尔移居瑞士，在瑞士他结识了罗曼·罗兰、茨威格和汉斯·阿尔普等人。1916 年，哥尔与女诗人克莱尔·斯图德尔相识，并在 1921 年结为伉俪。1919～1939 年，哥尔居住在巴黎，其间他结识了乔伊斯，并且与阿波利奈尔等超现实主义诗人、艺术家过从甚密。1939 年，哥尔为躲避战祸而移居美国，后来在美国创办了文艺刊物《半球》。 1947 年，哥尔返回巴黎，1950 年死于白血病。哥尔的创作生涯是在两次世界大战之间度过的，这使得他的作品具有鲜明的时代特征。哥尔的早期诗作富于抒情性，而晚期诗作比较晦涩，在总体上体现为从表现主义转变到超现实主义这一过程。哥尔的诗歌运用颇富创新的联想和隐喻方式，深入到人类精神内部领域中进行探索。

作 / 品 / 赏 / 析

伊凡·哥尔的后期诗作具有典型的超现实主义色彩，在奇特诡异的诗句背后隐藏着某种带有超越性质的神秘力量，而语句本身则难以寻出确切的指代。这首《我是黑色痕迹》就是如此。"黑色痕迹"，"顺从的影子"，"细微的叫声"，都会惹起读者一种隐微的情绪，但这种情绪却很难有一种明朗的指向。不过我们可以发现，这三种事物之间还是具有某种共同的属性——痕迹、影子和叫声，都是一种依附性的存在，而且都具有脆弱的特点。由此，可以引发我们对于某些事物的存在本身以及事物之间的关系进行思索。

谁在我童年时代
从窗户旁经过 / 拉格克维斯特

谁在我童年时代从窗户旁经过，
往玻璃窗上呵着气，
在我的童年，在那深深的
没有星光的夜晚，是谁走过。

他用手指在窗户上作了一个记号，
在湿淋的玻璃上，
用他柔嫩的手指，
沉思着往前走。
留下我单独一个人，
永远。

我怎么能猜出这个记号，
那潮湿的呵气中的记号。
它停得那样短暂，短得不足以猜出，
永远、永远猜不出的记号。

早晨起来窗框是清爽的，
我看到的世界就是这个样子。
一切都是那样陌生，
在窗后，我的灵魂多么孤独和恐惧。

是谁走过了，
经过我童年深深的夜晚，
留下我单独一个人，
永远。

石琴娥　雷抒雁　译

·作者简介·

　　拉格克维斯特（1891～1974），瑞典诗人、剧作家和小说家，生于一个铁路工人家庭，1911年进入马鲁萨拉大学文学系学习，第二年创作了第一部长篇小说，并且由此开始专门从事写作。1940年，拉格克维斯特当选为瑞典文学院院士。拉格克维斯特的诗歌注重探讨人生的意义，多表现善与恶的斗争，早期作品多流露出悲观情绪，后来风格则变得豪放、乐观，对于人类定能战胜邪恶持有坚定的信念。拉格克维斯特创作的作品有：诗集《苦闷》、《幸运人的路》、《傍晚大地》、《在营火旁》等，小说《绞刑吏》、《侏儒》、《巴拉巴》、《西比尔》等，还有剧本《让人类活下去》。拉格克维斯特致力于将表现主义与象征主义相结合，创造出了一种新的艺术风格。1951年，由于他的"作品中为人类面临的永恒疑难寻求解答所表现出的艺术活力和真正独立的见解"，拉格克维斯特获得诺贝尔文学奖。

作/品/赏/析

　　诗的开篇提出了这样一个疑问："谁在我童年时代从窗户旁经过"，而这个疑问也贯穿着诗的全篇。这是怎样的一种情节呢？在诗人的童年时代，一个寒冷的没有星光的深深的夜晚，诗人独自一个人待在屋子里，忽然见到一个人从窗户旁边走过，并且往玻璃上呵着气，用手指在窗玻璃上作了一个记号，然后那个人就走了，留下诗人一个人在屋子里猜测和思索。这是一个生活中很不经意的小情节，本没有什么特别的意义，却被诗人所捕捉，留下了一个本无需推测也永远无法推测出答案的疑问。诗中写道，"早晨起来窗框是清爽的，我看到的世界就是这个样子。一切都是那样陌生，在窗后，我的灵魂多么孤独和恐惧。"正是这一小小的事件与作者灵魂的孤独与恐惧结合在了一起，这件事才令诗人记忆得如此深刻，直到多少年之后，都念念不忘。诗中最后说，"是谁走过了，经过我童年深深的夜晚，留下我单独一个人，永远。"这给人留下了那种最深刻的孤独感受，而且这种孤独是发生在一个儿童的身上，"永远"一词，更是蕴含着一种动人心魄的力量。

一封来信 / 拉格克维斯特

一封关于春小麦，
关于红醋栗树丛、樱桃树的来信，
一封我的老母亲的来信，
那是以颤抖的手写下的粗糙的信啊！

字字句句都是三叶草地，
熟透的黑麦和开花的田野，
都是她长年管理着的
远远近近的一切事物。

在上帝可靠的保护下，
阳光照耀着那些毗邻的农舍，
清彻悦耳的钟声欢快地敲着
降和平于世界。

在那花园的香气中，
在薰衣草和晚祷歌的气息中，
在星期日的一片宁静里，
她写信给我。

总是日日夜夜的忙碌，
总是没有休息，在
远方的我知道——哦，神秘！——
这是无穷无尽的。

石琴娥　雷抒雁　译

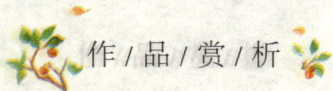

作/品/赏/析

　　这篇诗作通过对母亲的一封来信的讲述，表达了母亲对儿子的惦念之情，也流露着诗人对母亲的感恩之心，而信的基本内容则是描述家乡的风景和农舍的生活，字里行间飘洒着沁人的麦香和怡人的花香，荡漾着悦耳的钟声与吉祥的晚祷歌声，洋溢着一派宁静和温馨的气息。诗人赞扬了母亲的勤劳的一生，也讴歌了和平美好的农家生活，体现了诗人对亲人的爱，对生活的爱和对世界的爱——诗的全篇充满了浓浓的爱意，而且那是一种无穷无尽的爱。

虚无世界 /索德格朗

我神往虚无世界，
因为世上的一切我都厌倦乞求。
月亮用银色的古碑文
为我描述虚无世界。
在虚无世界里，我们所有的愿望将神奇地得到满足，
在虚无世界里，我们身上的锁链会纷纷松脱，
在虚无世界里，我们用月亮的露珠
清凉我们被伤口烧烫的额头。
呵，我的生命是一个炽热的幻影，
一个被我发现，一个被我获取——
通往虚无世界的路。
在虚无世界里，
我的爱人戴着璀璨的花冠漫步。
哦，谁是我的爱人？黑夜茫茫，
星星用战栗回答。
谁是我的爱人？他叫什么名字？
天空高高地、高高地升起。
一个人类的孩子沉入无边的迷雾，
得不到任何答案。
但人类的孩子仅仅是信念，
他把自己的手伸出天空。
于是出现一个回答：我是你所爱的人，
你将永远爱的人。

李笠 译

·作者简介·

索德格朗（1892～1923），芬兰女诗人，生于彼得堡，是芬兰讲瑞典语的少数民族。少年时期，索德格朗一家过着上流社会的生活，但是在她16岁的时候，父亲因肺结核病去世，而她自己也染上了肺结核，这对她的精神和身体都造成了极大的影响，也就是在那个时候，她开始用瑞典语写作。1916年，索德格朗出版了第一本诗集，但是遭到了评论界的嘲笑和读者的冷淡。其后，索德格朗又出版了《九月的竖琴》、《玫瑰的祭坛》和《未来的阴影》3部诗集，同样遭到评论家们的轻蔑。索德格朗的诗作在当时的瑞典是独一无二的特例，她抛弃了格律和韵脚，锐意独行，知音恨稀，唯有女作家和评论家奥尔森赏识索德格朗的才华，并且与之建立了亲密的友谊。索德格朗的后半生是在贫困和病苦中度过的，与之相伴的，还有外界的冷遇和嘲讽。她在芬兰东部一个偏僻的村庄默默死去时年仅31岁。然而，当同时代的诗人大多为历史的尘埃所隐埋的时候，索德格朗的诗作却穿过历史的迷雾放射出熠人的光彩，她的诗歌被普遍地传诵和歌唱，索德格朗也成为与美国女诗人狄金森、俄国女诗人阿赫玛托娃相提并论的声誉卓著的知名诗人。

作/品/赏/析

诗人说："我神往虚无世界，因为世上的一切我都厌倦乞求。"而接下来诗人又讲，"在虚无世界里"，"我们所有的愿望将神奇地得到满足"，"我们身上的锁链会纷纷松脱"，"我们用月亮的露珠／清凉我们被伤口烧烫的额头"，由此可见，诗人并不是已经厌倦一切，无所乞求，而是她所期求的一切在现实世界里都不可能得到。对于诗人来说，现实的世界充满了束缚与伤害，充满了无望，她所期愿着的一切都只有在虚无世界里才能够得到。然而，那个美好的世界又是虚无的，只能是诗人对着银色的月光所生出的幻想——"我的生命是一个炽热的幻影"，诗人的心是炽热的，但是心中所愿望着的一切却全都不过是幻影。可诗人依然只有去寻找那"通往虚无世界的路"，那里有"我的爱人戴着璀璨的花冠漫步"，可是随即诗人又发出疑问——"谁是我的爱人"？"一个人类的孩子沉入无边的迷雾"，这就是诗人的现实处境。然而这样的问题得不到任何答案。最后，诗人自己给出了答案——信念，只有信念才是自己永远的爱人。

远方的脚步 /巴列霍

我父亲睡了，他那威严的脸上
表露着平静的心情；
这会儿是多么美好……
如果有什么使他痛苦，那就是我。

孤独笼罩着家里；他在抱怨；
至今，孩子们都无音讯。
父亲起身，面向埃及的方向倾听，倾听，
耳边回荡着当年话别的声音。
这会儿是多么亲近；
如果有什么使他感到遥远，那就是我。

母亲在那小小的果园中漫步，
品尝着不是滋味的辛酸
这会儿是多么温馨，
有多少温柔、体贴、爱情。
孤独无声无息地笼罩着家里，
没有音讯，没有新绿，没有叶子，
如果这天午后的气氛
有什么缓和与变化，
那就是门前空无一人的弯曲老路上
响着我的心向家里迈来的脚步声。

陈光孚　译

·作者简介·

巴列霍(1892～1938),秘鲁诗人、小说家。1918 年定居利马当新闻记者,开始文学创作,同年发表第一部诗集《黑色的使者》,他的早期诗作中充满了悲观主义的色彩。1920 年,巴列霍因思想激进被捕入狱,他的短篇小说集《音阶》和诗集《特里尔塞》中的许多作品都是在狱中完成的。西班牙内战爆发后,正巧在欧洲的巴列霍投入到反法西斯的斗争中。在这一时期,发表了诗集《西班牙,我饮不下这杯苦酒》。巴列霍死后,诗集《人类的诗篇》问世。巴列霍的诗具有鲜明的拉美特色,在他的诗中,现代主义与民族传统结合起来,激情奔放,风格清新明快。

作 / 品 / 赏 / 析

巴列霍是 20 世纪初拉丁美洲最有影响的诗人之一,他的诗作具有非常典型鲜明的拉美特色。有一个时期,巴列霍沉迷于对"无用的成人期"之外的所有事物的缅怀,而这种缅怀中并不是充塞着一般的对童年和家庭的虚构的陶醉,而是弥漫着略具温情的悲剧的色彩。《远方的脚步》便是这样的一首诗,在诗人笔下,记忆和想象中的家园是笼罩着惨淡的愁容、寂静的死亡、生活的苦难,没有快乐欢笑的场面、没有其乐融融的情景,但是深藏着一种不可亵渎的亲情。"我父亲睡了,他那威严的脸上 / 表露着平静的心情;/ 这会儿是多么美好……/ 如果有什么使他痛苦,那就是我。"这里,作为一种身份的存在,诗人说,"那就是我",这种置换表明了诗人对生命更替雷同的一种自觉意识。作为一种特殊的身份,父亲有着"威严的面孔",诗人将它理解为内心的平静。"孤独笼罩着家里;他在抱怨,/ 至今,孩子们都无音讯。/ 父亲起身,面向埃及的方向倾听,倾听,/ 耳边回荡着当年话别的声音。/ 这会儿是多么亲近;/ 如果有什么使他感到遥远,那就是我。"在一片沉寂中,人们在祈祷什么,这些祈祷在沉寂中日复一日,这里的父亲则显示出一种亲情意义上的深刻的关怀,关怀着他的"遥远的东西",诗人说:"那就是我。"而母亲在出神、飘逸、爱恋的表象下"品尝着不是滋味的心酸",这里的家庭"没有音讯,没有新绿,没有叶子",这种没有欢乐的生活正是诗人内心中的家园,或者说对家园的真实记忆,被诗人深刻地眷恋着:"那就是门前空无一人的弯曲老路上 / 响着我的心向家里迈来的脚步声。"

眼 睛 / 茨维塔耶娃

两团火光！——不，两面明镜！
不，两种沉痛的心情！
两个天使般的圆孔，
两个烧焦的黑洞——

两面用冰结成的明镜，
相隔万里的对面的大厅，
从人行道的大理石板上，
冒出的烟苗滚滚升腾。

火焰和黑暗！可怕的眼睛！
两个黑乎乎的深坑。
在医院里睡不着觉的孩子
会吓得——"妈妈"大叫一声！

啊，阿门，恐惧和责备的神情……
傲慢的示意欢迎……
在冷若冰霜的老实人上方——
两个黑黢黢的令名。

可要知道，江河会倒转奔腾，
石板也会铭记在心中！
放射着巨大的光芒，
它们会一次又一次地上升——

那两轮太阳，两个孔洞，
——不，两颗金刚石晶莹！——
那地下深渊的明镜，
两只要命的眼睛。

苏杭 译

·作者简介·

　　茨维塔耶娃（1892～1941），苏联诗人、小说家和剧作家，生于莫斯科，父亲是莫斯科大学的艺术史教授，母亲是著名钢琴家鲁宾斯坦的学生，有着出色的音乐才能。茨维塔耶娃6岁时开始学诗，18岁发表了第一本诗集《傍晚的纪念册》。由于对暴力手段的抗拒，茨维塔耶娃对十月革命持反感的态度，因此于1922年移居国外，开始了长达17年的流亡生活。1939年，茨维塔耶娃回到苏联，随即遭到镇压，妹妹和女儿被流放，丈夫以叛国罪被处决，她自己则沦为为警察洗衣的女工，不久后，茨维塔耶娃在极端的痛苦中自缢身亡。茨维塔耶娃有着热烈的激情和敏感的性格，对于生活和爱情有着自己独特的看法，这种特质点燃了茨维塔耶娃的生命，同时也给她带来了巨大的不幸，以致于最后夺去她的生命。茨维塔耶娃的诗歌往往具有独特的跳跃性，超越了普通的经验和寻常的思维，在这种超越中展现着一名优秀女诗人的卓越的才华。

作/品/赏/析

　　在这首诗中，茨维塔耶娃非常注重心理感觉的呈现，由对两只眼睛带有浓重主观色彩的描述，展现了自己特异的思想和独特的诗艺。在诗的第一节中，"两团火光"和"两面明镜"，与"两个烧焦的黑洞"形成了强烈的对比意象，引发读者的思考。诗的第二节沿着第一节的表述，继续构造着两种相反的意象。"火焰和黑暗"全是由眼睛感受到的，然而无论是火焰还是黑暗，都带给人一种恐惧。诗人插叙了这样一个情节："在医院里睡不着觉的孩子／会吓得——'妈妈'大叫一声！"由此表达出一种张皇和恐惧的心理，表达的是心中的那份孤独和无助。诗中遍布着象征性的句子，主要体现的并不是表达的具体内容，而是诗人独异的心理特征和敏锐的人生感受。

爱情比忘却厚 / 肯明斯

爱情比忘却厚
比回忆薄
比潮湿的波浪少
比失败多

它最痴癫最疯狂
但比起所有
比海洋更深的海洋
它更为长久

爱情总比胜利少见
却比活着多些
不大于无法开始
不小于谅解

它最明朗最清醒
而比起所有
比天空更高的天空
它更为不朽

佚名 译

·作者简介·

　　肯明斯（1894～1962），美国诗人、画家，生于马萨诸塞州的剑桥，父亲是哈佛大学的教授、牧师。肯明斯自幼喜爱绘画和文学，1916年获得哈佛大学硕士学位，并且去往法国参加了第一次世界大战，战后在巴黎和纽约学习绘画，同时写诗，1923年出版了第一部诗集《郁金香与烟囱》。肯明斯的诗歌以奇特和怪异著称，部分作品中诗行不同于普通的排印形式，并且运用古怪的字母来书写，在语法上耍弄各种奇谲的花样。有异于形式上的怪诞，肯明斯的诗歌在思想上却是很为传统的，热情地歌颂爱情的美好、亲情的温馨、童心的纯真、自然的清新等，而对于现代社会中人性异化的一面则给予了深刻的鄙视和痛切的愤恨。肯明斯在诗歌创作中展现了对艺术的敏锐的感受性和卓越的抒情才能，曾获得伯灵根诗歌奖和波士顿艺术节诗歌奖，但是也有人对肯明斯的诗存有严重的非议。

作/品/赏/析

　　爱情是人类永恒的基本主题之一，无数的诗人表达过，无数的诗篇歌颂过，而肯明斯的这首写爱情的诗却足以在浩如云烟的爱情诗歌中卓然不群，异然独立，显示出与众不同的特色。诗歌选取了一种颇有新意的方法，没有直诉爱情之如何，而是将爱情与一些抽象的概念进行形象化尺度的比较，从这种对照式的诗句中阐发出诗人的爱情观。"爱情比忘却厚／比回忆薄"，表明的是爱情所具有的令人无法忘却而又令人的回忆所不堪承载的特质。"爱情总比胜利少见／却比活着多些／不大于无法开始／不小于谅解"，这表明了爱情最终获得圆满的难得，也点明了爱情比生命更长久，爱情总要跨出开始的一步，而在爱情的过程中所出现的问题总是能够得到谅解。"比海洋更深的海洋"，"比天空更高的天空"，这样矛盾的构句，却有力地肯定了爱情所具有的那种超越一切的品质。

你不爱我
也不怜悯我 / 叶赛宁

你不爱我也不怜悯我，
莫非我不够英俊？
你的手搭在我的肩上，
情欲使你茫然失神。

年轻多情的姑娘，对你
我既不鲁莽也不温存。
请告诉我，你喜欢过多少人？
记得多少人的手臂？多少人的嘴唇？

我知道，那些已成为过眼云烟，
他们没触及过你的火焰，
你坐过许多人的膝头，
如今竟在我的身边。

你尽管眯起眼睛
去思念那一位情人，
须知我也沉浸在回忆里，
对你的爱并不算深。
不要把我们的关系视为命运，
它只不过是感情的冲动，
似我们这种萍水相逢，
微微一笑就各奔前程。

诚然，你将走自己的路，
消磨没有欢乐的时辰，
只是不要挑逗天真无邪的童男，
只是不要撩拨他们的春心。

当你同别人在小巷里逗留，
倾吐着甜蜜的话语，
也许我也会在那儿漫步，
重又与你街头相遇。

你会依偎着别人的肩头，
脸儿微微地倾在一旁，
你会小声对我说："晚上好！"
我回答说："晚上好，姑娘。"

什么也引不起心的不安，
什么也唤不醒心的激动，
爱情不可能去了又来，
灰烬不会再烈火熊熊。

王守仁　译

·作者简介·

　　叶赛宁（1895～1925），20世纪初俄国著名抒情诗人。出生于一个农民家庭。2岁时被寄养在外祖父家中。1909年入一所教会师范学校学习。1912年，诗人毕业后去了莫斯科，从事辛苦的工作，同时开始诗歌创作。不久诗人加入苏里科夫文学与音乐小组，并进入沙尼亚夫斯基人民大学读书。1916年，第一部诗集《扫墓日》出版。同年，他应征入伍，一年后离开军队，加入左翼社会革命党人的战斗队。十月革命中，诗人积极参加革命活动。1922年，诗人与著名美国舞蹈家伊莎多拉·邓肯结婚，之后两人一起去欧洲旅行。这次婚姻只维持了3年便结束了。1925年，诗人和列夫·托尔斯泰的孙女结婚。在这段婚姻的空白期，诗人的创作获得了丰收。由于诗人感到现实社会与自己理想中的社会有着巨大的差异，因而极度失望，并患上了严重的抑郁症。1925年12月，诗人自杀，自杀前用血写下了诀别诗《再见吧，朋友》。

作/品/赏/析

　　这首诗写于1925年12月4日，半个月后诗人就自杀了。这首诗应当是诗人送给一直敬爱他的别尼斯拉夫斯卡娅的。她一直爱着诗人，给诗人以帮助，但最终被诗人抛弃。诗人的心中一直有着深深的愧疚，据说诗人的诀别诗也是写给她的。在这首诗中诗人用另一人的口气对自己抛弃情人的行为进行了谴责，表达了自己心中的愧疚。

　　诗中写了一段浪漫故事。在讲述中，我们能明显感受到两种感情在纠结和交替出现：对情人的逢场作戏、虚情假意的深深埋怨，对逝去爱情的深深怅惘与伤痛。"他"对情人的离去表示了不可理解，那"不够英俊"只是"他"的一种无奈和安慰。

　　于是，"他"陷入了深深的埋怨。他对情人的描述可以说是对情人的一种刻意轻视甚至诬蔑。情人朝三暮四，总在不断地欺骗和抛弃别人；情人的心不能坚定，情人的爱不能如一。情人的生活是在"消磨没有欢乐的时辰"。

　　"他"埋怨情人，但又不能忘怀那段感情。"我知道，那些已成为过眼烟云"，如果遇见情人和另一个人在亲密，"他"能平静地说声"晚上好"——这只是自欺而已，"他"仍耿耿于怀情人的背叛，耿耿于怀情人对他的"玩弄"。这些都说明了"他"的心已深深地被那段感情所刺痛。看似平静的语言背后，隐含着诗人心灵的巨大创伤和强烈痛苦。

　　最后一段，用自白的方式讲述了自己的心灵感受。在深深的埋怨和痛苦背后，隐藏的是绝望和一种死寂般的无奈。这绝望和无奈是不是也是诗人的心情？这样的绝望后又隐藏着怎样的愧疚和后悔？

　　在写作手法上，诗歌采用了鲜明的对比手法和生活化的语言——明朗而富含着强烈的感情。诗中的被抛弃者用情人的行为和"我"的态度进行对比，从而一定程度上掩藏了情人的真实情况，表达了对情人的怨恨，又很成功地表达出"我"在情人离去后精神上的深深痛苦。

　　这首诗体现了叶赛宁诗歌创作的一贯风格：文风清新自然，行文飘逸潇洒，在明朗的语义下潜含着诗人深深的感情，生活化的场景使得人们能真切地品味出诗中的情感和意境。这些都使得诗人在俄国诗歌史上占有重要的一席，使得叶赛宁的诗歌对20世纪50年代后的苏联诗坛产生了重大的影响。

多美的夜啊！
我不能自已 / 叶赛宁

多美的夜啊！我不能自已……
我睡不着。月色那般地迷人。
在我的心底仿佛又浮起了
那已经失去的青春。

变冷了的岁月的女友，
不要把戏耍叫做爱情，
让那皎美的月色，
更轻盈地流向我的褥枕。

让它大胆地去勾勒
那些被扭曲了的线条，
你既不能失去爱恋，
你也不会再点燃爱的火苗。

爱情只可能有一次，
所以我对你感到陌生，
菩提树白白地招手，
可我们的双脚已陷入雪堆中。

是的，我知道，你也知道，
那月亮蓝色的回光。
照在菩提树上，已不见花，
照在菩提树上，只见雪和霜。

我们早已不再相爱了，
你不属于我，而我又交给别人，
我们两个不过是在一起
玩弄了一场不珍贵的爱情。

随便地亲热一会儿，拥抱吧，
在狡诈的热情中亲吻吧，
可让心儿永远只梦见五月，
和我那永远爱恋的人。

刘湛秋　译

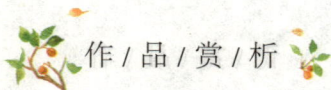 作/品/赏/析

　　俄国诗人叶赛宁在其短短的人生中经历了许多复杂多变的感情，他是一个多情的诗人，最终为爱情所伤害。叶赛宁非常善于描写田园风光，他笔下的俄罗斯风情总是带有一种深重的忧郁气质，他关于风景的描写并不是纯粹的写景，而是他内心世界的一面镜子。叶赛宁的诗歌想象丰富，意境新颖别致，具有非常强烈的感染力。这首诗抒写的是诗人失落的爱情和对逝去的青春的缅怀，诗人一方面直抒胸臆，另一方面又将这种情绪与奇特的景物意象联系起来，从而使这种内心的情绪更加深入："变冷了的岁月的女友，/不要把戏耍叫做爱情，/让那皎美的月色，/更轻盈地流向我的褥枕。""让它大胆地去勾勒/那些被扭曲了的线条，/你既不能失去爱恋，/你也不会再点燃爱的火苗。"在诗人看来，失败的爱情已经改变了他，使他成了一个不能爱，也没有爱的人了。"爱情只可能有一次，/所以我对你感到陌生，/菩提树白白地招手，/可我们的双脚已陷入雪堆中。"诗人因为幻想又一种真正纯粹的爱情，而对现实中的二人关系表示怀疑，但是，他仍然感到无法自拔。诗人用一种奇特的自然情景来再现这种情感处境："那月亮蓝色的回光。/照在菩提树上，已不见花，/照在菩提树上，只见雪和霜。"诗人通过这样的描述来表现徒有其表的爱情。诗人认定，他们之间不是真正的爱情，而是一场相互玩弄的游戏，却依然在逢场作戏，"在狡诈的热情中亲吻"。

失去的东西永不复归 / 叶赛宁

我无法召回那凉爽之夜，
我无法重见女友的情影，
我无法听到那只夜莺
在花园里唱出快乐的歌声。

那迷人的春夜飞逝而去
你无法叫它再度降临。
萧瑟的秋天已经来到，
愁雨绵绵，无止无境。

坟墓中的女友正在酣睡，
把爱情的火焰埋葬在内心，
秋天的暴雨惊不醒她的梦幻，
也无法使她的血液重新沸腾。

那支夜莺的歌儿已经沉寂，
因为夜莺已经飞向海外，
响彻在清凉夜空的动听的歌声，
也已永远地平静了下来。

昔日在生活中体验的欢欣，
早就已经不翼而飞，
心中只剩下冷却的感情，
失去的东西，永不复归。

刘湛秋 译

作/品/赏/析

　　叶赛宁长期处于这样一个边缘地带：他眼里的都市文明与他的内心及精神世界格格不入。所以，作为一位城市的流浪者，他长久地处于一种悲观和绝望的情绪中，对远离自己或者已经逝去的事物眷恋不已，无法正视现实。《失去的东西永不复归》就是这样一首典型的诗作。可以说，这是叶赛宁对古老宁静的田园生活唱出的挽歌。在诗人的内心，所有现代文明的东西，都是那些丧失的美好事物的坟墓，诗人面对这些事物，内心只有悲伤和绝望。在诗人看来，所有美好纯洁的情感都已经死亡，绝对不可能再回来，这是人类无法挽回的损失，是一种永远的失落。

自 由 /艾吕雅

在我的练习本上，
在我的书桌上，树木上，
沙上，雪上，
我写你的名字；

在所有念过的篇页上，
在所有洁白的篇页上，
在石头、鲜血、白纸或焦灰上，
我写你的名字；

在涂金的画像上，
在战士们的武器上，
在君主们的王冠上，
我写你的名字；

在丛林上，沙漠上，
鸟巢上，花枝上，
在我童年的回音上，
我写你的名字；

黑夜的奇妙事物上，
白天的洁白面包上，
在和谐配合的四季里，
我写你的名字；

在我所见的几片蓝天上，
阳光照着发霉的水池上，
月光照着的活泼的湖面上，
我写你的名字；

在田野间在地平线上，
在飞鸟的羽翼上，
在旋转的黑影上，
我写你的名字；

在黎明的阵阵气息上，
在大海，在船舶上，
在狂风暴雨的高山上，
我写你的名字；

在云的泡沫上，
在雷雨的汗水上，
在浓厚而乏味的雨点上，
我写你的名字；

在闪闪烁烁的各种形体上，
在各种颜色的钟上，
在物质的真理上，
我写你的名字；

在活泼的羊肠小道上，
在伸展到远方的大路上，
在群众拥挤的广场上，
我写你的名字；

在光亮的灯上，
在熄灭的灯上，
在我的集合起来的房屋上，
我写你的名字；

在我的房间和镜中所照的房间，
形成的对切开的果子上，
在空贝壳似的我的床上，
我写你的名字；

在我那只温和而谗嘴的狗身上，
在它的竖立的耳朵上，
在它的拙笨的爪子上，
我写你的名字；

在跳板似的我的门上，
在家常的器物上，
在受人欢迎的熊熊的火上，
我写你的名字；

在所有得到允许的肉体上，
在我朋友们的前额，
在每只伸过来的友谊之手上，
我写你的名字；

在充满惊奇的眼睛上，
在小心翼翼的嘴唇上，
高高在上的寂静中，
我写你的名字；

在被摧毁了的隐身处，
在倒塌了的灯塔上，
在我的无聊厌倦的墙上，
我写你的名字；

在并非自愿的别离中，
在赤裸裸的寂寞中，
在死亡的阶梯上，
我写你的名字；

在重新恢复的健康上，
在已经消除的危险上，
在没有记忆的希望上，
我写你的名字；

由于一个词的力量，
我重新开始生活，
我活在世上是为了认识你，
为了叫你的名字：

自由。

罗大冈　译

· 作者简介 ·

　　艾吕雅（1895～1952），法国著名诗人和社会活动家，法国左翼文学家的代表之一，生于巴黎北部城镇里一个并不富裕的房产商家庭。16岁时，艾吕雅因患肺病住院，其间阅读了大量诗歌作品，并且开始了自己的诗歌创作。1917年，艾吕雅应征入伍，参加了第一次世界大战，开始当卫生兵，后来转为步兵。在战场上艾吕雅完成了自己的第一部诗集《责任与焦虑》。而后艾吕雅于作战中遭受毒气袭击，因病势严重而退伍。1920年，艾吕雅参加了查拉组织的达达主义团体，发表了达达主义的代表作品：诗集《动物与人》。1922年，艾吕雅与布勒东、阿拉贡探索新的创作方法，提倡下意识状态下的写作以达到"超现实"的境界，从而脱离达达主义，开创出"超现实主义"流派。第二次世界大战期间，艾吕雅再次应征入伍，在后勤部门工作。艾吕雅在1927年和1942年两次加入共产党，并于1950年和1952年两次出访苏联。艾吕雅主张不断探索适于抒发情感的新的诗歌形式，诗作在具有明显的形式主义倾向的同时，也非常重视情感的投注。

作/品/赏/析

　　这首诗有着非常别致的形式。诗的全篇用同一句式铺演了十几个段落，表达自由遍布诗人生活中的一切，同时也为后面诗歌主题的出现蓄足了势。"由于一个词的力量，我重新开始生活，我活在世上是为了认识你，为了叫你的名字：自由。"这是诗歌的核心部分，与前面铺张的叙述相比，这一部分写得十分简洁。最后用一个词语，也就是诗歌的主题——自由——单独构成一个诗节，这样的表达极其鲜明，又极其有力。诗人仿佛在建造一座高塔，而最后将诗歌的主题放在塔尖那最为醒目的位置上。

生活之恶 / 蒙塔莱

我时时遭遇
生活之恶的侵袭：
它似乎喉管扼断的溪流
暗自啜泣，
似乎炎炎烈日下
枯黄萎缩的败叶，
又似乎鸟儿受到致命打击
奄奄一息。

我不晓得别的拯救
除去清醒的冷漠：
它似乎一尊雕像
正午时分酣睡朦胧，
一朵白云
悬挂清明的蓝天，
一只大鹰
悠悠地翱翔于苍穹。

吕同六　译

·作者简介·

蒙塔莱（1896～1981），意大利隐逸派诗歌的代表人物。出生于热那亚海滨小镇的一个中产阶级家庭。1917 年，诗人应征入伍，被派往前线服役两年。退役后，他开始攻读哲学，并从事诗歌创作。1925 年，诗人的第一部诗集《乌贼骨》出版，轰动诗坛，诗人因此跻身意大利优秀诗人的行列。1929 年，诗人的诗集《守岸人的石屋》荣获安·费多尔文学奖。1938 年，诗人因不肯加入法西斯党，被解除佛罗伦萨文学馆馆长一职。第二次世界大战中，诗人流亡瑞士，参加反法西斯的活动。战后，诗人担任米兰《晚邮报》文学主编。1967 年，意大利总统授予他"终身参议员"的称号，但诗人的一生一直超然于一切党派之外。1975 年，诗人荣获了诺贝尔文学奖。诗人的著名作品，除上面提到的外还有《萨图拉》、《1971 年到 1972 年的诗作》等。

作/品/赏/析

蒙塔莱生逢一个不幸的时代。当诗人还没有好好享受美好的少年时光和家乡的恬静美丽时，世界就陷入混乱之中。先是第一次世界大战，接着是经济危机，还有法西斯的抬头、第二次世界大战的痛苦经历等。

诗人说："我时时遭遇生活之恶的侵袭。"诗人以"溪流"、"秋叶"、"鸟儿"自比。溪流被喉管扼断，暗自啜泣；败叶遭受烈日的折磨，枯黄萎缩；鸟儿受到致命打击，奄奄一息，字里行间透露出诗人浓浓的悲观、哀伤情绪。

面对残酷现实，诗人要奋起拯救——拯救自己，拯救生活。用什么来拯救呢？冷漠，清醒的冷漠！这是诗人的生命意志，一种个性的真实；也该是人类的生命意志和人类的真实。诗人凛然地站立在旷野上，想给人们指引一种拯救的办法。诗人用"雕塑"、"白云"、"大鹰"等意象来比喻拯救、指引的主体。雕塑是肃穆的，在酣睡的静中有美的尊严。白云是自由的，那蓝天既是它的自由之乡，也是它的心灵表现，清明而纯净。大鹰在无边无际的苍穹翱翔，悠悠于世间。

这首诗充分反映了诗人的诗歌创作风格和诗人的美学倾向。诗人用自然、率直、真切的笔调写出了诗人对世界、生活的深刻理解，诗人自己的心灵追求。诗人追求诗歌的音乐美，主张诗歌要有音乐般的节奏，给人以和谐优美的韵律感。这首诗歌上下两端意象数相同，形式对称，行文流畅。在美学倾向上，诗人对生活有敏锐的洞察力，对人类的理性精神有着强烈的自信，同时又能保持独行于世的态度和高洁的心灵，很有田园诗的味道。

这首诗是诗人的代表作，其内容和风格都体现了隐逸派诗歌的风格特点，安慰和拯救了当时那些受伤的心灵。因此，诗人获得了"生活之恶的歌手"的称号，被公认为是隐逸派诗歌的大师。

艾尔莎的眼睛 / 阿拉贡

你的眼睛这样深沉，我当弓下身来啜饮
我看见所有的太阳都在其中弄影
一切失望投身其中转瞬逝去
你的眼睛这样深沉使我失去记忆

是鸟群掠过一片惊涛骇浪
晴光激滟，你的眼睛蓦地变幻
夏季在为天使们剪裁云霞做衣裳
天空从来没有像在麦浪上这样湛蓝

什么风也吹不尽碧空的忧伤
你泪花晶莹的眼睛比它还明亮
你的眼睛连雨后晴空也感到嫉妒
玻璃杯裂开的那一道印痕才最蓝最蓝

苦难重重的母亲啊雾湿流光
七只剑已经把彩色的棱镜刺穿
泪珠中透露出晶亮更加凄楚
隐现出黑色的虹膜因悲哀而更青

你的眼睛在忧患中启开双睫
从其中诞生出古代诸王的奇迹
当他们看到不禁心怦怦跳动
玛利亚的衣裳悬挂在马槽当中

五月里一张嘴已经足够
唱出所有的歌，发出所有的叹息
苍穹太小了盛不下千百万星辰
它们需要你的眼睛和它们的双子星座

孩子们为瑰丽的景色所陶醉
微微眯起了他们的目光
当你睁开大眼睛我不知道你是不是扯谎
像一阵骤雨催开了多少野花芬芳

他们是不是把闪光藏在熏衣草里
草间的昆虫扰乱了他们的炽热情爱
我已经被流星的光焰攫住
仿佛一个水手八月淹死在大海

我从沥青矿里提炼出了镭
我被这禁火灼伤了手指
啊千百次失而复得的乐园而今又已失去
你的眼睛是我的秘鲁我的戈尔康达我的印度

偶然在一个晴日的黄昏宇宙破了
在那些盗贼们焚烧的礁石上
我啊我看到海面上忽然熠亮
艾尔莎的眼睛艾尔莎的眼睛艾尔莎的眼睛

徐知免 译

·作者简介·

阿拉贡（1897～1982），法国著名诗人、作家。他是个私生子，其父路易·安德里约是个议员，曾担任巴黎警察局长和法国驻马德里大使之职，为了掩饰丑闻，他命令阿拉贡的母亲玛格丽特把阿拉贡当弟弟。因此，直到很久以后，阿拉贡才知道姐姐玛格丽特原来是他母亲，这在他幼小的心灵上留下创伤。阿拉贡在学校里成绩优异，于1915年通过中学毕业会考。他阅读了大量文学作品，从七八岁就开始写小说、诗歌。他遵母命在大学里学医，结识了后来成为超现实主义领袖的安德烈·布勒东。第一次世界大战后，他与布勒东、苏波一起创办《文学》杂志，开始漫长的文学生涯。他积极参加超现实主义创作活动，先后发表诗集《欢乐之火》、《永动集》，小说《阿尼塞或全貌》、《巴黎的土包子》。1927年，阿拉贡加入法国共产党，结识来自苏联的女作家艾尔莎·特里奥莱，多次访问苏联。1931年因发表《红色阵线》一诗而与超现实主义旧友决裂。30年代主要从事新闻和社会活动，开始发表多卷小说《真实的世界》。第二次世界大战中他积极参加共产党领导的抵抗运动，这激起了诗人的诗情，写下大量脍炙人口的爱国诗篇，如《断肠集》、《艾尔莎的眼睛》、《蜡像馆》、《法兰西晨号》等。战后，阿拉贡的诗作转向爱情领域，有《眼睛与记忆》、《艾尔莎》、《艾尔莎的迷狂者》等诗集问世。在小说方面，除完成《真实的世界》（共5部）之外，还著有历史小说《受难周》和新小说《处死》、《布朗什或遗忘》、《昂里·马蒂斯小说》、《戏剧/小说》等。阿拉贡的创作异常丰富，在诗歌、小说及评论等方面取得巨大成就。他的创作活动几乎与20世纪所有重大事件紧密相联，因此在他逝世之后，法国报界有人称他为"20世纪的雨果"。

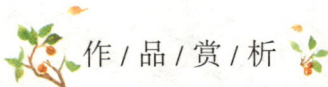

作/品/赏/析

《艾尔莎的眼睛》是一首情诗，是阿拉贡写给艾尔莎的众多诗篇中的一首。阿拉贡早在超现实主义时期就写道："在我看来，一切冒险精神都诞生于爱情。爱情是它的源泉，因此我再也不愿走出这座迷人的森林。"他认为，爱情是一种现实与神奇相融合的情感状态，它能使人从感官的享乐中获取一种真正的想象力和心灵的富足，情欲的旅行往往能通达到一个"玄学的"奇异国度。20世纪20年代末，阿拉贡在创作上走入死胡同，爱情上也遭受打击。1928年，阿拉贡与访问法国的马雅可夫斯基相遇，并爱上了给马雅可夫斯基当翻译的艾尔莎·特里奥莱，与她结为终身伴侣，艾尔莎给了他重新振作的力量。也许，如果没有艾尔莎，阿拉贡永远也不会具备那些使他成为当代伟大诗人之一的恒心和道德力量。阿拉贡对艾尔莎有一种中世纪骑士崇拜贵妇人的那种狂热爱情，写了许多诗献给她，在《艾尔莎的眼睛》中，爱情骑士阿拉贡深情地描述了与艾尔莎的结合给他带来的生机，爱的诗神唤出了他心灵深处的歌声。当然，在诗中，艾尔莎已经不仅仅是他的爱侣，她变成了一种象征或符号，代表着抽象的"女性"。诗人所有的笔触都指向"艾尔莎的眼睛"，作者对艾尔莎眼睛的炽热情感实际上就是对艾尔莎的全部情感，作为一首超现实主义诗歌，作者对艾尔莎的眼睛的书写已经完全超越他的寻常感受，而产生无穷的幻想和体验，融注了诗人强烈的爱的激情。整首诗在语言上不但炫丽炽烈，而且极具音乐性，丰富的意象元素和韵律达到了高度完美的统一。

怀念玛丽 / 布莱希特

蓝色的九月的那一天，
一株年轻的李树下静悄悄，
我把她，沉默而苍白的爱情
拥在怀里，像一个甜蜜的梦境。
我们头上夏日美丽的天空里，
有一朵云儿，我凝视好久，
它非常白，又高得出奇，
当我仰头看时，它已消失。

从那一天起，一月
又复一月，悄悄地流逝。
那些李树也许已被砍掉。
"爱情怎么样了？"你向我问起。
我对你说，我已无法记忆。
不过我确实懂你话中的意思。
你的脸，我无论如何也记不起，
我只知道以前曾吻过你。

要不是天上仍有那朵云存在，
连那个吻我怕早已忘记。
我还知道，将来也不会忘怀，
它非常洁白，来自天际。
李树也许还一直在开花，
也许那女人如今已有第七个孩子，
可是那朵云儿只是昙花一现，
我仰望时，它已在风中消失。

钱鸿嘉　译

·作者简介·

　　布莱希特（1898～1956），德国诗人、剧作家、戏剧理论家和导演，生于巴伐利亚州的奥格斯堡，父亲是一家造纸工厂的经理。1917年，布莱希特进入慕尼黑大学学习文学，兼攻医学，在学期间对戏剧发生浓厚兴趣，开始了自己的戏剧创作。1933年希特勒上台后，布莱希特携家人逃离德国，开始了长达15年的流亡生活。1948年，布莱希特返回东柏林定居，1949年与汉伦娜一起创办和领导柏林剧团，并亲任导演，全面实践着他的戏剧理想。布莱希特提出了全新的"陌生化"戏剧理论，即利用艺术方法把平常的事物变得不平常，以此来揭示事物的因果关系，暴露事物的矛盾性质，使人们对现实产生清醒的认识，并且积极致力于改变现实。布莱希特早期的诗歌多为歌谣体，揭露社会的弊端，后来他开始研究马克思主义，参加反法西斯斗争，诗作中也更多地体现着斗争色彩，洋溢着革命的热情。布莱希特还借鉴中国古典诗词和日本俳句，创造了一种节奏不规则的无韵抒情诗。

作/品/赏/析

　　诗人以这首诗来怀念一场已经远逝了的爱情。在回忆中，那爱情是"沉默而苍白的"，"拥在怀里，像一个甜蜜的梦境"。那夏日美丽的天空里一朵非常白又高得出奇的云儿，是诗人爱情的象征。"当我仰头看时，它已消失"，"那些李树也许已被砍掉"，意味着那关于爱情的一切都已消无，"你的脸，我无论如何也记不起，我只知道以前曾吻过你"。诗的第三节，叙述又出现了转折，"要不是天上仍有那朵云存在，连那个吻我怕早已忘记。"前面写道那朵云已经消失，而这里又写那朵云的存在，这种前后矛盾的叙述表现出的真实，证明诗人是不会忘掉这份爱情的。"我还知道，将来也不会忘怀，它非常洁白，来自天际。"因为这份爱情是如此的美好，所以诗人会记忆到永远。而那现实中的李树虽然已被砍掉了，可是诗人心中的李树却"还一直在开花"。"也许那女人如今已有第七个孩子"，这是最令人感慨的一句。"可是那朵云儿只是昙花一现，我仰望时，它已在风中消失。"诗的最后，又进行了一次否定，表明那爱情确实已经远去，不复存在，而会留存在于诗人的记忆里，直到永远。

青 春 / 阿莱桑德雷

你轻柔地来而复去，
从一条路
到另一条路。你出现，
尔后又不见。
从一座桥到另一座桥。
——脚步短促，
欢乐的光辉已经黯然。

青年也许是我，
正望着河水逝去，
在如镜的水面，你的行踪
流淌，消失。

祝融 译

·作者简介·

阿莱桑德雷（1898~1984），西班牙著名诗人。生于风景秀美的海滨小城马拉加，1911年随全家迁往马德里。1913年入大学学习法律和商业，毕业后从事商业工作，时常为金融报纸撰稿。诗人18岁时开始尝试写诗。1925年，一场突如其来的肾结核病使得诗人放弃了工作，开始了漫长的病榻生活，诗人从此决心从事诗歌写作。1926年，诗人发表处女作，1928年发表第一部诗集《轮廓》，逐渐获得人们的认可，成为"二七年一代"的重要成员。1933年，诗人获得西班牙皇家学院的国家文学奖。1944年，诗人的诗集《天堂的影子》引起轰动，使诗人成为青年一代的先驱，声望日隆，其创作也更加成熟。1977年，诗人获得诺贝尔文学奖，西班牙全国欢呼雀跃，甚至有人预言：西班牙文学的第二个黄金时代就要到来了。诗人的作品除上面提到的外，还有《毁灭与爱情》、《心的历史》、《毕加索》、《知识的对白》、《终极的诗》等。

阿莱桑德雷像

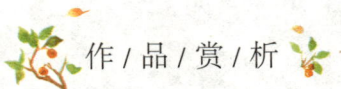

作/品/赏/析

这首诗显示了诗人诗歌创作的一贯主题和风格：用诗句来追问生命的意义及其内在价值，诗句低回婉转，平淡的言语中潜藏着深深的缠绵悱恻，浅易的吟唱却蕴含着极大的震撼力。

这首诗写的是青春。青春是一个很多人都会思考的人生课题，青春每个人都会经历，而且又都会失去。朱自清的《匆匆》和泰戈尔的《青春》两篇文章，都表达了对时光和青春易逝的叹惜、对人生的依恋。

阿莱桑德雷在对青春的思索中，获得了一个流动的青春意象，获得了一份美丽的人生感受和启示。青春如同由一段段的旅程、一座座桥组成，人们在前行的途中和青春相遇，然后又与青春匆匆地别离。就在这样的匆匆之中，在这样一个个的瞬间，青春带给了人们欢欣和愉悦。当青春离去时，那欢愉随即也就暗淡下来。

诗中的青年其实就是诗人自己。望着那河水不断地流去，诗人心中生出无限的感慨，同时也获得了一份美丽的感悟和深刻的启示。青春在那样的一瞬间，在智慧的心灵中化为一首歌。青春如同那明镜般的流水，映现着深厚的生命内涵。"逝者如斯夫"，那滔滔东逝水带给人们多少启示呀！

电影《东邪西毒》里有一段精彩的台词："人总有那么一个阶段，见一座山，就想知道山的后面是什么。"这首诗就是表现了青年人的这种梦想和执着的追求，以及不断向山的对面翻越前进的激情。

诗歌不仅在内容和语言上表现了诗人创作的一贯思路和主题，而且在形式和风格上也代表了诗人的创作风格和特色。诗歌采用自由体，优美的词语不拘一格地排列在一起，承接自然，轻盈灵动。诗歌使用普通的意象和平凡的比喻，用一种恰当独特的方式放在一起，使诗歌具有了很丰富的隐喻义，意象也不再普通。正是这些使得诗人的诗能深刻地启示着人们，引发人们对生命的思考。

载我去吧 /米肖

载我去吧，在一只帆船中，
一只古老而温柔的帆船，
在船首，或如你愿意，在泡沫里，
让我迷失在遥远的地方，遥远的地方。

在另一个时代的马车里，
在冬天骗人的天鹅绒中，
在汇聚一起的狗的气息里，
在落叶筋疲力尽的队伍中。

别弄碎我，载我去吧，在热吻中，
在鼓起来呼吸的胸脯中，
在手掌的绒毯上及手掌的微笑里，
在长的骨骼及关节的过道中。

载我去吧，或者埋葬我。

刘自强 译

·作者简介·

米肖（1899～1984），法国诗人，生于比利时，母亲是比利时人，父亲是法国人。1922年米肖和一批比利时作家创办《绿色唱片》杂志，由此开始了自身长达60多年的写作生涯，发表了诗集和散文集80多部，被公认为当代法国最伟大的诗人之一。

作/品/赏/析

这首《载我去吧》，语词颇为朦胧，并没有确切的叙述所指，但是可以引起读者的一种复杂而微妙的内心体验，而这也正是米肖诗歌的妙处。"载我去吧"，一声轻柔的呼唤，实际上已将人的思想牵引到了另一个世界。"让我迷失在遥远的地方，遥远的地方"，这就将空间移到了远方，而"在另一个时代的马车里"，又将时间做了一次推移，由此给读者带来了一种广阔而又辽远的遐想空间，会令人们根据个人互不相同的经验而唤起各自的思念。"载我去吧，或者埋葬我。"一个简单的结尾，却蕴蓄着幽深的思想内涵，给人以太多的回味。

雨 / 博尔赫斯

黄昏突然明亮，
只因下起细雨，
刚刚落下抑或早已开始，
下雨，这无疑是回忆过去的机遇。

倾听雨声簌簌，
忆起那幸运的时刻，
一种称之为玫瑰的花儿
向你显示红中最奇妙的色彩。

这场雨把玻璃窗蒙得昏昏暗暗，
使万物失去了边际，
蔓上的黑色葡萄也若明若暗。

庭院消失了，
雨涟涟的黄昏给我带来最渴望的声音，
我的父亲没有死，他回来了，是他的声音。

陈光孚　译

·作者简介·

博尔赫斯（1899～1986），阿根廷20世纪著名诗人、小说家和翻译家。生于布宜诺斯艾利斯一个有英国血统的律师家庭。在日内瓦上中学，在剑桥读大学。通晓英、法、德等多国文字。诗人在中学时代即开始写诗。1919年赴西班牙，与极端主义派及先锋派作家过从甚密，并与其一同主编文学期刊。1950～1953年，诗人任阿根廷作家协会主席。1955年任阿根廷国立图书馆馆长。其重要作品有诗集《布宜诺斯艾利斯的激情》《面前的月亮》《圣马丁的手册》《老虎的金黄》《深沉的玫瑰》，短篇小说集《世界性的丑事》《小径分岔的花园》《手工艺品》《死亡与罗盘》《沙之书》等。另外还译有卡夫卡、福克纳等人的作品。

晚年双目已失明的博尔赫斯
博尔赫斯是与聂鲁达、帕斯齐名的拉美三大诗人之一，他的诗语言质朴，风格纯净，意境悠远，情感充沛，展示了生命中本真的意念与深层次的领悟。博尔赫斯在小说创作上也有极高的造诣，有"作家们的作家"的美称。

作/品/赏/析

《雨》是博尔赫斯的名诗之一，诗歌以雨为题，抒发了诗人追忆亲人和往事的情怀。

诗的第一节，以隐伏的写法，从侧面描述了黄昏的雨景，巧妙地向读者交代了诗人回忆往事的时间和空间。黄昏下雨时，天空突然明亮起来，这是大自然常见的现象。这里，作者已讲明时间正处在黄昏，景况是下起了细雨。至于雨是刚刚开始下，还是早已开始了，作者并未交代清楚。其言外之意很明显，作者是在屋子里，而且是独自一人，正对窗外的雨景浮想联翩。后两句诗将地点和作者的处境交代清楚了。

第二节承接第一节的末句，诗人思绪升腾，开始追忆那温馨的过去。细雨渐渐沥沥地下着，在簌簌的雨声中，诗人忆起自己一生中最幸福的时刻——爱情最火热的年代。诗人将恋人比为红红的玫瑰，妩媚动人，圣洁无比。诗人是那么痴情、那么执着地爱着她！

博尔赫斯的爱情生活，是拉丁美洲文学界多年争论的一个话题。诗人大半生过着单身的生活，直到69岁时才与埃尔萨·米利安小姐结婚，不过婚姻只维持了不到4年时间便破裂了。诗人在去世的前几年，又与玛丽娅·科多玛小姐结婚，彼此相处很好。关于诗人迟婚的原因，目前最合理的解释是诗人在青年时曾有过一次刻骨铭心的恋爱，但由于第一次世界大战的爆发而中断了。诗人为此心灰意冷，曾发誓终生不娶。这首诗透露了诗人青年时的情遇，证实了学者们近年的考证。

诗的第三节为第四节作了铺衬，诗人对客观事物昏暗的描写，意在要把读者带向新的意境。第四节的第一句"庭院消失了"，一语双关，意为客观事物在诗人的脑海里全部消失了，诗人完全进入主观的遐想中，朦胧中，诗人好像听到他最渴望的声音——父亲回来的脚步声。

诗人早年丧母，其生活与教育全由他的父亲照顾。他的父亲是位著名医生，博学多才，对诗人影响很大。为了教育诗人，曾几次更换家庭教师。所以，诗人对父亲的热爱和崇敬是真挚和深沉的。于是，诗人在雨景造成的回忆往事的机遇中，自然而然地想起他所深爱的父亲。

日 落 / 金斯堡

当整个朦胧的世界
满是烟和蜷曲的钢
围绕着火车车厢中
我的头，而我的思想
穿过铁锈，漫游于未来；

我看到在一个利欲
熏心的原始世界上
太阳落下，让黑暗
掩埋了我的火车
因为世界的另一半
在等待着黎明到来。

赵毅衡　译

·作者简介·

　　金斯堡（1926～1997），美国诗人，出生在新泽西州一个犹太裔的俄国移民家庭。1943年，进入纽约哥伦比亚大学攻读经济学。1948年，从哥伦比亚大学毕业，获得文学学士学位。1953年，经人介绍来到旧金山，做了一段时间的市场调查员。1956年，创作的《嚎叫》出版，这令他声名大振，而他所代表的"垮掉派"诗人也引起了社会的集中关注。此后，金斯堡到远东作长期旅行，20世纪60年代中期回国后，积极地从事朗诵、演说和游行等活动，后曾任教于科罗拉多州博尔德市的纳罗巴学院。在美国诗歌史上，《嚎叫》经常与《荒原》相提并论，是一篇里程碑式的著作，同《荒原》一样，《嚎叫》的意义也超越了一篇诗歌的价值，而具有社会文献的意义。

作/品/赏/析

　　诗句中显示这是诗人乘坐火车时所创作或者构思出的作品，在坐于车中的诗人眼中，日落时分的世界是整个一片朦胧的景象，"满是烟和蜷曲的钢／围绕着火车车厢中／我的头"，诗人用这样的诗句来描述自己的所见，明显地表露出内心的反感情绪，而诗人此时的思想正"穿过铁锈，漫游于未来"，这意味着诗人正急切地想要逃离于这种令自己不堪的感受。那么诗人又因何产生如此负面的体验呢？下面的诗句给出了答案——"我看到一个利欲／熏心的原始世界上"，原来诗人所烦厌的正是这世界中人们的唯利是图，人们的头脑就像钢铁一般，已经为利欲所锈蚀。

南 风 / 塞菲利斯

海连接着西面的山脉，
南风从左边吹来，让我们发狂，
这阵风要剥开我们的皮肤。
我们的房子在松树与皂荚树之间。
大窗。巨大的桌子
可以写信，这些月来
我们写给你的信，填满了
我们之间的空隙。

清晨的星星，当你低垂下眼睑
我们的时间和季节
比伤口上涂的油
还甜，比口盖上的凉水
还要欣悦，比天鹅的羽毛
还要安然。你用空空的手
掌握着我们的生命
受过流亡的折磨后，
夜里我们站在白墙边
你的声音像温火的希望
传来，而风在我们的神经边
磨着尖利的剃刀。

我们每个人都对你写着同样的事情
每个人都在别人面前沉默，
每个人分别注视着同样的世界
注视着山脉上的

光和影，还有你。
谁会心里充满悲伤？
昨天下了一场暴雨，今天
天又阴郁。我们的思念
像昨天雨后的松针
堆在我们的门槛，如思想
建起松针的塔
瞬息就会崩溃。

耸立在我们面前的山岭，
把你藏在里面
但你躲不开礁岩的南风
这些被断送的村落中
谁会理会我们的遗忘的誓言
谁会接受我们在这个秋末的奉献？

佚名　译

·作者简介·

　　塞菲利斯（1900～1971），生于小亚细亚的斯弥尔城，14岁时随家迁至雅典，青年时代曾求学于巴黎和伦敦。1922年，斯弥尔城被并入土耳其，这使塞菲利斯大受震动。塞菲利斯的一生中，充满了对希腊的爱和乡愁。这种深挚的情感也融入了他的诗歌中，由此产生了一批辉煌的诗篇，塞菲利斯也因之获得1963年的诺贝尔文学奖。第二次世界大战期间，塞菲利斯随政府流亡国外，这一时期，"流亡"也成为他的创作主题，塞菲利斯使用象征性的隐喻及多种艺术手法于诗歌中，有力地谴责了战争与毁灭，表达了深切的人道主义关怀。战后，塞菲利斯被任命为驻外大使，忙于外交活动，创作数量不多，却不乏精品。塞菲利斯的出现代表着希腊文学的复兴，20世纪30年代到60年代，塞菲利斯在希腊诗坛独领风骚，成就卓越，他的诗歌被认为是现代诗歌发展史上的一个新的转折点。

作/品/赏/析

　　在"南风"的触发中，诗人感受到的是"发狂"，要"剥开""皮肤"，那风，像"尖利的剃刀"，词语之中时时透射着一种犀利，让人感到有一股热血在喷张着。从诗人的话语中我们可以发现，这首诗的主题正是流亡与乡愁，诗中抒发的情感充满着甜蜜和痛楚的强烈冲撞，只因为那一种不可辞却的恨怨与哀愁。诗人流亡海外，却时时心望故乡，在强烈的思念和浓郁的悲伤之中，倾诉着一个流离他乡、故国难归的赤子心怀。那遥遥的故乡，虽然有大海把你阻隔，有山岭把你隐藏，可是你却隔不掉、躲不开那礁岩的南风，那不可阻绝的南风正是从诗人的心底吹来，那是携带着诗人的神经和寄托着诗人之思念的南风。

喀秋莎 /伊萨柯夫斯基

正当梨花开遍了天涯，
河上飘着柔曼的轻纱；
喀秋莎站在峻峭的岸上，
歌声好像明媚的春光。

姑娘唱着美妙的歌曲，
她在歌唱草原的雄鹰；
她在歌唱心爱的人儿，
姑娘把他的来信深深珍藏。

啊！这歌声，姑娘的歌声，
跟着光明的太阳飞去吧！
去向远方边疆的战士，
把喀秋莎的问候传达。

驻守边疆的年轻战士，
心中怀念遥远的姑娘；
勇敢战斗保卫祖国，
喀秋莎爱情永远属于他。

正当梨花开遍了天涯，
河上飘着柔曼的轻纱；
喀秋莎站在峻峭的岸上，
歌声好像明媚的春光。

佚名 译

· 作者简介 ·

伊萨柯夫斯基（1900～1973），苏联著名抒情诗人。1914年，伊萨柯夫斯基发表了第一首短诗《士兵的请求》，这首诗在当时苏联的文坛上引起了很大的轰动。卫国战争期间，伊萨柯夫斯基的许多脍炙人口的抒情诗被谱成歌曲广为传唱，他曾两次获得斯大林奖金。主要作品有《喀秋莎》、《有谁知道他》、《诗与歌》等。

伊萨柯夫斯基1973年7月20日病逝于莫斯科，被安葬于新圣母公墓。1988年，他被追授为英雄城市斯摩棱斯克的荣誉公民。2000年1月19日，诗人诞辰100周年之际，在斯摩棱斯克举行了伊萨柯夫斯基纪念碑揭幕仪式。2008年1月18日，为纪念诗人诞辰108周年，在斯摩棱斯克十月革命街的伊萨柯夫斯基纪念碑旁，当地政府隆重举办了有社会各界知名人士出席的题为"我永远和你在一起，亲爱的祖国"的盛大文学节。

作/品/赏/析

《喀秋莎》写于1938年，写成后不久，即被谱成歌曲传唱，并迅速流传开来，在苏联卫国战争期间更是在前方和后方人人传唱，起到了不可估量的精神作用。

《喀秋莎》的创作过程非常有趣。据伊萨柯夫斯基和他的朋友雷日科夫两人回忆：1938年初，诗人开始创作《喀秋莎》，写到喀秋莎站在峻峭的岸上唱歌时"卡壳"了，他不知道该怎样写下去，结果只写了头几行，便将其搁置一旁。此后，作曲家哈扎罗夫登门向他索取歌词，他便拿了出来，但哈扎罗夫没看上。开春后，伊萨柯夫斯基在《真理报》编辑部第一次见到了布兰捷尔。交谈中，布兰捷尔问他有没有可以谱曲的诗，此时他想起来了未完稿的《喀秋莎》。布兰捷尔独具慧眼，看出来了这首诗是作歌的"好坯料"。过后，伊萨柯夫斯基没多在意，此事也就淡忘了。出乎意料，夏天布兰捷尔碰见他，说曲子已经谱好了，但得把没写完的歌词补上。伊萨柯夫斯基很快写完了全部歌词。1938年11月27日，著名歌唱家瓦连京娜·巴季谢娃在莫斯科首唱《喀秋莎》，悦耳动听的歌声打动了首都听众的心，掌声经久不息，连续三次谢幕，获得了巨大成功。于是《喀秋莎》歌声很快响彻苏维埃大地，这是布兰捷尔和伊萨柯夫斯基压根没想到的。后来，哈扎罗夫不胜惋惜地说，他当时没看出来《喀秋莎》这首诗里蕴含着的浓浓的歌味。

由于吸收了民歌的因素，这首诗的语言非常通俗，生动流畅，而且洋溢着浓郁的民族风情，极富画面感和音乐美，饱含着俄罗斯民族的诗情画意。诗歌塑造了一位美丽温柔深明大义的俄罗斯少女形象，展示了她淳朴美好的心灵。"正当梨花开遍了天涯，/河上飘着柔曼的轻纱；/喀秋莎站在峻峭的岸上，/歌声好像明媚的春光。"诗人并没有正面地描写喀秋莎，而是把笔墨用在喀秋莎出现的背景画面上，而喀秋莎的形象由此更加动人。从第二节开始，诗人向我们展示了喀秋莎美好的内心世界："姑娘唱着美妙的歌曲，/她在歌唱草原的雄鹰；/她在歌唱心爱的人儿，/姑娘把他的来信深深珍藏。"正是这美妙的具有着人类共同情感的内容和非常诗意的语言，使得这首诗成为家喻户晓、永唱不息的经典杰作。

家 庭 /普雷维尔

母亲编织
儿子作战
她觉得这很自然那母亲
而父亲他干什么那父亲
他搞事业
他的妻子编织
他儿子战争
他事业
他觉得这很自然那父亲
那儿子那儿子
他觉得怎样那儿子
他全然不觉得怎样那儿子
他的母亲编织他的父亲事业他战争
当他打完了仗
他要跟他父亲搞事业
战争继续母亲继续她编织
父亲继续他搞事业
儿子被杀了他不再继续
父亲和母亲去坟场
他们觉得这很自然那父亲和母亲
生活继续编织战争事业的生活
事业战争编织战争

Jean-Marie Schiff、陈瑞献 译

·作者简介·

普雷维尔（1900～1977），法国著名诗人和电影剧作家，早年受超现实主义的影响，一生信奉无政府主义。他的创作立足于人民大众，适合各个阶层的人们阅读。普雷维尔在诗歌中表现出强烈的爱憎，歌颂自由，谴责战争，抨击社会上的各种不良现象。普雷维尔的诗歌具有口语化的特点，语言简洁流畅，同时又带着几分幽默与滑稽，他还在诗歌创作中广泛借鉴电影、美术和音乐中的艺术方法，这使他的诗歌更富活力和情趣。普雷维尔的诗歌有很多被谱成歌曲，在20世纪四五十年代的法国极受欢迎，广泛传唱，其中《枯叶》一首更是曾经为200多名歌手所演唱。普雷维尔的诗集有《话语集》《晴雨集》《杂物堆》等，另外，他还写有《巴黎圣母院》、《雾岸》、《夜之门》、《戏楼儿女》等电影剧本，并且留有数百幅粘贴画。普雷维尔是当代蜚声世界的法国诗人，为法国现代诗歌的革新与发展作出了重要贡献。

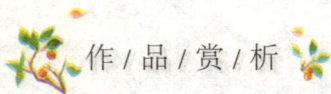

作/品/赏/析

这是一首谴责战争的诗歌，但是没有对战争进行正面的抨击，而是以一种极为浅淡平静的语言来描述一个家庭的生活，通过表达战争对安宁幸福的家庭生活的破坏以及儿子的牺牲对战争进行控诉。诗歌的语言极其简单、质朴，一个家庭中，母亲编织，儿子作战，父亲搞事业，"她觉得这很自然那母亲"，"他觉得这很自然那父亲"，"他全然不觉得怎样那儿子"，一切是如此单纯和自然，但是，"儿子被杀了他不再继续"，诗歌的叙述到此发生了一个颤动式的突转。然而，接下来，"父亲和母亲去坟场／他们觉得这很自然那父亲和母亲"，这种自然却给人以另一种思索。最后一句中的"生活"，就是战争给人们带来的生活，是战争之下人们生活的处境。

情 诗 / 聂鲁达

我记得你去秋的神情。
你戴着灰色贝雷帽，心绪平静。
黄昏的火苗在你眼中闪耀。
树叶在你心灵的水面飘落。

你像藤枝偎依在我怀里，
叶子倾听你缓慢安详的声音。
迷惘的篝火，我的渴望在燃烧。
甜蜜的蓝风信子在我心灵盘绕。

我感到你的眼睛在漫游，秋天很遥远：
灰色的贝雷帽、呢喃的鸟语、宁静的心房，
那是我深切渴望飞向的地方，
我欢乐的亲吻灼热地印上。

在船上瞭望天空。从山冈远眺田野。
你的回忆是亮光、是烟云、是一池静水！
傍晚的红霞在你眼睛深处燃烧。
秋天的枯叶在你心灵里旋舞。

王永年 译

·作者简介·

聂鲁达（1904～1973），智利乃至拉美现代诗坛代表人物。父亲是个火车司机，母亲在他满月时就去世了。学生时代的聂鲁达就经常在学校刊物上发表诗歌习作。1919年，聂鲁达在省级诗歌比赛中获得三等奖。1921年，他离开家乡就读大学，主修法语。期间，他的诗获得智利学生联合会举办的文学比赛一等奖。1924年，聂鲁达发表成名作《二十首情诗和一支绝望的歌》，一跃成为智利诗坛的中心人物。大学毕业后，他进入外交界，历任领事、大使等。1945年，聂鲁达当选国会议员，获智利国家文学奖。由于国内的政局变化，聂鲁达于1949年流亡国外。流亡期间，聂鲁达获得国际和平奖。1952年，聂鲁达回国，受到人民的盛大欢迎。1957年，聂鲁达当选智利作家协会主席。1971年获得诺贝尔文学奖。除上面提到的外，其优秀作品还有《大地上的居所》、《诗歌总集》、《一百首爱的十四行诗》等。

作/品/赏/析

这首诗是聂鲁达的成名诗集《二十首情诗和一支绝望的歌》中的代表作，也是聂鲁达的代表作之一。诗以"我记得"三字开篇。一种深深的爱怜、一些迷人的画面、一种动人的诗情在诗人的心中，在诗人的脑海中浮动。它激起了诗人对逝去爱情的回忆。"你"（爱人）戴着朴素的贝雷帽，"心绪平静"。爱人平静地站在那儿，脸色祥和，表情纯净，但眼里闪着脉脉的柔情，有"黄昏的火苗"在"闪耀"。诗人也受到了感染。诗人仿佛在天地的静照中进入了爱人的心灵，看到树叶在爱人心灵的溪流中飘落，又悠悠流走，波澜不惊。接着是诗人的直感，诗人从实感来追思外物的形象，写下了动人的画面。"你"依偎在"我"的怀里，如藤枝依偎在大树上。叶子和叶子在低语，那亲密和交流是心灵的交融、合一。爱情如篝火一样在燃烧，那树藤之间的缠绕、依偎，已不再仅仅是身体的缠绕，而是心灵的盘旋了。在诗的最后，诗人顺着自己的直觉直感，又仿佛看到了恋人的心，触到了恋人波动的思绪。在悠悠邈邈的水面上，恋人坐在小船中，仰望天空；在高高的山冈上，恋人在远眺碧绿的原野。亮光、烟云、一池静水，恋人的回忆定格成可视的画面。诗人的心与恋人的心融和在一起，诗人仿佛看到了恋人眼中有绯红的晚霞在燃烧，心灵深处有秋天的落叶在旋舞。

这首诗代表了诗人前期的现代派风格。诗歌一方面承继了民族诗歌的抒情传统，一方面又吸收了西方现代派诗歌的抒情方式。在写作手法上，写实、写意和抒情的巧妙结合，使诗既融合了优美的外在自然风光和诗人主观创造的诗情画意，又以朴素而深情的笔触写出了爱情的真挚，使诗具有了震撼心灵的魅力。

漫游者 / 埃凯洛夫

像一根长长的丝线
漫游者的足迹
在红色沙漠上蜿蜒
去黄昏的路很远
骤然间
仿佛随着一声枪响
红色溶化在蓝色之中。

不是沙漠是原野
原野上有一匹白色的马
高贵的是白色的颈脖那健壮的曲线
高贵的是健壮的颈脖那白色的曲线
但眼睛在凝视，在静听
在不安地闪烁
去黎明的路很远

李笠 译

·作者简介·

　　埃凯洛夫（1907～1968），瑞典诗人，瑞典现代诗歌最为杰出的代表之一，1958年当选为瑞典文学院院士。埃凯洛夫是一个喜欢进行清醒的理论分析的诗人，他谙熟于世界上现代主义文学的各个流派，早期诗作受到法国象征主义诗歌的影响，兼具浪漫主义的感伤色彩。埃凯洛夫勇敢地进行诗歌实验，从不担心读者是否能够理解他的作品。他在1934年出版的诗集《献词》中，运用了各种大胆的、看起来不相联系的描写，具有超现实主义的特点，且带有神秘主义的色彩。20世纪30年代后期，埃凯洛夫的诗歌向着简洁和明朗的方向发展，在题材上强调现实性，而在40年代的作品中又恢复了晦涩的风格。埃凯洛夫的诗歌充满自由的联想，又具有很强的音乐性，对同时代的抒情诗人产生了相当大的影响。

作/品/赏/析

　　这首诗以一种特别的视角来刻画漫游者的形象。第一节中，诗人将沙漠中漫游者的足迹比喻成一根长长的丝线，可谓十分精彩，这一比喻既写出了漫游者足迹的漫长，也写出了在广阔的沙漠上漫游者是多么的渺小。"在红色沙漠上蜿蜒"，这色彩，这形状，都格外地醒目。"去黄昏的路很远"，表达出旅程的漫长和旅人的辛苦。"骤然间／仿佛随着一声枪响／红色溶化在蓝色之中"，这写的是漫游者由沙漠走入原野的那一瞬，诗人用"一声枪响"，表现的是漫游者在走入原野时心情的陡然振奋。诗的第二节，场景由沙漠转换成了原野，"高贵的是白色的颈脖那健壮的曲线／高贵的是健壮的颈脖那白色的曲线"，这一形容词与名词交错搭配的表述，可以充分地调动读者的注意力，将"白色"与"健壮"，将"颈脖"与"曲线"，全都突显了出来。"但眼睛在凝视，在静听／在不安地闪烁——"，这样的情态描写极为传神，在描摹马的神情的同时，表现着人的心情，其取得的表达效果却更强于直接述说人的心情。"去黎明的路很远"，与前面"去黄昏的路很远"相对应，也表达出漫游者的征程是黄昏复黎明、黎明复黄昏的漫长之旅。

晨 星 /帕韦塞

孤独的人儿起来了
大海依然一片浑沌
几颗星星在天空闪烁。
海岸送来缕缕温馨，
使呼吸充溢甜蜜。
这是什么也不会发生的时刻。
连嘴角的烟斗也已熄灭。
拍打海岸的波涛奏出一支夜曲。
孤独的人儿点燃了篝火，
凝视着火焰把大地映红。
大海很快也像大地一样火光闪耀。
没有什么更痛苦的滋味
倘使清晨什么也不会发生。

没有什么更痛苦的滋味
倘使一切徒劳无益。
一颗浅绿色的星辰
疲乏地悬在破晓的天空。
孤独的人儿想做些什么，
大区一个穷僻的城镇。

415

挨着篝火取暖，
凝望依然昏黯的大海
篝火跳跃的彩斑。
从白雪覆盖的阴郁的群山
的梦中醒来。
时间的停滞是多么的冷酷，
对于什么也不期待的人。

值得让太阳从大海升起
让漫长的一天开始么？
明天又将是一个透明而温暖的清晨
又将像今天一样什么也不会发生。
孤独的人儿只想睡眠。
当最后一颗星辰在天空熄灭，
他慢慢地点燃嘴角的烟斗。

吕同六　译

·作者简介·

　　帕韦塞（1908～1950），意大利诗人和小说家。1932年，毕业于都灵大学文学系，而后致力于惠特曼、斯坦贝克、乔伊斯、福克纳等英语作家作品的翻译工作，由此给意大利的新现实主义文学运动带来了很大影响。意大利法西斯统治时期，帕韦塞在夜校和私立学校担任英语教师，后来又到一家出版社做期刊编辑，因与地下共产党的联系，杂志遭到查封，帕韦塞本人也被流放三年。流放归来，他的恋人已与别人结婚，帕韦塞因此感到极度的绝望。这种情感上的创伤深刻地影响了帕韦塞的后半生，1950年，42岁的他在一片孤独和苦闷中自杀身亡。帕韦塞的作品中也充满了孤独、苦闷和绝望的情节，具有浓厚的悲观主义色彩。

作/品/赏/析

　　《晨星》这首诗抒发的是一个孤独的人在晨晓的海边所生出的内心情绪，全篇反复出现的主题词就是"孤独的人儿"，而诗中那种孤独的、无以排解的苦闷也被反复地渲染，诗人成功地描绘出了一幅萧瑟凄清的内心画面。诗篇以"孤独的人儿起来了"这一时刻和状态来展开情感的抒发。这"孤独的人儿"体验到的是什么？"这是什么也不会发生的时刻"，"没有什么更痛苦的滋味"，"倘使一切徒劳无益"，诗人在无所期待的孤寂和颓伤之中感到"时间的停滞是多么的冷酷"。"明天又将是一个透明而温暖的清晨"，但是却"又将像今天一样什么也不会发生"。起来的孤独的人儿有什么可做？"孤独的人儿只想睡眠"。诗歌以"起来"开始，却是以"只想睡眠"来结束，表达了诗人对于这世上的所有都已感到厌倦，世间发生的一切对诗人来说都已无所谓。而"当最后一颗星辰在天空熄灭"，是否意味着诗人的生命之火也行将停熄呢？

大 街 / 帕斯

这是一条漫长而寂静的街。
我在黑暗中前行，我跌绊、摔倒
又站起，我茫然前行，我的脚
踩上寂寞的石块，还有枯干的树叶：
在我身后，另一人也踩上石块、树叶。
当我缓行，他也慢行；
但我疾跑，他也飞跑。我转身望去：却空无一人。
一切都是黑漆漆的，连门也没有，
唯有我的足声才让我意识到自身的存在，
我转过重重叠叠的拐角，
可这些拐角总把我引向这条街，
这里没有人等我，也没有人跟随我，
这里我跟随一人，他跌倒
又站起，看见我时说道：空无一人。

郭惠民 译

· 作者简介 ·

帕斯（1914～1998），拉丁美洲当代著名诗人。生于墨西哥城一个有着浓厚宗教气息的文化家庭。在法国接受中学教育。14 岁时进入墨西哥国立大学学习，不久因家道中落而辍学。17 岁时，帕斯开始诗歌创作并与人合办《栏杆》杂志。1933 年，帕斯创办诗歌期刊《墨西哥谷地手册》，同年出版其第一部诗集《狂野的月亮》，一举成名。随后，他积极参加社会活动，曾创办小学救助贫困儿童。1938 年，帕斯创办文学期刊《车间》，1943 年参与创办《浪子》。1944～1945 年，他前往美国学习，回国后积极援救西班牙流亡人员，同时进入外交界，先后在法国、日本等国任外交官。1955 年曾回国从事诗歌创作，创办《墨西哥文学》杂志。1968 年在任驻印度大使期间，因反对政府对学生运动的镇压愤而辞职，在英美等国从事诗歌研究。1971 年回国专门从事诗歌创作。1990 年，帕斯获得诺贝尔文学奖。1998 年，帕斯病逝。

作 / 品 / 赏 / 析

墨西哥城的街道闻名世界，那里的每一条街都是用一个名人的名字或者著名的历史事件命名的，具有深厚的历史气息和文化内涵。走在这样的街道上，诗人心中难免会触发某种深刻的感受。在这首诗中，诗人借用街道抒发了自己对于民族历史的思考，对于民族命运的一种沉思。

诗中的"我"并非特指，而是指代那些执著探索历史本质、人类命运和人生道路的人们。"我"在漫长而寂静的大街上行走，不断跌倒，又不断站起。"我"就是那些探索者的代表。这时街上出现了另一个人"他"。"他"紧跟在"我"的身后，当"我"慢慢前行时，"他"也慢慢行进。当"我"加快脚步时，"他"也跟了上来。"他"是另一个"我"，在历史的深处躲藏着，不断追问思考历史的本质；"他"是"我"的灵魂，不断敦促"我"前进。

在这样的街上，"我"迷失了，然后靠着自己的足音找回自己。"我"不断地转过一个又一个拐角，然后又回到出发点。在往返回复的行走中，"我"与另一个行走者相遇，然而他却说："空无一人。""他"或许是位徘徊在历史峡谷中的前辈，在躲避残酷的现实，在强迫自己的心灵逃避那不堪回首的往事。或者，"他"是以前的自己，仍然处于追寻和迷失中。

这首诗代表了诗人的成熟创作风格。诗歌一方面带有拉丁美洲诗歌的神秘气息，带着深沉的历史思索；另一方面大胆突破传统，追求先锋诗歌的风格，带有强烈的现代意味和特点。在深沉的历史思索和民族意识中表达了强烈的个人瞬间体验，使个人的生命直觉与厚重的历史意味相结合，进而达到完美的统一。在形式上，诗歌回环往复，前后循环相因，意境层层递进，耐人寻味。

心与影 / 萨尔多亚

人生途中，你同自己的影子对话……
你呼吸，无形中，那亲密的空气
在你的感受里穿来穿去
它没有嘴巴，没有听觉，也没有言语。

不断地问啊，不断地忍受
那结局：影子从不变样：
总是黑暗无法穿越的空间，
总是神秘无形的虚网。

你想把接触到的一切看得更加透彻，
你想弄明白现实的外壳
和轮廓，还有那从内部无可挽回地
降临的绵绵夜色。

影子羞怯地离开
你用脚步耕耘的道路，
它静静地等着你，在更远的地方：
当你靠近它时，它好像在增长。

影子和你的生命一模一样，
你做任何事情它都或前或后近在身旁：
它不会将你逼迫，也不会解答你的疑问
但有时会在拐角处和你捉个迷藏。

每个生命都充满自己的影子
你的影子便是它的形象
你的双眼在光明中毫不掩饰地
想将他吸收，而它却丝毫也不退让。

它用披风或许是翅膀遮掩身躯，
但和你的血液却从不分离，
它总是克制自己，甘愿
做你的镜子，永志不移。

在那属于虚无的空洞的大厅中，
其他的影子在等候你的身影。
是乞求者还是寂静的俘虏？
它们在等候：被封闭在圆中。

卜珊　译

· 作者简介 ·

　　贡恰·萨尔多亚，生于1914年，当代西班牙最为著名的女诗人，出生于智利，1932年移居西班牙。萨尔多亚创作有大量的诗歌作品，曾多次获得各种奖项，其作品被译成多种文字，广为流传，享有国际性的声誉。

作 / 品 / 赏 / 析

　　这首诗描写的是影子和生命的关系。诗歌的语言很机智，诗人把我们身边平常的事物用一种诗化的语言呈现了出来，使读者在熟悉与陌生的感觉之间产生共鸣。"人生途中，你同自己的影子对话……"，"每个生命都充满自己的影子"，影子"没有嘴巴，没有听觉，也没有言语"，但是它却时时刻刻地和你紧紧跟随，一直陪伴在你的身旁。当你快乐的时候，它孤独地候在一边；当你忧愁的时候，它作为你的朋友来出现。诗人所写的影子，当然已经远远超出了自然现象的范畴，影子在诗人的笔下已经升华成为一个具有形而上色彩的哲理意象。诗人在描写影子的同时，也是在表达自己的一种追求，抒发一种哲理性的情思，体现了诗人对于生命的精微的思考。

等着我吧……/ 西蒙洛夫

等着我吧——我会回来的。
只是要你苦苦地等待，
等到那愁煞人的阴雨
勾起你的忧伤满怀，
等到那大雪纷飞，
等到那酷暑难捱
等到别人不再把亲人盼望，
往昔的一切，一古脑儿抛开。
等到那遥远的他乡
不再有家书传来，
等到一起等待的人
心灰意懒——都已倦怠。

等着我吧——我会回来的，
不要祝福那些人平安：
他们口口声声地说——
算了吧，等下去也是枉然！
纵然爱子和慈母认为——
我已不在人间
纵然朋友们等得厌倦，
在炉火旁围坐，
啜饮苦酒，把亡魂追荐……
你可要等下去啊！千万

不要同他们一起，
忙着举起酒盏。

等着我吧——我会回来的：
死神一次次被我挫败！
就让那不曾等待我的人
说我侥幸——感到意外！
那没有等下去的人不会理解——
亏了你的苦苦等待，
在炮火连天的战场上，
从死神手中，是你把我拯救出来。
我是怎样在死里逃生的，
只有你和我两个人明白——
只因为你同别人不一样，
你善于苦苦地等待。

苏杭　译

·作者简介·

　　西蒙洛夫（1915～1979），苏联诗人、小说家和剧作家，生于彼得堡的一个军官家庭。1934 年考入苏联作家协会附设的高尔基文学院，同年开始发表诗作，1938 年毕业。不久后在卫国战争中担任战地记者，1942 年加入苏联共产党，先后担任过《文学报》主编、《新世界》杂志编委、《文学俄罗斯》报编委、苏联作家协会副总书记和书记处书记等职务，并曾出任过最高苏维埃代表、苏共中央委员会候补委员和中央监察委员会委员。1949 年 10 月，曾访问中国，而后著有《战斗的中国》一书，描写了中国人民的解放战争。1974 年，获得列宁奖金，此前他还多次获得过斯大林奖金。他的作品集中刻画了苏联人民在第二次世界大战中的英勇斗争，反映出敏感的时代特征，塑造了众多的具有奉献和牺牲精神的英雄人物。

作/品/赏/析

　　《等着我吧……》是西蒙洛夫在苏联卫国战争中创作的一篇抒情诗，诗中充满了真挚热烈的爱情，也渗透着对于国家的深沉的热爱，表现着艰苦战争中一代苏联人民的共同情感，传达着人民心中所怀有的坚定信念，蕴含着一种激动人心的力量。诗作发表之后广为流传，给战争中的民众带来了很大的鼓舞。诗中反复申述着这样一句话："等着我吧——我会回来的。"诗人相信战争将必然取得胜利，但是也意识到战争的艰难和胜利过程的漫长，所以在诗中又一再地说："只是要你苦苦地等待。""你可要等下去啊！""只因为你同别人不一样，你善于苦苦地等待。"诗人呼唤着人民在战争的苦难面前表现出坚定的精神和坚韧的力量，相互扶助，共度国艰，耐心地迎接最后的胜利。

野 花 / 索洛乌欣

我漫步在草原上，
采摘了两朵小花欣赏。
带刺的叶片太粗粝，
剐破了我的手掌。
花朵并不美，这有何妨，
草原上无处寻觅别的花。
是苦涩的地下水滴
使它们滋长开放。
野花一春一秋荣和枯
都是荒漠上痛苦的象征。
月光下不是露珠而是盐粒
在它们身上晶莹震颤。
当铁面无情的酷热
扫荡了草青青，
留下一片枯黄，
覆盖在灰埃底下的野花
依然蘸着大地的盐盛放。
假若你偏爱玫瑰花，
那也只好悉听尊便！
但是切勿将这草原顽强的野花
别在自己的胸前。

王守仁　译

·作者简介·

　　索洛乌欣（1924～1997），苏联著名诗人、小说家、散文家。1953年，他出版了诗集《草原落雨》，从此开始步入文坛。20世纪50年代末60年代初，索洛乌欣相继发表了抒情中篇小说，如《弗拉基米尔地区的乡间小路》和《一滴露水》，在当时的苏联引起了强烈的反响。索洛乌欣的抒情诗和别尔戈丽茨的《白天的星星》一起，掀起了一股"抒情浪潮"。除了在诗歌和小说方面有所建树外，索洛乌欣在散文方面也取得了一定的成就，出版了散文集《手掌上的小石子》《俄罗斯博物馆书简》等。

作/品/赏/析

　　对花花草草的把玩或者欣赏，在文人墨客的笔下是络绎不绝的。这些大量歌咏花草的作品，或者将其作为衰玩的对象，陶醉于其娇艳；或者以其比喻美女，呈现其为人所爱抚的"阴柔之美"；但是，索洛乌欣的《野花》却全然不是如此。在他的笔下，野花都是"荒漠上痛苦的象征"，这就使这惯常的生命展示出一种不寻常的生命底色。尽管索洛乌欣被认为是苏联歌咏大自然的歌手，但是，在这首诗中对野花的抒写绝不是对一般意义上的自然美景的陶醉。"我漫步在草原上／采摘了两朵小花欣赏。"但是，"带刺的叶片太粗粝，／剐破了我的手掌"。野花被采摘来欣赏，给诗人的"惩罚"却是以其粗粝的叶片剐破了欣赏者的手掌，这是诗人要强调的野花的气质所在："是苦涩的地下水滴／使它们滋长开放。"野花的生命来源，诗人在这里告诉我们，是苦涩的。因此，"野花一春一秋荣和枯／都是荒漠上痛苦的象征／月光下不是露珠而是盐粒／在它们身上晶莹震颤"。这里的盐，我们通过常识可以知道，是地下水中的矿物成分，如果它大量存在，足以使植物失水枯死，所以，野花吸收地下苦涩的水，并将这些生命中痛苦的毒药析出，在它们的身上震颤，它承受着为了生的巨大疼痛。并且，不仅如此，"当铁面无情的酷热／扫荡了草青青，／留下一片枯黄，／覆盖在灰埃底下的野花／依然蘸着大地的盐盛放"。因此，苦难和困厄中生长的野花成为坚强的生命的象征，所以在索洛乌欣笔下，它不是装饰，也不是把玩的对象。